A
MUSA

A MUSA

Jessie Burton

Tradução de
Manuela Madureira

EDITORIAL PRESENÇA

FICHA TÉCNICA

Título original: *The Muse*
Autora: *Jessie Burton*

Tradução: *Manuela Madureira*
Revisão: *Carlos Jesus/Editorial Presença*
Ilustração da capa: *Lisa Perrin*
Design: *Ami Smithson* (Picador Art Department)
Composição, impressão e acabamento: *Multitipo — Artes Gráficas, Lda.*
1.ª edição, Lisboa, junho, 2017
Depósito legal n.º 426 656/17

EDITORIAL PRESENÇA
Estrada das Palmeiras, 59
Queluz de Baixo
2730-132 Barcarena
info@presenca.pt
www.presenca.pt

Para
Alice, Teasel
e Pip

Nunca mais uma história será contada
como se fosse a única.

John Berger

I

COUVES E REIS[1]

[1] *Cabbages and Kings* é uma obra de O. Henry, que foi buscar o título a um poema de Lewis Carroll em *Alice do Outro Lado do Espelho*. (*NT*)

Junho
1967

1

Nem todos nós recebemos o fim que merecemos. Muitos dos momentos que alteram o curso de uma vida — uma conversa com um estranho num navio, por exemplo — são pura sorte. E, todavia, ninguém nos escreve uma carta, ou nos escolhe como confessor, sem uma boa razão. Foi isto que ela me ensinou: temos de estar preparados para termos sorte. Temos de colocar as nossas peças em jogo.

Quando chegou o meu dia, estava tanto calor que as minhas axilas haviam traçado luas na blusa que a sapataria fornecia a cada empregada. — Não interessa o tamanho — disse a mulher, enxugando-se com um lenço. Eu tinha os ombros doridos e os dedos esfolados. Fixei-a: a transpiração pusera-lhe os pelos claros das sobrancelhas da cor de um rato molhado. O calor londrino: nunca tem para onde ir. Eu não sabia, mas aquela mulher era o último cliente que teria de servir.

— Perdão?

— Acabo de *dizer* — suspirou a mulher. — Serve qualquer tamanho.

Eram quase horas de fechar, o que significava que todo o esfarelado de peles secas — geleia de dedos dos pés, como nós lhe chamávamos — teria de ser aspirado da alcatifa. A Cynth costumava dizer que nós poderíamos moldar um pé completo com aqueles fragmentos, um monstro capaz de dançar a sua própria jiga. Ela gostava do seu trabalho na Dolcis Shoes, e arranjara-me o lugar, mas uma hora depois de termos entrado já eu ansiava pela frescura do meu quarto, os meus blocos de apontamentos baratuchos, o meu lápis que aguardava junto da cama estreita. — Pequena, tens de *animar* essa cara — sussurrava a Cynth. — Ou trabalhas na agência funerária aqui do lado?

Dirigi-me ao armário onde se guardavam as caixas, um local para onde me escapava frequentemente, dado estar já imune ao seu nocivo cheiro a solas de borracha. Pensei ir até lá e gritar em silêncio para a parede coberta de caixas.

— Espere! Ei, espere — chamou-me a mulher. Quando teve a certeza de haver captado a minha atenção, curvou-se e descalçou o seu gasto sapato raso, revelando um pé sem dedos. Nem um único. Um coto liso, um bloco de carne repousando inocentemente na alcatifa desbotada.

— Vê — disse ela com voz desanimada ao descalçar o segundo sapato para revelar idêntico estado. — Eu limito-me... a encher as pontas com papel, por isso não importa o tamanho que me traga.

Era uma visão e tanto e nunca a esqueci: a inglesa que me mostrou os seus pés sem dedos. Na altura, talvez tenha sentido repulsa. Costumamos dizer que os jovens têm pouco contacto com a fealdade e não aprenderam a disfarçar o choque. Na realidade eu não era assim tão jovem, tinha vinte e seis anos. Não sei o que fiz nesse momento, mas recordo-me de contar a Cynth, no caminho de regresso ao apartamento que partilhávamos perto de Clapham Common, e de ela ter soltado uma exclamação de deliciado horror à ideia daqueles pés sem dedos. — O Monstro dos Cotos! — gritou ela. — Veio apanhar-te, Delly! — E depois, com um otimismo pragmático: — Pelo menos ela usa qualquer sapato que queira.

Talvez aquela mulher fosse uma bruxa vinda para anunciar a mudança no meu caminho. Eu não acredito nisso; foi uma mulher diferente que o fez. Mas a sua presença parece constituir de facto um fim macabro para esse capítulo da minha vida. Terá ela visto em mim uma vulnerabilidade semelhante? Ocuparíamos, ela e eu, um espaço em que a nossa única opção era encher o vazio com papel? Ignoro. Resta a ténue possibilidade de tudo o que ela queria ser um par de sapatos novos. E, contudo, eu penso sempre nela como algo saído de um conto de fadas, porque foi nesse dia que tudo mudou.

Durante os últimos cinco anos, desde que viera de Port of Spain para Inglaterra, tinha-me candidatado a muitos outros lugares, sem qualquer resposta. Quando o comboio de Southampton entrou a roncar em Waterloo, a Cynth confundiu as chaminés das casas com fábricas, a promessa de muito trabalho. Foi uma promessa que se revelou mais difícil de realizar. Eu fantasiava-me frequentemente a deixar a Dolcis, e chegara até a candidatar-me a trabalhar como empregada do chá num jornal nacional. Lá na terra, com a minha licenciatura e a minha presunção, nunca teria sonhado em servir chá a quem quer que fosse, mas a Cynth dissera: — Uma rã zarolha e totalmente surda era capaz de desempenhar esse lugar e no entanto eles não to darão, Odelle.

A Cynth, que andara comigo na escola e com quem eu viajara para Inglaterra, andava louca com duas coisas: sapatos e o noivo, Samuel, que conhecera na igreja local, perto de Clapham High Street. (Sam revelara-se um extraordinário bónus, dado que aquilo achava-se normalmente cheio de tias velhotas que nos falavam dos bons velhos tempos.) Devido a tê-lo encontrado, a Cynth não se impacientava como eu, e isso podia ser uma fonte de tensões entre nós. Eu afirmava frequentemente que era incapaz de suportar mais aquilo, que não era como ela, e a Cynth comentava: — Oh, porque eu sou um carneiro e tu és tão *inteligente*?

Eu telefonara a responder a imensos anúncios que afirmavam não ser essencial ter experiência, e as pessoas pareciam tão simpáticas, mas depois eu aparecia e, milagre, milagre!, todos os lugares já tinham sido ocupados. E, no entanto, chamem-lhe loucura, chamem-lhe a minha procura por uma herança justa, eu continuava a candidatar-me. O último, e o melhor que já vira, era para um lugar de datilógrafa no Skelton Institute of Art, um local com colunas e pórticos. Eu até o visitara uma vez, no meu sábado de folga mensal. Levara o dia a vaguear pelas salas, passando de Gainsborough a Chagall, via águas-tintas de William Blake. No comboio de regresso a Clapham, uma garotinha fixara-me como se eu fosse uma pintura. Os seus deditos esticaram-se e esfregaram-me a orelha, e ela perguntou à mãe: — Aquilo sai? — A mãe não a repreendeu: tinha o ar de quem o que mais queria era que fosse a orelha a dar a resposta.

Eu não disputara com os rapazes a obtenção de uma licenciatura em Literatura Inglesa da Universidade das Antilhas para nada. Não suportara o beliscão de uma criança na carruagem de um comboio para nada. Na minha terra, o próprio Consulado britânico me concedera o primeiro prémio para Estudantes da Commonwealth pelo meu poema «Caribbean Spider-Lily». Lamento, Cynth, mas não vou ficar a enfiar sapatos em doces Cinderelas durante o resto da minha vida. Houve lágrimas, claro, a maioria soluçadas na minha almofada amachucada. A pressão do desejo coagulado dentro de mim, de que eu sentia vergonha e todavia me definia. Eu queria fazer coisas mais importantes, e já esperara cinco anos. Entretanto, escrevia poemas de vingança acerca do clima inglês e mentia à minha mãe afirmando que Londres era o paraíso.

A carta achava-se no tapete quando eu e a Cynth chegámos a casa. Descalcei os sapatos e fiquei petrificada no vestíbulo. O carimbo era de Londres W.1, o centro do mundo. Os mosaicos vitorianos sob os meus pés nus estavam frios; retesei os dedos sobre o castanho e o azul. Enfiei o indicador sob a borda do sobrescrito, levantando-a como uma folha partida. Era o timbre do Skelton Institute.

— E então? — disse a Cynth.

Não respondi, uma unha comprimindo o relevo floral do papel de parede *Anaglypta* do nosso senhorio, enquanto lia até ao fim em estado de choque.

The Skelton Institute
Skelton Square
Londres W.1

16 de junho de 1967

Cara Miss Bastien,

Obrigada pelo envio da sua carta e curriculum vitae.

Prosperar, sejam quais forem as circunstâncias que a vida nos apresenta, é tudo o que qualquer pessoa pode esperar. A menina é claramente uma jovem com grande capacidade, amplamente armada. Assim sendo, tenho o maior prazer em a convidar para uma semana de experiência como datilógrafa.

Há muito para aprender, e a maior parte deverá ser aprendida sozinha. Se tal arranjo lhe convier, agradeço que me informe na volta do correio se a oferta será aceite e partiremos daí. O salário inicial são £10 p/s.

Com os melhores cumprimentos,

Marjorie Quick

£10 por *semana*. Na Dolcis, ganhava apenas seis. Quatro libras fariam um mundo de diferença, mas nem sequer era pelo dinheiro. Era porque ficava um passo mais perto daquilo que me tinham ensinado serem Coisas Importantes: cultura, história, arte. Vinha assinada a tinta preta grossa, e o «M» e o «Q» eram extravagantes, quase de uma grandeza italianizante. A carta cheirava levemente a um perfume distinto. Estava um pouco dobrada nos cantos, como se aquela Marjorie Quick a tivesse deixado na mala durante alguns dias antes de finalmente decidir pô-la no correio.

Adeus sapataria, adeus trabalho pesado e enfadonho. — Fui aceite — sussurrei para a minha amiga. — Eles querem-me. Fui aceite, caramba!

Cynth soltou um grito e abraçou-me. — Fixe!

Soltei um soluço. — Conseguiste. *Conseguiste* — continuou ela, e eu respirei o seu pescoço como ar após uma tempestade em Port of Spain. Ela pegou na carta e comentou: — Que espécie de nome é Marjorie Quick[2]?

Eu sentia-me demasiado feliz para responder. Crava a unha nessa parede, Odelle Bastien; desfaz essa flor de papel. Mas pergunto-me, dado o que aconteceu, os problemas a que conduziu, voltarias a fazê-lo? Apresentar-te-ias às oito e vinte e cinco da manhã de segunda-feira, 3 de julho de 1967, a ajustar aquele teu novo chapéu, os pés movendo-se nos teus sapatos *Dolcis*, para trabalhar no Skelton por £10 por semana, para uma mulher chamada Marjorie Quick?

Sim, fá-lo-ia. Porque eu era Odelle e Quick era Quick. E pensar que temos um segundo caminho é ser louco.

---

[2] Quick pode significar «sabugo» (usado como substantivo) ou «rápido», «veloz» (adjetivo). (*NT*)

2

Imaginara-me a trabalhar num átrio repleto de datilógrafas a matraquear, mas estava sozinha. Muitos dos funcionários encontravam-se ausentes, supus, gozando as suas férias anuais em lugares exóticos como a França. Todos os dias subia os degraus de pedra em direção às grandes portas do Skelton, em cujos painéis se achava inscrito, em letras douradas, ARS VINCIT OMNIA[3]. Com as mãos apoiadas no *vincit* e no *omnia*, empurrava-os para penetrar num local que cheirava a couro antigo e madeira polida, onde imediatamente à minha direita havia uma longa secretária de receção com uma parede de cacifos assomando atrás, já cheios com o correio da manhã.

A vista da sala que me fora destinada era horrível: uma parede de tijolo que a sujidade manchara de negro e uma longa queda quando se olhava para baixo. Via um beco, onde porteiros e secretárias do edifício vizinho se alinhavam para fumar. Nunca consegui ouvir as suas conversas, apenas observar-lhes a linguagem corporal, o ritual de uma palmadinha num bolso, cabeças unidas como num beijo quando se empunhava o cigarro e o isqueiro acendia, uma perna coquetemente dobrada para trás contra a parede. Era um local escondido.

Skelton Square ficava entalada por trás de Piccadilly, do lado do rio. Aí situada desde o reinado de Jorge III, fora afortunada durante o Blitz. Para lá dos telhados podiam ouvir-se os sons de Circus; motores de autocarros e buzinadelas de automóveis, os pregões

---

[3] A Arte Vence Tudo. (*NT*)

agudos dos leiteiros. Havia uma falsa sensação de segurança num lugar destes, no coração do West End de Londres.

Durante quase toda a primeira semana, a única pessoa com quem falei foi uma rapariga chamada Pamela Rudge. Pamela era a rececionista e estava sempre na sua secretária, a ler o *Express*, cotovelos apoiados na madeira, pastilha elástica a estalar na boca antes de os chefões chegarem e ela a atirar para o caixote do lixo. Com uma leve sugestão de sofrimento, como se lhe tivessem interrompido uma atividade difícil, dobrava o jornal como se fosse um delicado pedaço de renda e levantava os olhos para mim. — Bom *dia*, Adele — dizia ela. Pam Rudge, de vinte e um anos, era a última de uma longa linha de East Enders[4], um rígido penteado alto com laca até à ponta dos cabelos e *eyeliner* preto suficiente para pintar cinco faraós.

Rudge vestia à moda e era ostensivamente sexual. Eu cobiçava o seu minivestido verde-menta, as suas blusas de laçada em tons de laranja carregado, mas não tinha a confiança necessária para mostrar assim o meu corpo. O meu estilo encontrava-se totalmente encerrado na minha cabeça. Cobiçava as cores dos seus batons, do seu *blush*, mas os pós e cremes ingleses transportavam-me a estranhas zonas cinzentas em que eu parecia um fantasma. Na secção de maquilhagem da Arding & Hobbs, na Junction, eu encontrava coisas intituladas «Nu Leitoso», «Louro Milho», «Botão de Alperce», «Salgueiro Branco» e tanta outra má poesia facial.

Decidi que Pamela era o tipo de pessoa cuja ideia de uma boa saída à noite era empanturrar-se com chourição em Leicester Square. Gastava provavelmente o seu salário em laca para o cabelo e romances cor-de-rosa, mas era demasiado estúpida para os ler sequer. Talvez eu tenha transmitido alguns destes pensamentos, porque Pamela, por sua vez, continuava a arregalar os olhos de surpresa ao ver-me todos os dias, como que atónita com a minha audácia por perseverar em regressar, ou expressava um tédio comatoso à vista da minha cara. Por vezes nem sequer erguia

[4] Habitantes do East End de Londres. (*NT*)

os olhos quando eu levantava a aba da secretária da receção e a deixava cair com um ligeiríssimo baque mesmo ao nível do seu ouvido direito.

A Cynth disse-me uma vez que eu ficava melhor de perfil, e eu respondi que isso me fazia parecer uma moeda. Mas agora leva-me a interrogar-me acerca dos meus dois lados, a impressão altaneira que provavelmente dava a Pamela e os trocos de mim própria que ainda ninguém embolsara. A verdade era que me sentia muito rígida perante uma rapariga como Rudge.

Ela não conhecia mais *pretos*, disse-me na quinta-feira dessa primeira semana. Quando lhe respondi que também não conhecia nenhum por esse nome até ter ido para ali, pareceu completamente perplexa.

Mas, apesar da dança provocante com Pamela, eu sentia-me extática por ali estar. O Skelton era o Paraíso, era Meca e Pemberley[5]; o melhor dos meus sonhos realizado. Uma sala, uma secretária, uma máquina de escrever, Pall Mall de manhã enquanto vinha de Charing Cross, uma alameda de luz dourada.

Um dos meus trabalhos era transcrever notas de investigação para académicos que nunca via, excetuando a sua quase indecifrável letra, em rabiscos acerca de esculturas de bronze ou conjuntos de gravuras em linóleo. Eu gostava disso, mas a minha tarefa principal concentrava-se numa bandeja em cima da minha secretária que era cheia de cartas para eu datilografar e deixar ficar lá em baixo, com a Pamela. A maior parte das vezes eram bastante mundanas, mas de vez em quando apanhava uma pérola, uma carta mendigando a algum velho milionário ou decrépita Lady Qualquer Coisa que estava a dar as últimas. «Meu caro Sir Peter, foi um enorme prazer identificar o Rembrandt que tinha no seu sótão em 1957. Consideraria usar o Skelton para ajudar a catalogar o resto da sua maravilhosa coleção?», e assim por diante. Cartas para financeiros e magnatas do cinema, informando-os de que

---

[5] Pemberley é o nome da propriedade de Mr. Darcy, herói do romance *Orgulho e Preconceito*, de Jane Austen. (*NT*)

andava por aí um Matisse, ou se gostariam de ter uma nova sala do Skelton com o seu nome, desde que a pudéssemos encher com as suas obras de arte?

Eram essencialmente escritas pelo diretor do Skelton, um homem chamado Edmund Reede. Pamela contou-me que Reede andava pelos sessenta anos e possuía mau génio. Durante a guerra, tivera algo a ver com a recuperação de arte confiscada pelos nazis, mas ela não sabia mais nada. Para mim, o nome «Edmund Reede» evocava um inglesismo intimidante, quintessencial, clientes de Savile Row em clubes de Whitehall; comer bifes e caçar raposas. Fatos com colete, cabelo com brilhantina, o relógio de ouro do tio-avô Henry. Via-o pelos corredores e ele parecia sempre surpreendido. Era como se eu tivesse entrado ali nua, vinda da rua. Nós estudáramos homens como ele na escola, cavalheiros protegidos, cavalheiros ricos, cavalheiros brancos, que pegavam em canetas e escreviam o mundo para o resto de nós ler.

O Skelton era um pouco como esse mundo, o mundo em que eu fora ensinada a querer estar, e só por datilografar as cartas sentia-me mais perto de tudo isso, como se a minha ajuda no assunto fosse inestimável, como se eu tivesse sido escolhida por uma razão. E o melhor era que eu escrevia com rapidez. Portanto, uma vez terminadas as cartas deles, usava uma hora vaga aqui e ali para datilografar o meu próprio trabalho, recomeçando interminavelmente, amarrotando folhas de papel e certificando-me de que as metia na mala em lugar de as deixar em evidência no cesto dos papéis. Por vezes, ia para casa com a mala atafulhada de bolas de papel.

Contei a Cynth que esquecera o cheiro do armário de armazenagem da Dolcis. — É como se uma semana tivesse matado cinco anos — disse eu, determinada e poética acerca da minha transformação. Falei-lhe de Pamela, troçando da rigidez do seu penteado alto. Cynth fez uma pausa, de testa franzida, pois estava a estrelar-me um ovo no nosso minúsculo apartamento e o fogão não era fiável.

— 'Tou satisfeita por ti, Delly — disse ela. — 'Tou satisfeita por tudo ir tão bem.

Na sexta-feira da primeira semana, completadas as cartas de Reede, eu debatia-me com um poema numa meia hora de sossego. A Cynth dissera-me que a única coisa que queria como prenda de casamento era «qualquer coisa escrita, visto tu seres a única pessoa capaz disso». Comovida mas angustiada, fixava a máquina de escrever do Skelton, pensando em como o Sam e a Cynth claramente se faziam felizes um ao outro. Isso levou-me a pensar na minha própria falha: o pé, mas nada de sapatinho de cristal. Levou-me igualmente a tomar consciência de que andava há meses a debater-me com a minha escrita. Odiava todas as palavras que me saíam. Não conseguia deixar que nenhuma delas respirasse.

Precisamente quando me surgia uma possível frase, entrou uma mulher. — Olá, Miss Bastien — disse ela e a ideia desvaneceu-se. — Isso vai? Deixe-me apresentar-me. Sou Marjorie Quick.

Levantei-me, derrubando a máquina de escrever com a pressa, e ela riu-se. — Isto não é o exército, sabe. Sente-se. — O meu olhar voou para o poema no carreto e senti um aperto no estômago só de pensar que ela podia dar a volta e vê-lo.

Marjorie Quick veio direita a mim, de mão estendida, os olhos rasando a máquina. Apertei-lhe a mão, desejando com todas as minhas forças que ela permanecesse do outro lado da secretária. Foi o que aconteceu, e eu notei o cheiro de cigarro colado a ela, mesclado com um perfume masculino, almiscarado, que reconheci da carta que ela enviara, e que mais tarde soube chamar-se *Eau Sauvage*.

Marjorie Quick era de pequena estatura, aprumada, e vestia de uma forma que eclipsava os esforços de Pamela. Calças pretas largas que, quando ela andava, ondulavam como as de um marinheiro. Uma blusa de seda rosa-pálido, com um lenço de cetim cinzento displicentemente enfiado por dentro. Parecia saída de Hollywood, com os seus curtos caracóis prateados e as maçãs do rosto que dir-se-iam esculpidas numa requintada madeira macia. Podia ter cinquenta e poucos anos, supus, mas não se assemelhava a nenhuma mulher dessa idade que eu já conhecera. A sua linha do queixo era firme e tinha uma aura de *glamour*.

— Olá — disse eu. Não conseguia deixar de a fitar.

— Algum problema? — Quick parecia sentir o mesmo, fixando em mim as suas cristalinas íris negras à espera da minha resposta. Reparei que se mostrava algo afogueada, com uma gota de transpiração na testa.

— Problema? — repeti.

— Bom. Que horas são? — O relógio encontrava-se atrás dela, mas ela não se virou.

— Quase meio-dia e meia.

— Então vamos almoçar.

3

Ela tinha o nome gravado numa placa metálica na porta. Perguntei a mim mesma quantas mulheres em Londres, neste ano da graça de 1967, possuíam o seu próprio escritório. As mulheres da classe trabalhadora efetuavam tarefas domésticas, ou eram enfermeiras no Serviço Nacional de Saúde, ou eram empregadas em fábricas ou lojas, ou datilógrafas como eu, e era assim há décadas. Mas havia todo um mundo de diferença, uma viagem quase irrealizável, entre isso e ter o seu nome gravado na porta. Talvez Marjorie Quick fosse uma descendente da família Skelton e ocupasse aqui uma posição honorária.

Ela abriu a porta e a placa brilhou sob os raios de sol que entravam pela janela em frente. Fez-me sinal para entrar. A sala era branca e arejada, com enormes janelas a darem para a praça. As paredes estavam vazias de quadros, o que eu achei estranho, considerando onde nos encontrávamos. Três delas achavam-se cobertas de estantes, e avistei principalmente romances do século XIX e inícios do XX, a surpreendente combinação de Hopkins empoleirado junto de Pound, e um pouco de história romana. Estavam todos encadernados, pelo que não pude ver se tinham as lombadas vincadas.

Quick pegou num maço de cigarros da sua ampla secretária. Observei-a enquanto ela tirava um, hesitava e depois o colocava delicadamente entre os lábios. Habituar-me-ia à sua tendência para acelerar as ações, apenas para depois as retardar de novo, como que a controlar-se. O nome ficava-lhe bem, mas era sempre difícil saber qual era mais natural, se o seu lado langoroso ou o apressado.

— Quer um? — ofereceu ela.

— Não, obrigada.

— Então fumo sozinha.

O seu isqueiro era daqueles de prata, pesados, recarregáveis, mais para serem deixados em cima de uma mesa do que enfiados num bolso. Era o género de peça que se veria numa casa de campo, um cruzamento entre uma granada de mão e algo suscetível de ser leiloado na Christie's. O Skelton possuía imenso dinheiro, calculava eu, e Quick refletia-o. Mudo, mas presente, encontrava-se no corte da sua blusa de seda rosa, nas suas ousadas calças, na sua parafernália de fumadora. Nela. Interroguei-me de novo sobre qual seria exatamente o seu papel aqui.

— Gim? — perguntou ela.

Hesitei. Nunca bebia muito e nem apreciava o sabor das bebidas espirituosas. O cheiro recordava-me demasiado os homens dos clubes de Port of Spain, o borbulhar do rum através do sangue, num crescendo até atingir um rugido de dor miserável ou de euforia que se ouvia nas estradas poeirentas conduzindo à cidade. Mas Quick desenroscou a tampa da garrafa de gim de uma mesa de canto e deitou um bocado em dois copos. Mergulhou uma pinça na geladeira, deixou cair dois cubos no meu copo, encheu-o de água tónica até cima, acrescentou uma rodela de limão e estendeu-mo.

Afundando-se na cadeira como se estivesse de pé há vinte dias, Quick despejou o seu próprio gim, pegou no auscultador do telefone e marcou um número. Pressionou o isqueiro e saltou uma chama viva cor de laranja. A ponta do seu cigarro incendiou-se e as folhas de tabaco crepitaram, formando anéis de fumo azul.

— Está, Harris? Sim, o que quer que haja hoje. Mas duas doses. E uma garrafa de *sancerre*. Dois copos. Quanto tempo? Ótimo. — Eu escutava as cadências da sua voz; contida e rouca, não parecia inteiramente inglesa, embora contivesse sugestões suficientes de um colégio interno abundante em correntes de ar.

Voltou a pousar o auscultador e sacudiu o cigarro para um imenso cinzeiro de mármore. — O restaurante aqui ao lado — elucidou ela. — É-me impossível sentar-me lá dentro.

Eu sentei-me em frente dela, segurando o meu copo e pensando na sanduíche que a Cynth me preparara, com as bordas a enrolarem-se no calor da gaveta da minha secretária.

— Então — comentou ela. — Um emprego novo.

— Sim, *madam*.

Quick pousou o copo na secretária. — Antes de mais, Miss Bastien. Nunca me chame «*madam*». Nem sou «*miss*». Gosto que me tratem por Quick. — Sorriu com uma expressão de mágoa. — O seu nome é francês?

— Sim, creio que sim.

— Fala francês?

— Não.

— O ter e o ser confundem-me imensamente. Pensava que as pessoas falavam francês em Trindade.

Hesitei. — Apenas alguns dos nossos antepassados se encontravam no interior das casas, falando com os franceses — expliquei.

Ela abriu muito os olhos — divertida, ofendida? Impossível dizer. Eu receei que a minha lição de história fosse excessiva, demasiado altiva, e me levasse a falhar o período à experiência. — É claro — anuiu. — Que interessante. — Bebeu novo gole de gim. — Não há cá muito que fazer neste momento — continuou ela —, mas suponho que Mr. Reede a mantém ocupada com o seu interminável fluxo de correspondência. Receio que se sinta entediada.

— Ah, seguramente que não. — Recordei a Dolcis e a forma como me sobrecarregavam tanto a mim como a Cynth, a maneira como os maridos espiavam as nossas nádegas enquanto as esposas calçavam os sapatos. — Estou tão satisfeita por me encontrar aqui.

— Provavelmente observa-se mais vida num dia na Dolcis Shoes do que numa semana no Skelton. Gostou de lá estar? — perguntou ela. — De tocar em todos aqueles pés femininos?

A pergunta era vagamente chocante, imbuída de uma aspereza sexual que provocou uma ferroada no meu eu virginal. Mas não me deixaria intimidar. — Com toda a franqueza — retorqui —, com trinta pares por dia, era pavoroso.

Ela atirou a cabeça para trás e soltou uma gargalhada. — Todos os queijos de França!

O seu riso era contagioso e ri-me igualmente. Era uma coisa caricata para dizer, mas derreteu a minha tensão interior. — Há pessoas que não se incomodam — disse eu, a pensar em Cynth e em como a rebaixava para esta troca de impressões, este estranho jogo cujas regras ignorava. — É preciso talento.

— Diria que sim. Mas tantos dedos dos pés anónimos. — Estremeceu. — Nós temos todos estes belos retratos no Skelton, mas na realidade são apenas braços desajeitados, vísceras gorgolejantes. O calor no interior do fígado. — Fitou-me fixamente e deu mais uma fumaça. — Tive muitíssimo mais tempo do que você para chegar a essa conclusão, Miss Bastien. Dedos dos pés, os bicos dos cotovelos. Aprecie a sua dignidade enquanto pode.

— Tentarei — disse eu, novamente perturbada. Emanava dela uma certa inquietação; era como se estivesse a representar para mim, e eu não sabia porquê.

Bateram à porta. Quick mandou entrar e o nosso almoço chegou num carrinho, empurrado por um porteiro idoso muito baixo, que tinha apenas um braço. Um cesto com pãezinhos, dois peixes chatos, uma salada colorida, uma garrafa de vinho num frapê e algo mais escondido sob uma cúpula de aço. O porteiro fitou-me de relance, espantado como um coelho. Os seus olhos húmidos deslizaram de novo até Quick.

— É tudo, Harris. Obrigada — disse Quick.

— Não a vimos durante toda a semana, *miss* — replicou ele.

— Ah... férias anuais.

— Algum sítio agradável?

— Não. — Quick pareceu momentaneamente desconcertada. — Apenas uma estada em casa.

O porteiro transferiu a sua atenção para mim. — Algo diferente da última — comentou ele, inclinando a cabeça. — Mr. Reede sabe que tem cá uma escarumba?

— É tudo, Harris — repetiu Quick em voz firme. Ele lançou-lhe um olhar reprovador e deixou ficar o carrinho, fixando-me enquanto recuava e saía pela porta.

— O Harris — observou Quick quando ele partiu, como se proferir o seu nome fosse explicação suficiente. — Perdeu o braço em Passchendaele[6]. Recusa reformar-se e ninguém tem coragem para o fazer. — A palavra usada pelo porteiro pairava no ar. Quick levantou-se e estendeu-me um dos pratos do carrinho.

— Sirva-se da secretária para o pousar, se não se importa. — Levou o seu próprio prato para o outro lado. Tinha as costas delgadas e as omoplatas ressaltavam ligeiramente através da blusa como um par de barbatanas. O vinho já estava aberto e ela serviu-nos a ambas.

— É muito bom. Nada que se compare com aquilo que usamos para o público. — O gorgolejar era sonoro, exuberante e pecaminoso, como se ela me estivesse a servir elixir em plena luz do dia. — Saúde — disse Quick vivamente, erguendo o seu copo. — Espero que goste de linguado com limão.

— Gosto, sim — respondi. Nunca comera daquilo.

— Bom. O que disseram os seus pais quando lhes contou que estava a trabalhar aqui?

— Os meus pais?

— Ficaram orgulhosos?

Mexi os dedos dos pés no interior dos sapatos. — O meu pai morreu.

— Oh.

— A minha mãe continua em Port of Spain. Sou filha única. Ela pode ainda nem sequer ter recebido a minha carta.

— Ah. Isso deve ser duro para ambas.

Pensei na minha mãe, na sua crença na Inglaterra, um lugar que ela nunca veria; e pensei no meu pai, recrutado para a RAF, abatido sobre a Alemanha numa bola de fogo. Quando eu tinha quinze anos, o primeiro-ministro de Tobago declarara que o futuro das crianças da ilha se encontrava nas suas mochilas escolares. A minha mãe, ansiosa por que eu não tivesse uma vida como a dela e a do meu pai, incitou-me a exceder-me — mas para quê, quando após a independência toda a ilha estava a ser vendida a empresas estrangeiras, que investiam os lucros nos seus próprios países? O que podíamos nós jovens fazer quando chegávamos ao

---

[6] Nome pelo qual também é conhecida a terceira batalha de Ipres, na Primeira Guerra Mundial. (*NT*)

fundo dessas mochilas e não encontrávamos lá nada, apenas uma costura, esgaçada pelo peso dos nossos livros? Tínhamos de partir.

— Sente-se bem, Miss Bastien? — indagou Quick.

— Eu vim para cá com a minha amiga Cynth — retorqui, sem vontade de me alongar sobre Port of Spain, a placa mortuária com o nome do meu pai, o seu lote vazio no cemitério de Lapeyrouse que a mamã continuava a manter livre, as freiras católicas que me haviam ensinado enquanto crescia com o meu desgosto. — A Cynth está noiva — informei. — Vai casar.

— Ah. — Quick pegou na faca e começou a levantar um pequeno fragmento do linguado, e eu tive a estranha sensação de dizer demasiado sem ter dito absolutamente nada. — Quando?

— Dentro de duas semanas. Vou ser dama de honor.

— E depois?

— Depois?

— Bom, ficará sozinha, não é verdade? Ela irá viver com o marido.

Quick insistia em contornar as suas próprias verdades enquanto chegava ao âmago das nossas. Não me disse nada acerca do Skelton, focando-se apenas em descobrir coisas a meu respeito, e tinha rapidamente atingido o meu maior receio. A verdade era que a iminente partida de Cynth do nosso pequeno apartamento andava a pairar entre mim e a minha mais antiga amiga como uma pergunta silenciosa, carregada de agouros. Ambas sabíamos que ela sairia para ir viver com Samuel, mas eu não conseguia imaginar-me a partilhar a casa com mais ninguém, portanto não falava nisso e ela também não. Eu gabava-me do meu novo emprego e ela enervava-se com convites para o casamento e preparava-me sanduíches a que eu não ligava. O salário do Skelton cobriria o segundo quarto que ela deixaria vago e esse era o meu único consolo.

— Eu gosto de estar sozinha — disse, engolindo em seco. — Será agradável ter algum espaço.

Quick pegou noutro cigarro, mas depois pareceu mudar de ideias. *Se estivesses sozinha*, pensei eu, *já terias fumado mais três*. O seu olhar pousou brevemente no meu rosto ao erguer a campânula de aço, revelando um merengue de limão. — Coma qualquer coisa, Miss Bastien — incitou ela. — Toda esta comida.

Enquanto eu comia a minha fatia de merengue, Quick não tocou em nada. Parecia ter nascido para tudo aquilo, para fumar e fazer encomendas telefónicas, para observações tangenciais. Imaginei-a na casa dos vinte anos, a vaguear por Londres com um conjunto despretensioso e encantador, um gato no meio do Blitz. Estava a compô-la a partir das Mitford[7] e de Waugh[8], acrescentando-lhe uma camada da minha última descoberta, Muriel Spark. Era talvez uma vaidade, que me fora instilada pela educação que recebera e que pouco diferia do modelo usado nas escolas inglesas, com o seu Latim e Grego e rapazes a jogar críquete. Mas eu ansiara por pessoas excêntricas e confiantes para tornar a minha vida mais intensa e achava que as merecia, a esse género de pessoas que se encontram apenas nos romances. Quick nem precisou de fazer nada, eu estava preparada para isso, desejosa. Faminta da minha vida passada, comecei a inventar uma fantasia no presente.

— A sua candidatura interessou-me imenso — disse ela. — Escreve muito bem. *Muito* bem. Parece ter sido uma das estudantes mais brilhantes da sua universidade. Presumo que se ache demasiado habilitada para ser secretária.

Fui percorrida pelo medo. Quereria isto dizer que ela me ia dispensar, que eu não passara a prova? — Sinto-me muito grata por aqui estar — repliquei. — É um lugar maravilhoso para trabalhar.

Ela fez uma careta às lisonjas e perguntei-me o que desejaria. Peguei num pãozinho e assentei-o na palma da mão. Tinha o peso e o tamanho de um pequeno marsupial e o meu instinto foi afagá-lo. Sentindo os olhos dela em mim, limitei-me a enfiar o polegar na côdea.

— E que género de coisas gosta de escrever?

Lembrei-me da folha de papel na máquina de escrever da outra sala. — Poemas, principalmente. Gostaria de um dia escrever um romance. Ainda estou à espera de uma boa história.

---

[7] A família Mitford, da média aristocracia inglesa, de onde descendiam as famosas irmãs Mitford. (*NT*)

[8] Referência a Evelyn Waugh, autor de *Reviver o Passado em Brideshead*. (*NT*)

Quick sorriu. — Não espere demasiado. — Fiquei bastante aliviada por ela me fazer essa recomendação, porque, em geral, sempre que eu contava às pessoas que queria escrever, elas diziam-me que as suas próprias vidas dariam um assunto perfeito. — Falo a sério — afirmou Quick. — Não deve ficar à espera. Nunca se sabe o que nos poderá atingir.

— Não ficarei — declarei eu, achando tal insistência gratificante.

Ela recostou-se na cadeira. — Você lembra-me alguém que eu conheci em tempos.

— Lembro? — Achei isto tremendamente lisonjeiro e aguardei que Quick prosseguisse, mas a sua expressão turvou-se, e ela esmagou o cigarro que deixara pousado no cinzeiro.

— O que acha de Londres? — perguntou ela. — Veio em 1962. Gosta de cá viver?

Senti-me paralisar. Ela inclinou-se. — Miss Bastien. Isto não é um teste. Estou genuinamente interessada. O que quer que me diga, não contarei a ninguém. Prometo.

Eu nunca dissera aquilo em voz alta a ninguém. Talvez fosse do gim, talvez fosse da sua expressão sincera e do facto de se não ter rido do meu sonho de escrever. Talvez fosse a confiança da juventude ou aquele porteiro Harris, mas saiu-me de rompante. — Nunca vi tanta fuligem — disse eu.

Ela riu. — É um lugar sujo.

— Em Trindade, crescíamos a ouvir dizer que Londres era uma terra mágica.

— Também eu.

— Não é de cá?

Ela encolheu os ombros. — Estou cá há tanto tempo que mal me recordo qualquer outra coisa.

— Fazem-nos pensar que Londres está cheia de ordem, abastança, honestidade e campos verdes. A distância encolhe.

— A que distância se refere, Miss Bastien?

— Bem, a rainha governa Londres e governa a nossa ilha, portanto Londres faz parte de nós.

— Compreendo.

Eu não achava que Quick compreendesse realmente, por isso continuei. — Pensamos que aqui nos conhecerão, porque eles também leem Dickens, Brontë e Shakespeare. Mas ainda não encontrei ninguém que saiba o nome de três das suas peças. Na escola, mostravam-nos filmes sobre a vida inglesa, chapéus de coco e autocarros bruxuleando por entre paredes caiadas, enquanto no exterior a única coisa que se ouvia eram relas. Porque é que nos mostraram tais coisas? — A minha voz elevava-se. — Eu pensava que toda a gente tinha um título honorífico... — interrompi-me, receando ter dito demais.

— Continue — incitou ela.

— Pensava que Londres significaria prosperidade e bom acolhimento. Um lugar da Renascença. Glória e sucesso. Oportunidade. Pensava que partir para Inglaterra era o mesmo que sair da minha casa para a rua, apenas uma rua levemente mais fria onde uma *beti*[9] com miolos podia viver ao lado de Isabel, a rainha.

Quick sorriu. — Tem pensado muito nisto.

— Por vezes não se consegue pensar em mais nada. Há o frio, a humidade, a renda, a privação. Mas... esforço-me por viver.

Senti que não devia dizer mais; nem conseguia acreditar que havia dito tanto. O pãozinho achava-se esfarelado no meu colo. Quick, em compensação, parecia completamente descontraída. Recostou-se na cadeira, de olhos brilhantes. — Odelle — disse ela. — Não entre em pânico. É provável que as coisas lhe corram bem.

---

[9] «Filha» em hindi. (*NT*)

4

Cynthia desposou Samuel no Registo de Wandsworth, numa pequena sala que cheirava a burocracia e perfume barato, com paredes verde-escuras e cadeiras de aço. Shirley e Helen, duas raparigas da sapataria, vieram também todas aperaltadas. O amigo de Sam da empresa de autocarros, Patrick Minamore, foi o padrinho e trouxe consigo a namorada Barbara, uma atriz incipiente e tagarela.

O notário examinou-nos. Os homens estavam de fato, Patrick com uma gravata particularmente berrante, e todos pareciam elegantes comparados com o ambiente sombrio. A Cynth estava linda, quer dizer, ela era bonita de qualquer maneira, mesmo sem amor a sair-lhe por todos os poros, mas com o seu minivestido branco, um simples toucado branco e um par de sapatos brancos oferecidos por Connie, a gerente dela, como presente de casamento, estava radiosa. Tinha um colar de flores azuis feitas de cerâmica e duas pequenas pérolas nas orelhas, tão perfeitas e redondas como se as ostras as tivessem feito especialmente para ela.

Patrick, aspirante a fotógrafo, fora encarregado de captar tudo. Ainda tenho algumas dessas fotos. Uma cascata de arroz apanhada no ar, chuva branca sobre as caras risonhas de Sam e Cynth com eles na escadaria do registo, as suas duas mãos erguidas juntas enquanto os grãos tombavam.

No casamento, pelo menos, Cynth triunfara. Para nós nunca seria simples encontrar o caminho, e Cynth tinha tanto jeito que por esta altura já deveria possuir um império de sapatarias. Não era fácil vender sapatos em Clapham High Street, em 1967, para uma rapariga de Trindade. Provavelmente era mais fácil escrever um poema acerca das flores de Trindade, enviá-lo ao cônsul britânico e ser recompensado com um prémio. Mas, pelo menos ela tinha o Sam, e eles haviam encaixado perfeitamente um no outro, ele sério e tímido, ela engenhosa e determinada; como a sua presença o iluminava enquanto ele assinava o nome no registo!

Voltámos para o apartamento de Sam e Patrick em táxis pretos e dissemos aos motoristas que os nossos amigos tinham acabado de casar. Eles desceram as janelas, sintonizaram o mesmo posto de rádio e tocaram *blues* em concerto, tão alto que íamos cheios de medo de ser presos por perturbar a paz. Já no apartamento, tirámos euforicamente as toalhas de chá de cima das sanduíches, descobrimos saca-rolhas e abre-garrafas, pusemos um disco e admirámo-los a cortar o alto bolo branco a que Cynth misturara rum.

Ao fim de algumas horas surgiram outras pessoas, amigos de amigos. Barbara convocara um monte de indivíduos de aspeto moderno, raparigas de cabelos compridos e vestidos curtos, tipos com camisas de colarinho aberto, que pareciam precisar de fazer a barba. Limitei-me a relancear-lhes um olhar; há muito que dissera a mim mesma que aquela gente não servia para mim nem eu para eles. Tinha as costas húmidas de transpiração e o teto parecia mais baixo do que há uma hora. Um par do grupo de Barbara tombou sobre uma mesa, e um pequeno candeeiro com borlas caiu ao chão. Embora eu própria nunca tivesse fumado, sentia o cheiro de marijuana.

Quando a sala ficou cheia, a disposição eufórica e a Cynth já bebera três *Dubonnets* e limonada a mais, levantou a agulha do gira-discos e anunciou: — A minha amiga Delly é poeta e escreveu um poema acerca do amor. — Ouviram-se aplausos. — E agora vai lê-lo.

— Cynthia Morley, *não* — sibilei eu. — Lá porque agora és uma mulher casada, não podes mandar em mim.

— O que foi, Delly? — exclamou Sam. — Porquê tanto segredo?

— Anda lá, Delly. Por mim — pediu Cynth; horrorizada, vi-a tirar o poema da mala enquanto nova vaga de aplausos, esta mais vacilante, percorria a sala abafada. Quando, há uma semana, eu lho havia finalmente mostrado, como uma garotinha de escola percorrendo o longo caminho até à secretária da professora, ela lera-o em silêncio e depois abraçara-me fortemente, sussurrando: «Bom Deus, Delly, és realmente abençoada.»

— É um poema muito bom, Delly — disse ela agora, enfiando-mo nas mãos. — Anda lá, mostra a esta gente o que vales.

Portanto, eu acedi. Um pouco zonza do meu *Dubonnet*, levantei a cabeça apenas uma vez para todas as caras, pequenas luas imobilizadas só para mim. Li o meu poema acerca do amor pelo papel, embora o soubesse de cor. As minhas palavras fizeram a sala ficar silenciosa. E, depois de terminar, o silêncio continuou, e esperei por Cynth, mas nem ela parecia capaz de falar.

Não vi o rosto dele na multidão quando li o poema. Não senti os seus olhos em mim, embora mais tarde ele me tenha dito que não conseguira desviá-los dos meus. Não dei por qualquer mudança na sala, excetuando o choque da minha voz sozinha e a estranha euforia que se vive no rasto de um aplauso, em que nos sentimos simultaneamente degradados e triunfantes.

Ele veio ter comigo, cerca de meia hora mais tarde, à minúscula cozinha atafulhada onde eu empilhava os pratos de folha de alumínio vazios em torres ordenadas, tentando dar alguma ordem ao caos de solteiros de Sam e Patrick. — Viva — saudou ele. — Então tu és a poeta. Eu sou o Lawrie Scott.

O meu primeiro pensamento foi verificar se tinha bocados de sanduíche de ovo nos dedos. — Não sou poeta, apenas escrevo poemas — disse eu, examinando as mãos.

— Há diferença?

— Eu acho que sim.

Ele encostou-se à bancada, com as longas pernas direitas, e cruzou os braços como um detetive. — Então o teu verdadeiro nome é mesmo Delly? — perguntou.

— É Odelle. — Senti-me grata pela embalagem de *Fairy* e a esponja a que comecei a dar uso.

— Odelle. — Olhou para lá do arco para a sala onde a festa corria sem leme, afundando-se num mar de pontas de cigarro e guinchos, abre-garrafas, acessórios de cabelo desprezados e o casaco do fato de alguém amarrotado no chão. O Sam e a Cynth partiriam em breve, nada mais, nada menos, do que para o nosso apartamento, que eu prometera deixar livre para este dia. Esta noite tinha de ficar neste buraco. Este Lawrie parecia imerso em pensamentos, talvez um pouco pedrado, e reparei nas pequenas manchas purpúreas de cansaço sob os seus olhos.

— Como é que conheces o feliz casal? — perguntei.

— Não conheço. Sou amigo da Barbara e ela disse que havia uma festa. Não sabia que era um casamento. Sinto-me bastante mal-educado, mas sabes como é. — Eu não sabia, por isso não disse nada. — E tu? — continuou ele.

— Eu andei na escola com a Cynth. Ela é, era, minha companheira de apartamento.

— Há muito tempo, então?

— Há muito tempo.

— O teu poema era francamente bom — disse ele.

— Obrigada.

— Não consigo imaginar como será ser casado.

— Suponho que não é muito diferente — retorqui eu, calçando um par de luvas de borracha amarelas.

Ele virou-se para mim. — Pensas realmente assim? É por isso que o poema era acerca de amor e não de casamento?

O monte de bolhas subia no lava-louça porque eu não fechara a torneira. Ele parecia genuinamente interessado e isso agradava-me. — É — respondi. — Mas não digas à Cynth.

Ele riu e eu gostei do som. — A minha mãe costumava dizer que o casamento melhorava com a prática — declarou ele. — Mas ela já ia na segunda tentativa.

— Valha-me Deus — comentei eu a rir. Provavelmente com uma inflexão desaprovadora. O divórcio, nesse tempo, ainda continha uma sugestão de orgia.

— Ela morreu há duas semanas — disse ele.

Detive-me, a esponja pairando sobre o lava-louça, e fitei-o para ver se ouvira bem. — O meu padrasto disse-me que eu devia sair — prosseguiu Lawrie, a fixar o chão. — Que estava no seu caminho. E, de entre todos os lugares, acabo num casamento.

Riu-se de novo, mas depois ficou calado, apertando a si o elegante blusão de cabedal. Eu ainda não tivera, em Inglaterra, uma conversa tão pessoal com um estranho. Não sabia aconselhá-lo e ele não parecia desejar tal. Não parecia a ponto de chorar. Pensei que talvez tivesse calor com aquele casaco, mas ele não se mostrava disposto a despi-lo. Talvez não tencionasse demorar-se. Registei a minha pena de que pudesse ser esse o caso.

— Eu não vejo a minha mãe há cinco anos — disse-lhe, mergulhando em água quente uma bandeja pegajosa de migalhas de bolo.

— Mas no entanto ela não morreu.

— Não. Não, ela não morreu.

— Penso constantemente que vou vê-la outra vez. Que ela lá estará quando eu chegar a casa. Mas a única pessoa que lá está é o maldito Gerry.

— Gerry é o teu padrasto?

O seu rosto tornou-se sombrio. — Sim, desculpa. E a minha mãe deixou-lhe tudo a ele.

Tentei calcular a idade de Lawrie. Podia ter trinta, supunha, mas a rapidez com que se abria sugeria alguém mais novo. — Isso é duro — comentei. — Porque terá ela feito isso?

— Longa história. Na realidade, ela deixou-me uma coisa. Gerry sempre o detestou, o que mostra como ele é imbecil.

— É bom que tenhas ficado com qualquer coisa. O que é?

Lawrie suspirou outra vez e descruzou os braços, deixando-os pender ao longo do corpo. — Um quadro. Só serve para me recordar dela. — Dirigiu-me um sorriso triste, a boca torcida de um lado. — O amor é cego, o amor é uma sujeição. Eu também podia ser poeta. — Inclinou a cabeça para o frigorífico. — Há leite?

— Deve haver. Sabes, penso que é melhor recordares a tua mãe do que tentares esquecer. O meu pai morreu. E eu não tenho absolutamente nada dele. Apenas o nome.

Lawrie imobilizou-se, a mão na porta do frigorífico. — Uau. Lamento. Estou eu aqui a arengar...

— Não tem importância. A sério. — Agora sentia-me constrangida e só desejava que ele tirasse o leite e se ocupasse. Geralmente, nunca falava dos meus pais e, no entanto, senti-me compelida a prosseguir. — Morreu na guerra. Foi abatido.

Lawrie parecia ansioso. — O meu também morreu na guerra. Mas não num avião. — Fez uma pausa e tive a sensação de que ia dizer mais qualquer coisa e depois mudara de ideias. — Nunca o conheci — acrescentou ele.

Este sincronismo de circunstâncias deixou-me contrafeita, como se o tivesse procurado deliberadamente. — Eu tinha dois anos — prossegui rapidamente. — Na verdade, não me lembro dele. Chamava-se Odell, mas sem o «e». Quando ele morreu, a minha mãe mudou-me o nome.

— Fez *o quê*? Como é que te chamavas antes disso?

— Nem sequer sei.

Este facto a meu respeito pareceu absurdo e engraçado, pelo menos nesse momento — talvez fosse das nuvens de erva que por ali pairavam —, e largámos ambos a rir. De facto, rimo-nos continuamente durante cerca de um minuto, com aquela dor no estômago de quando nos rimos sem parar; como é que uma mãe nos pode mudar o nome, que loucura uma outra ter morrido de repente, e nós numa cozinha ao virar da esquina do British Museum com luvas de borracha amarelas calçadas.

Lawrie virou-se completamente para mim, a garrafa de leite inclinada na mão. Controlei-me e observei-a, receosa de que o líquido começasse a pingar pela tampa num ângulo tão perigoso.

— Ouve — disse ele —, Delly.

— Odelle.

— Queres sair?

— De onde?

— *Daqui*, minha tonta.

— Quem é que é tonto?

— Podíamos ir até ao Soho. Tenho um amigo que nos pode meter no Flamingo. Mas tens de tirar essas luvas de borracha. Não é *esse* tipo de clube.

Nesta altura eu não sabia o que pensar de Lawrie. Podia descrevê-lo como acometido de pesar, mas era indiscutível que o pesar ainda não fora verdadeiramente assimilado. Talvez ele estivesse em choque, tinham passado apenas quinze dias. Que estava furioso com alguém e um pouco perdido, simultaneamente seguro de si e todavia evitando-se, todas estas coisas se podiam dizer a respeito de Lawrie. Falava bem, e referia-se a Gerry, à casa e à sua mãe divorciada e falecida com um cansaço do mundo a que eu não tinha a certeza se ele tentava escapar ou manter vivo.

— Eu... eu estou cansada — respondi. — Não posso abandonar a festa. — Tirei a tampa do lava-louça. Enquanto a água se escoava ruidosamente, perguntei-me como teria morrido a mãe dele.

— O *Flamingo*, Odelle.

Eu nunca ouvira falar daquilo, mas não ia dizer-lho. — Não posso deixar a Cynth.

Ele ergueu uma sobrancelha. — Não creio que ela precise de ti esta noite. — Corei e fitei as bolhas que desapareciam. — Olha — continuou ele —, tenho o carro lá fora. Que tal deixarmos o quadro no apartamento do meu amigo e depois irmos dançar. Não tem de ser no Flamingo. Gostas de dançar?

— Tens o quadro contigo? — perguntei eu.

— Percebo. — Passou a mão pelo cabelo. — És mais uma pequena de artes do que de clubes noturnos?

— Não creio que seja nenhuma delas. Mas trabalho realmente numa galeria de arte — acrescentei. Queria impressioná-lo, mostrar-lhe que não era apenas uma pedante inocente que preferia lavar a louça a rebolar-se na carpete.

O olhar de Lawrie iluminou-se. — Queres vê-lo? Está na mala do meu carro.

Lawrie não tentou tocar-me naquela cozinha. Não deixou a sua mão vaguear sequer por perto. O alívio de ele não o fazer e o desejo de que o fizesse são, creio, as razões por que concordei em ir ver o seu quadro. Segui-o, deixando os pratos abandonados no lava-louça.

*

Penso que ele queria que eu ficasse impressionada com o facto de conduzir um *MG*, mas isso não significou nada para mim assim que pousei os olhos no quadro que estava na mala. Não era grande e não tinha moldura. Como imagem, era simples e ao mesmo tempo não facilmente decifrável: uma rapariga, segurando nas mãos a cabeça decapitada de outra rapariga, num dos lados do quadro, e no outro um leão, sentado nas patas traseiras, ainda não preparado para o ataque. Tinha o ar de uma fábula.

Apesar da ligeira distorção do candeeiro de rua alaranjado por cima de nós, as cores do fundo inferior recordaram-me um retrato de corte da Renascença; aquela miscelânea de campos de todos os tipos de amarelo e verde, e algo que parecia um pequeno castelo branco. Em cima, o céu era mais escuro e menos digno; havia algo de pesadelo nos seus índigos pisados. O quadro provocou-me uma sensação imediata de opostos: as raparigas contra o leão, juntas perante a sua adversidade. Mas havia uma delicadeza gratificante para lá da sua bela paleta de cores, um elemento evasivo que o tornava tão fascinante.

— O que pensas? — perguntou Lawrie. O seu rosto parecia adoçado fora do clarão da luz da cozinha.

— Eu? Eu sou apenas a datilógrafa — respondi.

— Ah, anda lá. Eu ouvi aquele poema. Faz um poema a isto.

— Não funciona assim — comecei eu, antes de perceber que aquilo era uma provocação. Senti-me embaraçada, por isso voltei-me outra vez para o quadro. — É muito invulgar, acho. As cores, o assunto. Pergunto-me quando terá sido pintado? Pode ter sido na semana passada ou no século passado.

— Ou ainda antes — disse ele, esperançoso.

Olhei novamente para os campos antiquados do fundo e depois para as figuras. — Não creio. O vestido e o casaco da rapariga são mais recentes.

— Achas que isso é folha de ouro? — Lawrie curvou-se e apontou para a juba do leão, as mechas fluidas que pareciam reluzir. Tinha a cabeça muito perto da minha e eu sentia o cheiro da sua pele, um traço de loção pós-barba que me provocou arrepios.

— Odelle? — insistiu ele.

— Não é o tipo de quadro habitual — apressei-me a responder, como se soubesse o que era um tipo de quadro habitual. Endireitei-me. — Mr. Scott, o que vai fazer com isto?

Ele virou-se para mim e sorriu. A luz alaranjada tombou sobre os planos do seu rosto e cobriu-o de sombras fantasmagóricas. — Gosto que me chames Mr. Scott.

— Nesse caso, vou chamar-te Lawrie.

Ele riu e o queixo tremeu-me, com a ameaça de um sorriso.

— Não creio que isto tenha sido feito por um amador — disse eu. — O que sabia a tua mãe a respeito dele?

— Não faço ideia. E tudo o que *eu* sei é que ela o levava consigo para onde quer que fosse. Em casa, estava sempre no seu quarto. Não gostava de o ter nas divisões comuns.

Apontei para as iniciais no canto inferior direito do quadro.

— Quem é I. R.?

Lawrie encolheu os ombros.

— Não é o meu forte.

Perguntei-me qual seria o forte de Lawrie, e se alguma vez o descobriria, e porque é que desejava tal; e seria essa a razão por que me sentia tão esquisita?

Não fosse ele conseguir ler-me os pensamentos, curvei de novo a cabeça para a rapariga da pintura. Usava um vestido azul-claro com um casaco de malha escuro de que podiam até ver-se os torcidos. A cabeça que ela transportava tinha uma comprida trança preta, que serpenteava inquietantemente para fora dos seus braços unidos em direção ao solo de terra vermelha. O estranho era que, embora não tivesse corpo, a rapariga suspensa não parecia de todo morta. Convidava-me a entrar, mas havia nos seus olhos uma nota de advertência. Nenhuma delas nos oferecia exatamente um acolhimento radioso. Pareciam ambas ignorar o leão, que podia ou não estar a preparar-se para atacar.

— Tenho de ir — declarei eu, empurrando o quadro para as suas mãos surpreendidas. Lawrie, a festa, o poema, o *Dubonnet*, o casamento de Cynth, o quadro; de súbito desejei estar só.

Lawrie pegou no quadro e fechou a mala do carro. Fitou-me de alto a baixo, a cabeça outra vez inclinada para um lado. — Estás bem? Queres que te acompanhe até lá dentro?

— Sim — disse eu. — Quer dizer, não. Estou bem. Obrigada. Desculpa. Foi um prazer conhecer-te. Felicidades. — Dei meia-

-volta e chegara à entrada do prédio de apartamentos quando ele me chamou.

— Ei, Odelle. — Virei-me e vi-o enfiar as mãos nos bolsos do seu blusão de cabedal, curvando de novo os ombros. — Eu... sabes... o poema era realmente bom.

— Leva sempre mais tempo do que se pensa, Mr. Scott — retorqui eu. Ele riu e eu sorri, agora abertamente, embora satisfeita por me encontrar fora do clarão do candeeiro de rua.

5

Durante a minha juventude, a minha mãe e eu almoçávamos sempre com a família da Cynth aos domingos. Quatro da tarde, uma grande panela sobre o fogão, toda a gente a entrar e a sair e a servir-se; e quando a refeição terminava, aproximávamos as cadeiras do rádio, às sete e meia, e ouvíamos as *Vozes das Caraíbas,* da BBC, a única emissão com interesse para quem sonhava ser escritor.

Era uma coisa de loucos: poetas de Barbados, Trindade, Jamaica, Granada, Antígua — qualquer parte das Caraíbas britânicas — enviavam as suas histórias para a longínqua Bush House, em Aldwych, Londres, a fim de as ouvir lidas de novo nos seus lares, milhares de milhas do outro lado do Atlântico. Aparentemente não havia instalações locais que permitissem processar essas histórias, um facto que gravou em mim, desde tenra idade, a noção de que, para ser escritora, eu precisaria do selo de aprovação da pátria, a sanção imperial de que as minhas palavras eram dignas de ser radiodifundidas.

A maioria dos trabalhos pertencia a homens, mas eu escutava extasiada as palavras e as vozes de Una Marson, Gladys Lindo, Constance Hollar. Cynth intrometia-se: «Um dia *tu* serás lida aqui, Delly», e com a sua carita brilhante, os seus caracóis, fazia-me sempre sentir que isso era verdade. Tinha sete anos e era a única pessoa que me incitava a continuar. Em 1960 esse programa acabou, e dois anos mais tarde eu vim para Inglaterra sem a menor ideia quanto ao que fazer com as minhas histórias. A vida na sapataria tomou conta de nós e, por isso, eu só escrevia em privado, e Cynth, que sem dúvida via as pilhas de blocos que nunca saíam do meu quarto, deixou simplesmente de me atazanar.

Ela e Sam haviam encontrado um apartamento para alugar em Queen's Park, e ela fora transferida para uma filial da Dolcis na zona norte de Londres. Até essa altura, eu nunca conhecera verdadeiramente a solidão. Sempre tivera os meus livros, e Cynth estivera sempre presente. Subitamente, os meus pensamentos eram enormes naquele minúsculo apartamento, porque não havia ninguém para os ouvir e para os tornar razoáveis, ninguém para me lisonjear ou apoiar, ou estender os braços para me abraçar. A ausência de Cynth transformou-se numa coisa física para mim. Teremos corpo se não houver ninguém que lhe toque? Suponho que sim, mas por vezes sentia-me como se não. Eu era apenas uma mente, flutuando pelas salas. Que mal preparada me encontrava para o eco e o ruído da minha chave na fechadura, a falta da frigideira dela a fervilhar, a minha solitária escova de dentes, o silêncio onde antes ela cantarolava as suas canções preferidas.

Quando vemos uma pessoa diariamente — uma pessoa de quem gostamos, uma pessoa que nos anima —, pensamos que somos o máximo, sem precisarmos de nos esforçar muito. Agora via-me como pouco interessante e não tão inteligente assim. Ninguém queria ouvir os meus poemas exceto a Cynth, ninguém se importava nem compreendia como ela de onde é que eu vinha. Eu não sabia como ser Odelle sem Cynth para me levar a tal. A Cynth fizera tanto por mim, mas, como partira, eu ainda assim conseguia sentir ressentimento.

Os seus compromissos de trabalho e os meus significavam que só nos encontrávamos de quinze em quinze dias, no Lyon's de Craven Street, ao virar da esquina do Skelton. Eu mal reconhecia a Cynth o crédito de ser sempre ela a combinar as coisas.

No balcão, a empregada tinha inclinado as nossas chávenas de tal maneira que o líquido entornara para o pires, e o pão doce que eu escolhera ficara empapado. Quando pedi outro pires, a empregada ignorou-me e, quando paguei, ela não me pôs o troco na mão. Pousou o dinheiro no balcão e empurrou-o para diante, sem olhar para a minha cara. Virei-me para Cynth e vi-lhe uma expressão familiar. Fomos procurar uma mesa livre, o mais longe possível do balcão.

— Como vai isso no trabalho? — perguntou ela. — Continuas atrelada a essa tal Marjorie Quick?

— Ela é a minha chefe, Cynth.

— Se tu o dizes.

Eu não me apercebera de quão óbvia era a impressão que Quick me provocara nas últimas semanas. Tentara saber mais coisas acerca dela junto de Pamela, que apenas me soube dizer que Quick mencionara uma vez o condado de Kent como sendo o lar da sua infância. O que ela fizera entre ser uma rapariga e uma mulher na casa dos cinquenta era uma mancha cinzenta. Talvez estivesse destinada a uma vida refinada em Kent, a esposa de um magistrado ou algo assim, mas tivesse optado antes por tentar um tipo de fortuna diferente nos escombros da Londres do pós-guerra. O seu nome não constava do *Debrett's*: não era uma descendente de Skelton, uma das minhas linhas de pensamento iniciais. As suas impecáveis escolhas de vestuário exalavam poder, um cuidado consigo que não era para benefício de ninguém senão dela própria. Cada blusa perfeita, cada impecável par de calças era uma narrativa pessoal preventiva. A roupa de Quick era uma armadura feita de seda.

Sabia que não era casada e que vivia em Wimbledon, junto ao parque. Fumava constantemente e parecia íntima de Reede, da mesma maneira que a água é íntima de uma pedra que desgastou durante décadas. Pamela disse que Quick estava lá há tanto tempo como Reede, quando ele ocupara a direção do Skelton em 1947, há vinte anos. Como é que ela conhecera Reede ou porque é que decidira empregar-se, permanecia um mistério. Perguntei-me que género de batalha travara para chegar onde se encontrava agora e se lera aquelas histórias romanas para tirar delas algumas lições de guerra.

— Ela não se parece com ninguém que eu tenha conhecido — disse a Cynth. — Amistosa num minuto, um raio de sol. E logo a seguir uma mulher ouriço, tão espinhosa que até dói estar perto.

Cynth suspirou. — Comprámos um *G Plan* para o apartamento.

— Um G quê?

— Oh, Delly. O Sam trabalha tanto, por isso eu disse-lhe que íamos comprar um belo sofá da G Plan para ele poder descansar os pés ao fim do dia.

— Humm. E os teus pés como vão?

Ela suspirou, mexendo o chá morno com a colher. — Ah, deixa-me contar-te uma coisa. Então o nosso novo carteiro confundiu as cartas e a nossa vizinha foi lá bater à porta com elas. — Cynth pigarreou e imitou uma voz inglesa pedante. — «Oh, olá. Pois, estas devem ser suas. Vimos que tinham um selo preto.» Era uma carta de *Lagos*, Delly. Não trazia o meu nome e eu não conheço ninguém na Nigéria. «Selo preto», francamente.

O seu riso morreu. Normalmente, teríamos discutido uma coisa destas para remover a farpa, mas depois da cena com a empregada nenhuma de nós se sentiu com energia.

— Fala-me do tipo com quem estiveste a conversar no casamento — disse ela, com ar malicioso.

— Que tipo?

Cynth revirou os olhos. — O Lawrie Scott. O branco; atraente, magro. É amigo da Barbara do Patrick. Eu cá não bebi assim *tantos Dubonnets* e vi-te na cozinha.

— Ah, esse. É um idiota.

— *Humm* — fez ela; os seus olhos luziram com um brilho secreto e eu percebi que me denunciara. — É estranho.

— Porquê?

— O Patrick contou ao Sam que ele andou a fazer perguntas sobre ti. — Cerrei a boca com mais força do que uma amêijoa e a Cynth fez uma careta sorridente. — Tens escrito? — perguntou ela.

— Só me começas a perguntar isso agora que te foste embora.

— Não me fui embora. 'Tou na outra ponta do mapa do metro, mais nada.

— Como se te preocupasses por eu não ter nada que fazer atualmente. Não te preocupes, ando a escrever — disse eu, mas era mentira. Nesta altura tinha parado completamente, crendo que pensar em mim como uma boa escritora era risível.

— Ótimo. Fico satisfeita por andares a escrever — disse a Cynth firmemente. — Sabes, vai haver uma noite de poesia no ICA[10] —

[10] Institute of Contemporary Arts. (*NT*)

continuou ela. — Um amigo do Sam vai fazer uma leitura e esse é *realmente* um idiota comparado contigo. O poema dele faz-me sono...

— Eu não vou fazer leituras em nenhuma reunião, Cynthia — declarei, franzindo o nariz. — Não te iludas.

Ela suspirou. — Não. É só que tu és melhor, Odelle. Tu és melhor e sabes disso, e não fazes *nada*.

— Ei, *ei* — repontei. — Eu ando ocupada. Eu trabalho. Fica-te com o teu *G Plan* e para com estes disparates. O quê, lá porque não tenho os pés de um marido para me preocupar, mais vale ir ler a minha *poesia* e tal?

Cynthia pareceu perturbada. — Delly! Porquê tão irritada? Eu cá só tento ajudar.

— Não 'tou irritada. — Esvaziei a chávena de chá. — 'Tá tudo bem para *ti* — disse eu. — Não me digas como viver.

Depois disso, Cynth ficou calada. Eu devia ter pedido desculpa imediatamente, mas não o fiz. Ela partiu pouco depois, de rosto contraído pelas lágrimas, e eu senti-me um monstro surgido do mar para lhe agarrar as pernas.

Não nos encontrámos na semana seguinte, nem na outra, e ela não telefonou. Eu também não, e sentia-me tão embaraçada, tão parva — *uma autêntica idiota*, como indubitavelmente a Cynth me descreveu nessa noite a Sam. Quanto mais tempo ela mantinha o silêncio, mais impossível me parecia pegar no telefone.

Tudo o que eu realmente queria dizer era que tinha saudades de vivermos juntas. E era eu que supostamente manejava bem as palavras.

6

Lawrie encontrou-me a 15 de agosto. Eram sete da manhã e eu ia fazer o primeiro turno na receção. As lojas ainda estavam fechadas, os autocarros que se moviam ao longo de Charing Cross Road eram menos frequentes. Dirigi-me para o Mall, e a longa avenida, geralmente atarefada, era uma estrada vazia de luz esverdeada. Há uma semana que chovia e as pedras do pavimento estavam molhadas de um aguaceiro matinal, as árvores pingando com a brisa como copas por baixo do mar.

Eu já vira chuva muito pior do que esta, por isso não me sentia demasiado incomodada; enfiei na mala o exemplar do *Express* que comprara para Pamela, a fim de o proteger dos salpicos, atravessei os Carlton Gardens e o círculo central de Skelton Square. Passei o plinto do estadista há muito falecido que adornava o centro, um indivíduo de olhos vazios com o casaco sujo pelos pombos. No passado, teria descoberto quem ele era, mas cinco anos em Londres haviam purgado o meu interesse por homens da época vitoriana. O olhar infinito da estátua fez-me sentir ainda mais exausta.

Lancei um relance na direção do Skelton. Junto às portas encontrava-se um homem novo, alto e esguio, com um blusão de cabedal algo usado. Tinha o rosto comprido e cabelo castanho muito escuro. Enquanto me acercava, soube que era ele. Senti a garganta contraída, um pequeno aperto no estômago, um batimento acelerado no peito. Aproximei-me dos degraus, a tirar a chave do Skelton da mala. Desta vez, Lawrie usava óculos e as suas lentes reluziam à luz soturna. Trazia um pacote debaixo do braço, embrulhado naquele papel castanho em que os talhantes costumavam embrulhar os seus bocados de carne.

Sorriu-me. — Olá — saudou.

Como foi ver Lawrie sorrir? Posso tentar: foi como se alguém com o dom de sarar tivesse pousado as suas mãos no meu peito. As minhas rótulas em papa, formigueiro no queixo, nem pensar em engolir. Apetecia-me lançar-lhe os braços ao pescoço e dizer: «És tu, vieste.»

Em vez disso, disse: — Olá. Posso ajudá-lo?

O seu sorriso vacilou. — Não te lembras? Nós conhecemo-nos, no casamento. Eu fui com o grupo da Barbara. Tu leste um poema e não quiseste ir dançar comigo.

Franzi a testa. — Ah, sim. Como está?

— Como *estou*? Não me perguntas porque estou aqui?

— São sete da manhã, Mr...?

— Scott — retorquiu ele, com a alegria a desaparecer-lhe da cara. — Lawrie Scott.

Passei por ele e enfiei a chave na fechadura, atrapalhando-me ao fazê-lo. O que havia comigo? Apesar de todas as minhas fantasias acerca de como isto iria acontecer, confrontada com a realidade, estava a mostrar-me tão obstrutiva como antes. Empurrei a porta e ele seguiu-me. — Vem encontrar-se com alguém? — indaguei.

Ele lançou-me um longo olhar. — Odelle. Eu visitei todas as galerias de arte, todos os museus desta malfadada cidade para tentar encontrar-te.

— Para me *encontrar*?

— Sim.

— Não conseguiu encontrar-me em cinco semanas? Podia ter simplesmente perguntado ao Patrick Minamore.

Ele riu-se. — Então contaste-as. — Eu corei e desviei o olhar, ocupando-me com o correio. Ele levantou o embrulho com o papel castanho e disse: — Trouxe-te as raparigas do leão.

Não consegui disfarçar a suspeita da minha voz. — Quem são elas?

Ele sorriu. — As pequenas do quadro da minha mãe. Segui o teu conselho. Achas que alguém lhes dará uma vista de olhos para mim?

— Estou certa de que sim.

— Procurei aquelas iniciais que tu apontaste, I. R. Não descobri um único nome. Portanto, provavelmente não vale um cêntimo.

— Estás a pensar vendê-lo? — perguntei eu, a cabeça ainda zonza, o coração a martelar desconfortavelmente ao deslocar-me para o outro lado do balcão de madeira. Nunca na minha vida falara de forma tão direta com um rapaz.

— Talvez. Vamos ver o que acontece.

— Mas julguei que era o preferido da tua mãe.

— *Eu* era o preferido da minha mãe — retorquiu ele, pousando o embrulho em cima do balcão com um sorriso forçado. — Estou a brincar. Não *quero* vendê-lo, mas, se valer alguma coisa, ajudar-me-á a recomeçar, percebes. Gerry, *o Sacana*, perdoa-me o palavrão, pode pôr-me na rua a qualquer instante.

— Não trabalhas?

— *Trabalho*?

— Não tens um emprego?

— Já tive empregos no passado.

— Muito distante?

Ele fez uma careta. — Não aprovas.

A verdade era que eu *não* aprovava pessoas que não trabalhassem. Toda a gente que conhecera desde que viera para Londres — a Cynth, as raparigas da sapataria, o Sam, o Patrick, a Pamela —, todos nós tínhamos empregos. A razão de *estarmos* aqui era ter um emprego. De onde eu vinha, ter o seu próprio trabalho era o único despertar do longo sono que seguia as gerações dos campos. Era a nossa fuga. É difícil modificar as mensagens que circulam durante toda a nossa vida, especialmente quando já por lá andavam desde antes de a nossa vida ter começado.

Lawrie fixou o papel de embrulho castanho. — É uma longa história — disse ele, pressentindo a minha desaprovação. — Eu abandonei a universidade. Isso foi há alguns anos. A minha mãe não estava... oh, deixa. Mas gostava de iniciar algo de novo.

— Percebo.

Ele pareceu embaraçado e enfiou as mãos nos bolsos do blusão. — Olha, Odelle. Eu não sou... um calaceiro. Eu quero mesmo *fazer* coisas. Quero que saibas isso. Eu...

— Queres uma chávena de chá? — perguntei eu.

Ele deteve-se a meio da frase. — Chá. Sim. Céus, é muito cedo, não é? — riu-se.

— Ias limitar-te a ficar especado lá fora até eu aparecer?

— Ia — respondeu ele.

— És um rapaz louco.

— Quem é que é louco? — disse ele, e sorrimos um ao outro. Fitei o seu rosto claro.

— Mesmo sem emprego, a minha mãe achar-te-ia perfeito.

— Porque acharia ela isso?

Suspirei. Era demasiado cedo de manhã para explicar.

Estivemos uma hora juntos, sentados no átrio da receção, a porta de entrada fechada enquanto eu separava o correio e preparava o chá e o café que Pamela e eu tínhamos de ir renovando ao longo do dia. Lawrie parecia genuinamente encantado com a sua chávena de chá. Era como se nunca tivesse visto uma bebida quente.

Falou-me do funeral da mãe. — Foi horrível. O Gerry leu um poema acerca de uma rosa moribunda. — Tapei a boca com a mão para ocultar um sorriso. — Não, deves rir — disse ele. — A minha mãe teria rido. Tê-lo-ia detestado. Ela nem sequer gostava de rosas. E o Gerry tem uma voz terrível para poesia. A pior voz que já ouvi. Como se tivesse um pau enfiado no rabo. E o sacerdote era senil. E não estávamos lá mais do que cinco pessoas. Foi verdadeiramente horrível e eu odiei que ela tivesse de passar por aquilo.

— Lamento — disse eu.

Ele suspirou e esticou as pernas. — Não tens culpa, Odelle. Mas pronto. Está feito. RIP, e tudo isso. — Esfregou a cara como que a apagar uma recordação. — E tu? Como é a vida sem a tua companheira de apartamento?

Senti-me comovida por ele se lembrar. — Tudo bem — respondi. — Algo silenciosa.

— Pensei que gostavas de silêncio.

— O que sabes tu disso?

— Não quiseste ir ao Flamingo.

— É um tipo de silêncio diferente — retorqui.

Ficámos nós próprios em silêncio então, eu sentada atrás do balcão e ele do outro lado, o embrulho de papel castanho entre nós, à espera sobre a madeira. Era um silêncio agradável, caloroso e cheio, e eu gostava de o ver ali sentado discretamente, e no entanto, aos meus olhos, faiscando com a luz que eu pressentira quando nos conhecêramos.

Para mim ele era belo e, enquanto tirava o *Express* para Pamela e simulava uma arrumação da secretária, esperava que ela se atrasasse. Na minha terra, tivera um ou dois «derriços», como lhes chamaria a minha mãe; mãos dadas no escuro no Roxy, cachorros-quentes depois de conferências, beijos desajeitados num concerto no Princes Building, um piquenique noturno no Pitch Walk, contemplando a luz azulada das mariposas. Mas nunca fora... até ao fim.

Em geral, evitava as atenções masculinas, porque achava penosa essa história de fazer a corte. O «amor livre» passara-nos ao lado enquanto estudantes em Port of Spain. A nossa educação católica era uma relíquia vitoriana, impregnada de implicações de mulheres perdidas, raparigas irrecuperáveis, atoladas na lama da sua própria insensatez. Tinham-nos ensinado que éramos demasiado *superiores* a essa permuta de carne.

A minha atitude em relação ao sexo era de receio altivo, confundido pelo facto de *haver* raparigas que o praticavam, raparigas como Lystra Wilson ou Dominique Mendes, com namorados mais velhos do que elas e segredos no olhar, e que pareciam divertir-se imenso. Como arranjavam elas tais namorados foi sempre um mistério para mim, mas envolvia indubitavelmente desobediência, sair por janelas de quartos e entrar nos clubes de Frederick Street e Marine Square. Na minha memória, Lystra e Dominique, essas audaciosas, pareciam ser mulheres desde o momento em que haviam nascido, sereias vindas a terra para viver entre nós, femininas e poderosas. Não admira que nós, ratos assustadiços, recuássemos para os nossos livros. O sexo estava abaixo de nós, porque estava para além de nós.

A porta de entrada do Skelton continuava fechada. Eu não queria que aquilo terminasse, a chaleira a apitar para mais chá na sala de trás, ele a esticar e a encolher as pernas, a perguntar-me que filmes vira e como podia não ter visto aquele e se gostava de *blues* ou se a minha onda era mais o *folk* e há quantos meses trabalhava ali, e se gostava de estar em Clapham. Lawrie tinha sempre muito jeito para nos fazer sentir importantes.

— Queres ir ao cinema? — convidou ele. — Podíamos ir ver *Só Se Vive Duas Vezes* ou *The Jokers*[11].

— *The Jokers*? Parece-me mesmo certo para ti.

— É com o Oliver Reed e ele é excelente — elucidou Lawrie —, mas uma travessura criminosa não é demasiado fútil para ti?

— *Fútil*? Porquê?

— Porque tu és inteligente. Considerarias um insulto se eu te levasse a ver dois fulanos estúpidos numa galopada pelas joias da coroa.

Ri-me, satisfeita por descobrir que Lawrie também se sentia algo nervoso com tudo isto e comovida por ele não recear dizer-mo. — Ou queres ir ver um desses filmes franceses — continuou ele — em que as pessoas se limitam a entrar e a sair de salas a olharem umas para as outras?

— Vamos ver o Bond.

— Está bem. Excelente. Excelente! Eu adorei o *Goldfinger*... aquele chapéu de coco! — Eu ri de novo e ele aproximou-se do balcão e inclinou-se para me pegar na mão. Fiquei paralisada a olhar para ela. — Odelle — disse ele. — Penso que... quer dizer, tu és...

— O quê?

— És simplesmente... — Continuava a apertar-me a mão. Pela primeira vez na minha vida, não quis que um homem a largasse.

Lá fora começou a chover. Virei a cabeça, distraída pelo ímpeto da água do outro lado da porta, tombando em cascata no pavimento cinzento. Lawrie inclinou-se e beijou-me na face. Voltei-me e ele beijou-me outra vez, e foi uma sensação tão boa que ficámos durante alguns minutos a beijar-nos na receção do Skelton.

Fui eu que me afastei. — Vais fazer com que me despeçam.

— Pronto. Não podemos permitir tal.

---

[11] *Os Brincalhões*. (NT)

Recuou até à sua cadeira, a sorrir como um idiota. A chuva martelava agora fortemente, mas esta era uma chuva inglesa, não era a chuva de Trindade. Na minha terra, caíam cascatas aéreas do céu que se abria, semana após semana de chuvadas tropicais, florestas ensopadas, tão verdes que ficavam quase pretas, os letreiros de néon apagados, escarpas abatidas transformadas em lama, bastões-do-imperador com flores tão vermelhas como se o sangue de um homem lhes tivesse colorido as pétalas, e nós todos debaixo de toldos ou enfiados em casa até ser novamente seguro caminhar na estrada de asfalto reluzente. Costumávamos dizer «'tá a chover» como desculpa para chegar atrasados, e todos compreendiam sempre.

— Que foi? — perguntou Lawrie. — Porque sorris?

— Nada — disse eu. — Nada.

Ouviu-se uma pancada seca na porta. Quick espreitava através do vidro, sob a copa de um amplo chapéu-de-chuva preto. — Oh! — exclamei eu. — Ela vem cedo.

Corri para a porta e dei a volta à chave, agradecendo a Deus por ela não nos ter visto a beijar. Quick entrou e eu achei-lhe a cara mais aguçada. Sacudiu o casaco e o chapéu-de-chuva. — Agosto — murmurou ela.

Ergueu os olhos e viu Lawrie. — Quem é você? — perguntou ela, desconfiada como um gato.

— Este é... Mr. Scott — respondi eu, surpreendida com a sua brusquidão. — Gostaria de falar com alguém acerca do seu quadro. Mr. Scott, Miss Quick.

— Mr. Scott? — repetiu ela. Não desviava os olhos dele.

— Olá — cumprimentou Lawrie, erguendo-se de um salto. — Pergunto-me se terei uma herança ou um traste velho. — Estendeu a mão e Quick, como se resistisse a um enorme íman, levantou a sua para lha apertar. Vi-a encolher-se, embora Lawrie não tenha notado nada.

Ela sorriu debilmente. — Espero, para seu bem, Mr. Scott, que seja o primeiro.

— Eu também.

— Posso vê-lo?

Lawrie dirigiu-se ao balcão e começou a desembrulhar o papel. Quick permaneceu onde estava, junto à porta, os dedos apertando o cabo do chapéu-de-chuva. Continuava a fitá-lo fixamente. A chuva ensopara-lhe o casaco mas ela não o tirou. Lawrie deu um impulso ao quadro, segurando-o contra o corpo para eu e Quick vermos.

— Ei-lo — disse ele.

Quick ficou imóvel durante quatro ou cinco segundos, os olhos transfigurados fixos na tela, no leão dourado, nas raparigas, na paisagem espiralada do fundo. O chapéu-de-chuva escorregou-lhe das mãos e caiu ao chão. — Quick? — indaguei eu. — Sente-se bem?

Ela olhou para mim, deu meia-volta abruptamente e saiu porta fora. — Não é assim *tão* mau — comentou Lawrie, espreitando por cima do quadro.

Quick afastava-se caminhando rapidamente pela praça, de cabeça baixa, indiferente à chuva que a ensopava. Quando pegava no meu próprio casaco, Edmund Reede apareceu e tirou o seu chapéu de feltro gotejante.

Baixou os olhos para mim. — Miss... Baston, não é?

— Bastien.

— Para onde vai a correr?

— Ao encontro de Miss Quick. Ela... esqueceu-se do chapéu--de-chuva.

— Era suposto termos uma reunião. — Virou-se para onde Lawrie se achava agora sentado, com o quadro nos joelhos, apressadamente coberto com o papel castanho. — E quem é este senhor?

— Mr. Scott tem um quadro — elucidei eu.

— Isso vejo eu. Não é muita agitação para as oito e um quarto da manhã? Que é feito de Miss Rudge?

— Eu é que faço o primeiro turno, Mr. Reede. Mr. Scott veio hoje porque tinha esperança de que alguém desse uma olhadela ao seu quadro. Era da mãe dele, o seu preferido... — Calei-me, ansiosa por seguir Quick e ver se ela estava bem.

Reede despiu o impermeável molhado com lenta deliberação, como se eu tivesse colocado todo o peso do mundo sobre os seus ombros. Era um homem alto e forte, e enchia o espaço com o seu elegante fato e cabeleira branca, a sua loção pós-barba com laivos de madeira. — Marcou entrevista? — perguntou ele a Lawrie, os seus pequenos olhos azuis reluzindo de impaciência.

— Não, senhor.

— Nós não somos um centro de *porta aberta*, sabe. Não é de facto assim que as coisas se fazem.

Lawrie ficou rígido e o papel rangeu sobre o quadro. — Eu sei disso.

— Bom, talvez não saiba. Peça a Miss Bastien que lhe marque uma entrevista algures na próxima semana. Hoje não tenho tempo. — Virou-se para olhar para a porta por onde Quick desaparecera. — Por que diabo é que a Marjorie se pôs a andar assim? — comentou ele. Eu nunca tinha visto Reede preocupado. Quando ele se virou novamente, Lawrie levantou-se e metade do papel castanho caiu ao chão. Reede estacou subitamente, o olhar fixo na metade destapada do quadro, o leão dourado.

— Isso é seu? — perguntou ele a Lawrie.

Lawrie baixou os olhos e segurou o papel com as mãos. — É sim — disse ele em tom defensivo. — Bom... da minha mãe. Agora é meu. — Reede dirigiu-se para ele, mas Lawrie afastou-se, estendendo a mão. — Calma. O senhor disse que não tinha tempo. Disse que só na próxima semana. Embora nessa altura — acrescentou ele — eu já possa tê-lo levado a outro lado.

— Ah — fez Reede. Ergueu as mãos. — Só quero vê-lo melhor. Por favor — acrescentou, parecendo fazer um grande esforço.

— Porquê? Há um minuto estava-se nas tintas.

Reede riu; uma jovialidade forçada. — Ouça, meu velho, lamento se fui rude. Chega-nos aqui uma série de gente com uma herança da tia Edna ou algo que comprou por uma ninharia a um tipo em Brick Lane e nós ficamos um bocado fartos. Mas o que você aí tem parece interessante. Se me deixar dar uma olhadela, talvez lhe possa dizer porquê.

Lawrie hesitou antes de voltar a pousar o quadro no balcão. Tirou o resto do papel. Reede avançou para ele, absorvendo a imagem, os dedos pairando sobre o quadro, a cabeça flutuante da segunda rapariga, a sua trança serpenteante, o olhar passivo do leão. — Deus do céu — exclamou ele. — Onde é que a sua mãe arranjou isto?

— Não sei.

— Pode perguntar-lhe?

Lawrie lançou-me um olhar. — Ela morreu.

— Ah. — Reede hesitou. — Então... faz alguma ideia do local aonde ela o possa ter arranjado?

— Ela comprava a maior parte das coisas em lojas de velharias ou feiras da ladra, às vezes em leilões, mas este anda por lá desde que eu era pequenito. Estava sempre pendurado nas suas paredes, em qualquer casa para onde nos mudássemos.

— Onde é que esteve pendurado pela última vez?

— Na casa dela no Surrey.

— Ela alguma vez lhe falou acerca dele?

— Porque haveria de o fazer?

Reede pegou delicadamente no quadro e examinou-o por trás. — Sem moldura, apenas um gancho — murmurou ele. — Bom — disse, dirigindo-se a Lawrie. — Se o tinha sempre pendurado, devia ter um significado especial para ela.

— Penso que ela apenas o achava bonito — retorquiu Lawrie.

— Bonito não é a palavra que eu usaria.

— Que palavra *usaria* o senhor?

Reede ignorou o tom de Lawrie. — Numa primeira impressão, «corajoso». E a proveniência tem importância, Mr. Scott, se optar por exibir coisas ou pô-las à venda. Presumo que foi por isso que no-lo trouxe.

— Então vale alguma coisa?

Houve uma pausa. Reede respirou fundo, os olhos fixos no quadro. — Mr. Scott, quer vir até ao meu gabinete para eu poder examinar isto mais atentamente?

— Está bem.

— Miss Bastien, traga-nos café.

Reede pegou no quadro e fez sinal a Lawrie para o seguir. Vi-os subir a escada em espiral, e Lawrie olhar para mim por cima do ombro, de olhos arregalados de excitação, o polegar erguido.

*

Lá fora, a chuva começava a tornar-se torrencial. Perscrutei a praça à procura de Quick, mas é claro que nesta altura ela já desaparecera. Com o seu chapéu-de-chuva fechado na mão como uma lança, corri pelo lado esquerdo da praça e virei para Piccadilly, na esperança cega de a avistar. Virei de novo à direita, dirigindo-me inconscientemente para a estação do metro, e então vi-a, um quarteirão mais à frente. O trânsito buzinava e rangia, e a estátua de Eros agigantava-se.

— Quick! — gritei eu. — O seu chapéu-de-chuva! — Viraram-se cabeças para me olhar, mas não me importei. Quick prosseguiu apressada, portanto corri mais depressa, e estendi a mão para lhe tocar no braço. Com a rapidez de um raio, ela afastou-se e deu meia-volta. A sua expressão parecia fixa num ponto distante muito para além da rua apinhada, dos edifícios altos e sujos de fuligem, dos letreiros coloridos, dos pedestres saltando desesperados para evitar as poças. Depois focou-se em mim, quase com alívio. Encontrava-se encharcada e, embora o seu rosto escorresse água, eu não percebi se era chuva ou lágrimas.

— Esqueci-me de uma coisa — disse ela. — Em casa... esqueci-me... tenho de voltar para a ir buscar.

— Tome o seu chapéu-de-chuva — ofereci eu. — Deixe-me chamar-lhe um táxi.

Ela baixou os olhos para o chapéu e depois ergueu-os para mim.

— Você está *ensopada*, Odelle. Por que diabo é que veio a correr cá para fora?

— Porque... bom, porque a *Quick* veio. E olhe para si. — Pousei a mão na sua manga molhada e ela fitou-a momentaneamente. Surpreendeu-me quão magro senti o seu braço sob o meu toque.

— Dê cá. — Tirou-me o chapéu da mão e abriu-o sobre as nossas cabeças. Fitámo-nos sob o dossel preto, com o rugido da chuva a esmagar a sua frágil estrutura, e as pessoas a empurrarem-nos enquanto corriam de um lado para o outro à procura de abrigo. Ela tinha os caracóis colados à testa, o pó de arroz desaparecera-lhe da face, eu via a verdadeira textura da sua pele e, estranhamente, sem a maquilhagem, assemelhava-se mais a uma máscara. Ela pareceu a ponto de dizer qualquer coisa, mas deteve-se. — Céus — murmurou, cerrando os olhos um instante. — Isto é uma monção.

— Quer que lhe chame um táxi?

— Vou apanhar o metro. Não tem um cigarro, pois não?

— Não — respondi, desconcertada, porque nesta altura ela já devia saber que eu não fumava.

— Aquele homem... como é que ele chegou ao Skelton? — perguntou-me. — Conhece-o? Parecia conhecê-lo.

Baixei os olhos. Em volta dos nossos sapatos formavam-se poças de água enormes. Pensei no café que era suposto estar a preparar e em quanto tempo poderia permanecer cá fora sem perder o meu lugar. — Só o vi uma vez, no casamento da Cynth. Ele encontrou-me outra vez hoje.

— Encontrou-a? Isso é um comportamento muito persistente. Ele não anda... a incomodá-la, não?

— De maneira nenhuma. Ele é correto — afirmei eu, um pouco na defensiva. Porque é que Quick falava de Lawrie, se era ela que agia de forma estranha?

— Bom. — Pareceu acalmar-se um pouco. — Olhe, Odelle... eu tenho de ir. Diga-lhe que não a incomode com esse quadro.

— Mr. Reede já o viu.

— O quê?

— Ele chegou pouco depois de si. Disse que tinham uma reunião muito cedo. Lançou-lhe um olhar e levou-o para o gabinete dele.

Ela olhou por cima do meu ombro na direção do Skelton. — O que disse Mr. Reede quando o viu?

— Pareceu... excitado.

Quick baixou os olhos, de rosto fechado. Nesse momento, pareceu muito velha. Agarrou-me a mão e apertou-a. — Obrigada, Odelle... pelo meu chapéu-de-chuva. Você é o máximo, a sério. Mas leve-o, eu vou para debaixo da terra. Volte para o escritório.

— Quick, espere...

Ela enfiou-me o chapéu nas mãos e começou a descer os degraus da estação. Antes de eu poder sequer chamá-la de novo, Quick desaparecera.

Janeiro
1936

I

Sarah estava inconsciente, a cara virada de lado, os caracóis artificiais esmagados na almofada, os cortes nas pernas nuas cobertos com manchas de calamina. Saía-lhe da boca o odor azedo do último copo da noite anterior. Na mesa de cabeceira encontravam-se um cinzeiro atulhado, uma pilha de romances policiais e os seus exemplares da *Vogue*, com os cantos enrolados. Havia roupa sua espalhada pelas tábuas poeirentas do soalho, aqui meias semelhantes a peles de cobra descartadas, além uma blusa achatada num esforço de fuga. O ruge derretera no frasco. No canto do quarto, um lagarto atravessou rapidamente os mosaicos como um cisco num olho.

Olive parara à porta, a carta da Slade School of Fine Art apertada na mão. A carta tinha apenas duas semanas, mas abanava como um lenço de assoar, as rugas quase oleadas de tantas vezes dobrada. Aproximou-se da cama da mãe e sentou-se na beira para a ler de novo, embora a soubesse de cor. *Temos o prazer de a convidar a frequentar o curso de Belas-Artes... Os orientadores ficaram muitíssimo impressionados... uma imaginação rica e inovação... na sequência da rigorosa embora progressista tradição da escola... esperamos as suas notícias dentro da próxima quinzena. Caso a sua situação se altere, é favor informar-nos.*

Se ela a lesse em voz alta, talvez Sarah a ouvisse através do seu bafo e isso resolveria o caso; Olive teria de manter a sua palavra e partir. Talvez fosse melhor administrar um choque destes sob os efeitos residuais de um comprimido para dormir? Quando Olive recebera a carta, ainda em Londres, apetecera-lhe gritar aos sete ventos o que fizera. Os pais não faziam a menor ideia; nem sequer sabiam que a filha ainda pintava, quanto mais que se candidatara a uma escola de belas-artes. Mas parte do problema de Olive era que ela sempre se habituara ao secretismo; era onde se sentia confortável, o ponto a partir do qual começava a criar. Era um padrão que sentia superstição em quebrar e portanto ali estava, naquela aldeia do sul de Espanha.

Contemplando a figura adormecida da mãe, recordou-se de ter mostrado ao pai um retrato de Sarah que fizera nas aulas de pintura da escola. — Oh, Liv — dissera ele, enquanto o seu coração martelava, com a expetativa a percorrer-lhe a espinha. — Oferece-o de presente à tua mãe.

Fora tudo o que ele dissera sobre o assunto. *Um presente para a tua mãe.*

O pai sempre afirmara que, evidentemente, as mulheres podiam pegar num pincel e pintar, mas o facto era que não davam boas *artistas*. Olive nunca percebera qual era a diferença. Desde pequenina, a brincar pelos cantos da galeria dele, ouvia Harold a discutir o assunto com os seus clientes, tanto homens como mulheres; e, frequentemente, as mulheres concordavam com ele, preferindo apoiar com o seu dinheiro homens jovens em vez de alguém do seu próprio sexo. O artista como naturalmente masculino era um pressuposto tão amplamente difundido que a própria Olive chegara por vezes a acreditar nele. Sendo uma rapariga de dezanove anos, encontrava-se do lado inferior; uma persistente e destemida mascote do amadorismo. Mas, nesse mesmo momento em Paris, Amrita Sher-Gil, Méret Oppenheim e Gabriele Münter estavam a trabalhar; Olive vira até as obras delas com os seus próprios olhos. *Elas* não eram artistas? A diferença entre ser um pintor regular e ser um artista estaria simplesmente no facto de outras pessoas acreditarem em nós ou despenderem o dobro do dinheiro nas nossas obras?

Achava impossível explicar aos pais a razão por que se candidatara, o portefólio que coligira, a dissertação que escrevera sobre as figuras de segundo plano em Bellini. Apesar de tudo o que absorvera sobre as deficiências femininas na arte, ela avançara na mesma. Era isso que não conseguia compreender; de onde lhe viera tal necessidade. E todavia, embora uma vida independente estivesse ao seu alcance, ela continuava sentada aos pés da cama da mãe.

Virando-se novamente para Sarah, pensou em ir buscar os seus óleos. Em tempos idos, a mãe deixava Olive desfilar com as suas peles, os seus colares de pérolas, ou levava-a a comer *éclairs* ao Connaught, ou a ouvir este violinista ou aquele poeta inteligente a apresentarem os seus trabalhos no Musikverein; sempre amigos de Sarah, e sempre, apercebera-se Olive à medida que crescera, apaixonados por ela. Atualmente, ninguém sabia o que Sarah Schloss podia dizer ou fazer. Oferecia resistência aos médicos e frequentemente os comprimidos pareciam inúteis. Olive sentia-se como se não passasse de um sedimento, algo descartado no rasto da mãe. Assim, fechava-se, em secretismo, de formas que Sarah provavelmente nunca lhe perdoaria.

As janelas altas estavam entreabertas e a brisa fazia dançar as cortinas. O vento da madrugada erguera uma impressionante paisagem de nuvens das montanhas para lá de Arazuelo, um céu azul-esverdeado estriado de ouro e rosa. Com a carta ainda na mão, Olive dirigiu-se para a varanda em bicos de pés e viu campos rasos estendendo-se em direção a acidentadas encostas distantes, salpicados de mato e margaridas silvestres, onde milhares descreviam círculos e gafanhotos mordiscavam nos campos de melancia vazios, e bois arrastavam arados pela terra preparando-a para posterior sementeira.

Coelhos despreocupados saltavam pelo pomar e lá longe, nas colinas, havia cabras a serem reunidas, os sinos dos pescoços retinindo atonamente e fora de ritmo, um som calmante porque desprovido de qualquer atuação consciente. A arma de um caçador troou e os pássaros ergueram-se num caos contra a barroca manhã andaluza. Sarah não se mexeu, mas os coelhos dispersaram, peritos a esconderem-se, deixando deserta a superfície do solo expectante. Olive fechou as janelas e as cortinas tombaram. A mãe esperava talvez encontrar aqui a tranquilidade que há muito procurava, mas havia uma nota selvagem no dobrar dos sinos do convento, a probabilidade de lobos nas montanhas. Os latidos fúteis de um cão de quinta perfurariam todo o silêncio. E todavia, desde a sua chegada,

Olive pessoalmente achava a paisagem e a própria casa estimulantes, de um modo estranho e totalmente inesperado. Tinha pegado num velho painel de madeira encontrado lá fora, no fim do pomar, e levara-o para o sótão como se fosse contrabando. Preparara-o deixando-o pronto para receber tintas; mas permanecia vazio.

O pai entrou no quarto, atirando com os seus pés grandes uma *Vogue* para debaixo da cama. Olive enfiou a carta no bolso do pijama e virou-se para o encarar. — Quantos? — perguntou ele, apontando para a figura adormecida da mulher.

— Não sei — respondeu Olive. — Mas mais do que o habitual, penso eu.

— *Sheisse*[12]. — Harold só praguejava em alemão em momentos de grande stresse ou grande liberdade. Debruçou-se sobre Sarah e afastou-lhe delicadamente uma madeixa de cabelo rebelde da cara. Era um gesto de outros tempos, e enfadou Olive.

— Arranjaste os teus cigarros? — perguntou-lhe ela.

— Hem?

— Os teus *cigarros*. — Na noite anterior ele mencionara que precisava de ir comprar cigarros a Málaga e visitar o estúdio de um artista, na esperança de descobrir outro Picasso, dissera a rir, como se um raio caísse realmente duas vezes no mesmo sítio. O pai parecia sempre sair dos dias assim: rapidamente entediado e, contudo, exigindo ter audiência quando voltava a aparecer. Não estavam ali sequer há dois dias e já ele se punha a andar.

— Ah — disse ele. — Sim. Estão no carro.

Antes de sair do quarto da esposa, Harold encheu um copo de água à sua amada e deixou-lho na mesa de cabeceira, ligeiramente fora do seu alcance.

*

Lá em baixo, as persianas ainda estavam meio fechadas e o escasso mobiliário encontrava-se na penumbra. O ar tinha um toque de

[12] Merda. (*NT*)

cânfora mesclado com fumo de antigos charutos. A *finca*[13] não era certamente habitada há muitos anos, supunha Olive. Uma ampla catacumba acima do solo, cada uma das salas reticente quanto à sua presença, longos corredores mobilados em estilo colonial, armários de madeira escura vazios de objetos caseiros. Dava a sensação de estar tudo como fora na década de 1890, e eles eram personagens fora do tempo, rodeados pelos adereços descartados de uma peça de teatro passada numa sala de visitas.

A ténue humidade do ar começava já a evaporar-se. Olive abriu as persianas e o sol inundou a sala, um dia luminoso mas sem calor. A vista era uma encosta por cultivar, que conduzia à alta cerca de ferro forjado e para além, até ao início da estrada da aldeia. Ela olhou para fora: arbustos esgalgados e canteiros de flores vazios, três laranjeiras sem frutos. O pai dissera que aquelas mansões eram sempre construídas fora das aldeias, perto de terras férteis e bem irrigadas, onde no verão, afirmara ele, desfrutariam de oliveiras e flores de cerejeira, jardins de *dama-de-noche* e jacarandás, fontes e ócio e felicidade, felicidade.

Olive ainda continuava de pijama de inverno e meias, com uma grossa camisola de lã. As lajes estavam tão frias que parecia ter acabado de chover nos seus grandes quadrados lisos. *Faz lá isso*, pensou ela. *Diz-lhe que conseguiste um lugar e vai.* Quem dera que fosse assim tão fácil agir segundo os pensamentos. Quem dera que fosse mais fácil saber o que era melhor fazer.

Na despensa, descobriu uma lata com grãos de café e um moinho velho mas a funcionar. Era tudo o que havia para o pequeno-almoço, e ela e o pai decidiram bebê-lo na varanda das traseiras da casa. Harold dirigiu-se à sala onde se encontrava o telefone. Escolhera aquela *finca* por ser a única ligada a um gerador, mas o telefone fora uma surpresa, e Harold ficara muito satisfeito.

Murmurava em alemão, provavelmente para um dos seus amigos de Viena. Parecia insistente, mas falava demasiado baixo para ela perceber as palavras. Quando estavam em Londres e ele tivera notícias do que acontecia na sua cidade natal — as lutas de rua, os

[13] Em espanhol, «propriedade rural», «fazenda». (*NT*)

assaltos a reuniões religiosas —, mergulhara em silêncios sombrios. Enquanto moía os grãos, Olive recordou a Viena da sua infância, os velhos e os novos, os judeus e os cristãos, os educados e os curiosos, a psique e o coração. Quando Harold dissera que não era seguro regressarem, Olive não conseguira assimilar bem aquilo. Nos círculos em que eles se moviam, a violência parecia tão distante.

Ele terminara a conversa e achava-se sentado na varanda à espera dela, num surrado sofá verde que alguém deixara ficar ao ar livre. Por cima do casaco usava um cachecol comprido e estreito tricotado por Sarah, e examinava a sua correspondência de testa franzida. Tinha um talento especial para se certificar de que a correspondência estaria à sua espera onde quer que aterrassem.

Olive deixou-se cair numa cadeira de balouço abandonada, hesitando com receio de que a humidade tivesse enfraquecido a cola e o caruncho atacado as articulações. O pai acendeu um cigarro e pousou a sua caixa de prata no soalho a descamar da varanda. Aspirou as folhas de tabaco, e Olive ouviu o crepitar gratificante quando a sua respiração intensificou o calor.

— Quanto tempo pensas que ficaremos aqui? — perguntou ela, tentando dar à voz um tom desprendido.

Ele levantou os olhos das cartas. Da ponta do cigarro erguia-se a direito uma fina linha de fumo, sem uma brisa que lhe perturbasse a jornada. A coluna de cinza acumulava-se, curvando para baixo e espalhando-se nas tábuas descascadas. — Não me digas que já te queres ir embora. — Alçou as sobrancelhas pretas. — Estás... — aí procurou a palavra específica inglesa — *a carpir*? Há alguém que tenhamos deixado em Londres?

Olive fitou apática o pomar despojado de janeiro, desejando por instantes que *houvesse* algum Geoffrey frouxo, com uma casa estucada de branco em South Kensington e um lugar de subsecretário no Foreign Office. Mas não havia ninguém, e nunca houvera. Fechou os olhos e quase conseguiu ver o entediante piscar metálico de imaginários botões de punho. — Não. É só que... estamos no meio de nada.

Ele pousou a carta e fitou-a. — Livvi, o que havia eu de fazer? Não podia deixar-te sozinha. A tua mãe...

— Eu podia ter sido deixada sozinha. Ou com uma amiga.

— Dizes-me sempre que não tens amigas.
— Há... coisas que eu quero fazer.
— Por exemplo?
Ela tocou no bolso do pijama. — Nada. Nada de importante.
— De qualquer maneira, tu nunca apreciaste muito Londres.

Olive não respondeu porque a sua atenção fora despertada por duas pessoas que se achavam no pomar, à espera na fonte para lá da faixa de relva que rodeava a casa. Eram um homem e uma mulher e não faziam qualquer esforço para se esconderem. A mulher trazia uma mochila apertada ao corpo e parecia em consonância com o jardim, onde as hastes no solo ressequido constituíam o único vestígio dos tomates, beringelas e alfaces que ali deviam ter florescido em tempos, quando alguém se preocupava.

O homem tinha as duas mãos enfiadas nos bolsos, os ombros curvados, o queixo descaído, mas a mulher erguia os olhos para fixar o musculoso sátiro da fonte, em equilíbrio com a sua ânfora vazia. Cerrou os olhos, inspirando o ar. Olive inspirou também, as ténues lufadas de carvão a arder e campos de salva, a vacuidade daquele lugar, a sensação de desolação. Perguntou-se se haveria meio de conseguir pôr aquela água a correr.

O par começou a encaminhar-se para a casa, ambos com passo tão seguro como cabras de montanha, evitando buracos de coelhos e rochas pequenas no seu aparentemente inexorável desejo de se aproximarem. Aquela segurança sacudiu Olive. Ela e o pai observaram-nos a chegarem mais perto, o seu progresso pontuado pelo leve estalido de ramos sob os pés.

A mulher era mais nova do que Olive pensara. Os olhos eram negros, e a mochila volumosa e intrigante. Tinha o nariz e a boca pequenos, e a pele polida como uma castanha. O vestido era preto, liso, de mangas compridas que abotoavam nos pulsos. O cabelo era igualmente preto, espesso e apertado numa longa trança, mas, ao voltar-se para fitar Harold, houve madeixas que brilharam avermelhadas ao sol matinal.

O homem tinha o cabelo quase preto, era mais velho, provavelmente na casa dos vinte e tal. Olive perguntou-se se seriam casados.

Não conseguia despegar os olhos dele. O rosto era o de um nobre toscano, o corpo musculoso de um pugilista peso-pluma. Vestia calças azuis vincadas, e uma camisa aberta semelhante às que Olive vira nos homens nos campos, embora a sua estivesse imaculada e as deles esfarrapadas. Tinha as feições delicadas e a boca possuía uma simplicidade ágil. Os olhos eram castanho-escuros e percorreram o corpo de Olive como uma pequena corrente elétrica. Aqueles dois estariam juntos? Olive mostrava provavelmente um ar pasmado, mas não conseguia desviar o olhar.

— Trazemos pão — disse o homem num inglês com sotaque, enquanto a sua companheira procurava na mochila e erguia um pão.

Harold bateu as palmas encantado. — Graças a Deus! — exclamou ele. — Estou faminto. Deem cá.

O par deslocou-se até à varanda. Embora tivesse mais ou menos a mesma altura da rapariga, Olive sentiu-se muito maior do que eles, e contrafeita por isso: os braços demasiado longos e a cabeça demasiado grande, os membros descontrolados a denunciá-la. Por que diabo é que ela ainda estava de pijama como uma miúda de escola?

A rapariga pousou a mão no peito. — *Me llamo Teresa Robles* — disse ela, pronunciando-o à maneira espanhola, *Row-blez.*

— *Me llamo Isaac Robles* — disse o homem.

— *Me llamo Olive Schloss.*

Ela deve ser sua mulher, pensou Olive, pois por que outra razão estaria ele com ela a esta hora da manhã? O casal riu e ela sentiu um assomo de cólera. Chamar-se «Azeitona» em Espanha talvez tivesse piada, mas não era de todo a mesma coisa que chamar-se «Anchova» ou «Alperce». Olive[14] sempre fora alvo de troça por causa do seu nome: primeiro, como a namorada de Popeye, depois, em adolescente, como um acompanhamento para *cocktails*. Agora, no limiar da liberdade, estavam a rir dela por ser o fruto de uma árvore, e todavia ainda ninguém a colhera.

---

[14] Embora como nome próprio Olive seja traduzido por Olívia, a palavra significa igualmente «oliveira» ou «azeitona». (*NT*)

— Harold Schloss. — O pai apertou a mão a ambos, e Teresa estendeu-lhe o pão. Ele abriu um sorriso rasgado, como se aquilo fosse uma barra de ouro e Teresa um dos Reis Magos. — Sou o pai dela — acrescentou, o que Olive achou desnecessário. Teresa ajoelhou-se e, com a displicente precisão de um mágico, tirou da mochila um queijo de ovelha curado de forte odor, atado com ramos de alecrim, um salame, três pequenos marmelos e vários limões enormes. Com um floreado, colocou cada fruto na madeira riscada, onde eles ficaram a brilhar como planetas, um sistema solar em que ela foi momentaneamente o sol.

— Fazendo um piquenique sem mim?

Sarah surgira à porta da cozinha, a tremer no seu pijama de seda, com um dos blusões de aviador de Harold e um par das suas mais grossas meias de caça. Mesmo abatida por uma noite mal dormida e o champanhe que haviam trazido de Paris, ela parecia uma estrela de cinema de folga.

Olive observou a reação familiar: Teresa pestanejou, ofuscada pelo cabelo louro-claro, o ar de *glamour* que emanava de Sarah onde quer que ela fosse. Isaac ajoelhou e mergulhou os dedos na mochila. No fundo parecia haver qualquer coisa viva, que se mexeu, e a mochila começou a mover-se sozinha.

— Credo! — gritou Olive.

— Não sejas cobarde — disse Sarah.

Teresa cruzou o olhar com o de Olive e sorriu, e Olive ficou furiosa por ser humilhada tão publicamente. Isaac tirou uma galinha viva, cujas penas soltas flutuaram até ao soalho, os pés escamosos balançando comicamente sob o aperto da mão dele. O olho reptiliano da ave girava; o medo contraía-lhe as patas transformando-as em garras. Com a mão esquerda, Isaac manteve-a quieta nas tábuas do chão. Ela emitia um cacarejo abafado, esforçando-se por alcançar o fresco do saco da sua dona. Lentamente, Isaac pousou a mão direita na parte de trás da cabeça da ave e, murmurando suavemente, aumentou a pressão. Com um movimento decidido, torceu o pescoço da galinha.

A ave abateu-se na palma de Isaac como uma meia enrolada e, enquanto ele retirava a mão e pousava a criatura na varanda, Olive certificou-se de que ele a via fixar o olho semelhante a uma conta de onde desaparecia o brilho.

— Hoje vão comer — disse Teresa, diretamente para Olive. Olive não percebeu se aquilo era uma oferta ou uma ordem.

— Nunca tinha visto nada como isto de tão *perto* — comentou Sarah, concedendo aos recém-chegados um sorriso radioso. — Sou Sarah Schloss. E quem são vocês os dois?

— É apenas a porcaria de uma galinha — atirou Olive, sentindo o coração contrair-se quando Isaac Robles riu de novo.

II

Teresa observou o grupo a ir para dentro enquanto apanhava as suas ofertas da varanda. Ela não tinha querido ir; parecia-lhe tão óbvio, tão indigente. *Apareceu mais um* guiri[15] *rico, com a mulher e a filha*, dissera Isaac. *Havias de ver o carro, as malas de viagem. Há um gramofone amarrado ao tejadilho.* — Quem é ele? — perguntara ela ao irmão; mas nem ele nem ninguém na aldeia sabiam. A única coisa evidente era que, na semana anterior, a velha *finca* da duquesa recebera finalmente novos habitantes.

Não era invulgar que estrangeiros abastados fossem para aquela zona do Sul de Espanha, com as suas heranças industriais e o descontentamento com a vida citadina. De facto, Teresa já anteriormente trabalhara para duas famílias. Chegavam via Paris ou Toulouse, Madrid ou Barcelona, carregados com caixas de aguarelas e romances — e máquinas para escreverem os seus próprios romances — e malas com iniciais gravadas, que por vezes caíam à estrada devido à sua falta de jeito para lidar com as mulas locais. Eram milionários boémios ou, mais vulgarmente, os filhos boémios de milionários, do Texas, Berlim ou Londres, desejosos de usarem os pincéis e de se dissolverem na *sierra* como um dos quadrados das suas aguarelas raramente usadas. Chegavam, viviam durante algum tempo, e a maioria partia.

Teresa via pelo canto do olho que Olive não entrara. Os dedos das suas meias de lã haviam sido atabalhoadamente remendados,

[15] Palavra aplicada pelos espanhóis aos estrangeiros em Espanha, principalmente se na estadia houver algum elemento de turismo. (*NT*)

o que, segundo Teresa, era uma pena. Pessoas daquelas deviam vestir-se melhor. Olive aproximou-se dela e ajoelhou-se. — Eu ajudo-te — disse ela, num espanhol hesitante, o que era surpreendente. Sob as unhas da rapariga havia crescentes de tinta verde-vivo. O seu cabelo curto precisava de ser aparado; indisciplinado, rodeava-lhe a cabeça como o chapéu de um grande cogumelo. Quando Olive sorriu, Teresa sentiu-se impressionada pela maneira como as feições de Sarah se haviam repetido no rosto da filha; mas era como se tivessem falhado uma batida, transformando-se num eco destoante.

— Ainda estou de pijama — disse Olive, e Teresa não soube o que responder. Era óbvio, não? Pegou na galinha frouxa e atirou-a para dentro da mochila.

— Isto aqui é bonito — continuou Olive, sopesando um dos limões na palma da mão. — O meu *Baedeker*[16] diz que o Norte de África não fica longe. «Os reis católicos arrancaram esta terra aos califados mouros. Calor excruciante no verão e frio de rachar no inverno, céus noturnos fabulosos durante todo o ano.» Decorei-o.

Ela parecia nervosa. Teresa observara a rapariga quando Sarah lhe chamara cobarde; o seu aspeto era o de quem tinha as palavras certas para ripostar, mas que as mantinha todas encerradas dentro do crânio. Havia urgência no corpo de Olive e nos movimentos das suas mãos. Recordava a Teresa um animal preso, inquieto porque alguém se aproximara das grades da sua jaula.

— Então — disse Olive, de novo em espanhol. — Há quanto tempo estão casados?

Teresa fitou-a perplexa. — Casados?

Olive franziu a testa. — *Casados*, está certo, não está?

Teresa riu. — O Isaac é meu irmão — disse ela, agora em inglês. Viu o rubor espalhar-se na face de Olive enquanto ela puxava um fio de lã solto da camisola.

— Oh — exclamou Olive. — Pensei...

— Não. Nós temos... tivemos... mães diferentes.

---

[16] O famoso guia de viagem *Baedeker*, fundado por Karl Baedeker em meados do século XIX e ainda publicado atualmente. (*NT*)

— Ah. — Olive pareceu recompor-se. — O teu inglês é muito bom.

Teresa tirou delicadamente o limão da mão cerrada de Olive e esta fixou o fruto surpreendida, como se não se recordasse de lhe ter pegado.

— Esteve uma senhora americana em Esquinas. Eu trabalhei para ela — explicou Teresa. Decidiu não mencionar a família alemã para quem trabalhara igualmente e que, antes de regressar a Berlim apenas alguns meses antes, lhe havia proporcionado conhecimentos rudimentares de alemão. A vida ensinara-lhe que era mais sensato não mostrar todas as cartas ao mesmo tempo. — Chamava-se Miss Banetti. Não falava a minha língua.

Olive pareceu despertar. — Foi por isso que cá vieram hoje, querem trabalhar para nós? O que faz o teu irmão?

Teresa atravessou a varanda e fixou as árvores despidas do pomar. — O nosso pai é Don Alfonso. Trabalha para a mulher que é dona destas terras e desta casa.

— São realmente propriedade de uma duquesa?

— Sim. A família dela é muito antiga.

— Com certeza que ela não vem a esta *finca* há muito tempo. O pó! Oh... mas não estou a dizer que a culpa é tua...

— *La duquesa* nunca vem cá — informou Teresa. — Vive em Barcelona e Paris e Nova Iorque. Aqui não tem nada que fazer.

— Decerto *isso* não é verdade — replicou Olive.

— É inglesa ou americana?

— Meio inglesa. O meu pai é de Viena. Casou com a minha mãe, que é inglesa, mas acha que nasceu em Sunset Boulevard. Nos últimos anos vivemos em Londres.

— Sunset Boulevard?

— Deixa... então tu és de Arazuelo?

— Vai ficar cá muito tempo? — perguntou Teresa.

— Isso é com o meu pai.

— Que idade tem?

— Dezanove — respondeu Olive e, ao aperceber-se do franzir de testa de Teresa, continuou: — Eu sei. É uma longa história. Mas a minha mãe não está bem.

— Ela parece bem.

— É ilusório.

Teresa sentiu pele de galinha ao ouvir o tom duro que a voz de Olive adquirira. Perguntou-se o que haveria de errado com a bela mulher frágil do casaco demasiado grande. — Vão precisar de alguém aqui, *señorita* — disse ela. — Isto não é Londres. Sabe cozinhar?

— Não.

— Fazer limpezas?

— Não.

— Andar a cavalo?

— Não!

— Eu ajudarei.

— Bem, quantos anos tens *tu*?

— Dezoito — mentiu Teresa, que, na realidade, tinha dezasseis anos. Aprendera que os estrangeiros adotavam frequentemente uma atitude romântica e infantilizada em relação à idade, mantendo os seus filhos crianças durante muito mais tempo. Aquela rapariga era claramente um bom exemplo. Ela, pessoalmente, nunca tivera tal luxo; por vezes sentia-se velha como o tempo. — O meu irmão — começou ela, mas deteve-se. Não lhe apetecia falar sobre Isaac mais do que fosse necessário. Tirou do bolso três sobrescritos. — *Tomate, perejiL, cebolla* — disse ela em espanhol.

— Tomate, salsa, cebola? — repetiu Olive.

Teresa anuiu. Não pretendera que aquelas sementes fossem uma oferta. Na realidade, levara-as para a *finca* na esperança de as poder semear discretamente no solo mais fértil da duquesa e finalmente colhê-las para si própria. — São para si — disse ela à outra rapariga. Em dezasseis anos, Teresa nunca dera um presente a ninguém.

Olive olhou por cima do ombro para o interior sombrio da casa. Ao fundo ouvia o riso de Sarah e o tom baixo dos homens. — Vamos plantá-las — sugeriu ela.

— Agora?

— Agora.

No anexo da extremidade do pomar, Olive encontrou duas forquilhas ferrugentas e entregou uma a Teresa. Teresa ficou surpreendida com a prontidão da outra rapariga em continuar ali com ela, a revolver a terra dura e a semear à medida que progredia. Não queria sentir-se tão feliz por isso, mas não conseguia evitá-lo. Com certeza era raro que uma rapariga como Olive optasse por estar ali em vez de com os de lá de dentro? Quando protestou que Olive deveria calçar umas botas por cima daquelas meias, Olive baixou os olhos para os pés, admirada. — Oh, eu não me importo — disse ela, mexendo os dedos remendados. — Gosto da sensação da terra.

Teresa pensou que só uma *guiri* rica, com mais pares de meias do que senso comum, diria tal coisa. Miss Banetti, que também viera à procura da vida rústica, poderia ter dito isso e parecido imbecil. Mas havia algo de diferente em Olive, a sua determinação desprendida, a sua aceitação tão total, que Teresa não só acedeu ao capricho da rapariga, como se sentiu encantada por ela não se importar com sapatos.

Olive arregaçou as mangas e encheu duas enormes latas de rega com água da nascente do poço na extremidade do jardim, e Teresa admirou os tendões dos seus braços, a sua resistência pálida, o facto de nada se ter perdido pelo caminho. Transportaram as latas de um lado para o outro pela terra recém-revolvida e, quando a água caiu, Teresa avistou um arco-íris a formar-se nas gotas. Se Olive sentiu a terra dura a espetar-lhe as solas dos pés, não disse nada.

III

Harold convidou Teresa a começar por limpar as salas do rés-do-chão, varrendo as teias de aranha que se estendiam de um canto ao outro. Servindo-se de trapos que pareciam rasgados de uma camisa de homem, mergulhando-os numa taça com vinagre e um pouco de sumo dos seus limões, ela esfregou as janelas onde a sujidade se amontoara em volta dos caixilhos. Do jardim, queimou alecrim e salva nas lajes. Num armário da despensa, Isaac encontrou dois aquecimentos elétricos e instalou-os na sala da frente virada a leste, aquecendo as nuas paredes caiadas enquanto a luz do Sol se movia sobre elas. Prometeu-lhes madeira para a lareira.

Teresa preparou, com a galinha, o almoço para os Schlosses, recusando comer com eles, embora Isaac aceitasse a oferta. Quando a galinha saiu do forno, tornou-se óbvio para Olive que tinham uma empregada nova. Mas e Isaac, a que pretexto poderiam mantê-lo por perto?

O relógio da entrada arrastou o seu pêndulo quatro vezes.

— Céus! — exclamou Sarah ao sentarem-se à mesa da sala de jantar. Mostrava uma disposição excitável, uma enorme melhoria em relação ao dia anterior, mas não isenta de perigos. — Para onde foi o dia? Está tanto frio; eu pensava que era suposto o Sul de Espanha ser quente. — Mudara para um casaco bege de mangas compridas por cima de calças de lã vermelhas novas, e uma blusa com pintas escarlates a condizer. A dada altura, tinha pintado as unhas dos pés, e Olive viu dez pequenos quadrados de vermelhão no soalho de terracota.

— Há de aquecer — afirmou Harold.

Na cozinha, Teresa bateu com os pratos de estanho no escorredor, um ruído semelhante a uma armadura.

— Ah, bom, então vou buscar o meu fato de banho — replicou Sarah. — Já esteve em Londres, Mr. Robles? — perguntou ela, virando-se para a sua esquerda, onde ele estava sentado a deitar café na sua pequena chávena branca. — Fuma? Quer uma amêndoa?

— Fumo, sim. E não, obrigado.

— Faça favor, tire um dos meus. Harold surripiou alguns em Málaga. Ele só fuma alemães, por isso é tudo o que temos. — Sarah procurou na caixa em cima da mesa e tirou um cigarro; tinha os pulsos cobertos de pulseiras que tilintavam ruidosamente. Isaac pegou no cigarro que os dedos de Sarah lhe estendiam e acendeu-o ele mesmo.

— Nunca estive em Londres — disse ele, conferindo ao nome da cidade o peso de algo semelhante a admiração. Londres em letras floreadas, Henrique VIII, a Torre, Middle Temple. A Londres de Olive não era assim, era uma caminhada solitária por St. James's e ao longo do Mall até à National Portrait Gallery para ver o seu Holbein preferido; a seguir um pãozinho doce de um *penny* no Lyon's, em Craven Street, ou um passeio pelos Embankment Gardens. Era disso que ela sentia a falta, não certamente da outra Londres, da tagarelice sufocante dos *cocktails*, da pele demasiado rosada das mulheres, do toque a limão de barbas feitas à mão no Trumper's em homens mais velhos; irrupções de acne vermelha em rapazes regressados de Oxford, com muito pouco para dizer.

— Londres é bom, acho eu — disse Olive, em tom intencionalmente malicioso. — As pessoas é que podem ser horríveis. — A mãe lançou-lhe um olhar rápido.

— Já estive em Barcelona muitas vezes — prosseguiu Isaac. — E em Madrid.

Olive recordou as suas malas de viagem no andar de cima, os suportes de madeira reluzentes do manejo de tantos carregadores, etiquetas de Paris, Buenos Aires, Marselha, Nova Iorque a descolarem-se como velhas peles que os Schlosses tivessem descartado. Mal se lembrava disso agora, e dezanove anos pareciam-lhe quase noventa.

— Mas viveu sempre em Arazuelo? — perguntou Harold.

— Sim. Sou professor em Málaga.

— O que é que ensina? — indagou Sarah.

— Litografia — disse ele. — Na Escola de Arte de San Telmo. — Olive fitou fixamente o seu prato.

— O Harold negoceia em arte — prosseguiu Sarah. — Kokoschka, Kirchner, Klimt, Klee... todos dele. Podia jurar que ele só vende artistas cujos nomes comecem por K.

— Eu admiro Kokoschka — declarou Isaac, e Olive sentiu o pai ficar alerta.

— Herr Kokoschka pintou abetos azuis no quarto de brinquedos de Olive em Viena — elucidou Sarah. — Mr. Robles, o seu inglês é excelente.

— Obrigado, *señora*. Aprendi sozinho — explicou ele. — Tenho conhecidos ingleses em Málaga e pratico com a Teresa.

— Pinta ou só grava? — perguntou Harold.

Robles hesitou. — Pinto um pouco, *señor*.

— Tem de me trazer algum trabalho seu.

Em geral, Harold era alérgico às pessoas que diziam que pintavam. Sempre que um esperançoso artista ouvia dizer que Harold era negociante de arte, fazia sempre juízos errados. Por vezes demonstravam agressividade, como se Harold retivesse alguma coisa a que eles tinham especificamente direito, ou então exibiam uma falsa humildade que não iludia ninguém. Mas ali estava Herr Schloss, a perguntar àquele jovem pelo seu trabalho. Olive estava habituada à maneira como ele agia quando algo lhe despertava a atenção, como insistia, persuadia, lisonjeava, se mostrava paternal, se mostrava camarada, o que fosse preciso na esperança de ser ele a descobrir o génio do ano seguinte. Isso magoava-a sempre.

— O que eu pinto não lhe interessará, *señor* — disse Isaac, sorrindo.

Harold inclinou o jarro e encheu um copo de água. — Deixe-me ser o juiz disso.

A expressão de Isaac tornou-se grave. — Se tiver tempo, mostro-lhe. Obrigado, *señor*.

— Tempo? — repetiu Harold. Olive sentiu formigueiro.

— Quando não estou em San Telmo, estou ocupado com o sindicato dos trabalhadores em Málaga. Ensino-os a ler e a escrever — explicou Isaac.

Houve uma pausa. — O seu pai sabe que você é vermelho? — perguntou Sarah.

Isaac sorriu novamente. — Eu tenho vinte e seis anos, *señora*. Faço o que entendo. Apoiei as greves dos trabalhadores. Fui às Astúrias para ajudar os mineiros. Mas não sou vermelho.

— É pena. Isso seria excitante.

Olive sentou-se sobre as mãos, a fixar a mãe. Toda a vida de Sarah assentava na docilidade dos trabalhadores que alimentavam o famoso negócio de condimentos da sua família. Ela pretendia ser um espírito livre, mas era o trabalho do seu bisavô — que começara com uma barrica de laranjas em Covent Garden e terminara como industrial com assento na Câmara dos Lordes — que pagava as viagens deles, o apartamento em Curzon Street, o chalé no Sussex, a casa junto à Ringstrasse, os vestidos *Schiaparelli*. O negócio de Harold era sem dúvida bem-sucedido, mas a herança de Sarah é que se responsabilizava por tudo.

Ela tinha ouvido um dia uma discussão entre os pais. — Tu és quem és por causa das próprias pessoas com quem nunca te dignarias conviver — atirara Harold a Sarah, após uma noite em que ela não regressara a casa e ele tivera de chamar a polícia. Sarah, que na realidade se apagara na *chaise longue* da sua anfitriã e ninguém conseguira despertar antes da manhã, gritara-lhe que ele não podia falar, porque também beneficiava diretamente da *Finest Cut Marmalade* da família, por isso o melhor era calar o bico, a menos que lhe apetecesse arranjar um emprego a sério e um apartamento em Camden.

— O meu pai e eu não concordamos frequentemente — estava Isaac a dizer. — Ele trabalha para a duquesa. Todas estas terras em volta são dela. Tem oitenta e cinco anos e nunca mais morre.

— Eu vou ser assim — declarou Sarah, e todos riram.

— As pessoas que trabalham nas terras dela... como se diz em inglês?... *tienen un gran hambre*...

— Têm muita fome — traduziu Olive.

Isaac olhou para ela, surpreendido, e Olive sentiu de novo a corrente que a percorria, a emoção da sua atenção. — Sim — anuiu ele. — Milhares. Por toda a região.

— Que horror — comentou Sarah.

Olive esforçou-se mentalmente por captar outra vez o olhar de Isaac, mas ele inclinou-se para a frente e falou para a mãe dela. — Os homens de *la duquesa* dão trabalho a quem prometa votar pela família dela e mantê-la poderosa. Os pobres pedem para trabalhar nas terras dela, por quase nada, porque é o único trabalho que há. Mas ela não se lembra deles se lhes morre a mulher ou se têm a mãe doente. Ou se *eles* estão doentes. Ela só aparece durante a época das eleições.

Teresa surgiu à porta da sala de jantar e parou com os braços cruzados. O cabelo encaracolara todo com o vapor da cozinha e tinha o avental coberto de manchas de sangue. Isaac levantou os olhos, parecendo hesitar. Olive notou que Teresa abanou quase impercetivelmente a cabeça, mas Isaac ignorou o aviso e prosseguiu decidido.

— O meu pai encontra homens para trabalhar nas terras dela — disse ele —, mas só escolhe os jovens, os fortes, não os mais velhos com famílias. E assim mais pessoas andam famintas. E não há regras para o preço do trabalho aqui, portanto *la duquesa* paga quase nada. Tentámos modificar isso nas últimas eleições, mas foi novamente modificado. E se alguém se queixa do pouco que recebeu da colheita ou das más condições em que tem a casa, *la duquesa* e a sua gente ouvirão. E esses não trabalharão.

— Mas a Igreja ajuda-os certamente — observou Harold.

— Quer ouvir um segredo? Dizem que o nosso padre Lorenzo tem uma amante na aldeia de Esquinas.

Sarah riu. — É sempre o padre o culpado.

Isaac encolheu os ombros. — Diz-se que o padre Lorenzo quer que os campos entre a igreja e a casa da amante sejam privados, para ninguém o poder ver nas suas caminhadas.

— Isso é uma piada? — indagou Sarah.

— Quem sabe, *señora*? O padre Lorenzo é primo da duquesa. Interessa-se mais por mapas de terras do que por livros de orações. — Suspirou e bateu a cinza do cigarro para o cinzeiro. — Nós tínhamos uma visão. Terra, Igreja, exército, educação, trabalho... tudo mudaria. Mas estamos... como se diz? *Cogidos*?

— Manietados — disse Olive, e Isaac fitou-a de novo. Ela corou. — Vocês estão manietados. — Virou-se, incapaz de aguentar mais o olhar dele.

— Mr. Robles não está *manietado* — comentou Sarah. — Fala inglês. Esteve em Madrid.

Isaac inspirou profundamente o seu cigarro. — A ação pode ser a única resposta, *señora*. Precisamos que a tirania desapareça.

— Tirania? — inquiriu Sarah. — Que tirania?

— A maior parte das pessoas daqui só pretende plantar as suas couves e comê-las em paz — disse Isaac. — Mas muitas das crianças de Arazuelo nem sequer vão à escola porque têm de trabalhar nos campos. Precisam de saber quem é que lhes anda a atirar lama aos olhos.

— Areia — retificou Harold. Quase não falara, e todos o fitaram enquanto ele procurava o isqueiro no bolso e baixava a cabeça para acender o cigarro. — A palavra que quer é *areia*. — Como vienense, ele pronunciava *arreia*.

— Anda a planear uma revolução, Mr. Robles? — perguntou Sarah. — Talvez lhe devêssemos chamar Lenine.

Ele ergueu as mãos, rendido, rindo e relanceando novo olhar a Olive. Ela mal conseguiu aguentar; desta vez ele estava a olhar para ela porque queria, e ela sentia-se como se tivesse a cabeça a arder. Ele era o homem mais belo que já vira. — Os *señores* verão — disse Isaac. — São novos aqui, mas verão.

— É comunista? — perguntou Harold.

— Não. Sou membro da União Republicana. E a miséria na nossa região é visível, não está na minha imaginação. Cabanas de lama, dez ou onze crianças lá dentro, homens a dormir nos campos.

— Isaac... — começou Teresa, mas ele interrompeu-a.

— Não são só os pobres. Os pequenos agricultores vivem da terra, melhoram-na para os seus proprietários, e depois estes cobram-lhes rendas tão altas, porque tornaram a terra tão produtiva, que eles deixam de as poder suportar. O nosso próprio trabalho não conta para nada...

— Tem de ter cuidado quando fala de «tirania», Mr. Robles — aconselhou Harold. — Se insiste em ser um revolucionário, fará as pessoas com meios para o ajudar lançarem-se nos braços de um fascista.

Isaac baixou os olhos. — Mas as pessoas com meios para nos ajudar nunca nos ajudarão. Eu acredito que haja um caminho para a felicidade universal.

— A redistribuição coerciva da riqueza — comentou Harold, com ar carregado.

— Sim, isso resultará. O povo...

— Nada destrói mais o sentido de equilíbrio de um país do que a palavra *coercivo*, Mr. Robles. Mas olhe — sorriu —, estamos a destruir o almoço da sua irmã.

Teresa fitou fixamente o irmão. Olive recordou os fantasmas esquálidos que haviam avistado nos campos durante a viagem até ali, interrompendo o seu trabalho para fixarem o carro deles como se fosse um veículo de uma terra de fantasia. — Mr. Robles tem razão — disse ela. — Eu vi isso.

— Oh, também tu não, Liv — repontou Harold. — Não depois de todas aquelas malfadadas propinas.

Olive olhou para Isaac e ele sorriu.

*

Mais tarde nessa noite, após a saída de Isaac e Teresa, com promessas de voltarem dentro de dias com lenha para a lareira, Olive subiu ao seu quarto no sótão e fechou a porta à chave. *Sindicato, cebola*[17]; aqueles irmãos haviam chegado com as suas palavras e as suas sementes e Olive nunca vira nada como eles. Ela e os pais tê-los-iam deixado entrar ou ter-se-iam eles limitado a entrar pressentindo uma fraqueza nas fortificações? Ninguém era assim em Mayfair ou em Viena; deixavam-se cartões de visita, não carcaças de frango. Falava-se dos pobres com pena, não com raiva. Não se lavrava a própria terra.

[17] No original, *union*, *onion*. (*NT*)

O sangue a ferver, a cabeça a cantar devido à maneira como Isaac olhara para ela, Olive pegou no seu cavalete e abriu as três pernas, fixando-as bem. Foi buscar o painel de madeira que trouxera do anexo e colocou-o no cavalete. Abriu a janela para deixar entrar a Lua, acendeu as lanternas a petróleo e acendeu a luz elétrica ao lado da cama. Ajoelhou-se diante da sua mala de viagem como um peregrino num altar e passou os dedos pelos tubos de tintas, escondidos debaixo das *T-shirts*. Enquanto os tirava para fora, Olive sentiu uma ligação familiar, como se o seu coração estivesse a encaixar-se no sítio, um momento para respirar. Nem uma só cor rebentara durante a viagem, todos os pós estavam intactos, os paus de pastel não se tinham partido ao meio. Haviam-lhe permanecido sempre leais, quando tudo o resto se desmoronava.

As mariposas chocavam com as lâmpadas enquanto ela trabalhava, mas Olive não prestava atenção. Pela primeira vez desde há muito tempo, tudo o resto era eclipsado por um sentido mais claro de objetivo e pela imagem que ia surgindo na velha tábua de madeira. Era uma vista do fundo do pomar, em cores exageradas, com a *finca* lá atrás, e a sua tinta vermelha a pelar em todas as janelas. Estava assente na terra, mas o céu por cima era um enorme remoinho, com um toque de cinzento-prateado angelical. A escala da casa fazia-a parecer mais pequena na pintura, as árvores em primeiro plano carregadas de frutos que na realidade não se encontravam lá.

Podia quase chamar-se figurativo, mas não era realista. Possuía uma nova forma de surrealismo que Olive nunca antes executara. Apesar de todas as cores terrenas nos campos — ocres e verdes-gafanhoto, a ternura folclórica de sulcos cor de ferrugem e castanhos-mostarda —, havia na cena algo de transcendental. O céu era uma dádiva de promessa. Os campos eram uma cornucópia de cereais cultivados, e maçãs, azeitonas e laranjas. O pomar era tão luxuriante que se lhe poderia chamar uma selva, e a fonte seca transformara-se numa nascente viva, a ânfora do sátiro transbordante agora de água. A *finca* erguia-se como um palácio acolhedor, a casa do pai com muitas mansões, as janelas imensas e abertas ao seu olhar. As pinceladas eram soltas e a cor dominava a precisão técnica.

Olive adormeceu ao lado da tela às quatro da madrugada. No dia seguinte, contemplou o quadro enquanto o Sol subia lentamente ao longo do céu, para lá da sua janela. Não sabia que era capaz de tal trabalho. Pintara, pela primeira vez, uma cena com tanto movimento, excesso e fecundidade que quase se sentia chocada. Era um ideal obstinado; um paraíso terreno, e a ironia era só ter emergido neste local, nesta isolada parte da Espanha para onde os pais a haviam arrastado.

Com gestos rígidos, Olive deslocou-se para junto da mala onde estava escondida a carta da escola de belas-artes. Tirou-a, leu-a, alisou-a, dobrou-a cuidadosamente e beijou-a, voltando a colocá-la no fundo da mala, bem tapada e fora de vista.

IV

— No ano passado — disse Isaac, em inglês —, conheci um homem enquanto esperava pelo meu comboio na estação de Barcelona. Um jornalista. Conversámos. Ele diz-me: «Está a chegar. Já aconteceu antes e vai acontecer outra vez.»

— O que é que aconteceu antes? — perguntou Olive. Encontrava-se no pomar com Isaac, ajudando a juntar a madeira cortada à medida que ele a rachava ao meio com o seu machado. Virou-se brevemente na direção da casa e viu uma sombra mover-se por trás das cortinas de renda do quarto da mãe. Que fosse para o diabo; este tempo era de Olive com ele. Sarah queria ser sempre o centro das atenções, e era especialista nisso, mas Olive adorava aqueles momentos roubados na companhia de Isaac.

Pelo canto do olho viu a camisa dele subir e avistou um lampejo de pele castanho-escura, de onde saía um rasto de pelos. Sentia tanto prazer quando ele lhe estendia os pedaços de madeira partidos como se ele lhe estivesse a oferecer um ramo de flores. Após uma década a devorar romances, Olive sabia que os homens encantadores eram fatais. A sua história fora contada ao longo dos séculos, ilesos através das páginas enquanto se culpavam raparigas e se perdiam raparigas ou se engrinaldavam raparigas, mudas como estátuas. Sê Vigilante e Valoriza a Tua Virgindade era o subtítulo que muitas dessas histórias poderiam ter tido, a maioria escritas por homens. Olive sabia tudo isso e não se importava. Estava-se nas tintas.

Isaac vinha à casa com menos regularidade do que Teresa, em parte por causa do seu trabalho em Málaga e em parte porque não tinha tanta desculpa para tal. Olive sentia-se muito satisfeita por constatar que as suas pilhas de lenha eram provavelmente as mais altas num raio de quilómetros. Se ele lhe queria falar do estado do seu país, ela tinha o maior prazer em escutá-lo.

Ele não reparara no seu novo penteado, nas porções de pomada da mãe que ela aplicara para tentar tornar o cabelo macio e liso. É claro, isso não era o tipo de coisas em que um homem sério repararia, supunha Olive. Não quando o seu país se encontrava num estado de agitação. Não quando ele estava a pensar no povo. Decidiu que, para aproveitar ao máximo o seu tempo com ele, compensaria mostrar-se mais consciente politicamente.

— O que aconteceu antes? Túmulos de capelas arrombados, os cadáveres das freiras no chão — retorquiu Isaac. — Casas como esta saqueadas. — Viraram-se ambos para contemplar a *finca* e a figura atrás das cortinas desapareceu rapidamente. — Dizem que um padre foi levado da sua sacristia e deixado pendurado numa árvore, encontrado na manhã seguinte com os tomates na boca.

— Isaac! — Olive encolheu-se. A palavra *tomates* punha-a nervosa e sentiu-se infantil.

— Os jornais fazem com que pareça pior do que é, mas nunca perguntam porque é que a pilhagem começa por acontecer. Então, o tal jornalista.

— Sim?

— Começa a falar comigo acerca de um urso-polar.

— Um *urso-polar*?

— Sim. Diz-me que entrevistou um duque nesta casa — relatou Isaac, pousando os blocos de madeira nas mãos abertas de Olive. Ela viu que tinha as pontas dos dedos manchadas de vermelho. Não parara de pintar desde que o conhecera. Estava a trabalhar em telas mais pequenas, a encher blocos com esboços; era como se ela se tivesse ligado — a quê exatamente, não tinha bem a certeza — e, embora a aterrasse a ideia de aquele longo impulso de inspiração poder acabar, sentia que, enquanto Isaac se encontrasse perto e ela estivesse preparada para isso, para ele, a sua produção poderia continuar.

Sabia que, por ter permanecido ali, evitara um confronto acerca do seu verdadeiro eu; não fora necessária qualquer confissão ao pai sobre a escola de belas-artes. E no entanto sentia-se feliz como há muito tempo não acontecia.

— Ele contou-me que o duque tinha um urso-polar no seu gabinete — ia dizendo Isaac. — *Lo había cazado?*

— Tinha-o caçado.

— Sim. Com uma espingarda.

Olive estendeu os dedos para cima, esperançada em que ele comentasse o seu aspeto manchado, para ela poder dizer: *Oh, eu também pinto um pouco. Gostaria de ver?* Ele iria ver o quadro e responderia: *Isto é extraordinário, você é extraordinária. Como é que eu não vi?* E depois beijar-se-iam, com ele a tomar-lhe o rosto nas mãos, curvando-se para roçar com os lábios nos dela, pleno de admiração por ela ser tão talentosa. Desejava desesperadamente que ele visse como ela era talentosa.

Mas Isaac não reparou nos seus dedos, portanto Olive virou-se antes mentalmente para o anómalo urso-polar, um pedaço do Ártico, uma coisa grotesca no calor espanhol, para o barbarismo e a despesa daquilo, o frio no coração da casa. — Porque é que me contou do padre? — perguntou, tentando afirmar-se. — Tentava assustar-me?

— Não. Quero que veja o que está a acontecer aqui. Para, quando regressar ao seu país, contar às outras pessoas.

— Eu não vou regressar ao meu país, Isaac.

Aguardou que ele expressasse satisfação, mas ele ficou calado. — Isaac, sabe que eu não sou como os meus pais, não sabe? — interrogou ela.

— Que quer dizer?

— Eles assustam-se com coisas. Eu não.

Olive queria comunicar-lhe que, o que quer que Isaac pensasse que *eles* eram, ela era o oposto. Ela não via as coisas a preto e branco, como eles. Ela não era de todo como eles. Parecia-lhe muito importante que ele soubesse isso.

— Há um acampamento de ciganos nas colinas — disse ele, como se não a tivesse ouvido. — Perderam um dos seus rapazes.

Perderam não — corrigiu-se. — Eles não o perderam. Ele foi espancado por um bando de homens. Tinha doze anos. Morreu.

— Que horror.

Isaac pousou o machado e encaminhou-se para uma encosta na extremidade do pomar. — *Ven aquí* — disse ele. *Vem cá*. Juntos, contemplaram as terras diante de si. Um par de bútios distantes sulcou o céu em busca de presas no solo. Os céus eram tão vastos, as montanhas para além deles tão sólidas; parecia que a única violência possível ali era a violência do mundo natural.

— Vai correr bem — sussurrou Olive. Imaginou-se a enfiar a mão na dele e os dois ali parados para sempre.

A expressão de Isaac era dura. — As pessoas têm este solo no sangue. É por isso que os proprietários os receiam. — Fez uma pausa. — Preocupo-me com a minha irmã.

Aquilo surpreendeu Olive. — A Teresa? Ela ficará bem.

A princípio, Teresa viera em dias alternados para limpar e cozinhar. Agora vinha diariamente. A casa ainda tinha os seus cantos escuros, e a sua sensação de ausência de ocupação, mas beneficiara com a presença silenciosa e vigilante dela. Nunca falava muito, limitando-se a executar o seu trabalho nas divisões e a receber de Harold o sobrescrito semanal das pesetas com um aceno de cabeça.

— A Teresa não é casada — continuou Isaac. — Não é rica. Não é nada que encaixe.

— Que quer isso dizer?

— Ela é filha de uma cigana...

— Uma *cigana*? Que romântico.

Ele ergueu uma sobrancelha. — E irmã de um socialista. Não sei o que é pior para ela.

— Porquê?

— A polícia, o presidente da câmara, os *caciques*. O meu próprio pai. Eles não gostam de mim. Eu estive envolvido em lutas. E ela é demasiado chegada...

— Isaac, não se preocupe — pediu ela, esforçando-se por adotar um tom de segurança adulta. — Nós cuidaremos dela.

Isaac soltou uma gargalhada. — Até partirem.

— Já *lhe* disse. Eu não partirei nunca.

— O que quer desta vida, *señorita*?

— Eu... não sei exatamente. Sei que gostaria de ficar aqui.

Isaac pareceu prestes a dizer qualquer coisa, e Olive desejou com todo o seu corpo que ele dissesse como ficava feliz por ouvir tal, mas o som de folhas esmagadas interrompeu-o. Teresa apareceu na base da encosta com a mochila a tiracolo, os olhos vazios de expressão. — *La señora te necesita* — disse ela para Isaac.

— Para quê? — perguntou Olive. — Para que é que a minha mãe o quer?

Teresa e o irmão fitaram-se fixamente até que finalmente Isaac capitulou, suspirando ao descer a encosta, sem proferir mais palavra.

Enquanto Isaac se deslocava por entre as árvores, Teresa imaginou por um instante que ela e Olive andavam a caçar juntas, observando a sua presa antes de decidirem deixá-la ir, preferindo manter-se lado a lado ao ar fresco. O que desejavam não era a excitação da matança, era simplesmente a camaradagem que nasce de partilhar um objetivo mútuo.

Isaac gostava de dizer que Teresa era o tipo de rapariga capaz de vender a avó se fosse preciso, não que alguma vez tivesse tido uma avó para vender. O pior era que, por vezes, Teresa sentia *realmente* uma espécie de indiferença gelada em relação aos que a rodeavam, que nunca a haviam ajudado, deixando bem claro que não valia a pena incomodarem-se por ela. Observou os sulcos que Olive e ela tinham feito com as forquilhas. As sementes continuavam enterradas bem fundo no solo e só daí a meses haveria rebentos verdes. Teresa sentira alívio ao descobrir que desejava entregar aquelas sementes a Olive. De certa forma, Olive recordara-lhe que ainda era capaz de sentir felicidade.

— Vamos fumar para a varanda — disse Olive. — Roubei três cigarros ao meu pai.

Só Olive fumou. Por cima delas, no interior da casa, ouviram o som de uma porta a bater. — Senta-te — disse ela a Teresa, mas só quando o carro de Harold acelerou na descida até aos portões enferrujados na base da encosta é que Teresa obedeceu. — Lá vai o papá outra vez — comentou Olive.

— A sua mãe vê-nos? Eu tenho de trabalhar.

— Não tens de trabalhar todos os minutos do dia, Tere. Eles não te mandam embora por te sentares durante cinco minutos. E além disso. — Olive acendeu um cigarro e deu uma fumaça inexperiente. — Ela está a conversar com o teu irmão.

Teresa vira os frascos de comprimidos vazios no quarto de Sarah, a indecifrável lista de palavras em volta dos pequenos recipientes castanhos. Uma vez ouvira-a soluçar, tentando abafar o som na almofada, e vira um lampejo de cicatrizes esbranquiçadas estendendo-se em linhas cruzadas na parte de cima das suas pernas. Presumindo, pelos cigarros roubados, que acharia Olive com uma disposição mais afoita do que da última vez que abordara o assunto, Teresa perguntou: — A sua mãe está muito doente?

— Ela é depressiva. — Olive recostou-se na cadeira de balouço, soprando um túnel de fumo azul.

— *Depressiva?*

— Sorri nos salões de festa e chora nos quartos. Doente, na sua cabeça. — Olive bateu na têmpora. — E aqui dentro. — Tocou no coração. — Piora, melhora. Piora outra vez.

— Isso é duro — disse Teresa, surpreendida com a franqueza da outra rapariga.

Olive virou-se para a fitar. — Isso é sincero ou só o dizes por dizer?

— Não, *señorita*. Sou sincera. — E Teresa era sincera; mas na realidade o seu desejo era que Olive lhe fizesse confidências acerca de tudo, e para que tal acontecesse ela diria o que tivesse de dizer. Olive desviou os olhos para o pomar. Teresa achava que ela parecia mais à vontade na sua pele. A sua roupa, invulgar e arrapazada, assentava-lhe bem; até a sua indomável coroa de cabelo parecia ajustar-se. Estar ali, em Arazuelo, parecia tê-la levado a sair de si própria.

— É duro — anuiu Olive. — O papá chama-lhes as suas «nuvens de tempestade», mas isso é apenas uma forma simpática de dizer que ela nos arrasta de um lado para o outro. O médico diz que a mente dela é como um favo de mel, câmara após câmara, quebrada, reconstruída de novo. Ela vê a sua dor em cores, sabes. — Olive soltou uma risada amarga. — Azul-aço, amarelo-hematoma, vermelho-sarampo. — Olive soltou uma gargalhada sombria e Teresa esforçou-se por acompanhar a linguagem. — É uma doença que sempre existiu do seu lado da família. Tenho uma bisavó sepultada numa campa não consagrada, uma tia, de quem ninguém fala, fechada num manicómio. Depois há um primo, o Johnny; odiava o colégio interno e tentou afogar-se no Ouse. É realmente terrível, e eu sou tão egoísta que só me preocupo por poder ser a próxima.

Teresa ouviu a contração na garganta de Olive, antes de ela inspirar de novo profundamente o cigarro do pai. — Às vezes consigo sentir isso, nos ossos, como seria fácil apanhá-la dela. — Olive virou-se para ela. — Achas que isso se pode apanhar, Tere?

A preocupação perpassou pelo rosto de Olive, os salpicos de sardas do nariz, os seus olhos castanho-escuros, a boca entreaberta. — Eu não acho que vá ficar louca — declarou Teresa, e Olive riu e deu-lhe uma cotovelada, e o toque do seu ombro em Teresa foi como um choque.

— Bom, então pronto. Se tu achas que eu não vou ficar louca, não ficarei. Só a minha mãe. — Olive fez uma pausa. — Achas que ela é bonita?

— Acho.

— É claro. Eu acho que ela é uma tarada sexual. — Olive riu, mas o som morreu rapidamente porque a descrição possuía o vago ar de viabilidade clínica e parecia ter menos piada do que quiçá ela pretendera. As raparigas ficaram sentadas em silêncio durante um bocado, observando os milhafres a descrever círculos ao longe. Teresa apenas desejava que o tempo pudesse parar, que aquela vista e aquela estranha paz de confidências fossem tudo o que existia. Ter uma amiga assim era ser dono do mundo.

— Eu devia estar noiva por esta altura — comentou Olive.

— Existe um homem?

— Oh, não. Não. Simplesmente, a maioria das raparigas que conheço em Londres, não lhes chamaria *amigas*, já estão comprometidas. Eu não. Mas, sempre que vejo os seus anéis de noivado, sinto-me triste. Elas mostram-se tão ansiosas por fugir, mudar de nome. É tudo tão *uniforme.* Talvez todas elas gostem de ser o mesmo que as outras.

Olive parecia agora falar consigo mesma, e Teresa não estava a conseguir orientar-se com a interminável garrafa que era o inglês de Olive, despejando palavras e mais palavras que pareciam esperar lá dentro há muito tempo.

— E os noivos! — exclamou Olive. Soltou um silvo feroz. — São tão periféricos. Sabes o que significa «periféricos»?

— Não.

— Por fora. Sem importância. Têm nomes intermutáveis, como Philip e Ernest e David. Apenas um rosto flutuante, de um homem sem queixo discernível. Quando afirmei que não me casaria, uma dessas raparigas disse-me: «Tu não *compreendes*, Olive. Tu já estiveste em Paris, eu nunca passei de Portsmouth.» Imagina como se pode ser tão idiota! Imagina pensar que ser uma mulher casada é o mesmo que viajar!

— Talvez seja?

Olive lançou-lhe um olhar de relance. — Bem, há imensas esposas infelizes em Paris. Algumas são amigas dos meus pais. Uma delas é a minha própria mãe.

— Sim?

— O casamento é um jogo de sobrevivência — disse Olive, e aquilo soou como se ela o tivesse ouvido algures, antes de o repetir ela mesma.

— Como se conheceram os seus pais?

— Numa festa. Paris. A minha mãe tinha dezassete anos. «Uma urtiga inglesa», são palavras dela. O papá tinha vinte e dois. Foi um pouco chocante, ela ficar noiva de um judeu vienense. A família dela demorou um bocado a aceitar, mas depois adoraram-no.

Teresa baixou a cabeça, achando aquilo uma simplificação. Harold não era facilmente adorável, pensou ela. Fazia-lhe lembrar um besouro, profundamente enfiado nas paredes de madeira e estuque da *finca*. Precisava que as suas asas duras fossem mantidas brilhantes, as suas antenas polidas com um pano macio, o corpo brunido e alimentado para não morder.

— Ele esteve internado durante a guerra — continuou Olive. — Libertaram-no e ele trabalhou para o governo britânico. Nunca fala disso. Representava tudo aquilo que a vida da mamã não era, suponho. Ela enfastia-se muito facilmente e gosta de causar sensação. Herdeira dos Condimentos, Cocaína e Insubordinação, Rebelde com Noivo Huno. É tudo tão espalhafatoso — acrescentou ela e, embora Teresa não compreendesse o adjetivo, sentiu o sabor a inveja.

— É surpreendente — prosseguiu Olive — a facilidade com que ela consegue convencer os outros de que é uma pessoa completa, quando por dentro gira em espiral, tão quebrada como um pote partido. Por vezes, pergunto-me se poderíamos ter tido uma vida estável, o papá dirigindo-se diariamente ao Foreign Office, chapéu de coco, clube em St. James's, a mãe em casa a bordar. Duvido. Não duvidas?

Teresa não sabia o que dizer àquela rapariga efervescente, com a sua cara franca e dorida. Os Schlosses eram tão parcimoniosos uns com os outros que isso neutralizava geralmente qualquer referência profunda às suas vidas passadas. Eram atores fantasiados, vivendo no momento, representando pela casa como se esta fosse o palco de um teatro e Teresa a sua única assistência. Ela desejava desesperadamente ver o que acontecia quando eles despiam os seus trajes de cena e se retiravam para os bastidores, os cantos escuros onde as memórias se deslocavam. Olive levantara agora um pouco o pano e mostrara-lhe as formas e os padrões lá por trás. Teresa receava dizer qualquer coisa errada que fizesse baixar de novo o pano e quebrar o encantamento da sua solicitude.

— Achas que te casarás? — perguntou Olive, face ao silêncio da outra rapariga.

— Não — respondeu Teresa, sentindo que isso era verdade. — Se eu o fizer, será por amor e não apenas para chatear os meus pais, como fez a minha mãe. Achas que o Isaac se casará?

— Não sei.

Olive sorriu. — Se casar, tu ficarás sozinha no teu chalé. Terás de vir viver comigo e com o meu marido. Não gostaria que ficasses sozinha.

— O seu marido?

— Vamos chamar-lhe... Boris. Boris Mon-Amour. — Olive riu e bateu com os calcanhares no chão. — Oh, Boris — gritou ela, abrindo os braços para o céu. — Vem ter comigo, toma-me! — Ofegante, virou-se para Teresa com uma expressão radiosa. — Há séculos que não me sentia assim.

— Como é que se sente? — indagou Teresa.

— Feliz.

Teresa absorveu a imagem daquela rapariga, com o seu camisolão de lã e velhos sapatos castanhos, que não queria que ela ficasse sozinha, que tinha um louco amante imaginário chamado Boris e que tivera de vir para os confins da Espanha para descobrir que era feliz. E depois reparou no sangue seco incrustado sob as unhas de Olive e recordou-se do machado, e de Olive lá fora com o seu irmão, e sentiu uma onda de pânico. Agarrou na mão de Olive.

— O que é? — Olive pareceu chocada com o contacto e parou de se balouçar.

— Os seus dedos.

Olive fitou as suas unhas cor de ferrugem presas na pequena patita de Teresa. — Eu estou bem.

— Isso é sangue. Ele...

— Ele o quê? Não é sangue, Teresa. — Olive hesitou. — É tinta.

— Está com dores?

— Dor não, *tinta*[18]. Não a limpei devidamente.

— Não compreendo.

Olive refletiu. — Teresa, se eu te contasse uma coisa, prometias guardar isso só para ti?

Era uma pergunta arriscada, crivada de fatores desconhecidos, mas a alternativa era ficar isolada de Olive e isso era algo que Teresa não podia permitir. — É claro — disse ela.

[18] Confusão intraduzível uma vez que em inglês dor é *pain* e tinta é *paint*. (*NT*)

Olive levantou o dedo mindinho. — Põe o teu dedo em volta do meu. Juras?

Teresa rodeou com o seu dedo mindinho o dedo de Olive, sentindo a intensidade do olhar desta. — *Lo juro* — murmurou. — Juro.

Olive inclinou-se e cruzou os dedos sobre o coração de Teresa, e Teresa, como se estivesse sob um encantamento, levantou a mão e marcou Olive com o mesmo gesto, sentindo o calor da pele da outra rapariga atravessar a sua camisola de lã.

— Bom — disse Olive, erguendo-se e puxando Teresa. No interior da casa ouviu-se o riso de Sarah. — Anda daí, segue-me.

V

Sentado com Sarah na sala da frente, o olhar de Isaac voou para o teto. O quarto por cima das suas cabeças era o lugar onde, há onze anos, ele perdera a virgindade. O pai acabara de ocupar o lugar de gerente das propriedades da duquesa e a *finca* achava-se desocupada. Isaac roubara as chaves do escritório do pai e entrara sorrateiramente com um par de amigos da escola. Mais jovens das aldeias em volta haviam aparecido pela meia-noite, e ele embebedara-se completamente pela primeira vez na vida, duas garrafas do *tempranillo* do pai só para si.

De manhã, acordara esparramado numa das camas tapadas, com uma mulher — Laetitia era o seu nome — profundamente adormecida ao lado. Quando esta despertara, começaram a beijar-se e, no meio da névoa entorpecedora e da dor de cabeça da sua primeira ressaca, Laetitia e ele tinham feito sexo. Laetitia, recordava agora Isaac, tinha vinte e sete anos. Ele tinha quinze. No andar de baixo partira-se uma jarra e, quando o pai aparecera ao lado da cama deles com os pedaços nas mãos, correra com Laetitia do quarto e voltara para espancar o filho. Não por causa do sexo, apenas da jarra. *Pensava que tu eras bicha*, tinha dito o pai. *Graças a Deus*.

Isaac perguntou-se por onde andaria agora Laetitia. Teria trinta e oito anos, mais ou menos a idade de Sarah, que nesse momento enchia os seus copos de limonada. Olhou para lá da janela, encosta abaixo, na direção do caminho para a aldeia. Nunca conseguira manter um equilíbrio em relação a Arazuelo. Nunca permanecia a mesma e no entanto parecia sempre a mesma. Era um lugar de autorreflexão, alternadamente insular e acolhedor. Ele tentava continuamente sair de lá, embora nunca soubesse dizer exatamente porquê. Arazuelo fazia parte do seu corpo. Madrid era a lua, Bilbao o espaço, Paris um lugar de fantasia bíblica, mas Arazuelo conseguia dominar um homem como nenhum outro lugar.

— Mr. Robles? — Sarah Schloss falava com ele, e ele sorriu. Ouviu a irmã e Olive a subirem a escada rangente para o primeiro andar e depois para o sótão. Se Sarah as ouviu igualmente, não fez qualquer comentário. Sarah estava outra vez a fumar, sempre a fumar, e tinha as pernas enfiadas debaixo do corpo no sofá verde onde se sentava. — Então acha que é uma boa ideia? — perguntou ela.

Bem, achava? Sabia que havia ali qualquer coisa de errado, que devia recusar. Mas não conseguia identificar o quê. — Deve andar tremendamente ocupado — prosseguiu ela, perante o seu silêncio. — Mas há anos que não tenho um e será uma bela surpresa para o meu marido.

— Ele gosta de surpresas, *señora*?

— Bem — disse Sarah. — Ele passa a vida a surpreender-me.

Isaac ponderou a oferta. Que era um bom pintor, ele sabia. Talvez um dia viesse até a ser um grande pintor. Enquanto ele e Tere tinham crescido na sombra, como filhos ilegítimos de Alfonso, o pai dera-lhes frequentemente dinheiro, no pressuposto de que Isaac amadureceria e deixaria para trás toda aquela treta esquerdista e artista. Ao saber que o seu filho andava agora a «conviver» com dirigentes sindicais, anarquistas e mulheres divorciadas, Alfonso confrontara-o. Isaac não tinha a menor intenção de abandonar o seu trabalho na escola de San Telmo, portanto Alfonso interrompera o seu fluxo monetário. Ele não contara a Teresa.

Recebia um rendimento muito pequeno da escola, pois os cortes a iniciativas governamentais haviam afetado a capacidade de esta dar aulas e pagar aos funcionários. Isaac sabia que dentro de poucos meses estaria muito pobre. Mas nunca poderia aliar-se ao pai, que considerava o maior hipócrita deste lado de Sevilha.

— Eu pago muito bem — disse Sarah. — O que quer que precise.

Embora o irritasse a facilidade com que ela pensava que o podia comprar, ponderou o prazer que seria pintar uma cara como a de Sarah Schloss. — Obrigado, *señora*. Aceito. Mas permita-me que isto seja uma oferta.

Ela fechou os olhos numa breve pausa de prazer, como se tivesse sabido sempre que ele anuiria. Por muito que desagradasse a Isaac presenciar isso, admirava a confiança que ela tinha em si própria. Sentiu que não queria dar-lhe qualquer garantia acerca da sua beleza. Claramente, ela sabia que a possuía em abundância.

Sarah sorriu. — Oh, isso não pode ser. Isto tem de ser uma transação. Para quantas sessões precisará de mim?

— Penso que seis a oito, *señora*.

— E vamos fazer isso aqui ou em sua casa?

— O que for mais fácil para si.

Sarah inclinou-se para o tabuleiro, pegou num copo de limonada e estendeu-lho. — Isto é uma receita da sua irmã — disse ela. — É a melhor que já bebi em qualquer parte. Qual pensa que é o seu segredo?

— Eu deixo os segredos da minha irmã para ela, *señora*.

Sarah sorriu. — Sensato. Penso que deveria ser sempre assim; toda a gente é mais feliz dessa maneira. Eu vou ter consigo. Harold passa a vida a entrar e a sair e não quero que ele desconfie.

— Quando é o aniversário dele, *señora*?

— O aniversário?

— Isto não é um presente para o aniversário dele?

— Oh, não — respondeu ela. — É apenas uma surpresa. — Ergueu o copo. — Saúde. Cá vai ao meu retrato.

No lado de fora do seu quarto, Olive parou com a mão no velho puxador de ferro forjado e fitou Teresa. — Lembra-te — disse ela. — Guarda isto para ti.

Teresa acenou afirmativamente. Ouvia o irmão e Sarah a conversarem lá em baixo. Olive carregou no puxador e deixou-a entrar.

Encontraram-se num inesperado átrio de espessa luz dourada, um amplo espaço que abrangia pelo menos metade da casa, com traves à mostra, falhadas devido aos anos, e estuque rachado. Teresa pestanejou para adaptar os olhos, vendo rodopiar o pó nos feixes de luz cor de mel à passagem de Olive. Isaac já estivera antes naquela casa, correndo através dela como um louco, mas Teresa era demasiado nova e por isso desconhecia a existência daquela divisão.

Parou à porta, hirta, procurando furtivamente em volta o que quer que Olive escondia ali em cima. Não sentia o cheiro de nenhum animal, nem ouvia quaisquer gritos abafados; só conseguia ver malas de viagem, uma cama desmanchada, roupa numa cadeira, livros empilhados em torres. Era o género de quarto com que ela sonhava para si.

— Fecha a porta, tansa — disse Olive.

— *Tansa*?

Olive riu. — Foi a brincar. Só não... não quero que eles nos ouçam.

Teresa sentia-se pouco à vontade. O peixe fora de água devia ser Olive, que se passeava por ali só de meias. Mas agora, de pé junto à janela do outro lado do quarto, ela parecia muito diferente. Caminhara para a luz de costas direitas, segura de si, e apoiara graciosamente o braço no parapeito, perdida em pensamentos que Teresa não tinha capacidade de alcançar.

— Teresa — disse Olive. — Fecha a porta. Chega aqui. Quero mostrar-te uma coisa.

Teresa obedeceu, enquanto Olive se ajoelhava junto da cama e puxava lá de baixo uma enorme prancha de madeira. Quando a levantou e a virou, Teresa sentiu faltar-lhe a respiração. — *Madre mía* — comentou ela, e riu.

— Porque te ris?

— A *señorita* fez isto?

Olive hesitou. — Fiz — disse ela. — Chama-se *O Pomar*. O que... pensas tu?

Era uma das coisas mais extraordinárias que Teresa já vira. Alguns dos quadros de Isaac eram bastante aceitáveis, mas este, *este*, erguia-se diante dela como uma... pessoa. Não era uma questão de pensar, era uma questão de sentir. O quadro avassalava-a com o seu poder.

Os seus olhos percorreram-no de uma ponta à outra. Sentia-se saciada. Quem é que pintava assim, uma garota de dezanove anos com o seu pijama de escola? Quem conhecia tais cores, quem conseguia pegar na terra onde apenas acabara de chegar e transformá-la em algo melhor, mais alto, mais brilhante do que o sol que inundava o quarto? Porque indubitavelmente aquilo era a *finca* e o seu pomar, reinventados num tumulto de cores e formas ondulantes, identificáveis para Teresa mas modificados de forma tão essencial.

Isaac falara ocasionalmente acerca de arte, acerca de pintores famosos e do que fazia com que alguém se distinguisse do resto. *A novidade*, dizia ele sempre, *faz a diferença*. Era o facto de serem diferentes dos outros. *Pode ser-se um desenhista brilhante*, dizia ele, *mas isso não significa nada se não se vir o mundo de maneira diferente.* Teresa sentiu quase uma vaga de dor percorrê-la. Aquilo não era apenas um caso de novidade. Aquilo era algo mais, para além das palavras, um poder esquivo que era demasiado para ela compreender. Não sabia se acreditava em Deus, mas sabia que aquela rapariga era abençoada.

— Não gostas — comentou Olive, comprimindo os lábios. — Eu sabia que devia ter trabalhado mais nessas árvores de fruto. E talvez devesse ter figuras...

— Gosto — disse Teresa. Ficaram em silêncio diante dele. — É... isto que faz, *señorita*?

Olive ponderou a questão, pousando o quadro em cima da cama tão delicadamente como se fosse um amante. — Eu fui admitida na escola de belas-artes — disse ela. — Mandei os meus quadros e fui admitida.

Teresa arregalou os olhos. — Mas está aqui?

— Sim. Estou aqui.

— Mas tem *un gran talento*.

— Isso não sei.

— Se eu tivesse dinheiro comprava o seu quadro.

— Compravas?

— Teria orgulho em ter o seu quadro na minha parede. Porque é que não está na escola?

Olive desviou o olhar. — Não sei. Mas é engraçado. Mesmo antes de partirmos para Espanha, comprei este verde, um verde--gafanhoto-vivo, e um tom de escarlate, um óleo chamado índigo--noite, um cinzento-chumbo e um cinzento-prateado, tudo cores que nunca tinha usado antes. Limitei-me a pegar-lhes e a pousá-las em cima do balcão. E foi como se *soubesse* que apenas aqui essas tintas ganhariam força e me auxiliariam. Que elas dariam corpo aos meus medos e aos meus sonhos.

Teresa não conseguia esconder a sua confusão. — Olha, Teresa, não é fácil explicar. Os meus pais, as raparigas em Londres... Houve algo que fez clique aqui. Foi como se este quadro estivesse à espreita na minha mente e agora veio à luz do dia. Nunca me senti tão ligada à *execução* da coisa.

— Percebo.

— Mas agora que está feito... e fora de mim, não posso deixar de me perguntar se as tintas não fizeram isto sozinhas. Como se o meu envolvimento não tivesse qualquer significado.

— Não, não. Foi a *señorita* que o fez. Se *eu* tocar nas tintas, não acontecerá nada de bom. Mas consigo é diferente.

Olive sorriu. — Obrigada por seres tão simpática.

— Tem mais quadros?

— Aqui não, mas tenho estes. — Olive dirigiu-se a uma das suas malas e tirou um grande bloco de desenho que estendeu a Teresa.

Teresa abriu as páginas e viu no interior pequenos esboços de mãos e pés, olhos e garrafas, gatos, árvores, flores, completamente diferentes do quadro no seu estilo realista, gravado. Na página seguinte, viu um retrato de Sarah, intitulado *Mãe, Londres*, e um de Sarah e Harold juntos, o esboço de uma natureza-morta, a pastel, com os limões que Teresa trouxera naquele primeiro dia.

Apontou para os limões. — Eu perguntei-lhe onde estavam e disse-me que não sabia.

Olive corou. — Desculpa.

— Roubou-os?

— Se quiseres pôr as coisas assim.

— Porque é que isto é segredo?

— Não é *segredo*. Eu apenas... não conto a ninguém. Exceto a ti.

Teresa rejubilou, ocultando a sua satisfação nas páginas do bloco. As imagens eram extraordinárias, como se pudessem saltar da página. Continuou a folhear e foi detida por uma página dupla com o seu irmão: *Isaac a Rachar Lenha*, *Isaac com Uma Chávena de Café*.

Teresa sentiu uma vaga de dor e Olive tirou-lhe o bloco das mãos. — São apenas esboços — disse ela. Lá em baixo, soou a gargalhada de Sarah, como um pequeno sino.

— O que vai fazer com este quadro? — perguntou Teresa.

— Que prática — comentou Olive. — Nem tudo tem de ter um objetivo, sabes, um ponto final.

Teresa corou, porque era assim exatamente que ela pensava; pragmaticamente, como um chacal à caça de uma costeleta. No entanto, detetara nas respostas de Olive um tom defensivo que a confundia. Se ela possuísse metade do talento de Olive, já estaria em Barcelona, longe de Arazuelo. — Vai escondê-lo debaixo da sua cama para sempre, onde ninguém o verá? — inquiriu ela.

— Claro que não.

— Então porque não o mostra agora? Podia pendurá-lo na parede.

Olive ficou rígida e sentou-se na cama ao lado de *O Pomar*. O velho colchão cedeu sob o seu peso, e Teresa pensou subitamente que o leito tinha um aspeto miserável e que Olive era estúpida em suportar tal estado de coisas quando podia claramente pagar algo melhor. Podiam até ir à Calle Larios, em Málaga, comprar um novo; ela podia oferecer-se para levar Olive, deixando-a experimentar colchão após colchão até encontrarem um perfeito. Mas Teresa manteve-se em silêncio, os hábeis contornos do rosto do irmão a refazerem-se na sua mente.

— Não o quero na minha parede — disse Olive.

Teresa franziu a testa. Parecia uma afirmação categórica. Aproximou-se da beira da cama, de mãos nas ancas. — Podia vender isto em Málaga, *señorita* — disse ela. — Podia arranjar dinheiro.

Olive ergueu bruscamente os olhos. — Dinheiro? Nós temos dinheiro às pazadas.

Teresa corou. — Podia ir-se embora.

— Mas eu gosto disto aqui.

— Paris. Londres. Nova Iorque...

— Tere. Eu não *quero* que as pessoas saibam. Compreendes?

— Se isso fosse meu, mostrá-lo-ia ao mundo.

Olive contemplou o quadro. — Digamos que se mostra ao mundo. Mas o mundo pode não gostar dele. Pensa nisso. Todas essas horas, todos esses dias e meses, anos até...

— Mas *eu* gostaria dele, portanto isso não teria importância.

— Então para quê darmo-nos sequer ao incómodo de tentar agradar ao mundo? E, posso garantir-te, nunca gostarás verdadeiramente dele se fores tu a fazê-lo.

— Então porque é que faz isso?

Olive levantou-se, acendeu um cigarro e olhou para lá da janela. — Não *sei*. Nunca soube. Limito-me a fazer. — Fitou Teresa. — Está bem, sei que isto é vago. Só que... tenho a sensação de que há um lugar, uma reluzente cidadela de perfeição que existe na minha mente. E, com cada tela e bloco de desenho, estou a aproximar-me cada vez mais dela, do lugar onde os meus quadros serão um reflexo melhor da pessoa que eu sou, um reflexo *diferente*. E então voarei.

Esfregou a testa e voltou a estender-se na cama. — Porque estamos nós tão presas pelas horas, os minutos de cada dia? Porque não podemos viver a vida que está sempre fora de alcance?

A voz embargou-se-lhe e Teresa estendeu a mão para o braço de Olive. — Desculpa, Tere — disse Olive. — Provavelmente estou louca. Mas foi sempre assim. Queria apenas mostrar a alguém. Fico satisfeita por teres gostado.

— Adoro. *Me ha encantado*.

— Olha. — Olive mostrava-se de novo enérgica, saltando do colchão ainda a segurar o cigarro. — Leva isto. Talvez gostes de os ver. — Pegou num livro sobre pintores renascentistas e numa *Vogue* antiga e estendeu-lhos. — A revista é da minha mãe, mas ela não se importa.

Teresa folheou o livro da Renascença, páginas inteiras coloridas, com homens e mulheres ataviados com as suas melhores roupas, a pele tão esticada como ovos cozidos, olhos salientes, delicados dedos ornados de anéis e echarpes de damasco pelos ombros. Virgens Marias estranhamente alongadas, alvejadas por um feixe amarelo da Anunciação; cenas aterradoras de animais míticos; homens com cinco pernas; mulheres transformando-se em romãs. Leu os nomes em silêncio: *Bellini*, *Bosch*, *Cranach*. Era mais uma língua para aprender e assimilar, para manejar como uma arma.

A *Vogue* era muito antiga, mas Teresa não se importava. Era sua. Sentia-se satisfeita por aquela já ter um ano. Sarah mal relanceava os olhos pelas revistas antes de as atirar para o chão do seu quarto, as suas cores e fascínio um canto de sereia que Teresa se espantava por a patroa não conseguir ouvir. Mas não queria que Olive arranjasse problemas.

— Tem a certeza de que a sua mãe não se importa? — perguntou ela.

— Nem sequer dará por isso. Creio que o Isaac ainda cá está — disse Olive, guardando os blocos de esboços e *O Pomar* debaixo da cama. — Devíamos ir ver o que a minha mãe quer dele.

Teresa empurrou a nuvem que se erguia no seu peito à menção de Isaac, fechou o livro da Renascença e seguiu Olive para fora do quarto.

*

Isaac pegou no segundo copo de limonada e tocou com ele no de Sarah. Estava habituado a que as mulheres se comportassem assim junto de si: felinas, provocantes, às vezes fúteis. Nunca as encorajava, mas isso apenas parecia acentuar mais o seu comportamento. Era quase ridículo, e todavia aprendera a não presumir imediatamente o que as mulheres queriam dele. Podia parecer uma coisa, mas era muito frequentemente outra.

Pensou em como Olive era tão absolutamente diferente da mãe, tão inocente, tentando alcançá-lo como uma rapariga a afogar-se, mais obviamente do que ela provavelmente imaginava. E, no entanto, ela intrigava-o de uma maneira que não acontecia com a

Señora Schloss. Sarah deslumbrava imediatamente, mas em Olive havia algo de maleável e interessante sob o seu constrangimento. Era uma sobrevivente do casamento dos pais. Perguntou-se se, caso Olive continuasse indefinidamente com eles, isso lhe seria prejudicial.

Ouviu passos e Olive apareceu à porta, dividindo a sua atenção entre ele e a mãe, como se tentasse fazer uma soma difícil. Teresa espreitava por trás de Olive, com uma estranha expressão de triunfo no rosto que deixou Isaac circunspecto.

— Liv — disse Sarah. — Adivinha?

— É preciso?

— Mr. Robles vai pintar o meu retrato.

— O quê?

— Uma surpresa para o papá — prosseguiu Sarah. — Fiz uma encomenda a Mr. Robles.

— Mas ele detesta surpresas.

— Bom, eu também, Olive. Mas o papá vai receber este retrato, quer queira quer não.

Olive avançou e sentou-se no cadeirão roído pelas traças, situado de forma despreocupada em relação ao sofá. — Arranja tempo para pintar isto, Mr. Robles? — indagou ela. — Com todo o trabalho que tem?

— Será uma honra — retorquiu ele. Olive mordeu o lábio e olhou para a lareira apagada, cheia de troncos que Isaac empilhara para eles usarem. Teresa continuava à entrada da porta. Fitava-o com um sorriso levemente trocista que o irritou. Ela vivia numa bolha, não fazia ideia de quantas vezes ele a protegera ao longo dos anos.

— Eu devia ficar no retrato — anunciou Olive.

— Livvi — disse a mãe após uma pausa, alisando a prega da perna das calças. — A surpresa é minha.

— Penso que o papá gostaria que figurássemos ambas no retrato. Posámos para um há vários anos. Devíamos fazê-lo de novo.

— Posámos?

— Esqueceste-te. Sim, posámos. Mr. Robles, não acha que seria uma boa ideia?

Isaac sentia a pressão da atenção das mulheres como um peso físico. — Têm de decidir — disse ele. — É o seu pai, o seu marido.

Sarah mexeu num pompom das calças. — Mr. Robles, se eu concordasse em posar com a minha filha, precisaria de nos pintar juntas?

— Nem sempre, *señora*.

— Bom, então — suspirou. — Resolveremos isso entre nós, não é, Olive?

Olive inclinou o queixo na direção da mãe. — Sim, mãe — disse ela. — Resolveremos.

VI

Olive e Sarah iriam ter três sessões iniciais juntas, combinadas quando Isaac não estivesse a ensinar em Málaga. Teresa guardaria o segredo. — Diz a Harold que estamos no mercado de Esquinas — ensinara-lhe Sarah. — Ou que fomos ao médico. Pensarás em qualquer coisa, Teresa. És tão inteligente.

Na segunda sessão, enquanto Isaac pintava Olive e a mãe à luz pálida da cozinha do seu chalé, Olive percebeu que havia algo errado. Sarah, de blusa semitransparente cor de alfazema e saia de seda castanha, mantinha permanentemente as costas levemente arqueadas, com um braço caído para trás da cadeira de cozinha de Isaac. Concentrava-se em apresentar-se ao artista no seu melhor, mas Olive via o aspeto sombrio e abatido de Isaac.

Pensou que ele deveria sentir-se feliz; o seu partido acabara de ganhar as eleições nacionais. Dera na rádio, viera nas primeiras páginas dos jornais que o pai dela trazia de Málaga. Encontrava-se no poder uma coligação de esquerda, algo que seguramente deveria fazê-lo sentir-se triunfante.

— Qual é o problema? — perguntou ela quando Sarah pediu para se ausentar um momento.

Ele levantou os olhos do sítio onde pintava, com uma expressão surpreendida. — Mataram outro rapaz — disse ele. — Eu conhecia-o um pouco.

— Mataram?

— Na noite passada. Um rapaz daqui chamado Adrián, membro do partido anarquista. Trabalhava numa fábrica em Málaga. Começou por atar fitas vermelhas aos burros e às bicicletas e acabou a queimar os arquivos da propriedade do patrão. Falava demais, mas era apenas um garoto. Uns sacanas deram-lhe um tiro e ataram-no às traseiras de um camião.

— Oh, Isaac. Isso é horrível.

— Estão a chamar-lhe um crime de paixão, o que é para rir. Ele não tinha tempo para amar.

— Já prenderam alguém?

A expressão de Isaac tornou-se ainda mais carregada. — Não há testemunhas. Está-se a ver que foi ele mesmo que se atou ao camião. Quando terminaram, já não tinha pés.

— Meu Deus. Quem faria uma coisa dessas?

— Todos, ninguém. A Guarda Civil diz que foi um bando comunista, que o tomou por um menino rico. Outros culpam os ciganos. Anarquista, comunista, falangista ou socialista, *oligarco*, *gitano* ou quê? Talvez tenha sido o pai dele? — Isaac cuspiu.

Olive desejava confortá-lo, mas sabia que a mãe voltaria a qualquer instante. Procurou acalmar-se. Aquilo era algo pontual, disse a si própria, uma coisa hedionda, mas ainda assim única. O rapaz não era um símbolo de coisa alguma, apenas um ser humano com azar, apagado demasiado cedo. Mas lembrou-se do que Isaac lhe contara: o urso-polar, o padre pendurado numa árvore, a sujidade da terra percorrendo as veias das pessoas. Pensou em *O Pomar*, à espera no seu sótão, o seu paraíso perfeito e multicolorido; e sentiu vergonha da sua ignorância, da sua insistente crença ilusória de estrangeira.

*

Na tarde seguinte, Teresa achava-se sentada à mesa da cozinha no chalé, enquanto Isaac esfolava coelhos que caçara para um guisado. Tinha diante dela a *Vogue* que Olive lhe dera e manejava-a tão delicadamente como se fosse a primeira edição de um livro precioso. A mulher da capa retribuía-lhe delicadamente o olhar. Era loura e usava uma comprida capa bege, de onde espreitava uma sandália de praia às tiras pretas e brancas. Apoiava-se à parte lateral de um automóvel descapotável, protegendo os olhos do sol, mas apesar disso olhando para cima, para um ponto invisível. O céu por trás dela era de um azul profundo. Ao longo da parte inferior da fotografia via-se, em letras atraentes, MODA PARA FÉRIAS — VIAGEM — TURISMO.

— Tens estado calada — observou Isaac. — Estás preocupada com o que eu possa fazer? — Vendo que ela permanecia silenciosa, ele disse: — Céus, Teresa. Devias estar preocupada *comigo*.

— Vê se encaras isto com calma, Isaac. Nada que tu faças trará de volta esse rapaz, Adrián. Roubar mel das colmeias da duquesa é uma coisa, mas colocares-te em perigo é outra...

— Eu podia dizer-te o mesmo, Tere. — Apontou para a revista com a faca. — Tu também te devias portar bem.

— Mas eu não corro perigo.

— Tens a certeza? Lembra-te da última vez, Tere. Não te pago a fiança duas vezes.

— Eu não tirei nada. Foi a Olive que me deu isto.

Teresa lembrava-se de como fora com Miss Banetti. A solidão, a estafa. A mulher tinha tantas coisas que nem sequer notara quando elas começaram a desaparecer. Fora tão tentador, tão fácil. Pequenas coisas de início, um anel, uma caixa de fósforos de prata. Depois passara a esvaziar frascos de perfume, e finalmente um colar de esmeraldas. Teresa vira essas peças, sempre desprezadas pelos ricos estrangeiros de que cuidava, como justo pagamento por uma vida cinzenta. Enterrara as bugigangas numa caixa de lata junto do poço, e visitava-as por vezes, sem nunca as colocar realmente no seu corpo, limitando-se a segurar as esmeraldas ao sol, vendo-as cintilar numa cumplicidade verde. Amava-as tanto que não sentia remorsos.

Fora a família alemã que a apanhara e a despedira. Isaac fora falar com eles, explicando que ela tinha problemas mentais, o que era mentira, mas era melhor do que deixar que a *frau* a denunciasse à Guarda Civil. Ele devolvera-lhes tudo, mas Teresa mantivera silêncio acerca da caixa da Banetti, do colar de esmeraldas escondido no jardim deles. Era a sua pequena fuga particular.

— Tere — disse Isaac mais suavemente, fazendo-a regressar à sala, ao som das entranhas do coelho a deslizar na faca. — A Olive não pode ser tua amiga, sabes.

— Devias seguir o teu próprio conselho.

— Sei que deves sentir-te só quando eu estou em Málaga. Mas ela é uma garota rica à deriva atrás dos pais e, quando deres por isso, já partiu outra vez. Não quero que tu...

— Eu não me sinto só. E não sou uma criança. Não precisas de ser tão paternalista. Eu não quero ser amiga dela.

— Bom. — Começou a separar a pata do coelho. — Anda ajudar-me. — Ela abandonou a mesa e foi colocar-se ao lado dele. — Tu também não podes dizer-me o que fazer, Tere — proferiu ele.

— Posso tentar.

Ele riu-se e ela imitou-o. — Eu não tomei sempre conta de ti? — perguntou ele.

— Sim, Isa. Mas eu nunca precisei que o fizesses.

*

Harold não parecera notar particularmente a ausência da mulher e da filha. Parecia distraído, sentado à secretária no meio do seu escritório, como que abandonado no meio das tapeçarias que comprara a um negociante de tapetes em Málaga, os cotovelos enterrados no tampo de couro gasto, mal dando conta de Teresa enquanto ela limpava o pó em volta dele ou lhe deixava ao lado um copo de *fino*. Tinha o aspeto do comandante de um navio a afundar-se, que encontrara um pedaço de madeira à deriva e se agarrava a ele desesperadamente.

No dia em que as mulheres tinham ido para a sua última sessão de pintura e Teresa estava na *finca* a preparar um guisado, o telefone tocou. Ela esperou, mas Harold não se achava à vista. — *Señor?* — chamou ela. A casa encontrava-se silenciosa, excetuando o toque insistente do telefone. Percorreu o corredor em bicos de pés na direção do escritório, escutando à porta antes de entrar, caminhando pelos tapetes. Ao levar o auscultador de baquelite ao ouvido, percebeu que cometera um erro.

«*Harold, bist du es?*»[19] Era uma voz de mulher. Teresa permaneceu em silêncio, escutando o som do ar preso quando a mulher

[19] «Harold, és tu?» (*NT*)

inspirou profundamente e a linha ficou muda. Ergueu os olhos; Harold achava-se à entrada da porta, de casaco vestido, empunhando a sua espingarda de caça.

— O que estás tu a fazer? — perguntou ele. — Teresa, que raio estás tu a fazer?

Teresa fitou o auscultador, muda, desejando nesse instante nunca ter ido para aquela *finca*, ter encontrado trabalho noutro lado qualquer. Não fora suficiente para si mover-se apenas entre as camadas das vidas dos Schlosses; ela quisera estar mais perto, das cicatrizes e das marcas e da quente massa vermelha dos seus corações. Mas, agora lembrava-se do perigo de conhecer os segredos dos outros.

Harold aproximou-se enquanto ela pousava o auscultador. Assentou a mão em cima da sua e ela ficou surpreendida ao senti-la tão quente. — Teresa — disse ele, sorrindo, a mão exercendo uma pressão mínima. — A quem poderás tu querer telefonar?

Ela fitou-o, confusa, e depois compreendeu e adotou uma expressão de humildade, ainda a ouvir o eco da voz esperançosa da mulher, a sua respiração aflita ao perceber que Harold não se achava na outra extremidade.

— Desculpe, *señor* — pediu ela. — Eu queria falar com a minha tia em Madrid.

Fixaram os olhos um do outro e Harold soltou-lhe a mão. Deu a volta e sentou-se na sua cadeira, abrindo a culatra da espingarda. — Só precisavas de pedir, Teresa.

— Peço desculpa, *señor* — repetiu ela. — Não voltará a acontecer.

— Bom. Está bem. Vai-te embora.

Ela chegara já à porta quando Harold voltou a falar. — Onde está a minha mulher? — perguntou-lhe ele, e Teresa virou-se para o encarar, o medo a explodir-lhe no estômago.

— Está no mercado, *señor*.

— Às seis da tarde? — Harold travou a espingarda e empurrou a cadeira para trás.

— Sim. Mas ela queria visitar a igreja depois.

— A igreja?

— Sim. *La Iglesia de Santa Rufina.*

Ele riu. — Sabes que Mrs. Schloss não está bem, Teresa. Se ela continuar a deambular por aí assim, tens de me avisar. Mantém-na debaixo de olho.

— *Debaixo de olho?*

— Vigia-a. Espera aqui até ela regressar. E quando ela vier diz-lhe que eu tenho trabalho em Málaga. Ela compreenderá.

— *Sí, señor.*

— Olive está com ela, na igreja?

— Está.

— Fico satisfeito por passarem algum tempo juntas. — Pousou a espingarda na secretária. — Teresa, queria a tua opinião.

— Sim, *señor?*

— Achas que os aldeões gostariam que nós déssemos uma festa? Teresa imaginava que uma festa dada pelos Schlosses seria a coisa mais fascinante que qualquer dos aldeões já vira — e ela estaria no centro, a organizá-la. Depois disso já não troçariam dela; não haveria mais insultos de cigana nem comentários de bastarda. O poder de Harold e Sarah Schloss refletir-se-ia em glorioso tecnicolor em si própria. — Acho que seria maravilhoso, *señor* — respondeu ela. Voltou apressada para a cozinha a fim de vigiar o guisado e ouviu Harold a andar de um lado para o outro no seu quarto, a paragem e recomeço dos seus pés enquanto ele se aproximava e afastava do guarda-fatos, experimentando diversas roupas. Reapareceu vestindo um bonito fato cor de trigo, com uma camisa azul que sobressaía contra o seu cabelo escuro e lhe conferia um aspeto incrivelmente requintado.

O motor do automóvel roncou e, quando ele desapareceu, Teresa sentiu-se novamente oprimida, sobrecarregada pelo *Harold, bist du es?*, pelo segredo que ambos sabiam ele ter-lhe confiado para guardar. Deixara um rasto de água-de-colónia. Um penetrante eco ambarino de cadeiras de couro escuro e cantos ainda mais escuros.

*

Quando regressou ao chalé, Isaac estava a guardar os seus materiais de pintura no quarto. Na cozinha, um lençol cobria o quadro, pois ele não permitia que ninguém o visse antes de terminado. Sarah partira, mas Olive atardava-se junto à mesa. Parecia fatigada, e Teresa observou pelo canto do olho como as suas mãos se moviam constantemente. Teresa não conseguia emparelhar esta miúda agitada com a artista confiante e majestosa no seu sótão. Perguntou-se se Olive teria pintado mais alguma coisa e se a autorizaria a vê-la.

— O seu pai perguntou onde estava — informou Teresa. — Eu disse-lhe que tinha ido à Igreja de Santa Rufina com a sua mãe.

— Onde é isso?

— Na praça da aldeia.

— A minha mãe não sabe disso. — Olive levantou-se. — Tenho de falar com ela antes do papá.

— Ele saiu — disse Teresa.

A expressão de Olive toldou-se. — Claro que saiu. — Voltou a sentar-se.

— Está a gostar de ser pintada? — indagou Teresa.

— Não creio que seja um bom sujeito. A minha mãe adora, é claro.

— O seu pai vai ficar muito satisfeito ao vê-lo.

— Talvez. Se for bom. O Isaac não me deixa ver.

— O seu pai... ele contou-me que vai dar uma festa.

Olive soltou um gemido. — Ele disse isso?

— Não quer uma festa, *señorita*?

— Tu nunca estiveste numa das festas dos meus pais. Acho que prefiro ir visitar a igreja.

Estava irritadiça e Teresa perguntou-se quão mal teria corrido a sessão de pose entre Olive e a mãe. Tudo o que Teresa podia concluir era que, enquanto Sarah nascera para ser observada, Olive era mais uma observadora.

Dirigiu-se à bancada, pegou numa cebola e numa faca e começou a picar. — Conhece a história de Santa Rufina? — perguntou ela, esperando distrair Olive da sua má disposição.

Olive olhou na direção do corredor escuro, onde Isaac se movimentava no seu quarto. — Não.

— É uma história acerca de duas irmãs. Eram cristãs. Viviam em Sevilha, na... *la época romana*?

— Na época romana — disse Olive.

— Sim. Faziam potes e taças. Os romanos quiseram que elas fizessem potes para uma festa. Uma festa pagã. Mas as irmãs disseram: «Não, não faremos. Os nossos potes pertencem-nos.» E partiram a máscara da deusa Vénus.

— Céus.

— Foram presas. Atiraram Justa para um poço. E Rufina... obrigaram-na a lutar com um leão.

Teresa notou com satisfação que Olive se aquietara, escutando a sua história, enquanto as sombras desenhavam dançarinos negros nas paredes e a cebola corava na frigideira.

— Um grande leão — continuou ela. — Um leão faminto. *En el anfiteatro*. Com toda a gente a assistir. Mas o leão não quis lutar. Sentou-se e não se moveu. Não quis tocar-lhe.

— E depois? — sussurrou Olive.

— Eles cortaram-lhe a cabeça.

— *Não.*

— E atiraram-na para o poço ao encontro da irmã.

Olive estremeceu. — Isso é horrível.

Teresa encolheu os ombros. — Eu gosto do leão. — O seu olhar captou Isaac à entrada da porta. — Ele sabe o valor da paz. Mantém-se no seu lugar.

— Talvez ele não gostasse do sabor de raparigas ossudas — proferiu Isaac. Olive virou-se para ele, que cruzou os braços e fixou Teresa com um olhar significativo. — Outra vez a contar histórias, Tere?

— Ela é uma boa contadora de histórias — declarou Olive. — Imagine o que é esperar no escuro enquanto a irmã defrontava o leão. Imagine segurar a cabeça dela nas mãos, tendo o resto desaparecido. O que aconteceu a Justa?

— Morreu com o choque — disse Teresa.

— É o que me aconteceria a mim — afirmou Olive.

— Não sabe isso, *señorita* — disse Isaac. — Talvez fosse forte.

— Oh, não. Eu desmaiaria indiscutivelmente. — Olive pareceu pensativa. — Sabes, talvez eu vá visitar essa igreja.

— *Señorita?*

— Porque não? — indagou Olive. — Pelo menos assim poderíamos dizer que uma das nossas mentiras era de facto uma verdade.

II

PERTENCER

Agosto
1967

7

Eu e Lawrie fomos ao cinema na nossa primeira saída. Por fim, acabámos decidindo-nos por *Só Se Vive Duas Vezes*. O filme tinha tanto corpo despido e sadismo que me senti embaraçada por tê-lo sugerido. Nada de romance, apenas engenhocas e o tronco de Sean Connery que parecia emprestado por um macaco. Pensando melhor, acho que teria preferido ver Catherine Deneuve, mas fiquei feliz simplesmente por estar sentada junto de Lawrie, sentir o seu encantador perfume, o calor denso do seu corpo, dessa pessoa que por sua vez me escolhera a mim.

Durante as duas semanas seguintes vimo-nos quase diariamente. Era uma doença fabulosa. Fomos à Wallace Collection e à National Gallery, para ver se conseguíamos descobrir mais quadros com as iniciais I. R. (sem êxito). Fomos ao teatro, e ainda tenho o canhoto do bilhete. Chamava-se *Play*, de Samuel Beckett, e eu nunca vira nada assim. Recordo o meu choque deliciado quando o pano subiu, revelando os três atores — um homem e duas mulheres, no papel da sua amante e da sua esposa — enfiados até ao pescoço em enormes urnas funerárias cinzentas, incapazes de se moverem, balbuciando incoerentemente antes de começarem a desfiar as suas histórias para a assistência, sempre ignorando-se uns aos outros.

Fomos a restaurantes e bares no Soho — All Nighters, o Flamingo — e descobrimos que dançávamos muito bem juntos. Eu não gostava de ter de gritar para ser ouvida acima do barulho e a partir das onze o fumo tornava-se muito denso. Vimos aí *gangsters* e as suas namoradas: cabelo lustroso, anéis de ouro, um vislumbre de malevolência. Mas o importante era a música ao vivo. Era maravilhosa: *ska*, calipso, *jazz* e *blues*.

Eu não sabia, mas selara-se uma união, e quem sugerira o quê, quem quisera o quê, essa estranha dança de alusões e condutas que distinguem a primeira vez de todas as coisas, esbatera-se. Nós estávamos dependentes um do outro sem na realidade nos conhecermos um ao outro, dessa maneira que acontece aos jovens quando nunca foram queimados ou feridos ou descartados, quando partilham tudo, cometendo o erro de pensar que a outra pessoa é a resposta para a sua soma confusa. Ele estava solitário e eu estava perdida; ou seria o contrário? Não tínhamos dormido juntos, não chegara ainda a isso. Era muito inocente, à sua maneira.

Desde a nossa conversa à chuva, em Piccadilly Circus, eu quase não vira Quick. Apenas Pamela e eu, e um par de académicos que normalmente se mantinha pela cave nos arquivos, parecíamos vir obedientemente todos os dias. Quick parecia encontrar-se ausente mais do que se consideraria aceitável, aparecendo frequentemente apenas durante umas duas horas. Nós estávamos ligadas à parte de investigação do edifício, não à galeria em que dava para a entrada de Jermyn Street, por isso havia sempre silêncio. Eu sentia a falta da atenção de Quick.

Na sua ausência, Pamela convidara-me para ir comer as minhas sanduíches com ela, no pátio, deixando o balcão da receção abandonado. Eu hesitara, primeiro porque ainda não terminara o meu livro de Muriel Spark, uma coleção de contos e peças radiofónicas que ela publicara seis anos antes. A segunda razão era por não querer de facto ouvir falar mais acerca de «pessoas como tu» — uma frase que Pamela metia ocasionalmente nas nossas conversas —, mas a minha falta de contacto com Cynthia e a ausência de Quick começavam a fazer-me sentir falta de companhia feminina. E terceiro: eu achava realmente que devia ficar alguém na receção.

As perguntas de Pamela à hora do almoço acerca da vida em Trindade eram para mim uma lição sobre o pouco que os seus dias de escola, e todos os outros que se lhe seguiram, lhe haviam ensinado a respeito da extensão do império. Mas ela sentia também uma curiosidade genuína, e as minhas descrições do clima e do que a humidade e o calor faziam aos livros, à roupa, como modelavam a comida que a minha mãe em tempos nos preparara, a música que ouvíamos, as pessoas que víamos, faziam-me compreender quão distante de tudo isso me encontrava realmente. Evocava Cynth, a nossa longa viagem juntas, e depois recordava o nosso estúpido desentendimento, e receava chorar, por isso incitava Pamela a falar. Ela contou-me que a mãe era costureira e o pai transportava carne no mercado de Smithfield. Tinha cinco irmãos — e uma irmã que, informou-me, morrera nos oito anos de Pamela.

— Tenho de te perguntar, Odelle. Tens algum tipo? — indagou ela. — Tens andado meio zonza nestas últimas semanas.

Hesitei. Desejava tanto falar acerca de Lawrie, acerca de amor, de qual seria a sensação e se poderia estar a acontecer-me. — Não — respondi, em vez disso. — Não tenho.

Pamela semicerrou os olhos. — Tudo bem. Guarda os teus segredos. *Eu tenho* um namorado. Billy. Trabalha nos bastidores do All Nighters, mas não me parece que vás lá.

— Porquê? — perguntei.

Ela riu. — Porque tu és demasiado sensata para desperdiçares a tua juventude a dançar em clubes.

Ri-me também, percebendo que havia no seu comentário uma lisonja sincera e que pela primeira vez ela acabara de me conferir uma espécie de sofisticação e estatuto. Mas ainda me via a dançar com Lawrie naquele mesmo clube, com a transpiração a escorrer-nos pelas costas. Não me sentia uma pessoa diferente.

Pamela exibia Billy como uma medalha, mas ao pensar nos homens que lá vira perguntei-me se seria mais de bronze do que de ouro. À medida que os dias passavam e os nossos almoços de sanduíches continuavam, com o meu livro de contos de Spark ainda por terminar, surpreendi-me ao dar por mim a sentir pena de Pamela, cuja companhia começava a apreciar. — O Billy tem grandes sonhos — dizia ela, sem nunca explicar acerca exatamente de quê, e eu tinha a sensação de que na realidade eles não a incluíam.

Reede telefonara a Lawrie, dizendo que tivera um «enorme golpe de sorte» com a galeria do Prado, em Madrid, e perguntando-lhe se poderia aparecer o mais breve possível. Na manhã em que deveria comparecer no Skelton, ele já me esperava num banco, no meio da praça.

— O-lá — saudei, sentando-me a seu lado. — Entusiasmado com as notícias das raparigas do leão?

Ele sorriu. — Um bocadinho. — Quando se curvou para me beijar, passou por nós um homem que soltou um sonoro estalido com a língua. Não tive a certeza, mas julguei ouvir a palavra «repugnante». Ignorámo-lo; eu nunca diria nada, por muito que me apetecesse, mas perguntei-me se Lawrie replicaria.

— Anda — disse eu quando se tornou óbvio que ou Lawrie não reparara, não lhe passando pela cabeça que tal comentário lhe fosse dirigido, ou não o achava digno de atenção. — Vais atrasar-te para a reunião com o chefão. Mas entra primeiro, eu sigo-te.

— Porquê?

— Não quero que a Pamela saiba de nós.

— Tens vergonha de mim? — perguntou ele.

Ri. — É claro que não. É só porque... bom, se ela ficar a saber de ti, vai chagar-me imenso.

*

Sentada à minha secretária, após ter iludido Pamela, não consegui parar de pensar no que estaria a passar-se no gabinete de Reede, por cima de mim. Sentia imensa curiosidade acerca do quadro de Lawrie. E, embora a minha mãe costumasse dizer que, se escutarmos às portas merecemos ficar com as orelhas a escaldar, sabia que Reede não me contaria absolutamente nada. Quick estava ausente nesse dia e não se podia confiar em Lawrie para relatar todos os pormenores.

Subi pela escada das traseiras para o andar de cima e hesitei antes de encostar o olho ao buraco da fechadura. Sentia o pulso acelerado, receando que algum deles lá dentro se virasse e me ouvisse. O quadro de Lawrie estava colocado no cavalete, junto da secretária. Era um retângulo perfeito, repleto de cores vibrantes: vermelhão, alfazema, índigo, terracota, verdes lívidos. E, para minha total surpresa, sentada num dos cadeirões baixos de couro de Reede encontrava-se Quick. Em tempos, o Skelton fora uma casa de habitação — a maioria do apainelado era original — e imaginei damas georgianas sentadas onde se achava agora Quick, brincando com uma série de cãezinhos e perguntando-se que sobremesa servir aos seus convidados.

O que fazia Quick ali? Fitava fixamente a lareira vazia, com os braços abraçando o corpo. Parecia nauseada, como se estivesse à espera de uma explosão. Inclinou-se para a mala e tirou os cigarros, ocupando-se a acender um.

— Então, Isaac Robles — estava Reede a dizer, tirando uma fotografia de uma pasta de camurça em cima da secretária. — Já ouviu falar dele?

— Não — respondeu Lawrie.

— O Prado, de Madrid, enviou-me isto. Pensam que é ele em Málaga, cerca de 1935 ou 1936. Não sabemos quem é a mulher, mas as probabilidades são de que a foto tenha sido tirada no estúdio dele, e ela é provavelmente um modelo que ele usava. Condiz com outras imagens suas em Madrid no início dos anos trinta. Começava precisamente a ter alguma fama quando esta foto foi tirada. Mas, evidentemente, o que mais me entusiasmou é que a pintura em curso no cavalete de Robles parece *exatamente* poder ser esta sua.

Fez-se silêncio. Lawrie encontrava-se de costas para mim, pelo que não pude ver-lhe a expressão pelo buraco da fechadura, mas ele estava absolutamente imóvel, como se tivesse ficado atordoado.

— O quê? — disse Lawrie, em voz baixa. — Isso é possível?

Reede sorriu. — Achei que ia gostar disto. Pelo que se vê na fotografia, ele acabou apenas de começar o leão. Mas é bastante emblemático, não acha?

Lawrie pegou na fotografia que Reede lhe estendia. Tinha os ombros curvados, a cabeça inclinada de concentração. Quick permanecia sentada, a observá-lo, aspirando com força o seu cigarro.

— Onde é que o Prado arranjou isto? — indagou Lawrie.

— Não sabem ao certo. Os seus registos dos anos trinta não estão completos, por razões óbvias. Robles poderá tê-la deixado com alguém para a manter segura quando a guerra rebentou.

Podem não ter sabido o que fazer com ela, por isso deram-na ao Prado. Isaac Robles não era muito popular junto das autoridades e o seu trabalho não era realmente do gosto deles. Uma pessoa não desejaria ser apanhada com provas de que era amiga ou conhecida de indesejáveis.

— *Indesejáveis?*

— Pelo que sabemos, Robles movimentava-se em círculos bastante esquerdistas. Isso significa que pode ter sido um agitador político. Provavelmente, eles aceitaram esta fotografia e enfiaram-na nos seus arquivos. Robles não sobreviveu para poder comparar-se a Miró ou a Picasso em produção e trajetória. Mas aquilo que *fez* é excelente. Uma teoria para a sua pequena produção, além de uma morte precoce, é ele ter destruído muito do seu trabalho. Esse tipo de ato torna sempre um pintor mais especial; é a sua raridade. Agora vamos ao que interessa. Eu penso que este seu quadro é aquilo a que nós chamamos um adormecido.

— Um adormecido?

— Sim, tem estado quieto à nossa espera, ignorado durante anos. Estamos a reportar-nos a 1936, talvez — continuou Reede. — O facto de não ter moldura é lamentável. Pode saber-se muito pela qualidade de uma moldura. Presumo que Robles não teria acesso a muito, se tinha voltado e estava a trabalhar no Sul de Espanha. Mas se isto *é* de Robles, e eu penso que é, então foi pintado quando ele atingiu o auge do seu talento, antes de a guerra chegar. Veja as cores, a narrativa surreal, a jovialidade. É profundamente invulgar. Percebo porque era tão elogiado no seu tempo.

— O que lhe aconteceu? — perguntou Lawrie.

— Aconteceu a guerra, Mr. Scott. Há diversas teorias. Uma é a de que ele foi para o norte unir-se a outros republicanos quando as tropas de Franco avançaram pelo sul. Nunca se encontrou uma campa, mas nesse tempo tal não era invulgar. Ele era do sul, da Andaluzia, e viveu e trabalhou em Málaga durante um tempo, com muito pouco êxito. Viajou até Madrid e Barcelona; há lá um par de litogravuras suas, bastante insignificantes.

— Percebo.

— Mas na altura em que *esta* fotografia foi tirada, Robles não se acharia tão preocupado com a guerra. Estava a trabalhar bem. Tinha abandonado a sua estética idealista e figurativa ao voltar a casa, e parece ter começado a pintar de forma absolutamente diferente. Alguns meses antes de a Espanha se fraturar, ele pintou uma obra que provocou uma verdadeira agitação. Chama-se *Mulheres no Campo de Trigo*. Já ouviu falar?

— Não.

Reede virou-se para a porta e eu era capaz de jurar que olhou para o buraco da fechadura. Fiquei petrificada.

— Não é particularmente famoso, mas é um quadro especial — disse Quick, e Reede voltou-se para ela. Gradualmente, empurrei o meu coração pela garganta abaixo.

— Porque é que é tão especial? — indagou Lawrie.

— Fiz uma pequena investigação — continuou Reede antes de Quick poder dizer algo mais. — Sabemos que Robles vendeu *Mulheres no Campo de Trigo* em Paris, por volta da data em que esta foto foi tirada. Foi vendido por um homem chamado Harold Schloss.

— Percebo — disse Lawrie. Mesmo através do buraco da fechadura, pude ver que ele parecia visivelmente desconfortável.

— Foi durante uns tempos para Nova Iorque e agora está pendurado na casa de Peggy Guggenheim em Veneza. Eu vi pessoalmente *Mulheres no Campo de Trigo* — prosseguiu Reede — e tem qualidades semelhantes ao seu. Extraordinário ao vivo. — Tocou na borda do quadro de Lawrie. — Por vezes, penso que ele teria sido um génio, se tivesse continuado.

— Porquê?

— Isso nem sempre é fácil de definir. Mas sabe, na maioria dos artistas, temos uma coisa ou outra: o visionário com capacidades técnicas abaixo da média ou um curto período de produção extraordinária que vai diminuindo em qualidade, por uma ou outra razão. Esses tipos não têm treino de composição e portanto a maioria deles não pode subvertê-la. Ou temos o artista com excelente treino mas sem imaginação, que nunca pintará o mundo de forma inovadora. É realmente difícil encontrar alguém que tenha tudo. Picasso tem, devia ver as suas primeiras obras. É subjetivo, é claro, mas eu penso que Robles também tinha. E penso que o seu quadro demonstra o talento dele a um nível ainda mais elevado do que *Mulheres no Campo de Trigo*. Alguns dizem que os seus raros trabalhos são políticos; outros acham-nos *tours de force* escapistas. É o tipo de qualidade que eles têm; perpetuamente interpretados e contudo enfrentando sempre qualquer iteração. Robles perdurou. Não nos aborrecemos. Vemos coisas novas. Além disso, a um nível estético básico, eles emocionam o olhar de maneira deslumbrante sem nunca se tornarem sentimentaloides.

— Mas não podes provar que isto é um Robles — interpôs Quick.

Reede franziu os olhos na direção dela. — Neste momento preciso, não posso, Marjorie. Mas há caminhos. Ele pintou outros quadros. É uma questão de os encontrar e alinhar este com eles. A sua mãe... faleceu recentemente, consta-me, Mr. Scott?

— É verdade.

— Pergunto-me... sabe se ela guardava recibos?

— Recibos?

— Sim, das coisas que comprava. Quadros, por exemplo.

— Ela não era o género de mulher que guarda recibos, Mr. Reede.

— É pena. — Reede fitou pensativamente o quadro. — Qualquer coisa que tivesse referente à compra seria muito útil. Pergunto-lhe pela proveniência, não apenas para o caso de desejar vender o quadro, mas também para a eventualidade de nós o expormos...

— Expormos? — exclamou Quick.

Reede pestanejou na sua direção. — Exatamente. Pergunto, Mr. Scott, porque este quadro pode ser um assunto legal.

— O que quer isso dizer? — perguntou Lawrie, o pânico palpável na sua voz.

Quick esmagou o seu cigarro. — Talvez não seja necessário entrar nesse campo agora, Mr. Reede. Na realidade não é prática do Skelton organizar uma exposição para um único quadro...

— Provavelmente tem conhecimento do que aconteceu na Europa, nos anos trinta, a valiosas obras de arte, Mr. Scott — interrompeu Reede. — Desapareceram imensas. Os nazis tiraram-nas de paredes de galerias, levaram-nas de casas particulares...

— Este quadro não foi roubado — afirmou Lawrie.

— Parece muito seguro.

— E estou. A minha mãe nunca roubaria nada.

— Não estou a sugerir que ela o tenha feito. Mas poderia facilmente ter comprado uma peça roubada. Robles era espanhol, trabalhava unicamente em Espanha, tanto quanto sabemos, embora os seus quadros fossem vendidos em Paris. A sua mãe tinha alguma ligação a Espanha?

— Não que eu saiba.

— Bom. Eis a minha teoria. As obras de arte movimentavam-se bastante livremente pela Europa nesse tempo. Harold Schloss era um conhecido negociante de arte vienense, especializado em arte moderna do início do século XX. Se ele vendeu *Mulheres no Campo de Trigo*, poderá ter vendido mais trabalhos de Robles. Schloss possuía uma galeria em Paris, por isso é possível que o seu quadro lá estivesse pela mesma altura.

— Este quadro foi de Espanha para Paris?

— Possivelmente. Por esses dias, Robles havia voltado a Málaga, portanto talvez Harold Schloss o tenha visitado lá. Os negociantes de arte vão a qualquer lado onde lhes cheire a talento.

— Tudo isto não passa de conjeturas, Mr. Scott — murmurou Quick. — Apenas um caminho...

— Muitos dos galeristas em Paris eram judeus — prosseguiu Reede. — Não conheço a história de Schloss, teríamos de descobrir isso, mas em 1942, um ano após a ocupação de Paris, os nazis encerraram uma série de negócios e enviaram os proprietários para serem internados antes de seguirem para... bem, para os campos. Muitos quadros nunca foram recuperados. Outros foram escondidos e apareceram depois nos sítios mais estranhos. Lojas de velharias, por exemplo. Malas de viagem. Velhos túneis de comboios. Feiras da ladra.

Fez-se silêncio. Do outro lado da porta, eu mal respirava.

— Céus — exclamou Lawrie.

— Depois da guerra, os nazis que foram capturados afirmaram ter queimado tudo. Tretas, é claro. Roubaram demasiados para os terem destruído todos. E eles sabiam o que faziam. Sabiam que o que estavam a levar era valioso, embora afirmassem que não se enquadrava na nova estética do Reich.

— O que acha que aconteceu a Harold Schloss? — perguntou Lawrie.

Reede fez uma expressão aborrecida. — Irei investigar isso, tal como disse.

— Este quadro não foi roubado — repetiu Lawrie.

— Não há maneira de ter a certeza, pelo menos de momento. A primeira metade deste século foi uma confusão para o mercado de arte, e ainda andamos a juntar as peças. A arte foi sempre utilizada para outros propósitos além do prazer, fosse ele pressão política ou obter um pão.

— Está bem. — Lawrie passou os dedos pelo cabelo.

— Entrei em conversações com um representante da Fundação Guggenheim, que está a ser de enorme ajuda investigando o que eles têm sobre Isaac Robles, se é que alguma coisa, que possa clarificar melhor este quadro.

Lawrie expirou lentamente. — Obrigado... suponho — disse ele. Preparava-se para tirar o quadro do cavalete, mas Reede estendeu o braço.

— Mr. Scott, não acha que, tudo considerado, ele continuará a estar mais seguro aqui? Nós temos um guarda-noturno e um sistema de alarme. Receio que no Surrey...

— A capital mundial do crime?

Quick interveio. — A morte da sua mãe... foi noticiada nos jornais?

— Foi.

Aquilo surpreendeu-me; que género de gente tinha a morte noticiada nos jornais?

— Isso é o tipo de coisa que atrai os ladrões de arte — disse Reede. — As pessoas cujas mortes são anunciadas nos jornais possuem geralmente coisas que vale a pena fanar — prosseguiu ele. O uso da palavra *fanar* por Reede chocou-me; era o género de palavra que Pamela usaria. — Sei que parece absurdo, Mr. Scott, mas mesmo assim. Permita-nos que cuidemos dele por si. Estará mais seguro.

Reede era um ator consumado: simultaneamente delicado, premente, autoritário e conciliatório. — Está bem — acedeu Lawrie. — Por mais algum tempo.

— Obrigado. Sinceramente. Contactá-lo-ei logo que tenha notícias. Isto é muito excitante, Mr. Scott. Só posso agradecer-lhe por ter escolhido o Skelton como base para a sua investigação...

— Posso ficar com esta fotografia? — perguntou Lawrie, pegando no quadrado amachucado.

Reede pareceu perplexo. — Ficar com ela?

— Até nos reunirmos de novo. Apenas para a examinar melhor.

— Marjorie pedirá a Rudge ou a Bastien para lhe fazerem uma fotocópia.

Estremeci ao som do meu nome, aterrada por Reede poder descobrir-me ali escondida, mas não fui capaz de me afastar. — Estou convencido de que essa foto é um original, Mr. Scott — explicou Reede —, e não posso deixá-la sair daqui. Marjorie... sentes-te bem?

Quick deu um salto. — O quê?

— Eu *disse*, pedes a uma das pequenas que faça uma fotocópia desta foto para Mr. Scott.

Quick recompôs-se e pegou na foto que Lawrie lhe estendeu. Agarrou-lhe com as pontas dos dedos sem sequer olhar para ela. Eu afastei-me do buraco da fechadura e desloquei-me o mais rapidamente possível pelo corredor.

Não fui suficientemente rápida.

— Odelle? — Quick falou em voz baixa e serena. Parei e virei-me, aliviada ao ver que ela fechara a porta atrás de si. — Venha cá — disse ela.

Dirigi-me para ela, envergonhada. — Você estava a escutar — comentou Quick. Face ao leve brilho divertido do seu olhar, achei que não adiantava mentir; fora apanhada a esgueirar-me por um corredor vazio.

— Desculpe — disse eu. — Por favor, não...

— Aparentemente, não é suposto olharmos por buracos de fechadura.

— Eu sei.

Ela olhou para a fotografia que segurava e imobilizou-se. — Acha que ele tem talento? — perguntou.

— Acho. Acredita que é um genuíno Isaac Robles que ali está?

Ela enfiou-me a foto nas mãos. — Se Reede o diz. Ele é que sabe. E parece condizer com o desta imagem. Mas o que acha *você* dele?

— Eu não sou perita.

— Eu não quero o diabo de um perito, Odelle. Só quero saber se você gosta dele. Não é um teste. — Parecia exausta e notei que as mãos lhe tremiam ligeiramente

— Enerva-me.

Ela encostou-se à parede. — A mim também.

— Mas é muito belo.

— O assunto é insidioso.

— Como assim?

— É como se houvesse no quadro uma camada extra de que não estamos a par. Não conseguimos chegar-lhe, mas ela existe.

Observei atentamente a fotografia. Estava curvada, manchada, com um salpico de líquido no canto inferior esquerdo. Era a preto e branco e tinha o aspeto de ter atravessado as guerras. E no entanto a imagem era suficientemente nítida: um homem e uma mulher, diante de uma grande tela semiconcluída. Encontravam-se num estúdio qualquer. O homem que se presumia ser Robles estava sem casaco, as mangas da camisa enroladas, um cigarro pendente dos lábios. Não sorria e fixava o fotógrafo a direito. Tinha o cabelo espesso, levemente ondulado, sobrancelhas negras, a face delgada, boas maçãs do rosto, um corpo compacto; e, mesmo nesse momento preso no tempo, os seus olhos eram atraentes, o seu olhar determinado. Empunhava uma grande paleta coberta de muitas cores e tinha o corpo completamente virado para a câmara. Parecia desafiá-la.

A mulher à sua direita parecia feliz. Possuía um rosto aberto; na realidade, não podia ser muito mais do que uma adolescente, mas, naquelas fotos antigas, as raparigas têm sempre o aspeto de mulheres antes de o serem. Ria-se francamente; os olhos eram quase invisíveis de tão franzidos. Mostrava aquela desinibição animada que torna sempre uma pessoa bela, por muito vulgar que o seu rosto seja. O penteado era algo frisado, junto à cabeça ao estilo dos anos trinta, mas solto, como se ela não se interessasse. Apontava para o quadro e tinha um pincel na mão.

— Quem é a mulher? — perguntei eu.

Quick fechou os olhos. — A sua musa, provavelmente. Ou apenas um modelo.

— Ele é um Paul Newman italiano — disse eu, e Quick riu.

A foto fazia vibrar algo em mim. Era tão potente, tão repleta de uma história. Virei-a ao contrário e entre as marcas do tempo, no canto esquerdo, li a legenda manuscrita *O e I*.

— Viu isto, Quick? Quem são O e I? — indaguei. — O *I* será de Isaac?

Mas Quick já não estava com disposição para especulações. — Não fique aí especada a olhar, Miss Bastien — disse ela. — Não temos muito tempo. Vá lá fazer uma cópia para Mr. Scott, sim? Ande lá.

8

Três dias depois, Quick convidou-me para a sua casa. Eu mencionara de passagem que o meu aniversário se aproximava, e encontrei um pequeno cartão, deixado na minha secretária, convidando-me para almoçar no sábado. Fiquei entusiasmada. Não era normal empregadores e empregados misturarem-se assim, mas a minha curiosidade sobrepôs-se a quaisquer reservas que pudesse ter sentido. Não disse a ninguém que ia.

Os meus sapatos ressoavam no pavimento e o meu sentido de aventura despertava. Estávamos no final do verão; Londres era o escape de um carro, uma beata de cigarro no chão, um céu salpicado de cirros. Por esta altura, eu era uma observadora atenta das irregularidades e cicatrizes da habitação londrina. Os códigos postais, o tijolo, a roseira ausente ou presente, o tapete da porta, a altura dos degraus da entrada ou a sua falta, eram uma linguagem que eu aprendera a falar. Não se podia viver aqui sem se notar a diferença entre as ruas onde reinava a paz ou o caos, um cão sarnento estendido junto à valeta, miúdos esfarrapados, uma cerca bem cuidada, uma cortina impecável a ondular. Em Londres, havia muitas maneiras diferentes de viver, mas poucas de mudar a vida que se tinha.

Os bombardeamentos da guerra haviam deixado padrões estranhos em muitas ruas, e a longa rua de Quick era uma mistura familiar, começando por uma meia dúzia de imponentes sobreviventes vitorianas, algumas casas em banda eduardianas, um inesperado bloco de apartamentos atarracado, construído nos anos cinquenta, com amplas varandas brancas, paredes de cimento e uma hera anã que alguém plantara, numa tentativa de criar verdura, mas que mal chegava à janela do primeiro andar. Depois, mais adiante, era onde ela vivia, na extremidade de Wimbledon Common.

Parei em frente da casa de Quick. Era um chalé georgiano rebaixado, pintado de azul-claro. Bastava semicerrarmos os olhos e uma mulher de vestido de musselina e coifa poderia facilmente ter acabado de entrar. *Porque trabalha a mulher se tem uma casa assim?*, interroguei-me. Pensei que a Cynth adoraria ver aquele chalé e como era improvável que isso acontecesse alguma vez. Usei o batente, uma pega de cobre antigo salpicada de verdete, e esperei. Não houve resposta. A toda a minha volta espalhavam-se madressilvas, emoldurando a porta. Vindos de dentro, eu ouvia os sons de uma peça clássica, os simples acordes de um piano, que se iam complicando à medida que as estrofes prosseguiam.

Perguntei-me se a sensação de queimadura nas minhas costas seriam realmente olhos a observar-me ou apenas a minha imaginação preocupada. Eu nunca estivera em casa de uma pessoa branca, nem sequer na de Lawrie. Esta era, por assim dizer, uma rua muito branca. A fechadura girou, a porta abriu-se e, num retângulo de sombra, Quick surgiu diante de mim. Aquele cabelo curto prateado, aquelas pupilas líquidas encolhendo à luz do Sol. Parecia mais pequena do que no trabalho. — Você veio — disse ela. Nunca me passara pela cabeça não ir. O piano estava agora muito mais alto, ressoando pela casa como uma abertura teatral para o nosso *pas de deux*.

Ela convidou-me a entrar com um gesto. A casa era funda, recuada, e o pavimento estendia-se ao longo de um corredor, em direção a um vislumbre de jardim, onde se moviam folhas a uma leve brisa e a silhueta de um gato solitário se recortava como um vaso à espera. — Jardim? — perguntou Quick, mas não era realmente uma pergunta, pois já se dirigia para lá. Avançava com passos delicados, como se não confiasse totalmente nos seus próprios pés. Virei o olhar para a esquerda, onde se abria a sala de entrada, e tive um breve vislumbre de tábuas de soalho polidas, carpetes amplas, plantas envasadas e um piano vertical. Para onde quer que olhasse, a sala de entrada, o corredor, as paredes brancas encontravam-se despidas de quadros.

Aquilo parecia decididamente não-inglês, sem pesados mosaicos vitorianos sob os pés, sem papel de parede com pássaros, sem cornijas, sem madeiras pesadas. No entanto havia estantes, e eu ansiava por espreitá-las. À direita, começava um lance de escadas; duvidava que alguma vez visse onde elas conduziam. Enquanto percorríamos o corredor, outra sala se abriu à esquerda, em direção ao quadrado de luz. Continha uma secretária e um gramofone de onde emanavam as derradeiras notas do disco de música clássica. Pensei que era bastante antiquado da parte dela ter um gramofone.

Quando chegámos à cozinha e à porta aberta para o jardim, Quick estacou. O gato escapuliu-se para os arbustos, onde se instalou, um par de olhos amarelos a observar-me por entre as folhas. — Almoço — anunciou Quick. Na mesa esperava uma bandeja grande, em que se encontravam um cesto com pãezinhos, um queijo amarelo-vivo, algumas pernas de frango frias, uma empada de porco e pequenos tomates vermelhos, com pérolas de condensação escorrendo pelos lados. Tinha tudo muito bom aspeto e eu disse-lho.

— É muito simples — declarou Quick. Ofereci-me para levar a bandeja para o jardim. — De maneira nenhuma — retorquiu ela, afastando-me, antes de conceder: — Mas talvez possa trazer aqueles. — Indicou um grande jarro de barro com água e dois copos, que eu levei para fora, seguindo a sua passada hirta. — Qualquer coisa mais forte? — ofereceu ela por cima do ombro, e desta vez era uma pergunta. Recusei.

O jardim não era muito grande, mas estava cheio de árvores e arbustos, malvas-rosas, mais madressilvas, o zumbido das abelhas a elas associadas, um pedaço deserto na extremidade. Ao longe soou um sino de igreja, uma linha sombria de doze toques retendo o tempo antes de ele fugir uma vez mais.

O jardim movia-se com a brisa. Quick pousou a bandejaassento numa mesa de pedra e, na rua, um carro arrancou. — Puxe um banco — disse ela, apontando para uma das três espreguiçadeiras. Duas delas estavam velhas e lassas e haviam claramente tido muito uso. Obedeci, compelida pela sua autoridade. Deixando-se descair cautelosamente numa das cadeiras mais velhas, ela estendeu lentamente uma perna após outra na relva. Soltou umas chinelas de veludo, revelando os pequenos pés nus, bronzeados pelo sol. Olhando para os dez dedos dos pés de Quick, senti-me enfaixada nos meus *winkle-pickers*[20], o meu chapéu redondo, o meu simples vestido verde. Ela desceu os óculos escuros para a face e eu perdi de vista a sua expressão.

— Há dias assim — comentou ela — que eu gostaria de poder prolongar eternamente. — Serviu-nos a ambas um copo de água, esforçando-se um pouco devido ao peso do forte jarro. Bebeu o seu copo de uma vez e deu um estalido com os lábios. — Coma, por favor — disse-me. No seu *habitat* próprio, parecia muito mais descontraída. Desaparecera a expressão acossada do gabinete de Reede e até a reserva gentil que usava por vezes comigo e com Pamela. Servi-me de um quarto da empada de porco e comecei a comê-la com um bocado de um pãozinho. Era uma boa empada; a massa a desfazer-se, o creme fresco e o rico recheio de porco.

— Espero que não estejamos a dar-lhe demasiado que fazer no escritório? — perguntou ela.

— Oh, não — respondi eu. — Gere-se perfeitamente.

— Bom. Como vai a sua amiga casada?

Olhei para Quick, receosa de que ela me lesse os pensamentos.

— Ótima, obrigada. Ela e o marido mudaram-se para Queen's Park.

— Não se sente só? — indagou Quick.

— Não.

— Tem escrito alguma coisa?

— Um pouco.

— Posso ler?

— *Ler*?

— Bem, é o que as pessoas geralmente fazem com a escrita, não é? — Parecia divertida.

— Eu não...

— Sentir-me-ia honrada se me mostrasse.

— Não é muito bom — disse eu.

---

[20] Estilo de sapatos muito em moda na década de 1950 na Grã-Bretanha, caracterizados pela sua biqueira muito pontiaguda. (*NT*)

Ela fez uma careta. — Interessa alguma coisa você pensar que é bom?

— Claro.

— Porquê?

— Bom... porque... porque eu tenho de ser crítica do meu trabalho, para o melhorar.

— Bem, isso é evidente. Mas escrever não é para si tão natural como respirar?

— De certa maneira. Mas tenho de trabalhar no que escrevo — disse eu, com a voz a subir de tom. — Todo o escritor o faz.

— Mas pega numa caneta e escreve sem muitos preâmbulos.

— Suponho que sim.

— E tem orgulho em respirar? *Venera* a sua capacidade de respirar?

— É quem eu sou. Portanto, se não prestar, eu também não presto.

Ela fitou-me fixamente. — Quer dizer como pessoa?

— Sim.

— Oh, não. Não seja *moralista* acerca disso, Odelle. Você não se passeia por aí emanando um halo dourado dependente do poder dos seus parágrafos. A partir do momento em que outrem está a ler, *você* não é para aí chamada. O trabalho distancia-se de si. Não deixe que o seu talento a arraste para baixo, não o pendure ao pescoço como uma canga. — Acendeu outro cigarro. — Quando uma coisa é considerada «*boa*», suga a pessoa, resultando frequentemente na eventual destruição do criador. Já vi acontecer isso. Portanto, o facto de você a considerar «*boa*» ou não deve ser inteiramente irrelevante, se quiser prosseguir. É duro, mas é assim mesmo. E, é claro, o facto de *eu* poder achar que é bom também não deve vir para o caso. Por maioria de razão, na realidade. Penso que se preocupa demasiado.

Fiquei silenciosa. Sentia-me como se me tivessem dado um tiro.

— Quer publicar o seu trabalho, Odelle? — prosseguiu ela, como se estivéssemos a falar de algo não mais substancial do que um horário de comboios.

Enterrei os sapatos na relva e examinei atentamente as biqueiras. — Quero.

Surpreendentemente, a minha sinceridade criou um silêncio confortável, um momento de pausa. Publicar o meu trabalho era aquilo que eu desejava; era o único objetivo que alguma vez tivera realmente.

— E espera casar-se um dia? — perguntou ela. — Ter filhos?

Aquilo era um desvio, mas eu já me habituara ao *staccato* dos seus pensamentos saltitantes. Frequentemente, com Quick, tinha-se a sensação de que havia toda uma conversa diferente a decorrer sob as suas palavras, uma conversa que apenas ela conseguia ouvir. Eu achava a ideia de ser esposa vagamente esquisita; o pensamento de ser mãe, completamente estranho. Ainda assim, a mente é elástica, por isso pensei em Lawrie e saltei prematuramente para o futuro. — Talvez um dia — retorqui.

— O único problema é que as crianças crescem. Ou talvez isso seja uma coisa boa, no seu caso. Elas podem tratar delas e você pode tratar das palavras.

— Não posso tratar de ambas?

— Não sei dizer-lhe. Nunca experimentei. — Relembrei a casa por trás de nós; Quick não apresentava quaisquer sinais de uma família, crianças ou não. Tentei imaginar Quick em criança e não fui capaz. Ela era demasiado sofisticada e estranha para ter sido alguma vez um ser tão rudimentar.

Quick pousou o cigarro no cinzeiro. Ajustou os óculos e espetou o garfo num tomate com tal precisão que nem uma semente escapou. Meteu-o na boca e engoliu-o. — Mr. Scott levou o quadro dele ao Skelton por sua causa — comentou ela. — Não foi?

Senti um nó no estômago. — Eu... quê?... Eu...

— Não se preocupe, Odelle. Não fez nada de errado.

— Ele não... não foi por mim, foi pela reputação do Skelton... ele...

— Odelle — disse ela firmemente. — Eu vi-vos beijarem-se na receção.

— Desculpe. Nós não devíamos... eu não quero...

— Ah, não se preocupe com isso. Está feliz?

Ponderei a pergunta. — Estou.

— Desde que tenha cuidado com ele.

Recostei-me na cadeira, abismada. — A Quick... conhece-o?

Quick acendeu novo cigarro, a mão a segurar o isqueiro com tanta força que os nós dos dedos ficaram brancos. Expeliu o fumo azulado. — Não, não o conheço. Limito-me a cuidar de si. É o meu papel. Fui eu que a recrutei, e aprecio-a, e desejo que esteja bem. Os homens nem sempre são... bom... certifique-se apenas de que não faz nada que não queira fazer.

Apercebi-me então de que Quick não era pessoa para se colocar numa posição vulnerável. Que, na realidade, faria tudo para evitar tal. — Não farei — afirmei eu. Parecia que Quick me estava a admoestar; aquele vislumbre de atitude rígida transtornara a atmosfera encantadora do jardim, onde até as abelhas pareceram ficar silenciosas. — Ele não é assim.

Ela suspirou. Os meus ossos pesavam chumbo. Mas podia ter-me levantado, podia ter-lhe agradecido o quarto de empada de porco e o bocado de pão, que fora tudo o que conseguira comer, e percorrido o frio corredor vazio, de volta à vida e a Lawrie e a Cynth e ao futuro, e nunca mais ter conversado com Quick acerca de assuntos pessoais. As coisas talvez tivessem sido mais fáceis se o tivesse feito.

— Ele contou-lhe alguma coisa acerca do quadro? — continuou ela.

— Apenas que está satisfeito por poder ser um Isaac Robles — disse eu, apática.

— Mas ele nunca ouvira falar de Isaac Robles antes disto?

— Não.

Ela pareceu pensativa. — Porque acha que ele quis uma cópia daquela fotografia?

— Não sei — respondi, esforçando-me por ocultar a minha irritação. — Para a observar melhor, suponho. Para juntar as peças.

— Odelle, Mr. Scott compreende que Mr. Reede gostaria de transformar este quadro num grande acontecimento, não apenas para o Skelton, mas para si próprio? Ele falou na possibilidade de uma exposição. É isso que Mr. Scott deseja?

— Eu não sei o que ele deseja. Mas certamente uma exposição só pode ser uma coisa boa.

— Homens como Edmund Reede são apresentadores de circo. Fazem surgir uma reputação do nada. Embrulham-na e aumentam a sua magnificência, a fim de aumentar o valor daquilo que possuem. O que eu quero dizer, Odelle, é que tenha o cuidado de lembrar a Mr. Scott o que ele está realmente a *enfrentar*. Não deixe que Reede lhe tire o que ele tem.

— Mas julguei que tinha concordado com Mr. Reede em que o Skelton deveria manter o quadro dele seguro.

— Só depois de Mr. Scott ter tomado a sua decisão. — Inspirou longamente o cigarro e fixou as malvas-rosas. — Se eu fosse Mr. Scott, conservava-o. Conservava-o e apreciava-o. A mãe dele é evidente que o fez e ele devia fazer o mesmo.

— Mas, se é um quadro importante, ele podia vendê-lo, o dinheiro fazia-lhe jeito. Ele está encalhado, sabe.

Ela virou-se para mim. — Então ele quer *mesmo* vendê-lo. O dinheiro preocupa-o.

— Ignoro os pormenores. Mas o quadro podia ser útil. Se se fizesse uma exposição (um quadro perdido há muito que surge de repente, esse género de coisa), estou certa de que seria popular. Lawrie poderia ser envolvido. Poderia auxiliar na organização. Ele é muito inteligente. Entusiasta. As pessoas gostam dele.

— A Odelle não é mãe dele.

— E a Quick não é a minha.

As palavras saíram-me antes de poder detê-las. Quick pestanejou; eu fiquei horrorizada. — Desculpe — pedi eu. — Lamento imenso...

— Não... tem razão — disse ela. — Tem toda a razão. Deve pensar que estou a interferir.

— Eu não queria... tento apenas ajudá-lo.

— Mr. Scott não está encalhado — declarou Quick. — Tenho a certeza de que há muitas coisas que ele poderia fazer. A sua existência não depende daquele quadro. Ele devia era levá-lo para casa e desfrutá-lo pelo que é. Um quadro muito bom; um quadro *excelente*, destinado a ser apreciado em particular.

— Mas não é melhor que mais do que uma pessoa o possa ver? — indaguei eu. — Não é essa a essência de um lugar como o Skelton... não deveria ele ser partilhado?

— É justo. Mas, como disse Reede, nós ainda não sabemos o suficiente acerca do quadro. Precisamos de avançar devagar. Um quadro como aquele não *aparece* simplesmente, Odelle. As pessoas têm sempre algo a esconder. Escute as palavras que Mr. Scott não diz.

— O Lawrie é uma pessoa honesta — afirmei eu, a voz a subir novamente de tom.

— Claro — anuiu Quick, a emoção a prender-lhe as palavras. — Claro que é. Mas pode ser-se honesto e, ao mesmo tempo, ter algo a esconder. E, se há algo a esconder, então o Skelton poderia ficar muito mal colocado.

Ergueu-se da cadeira com dificuldade e encaminhou-se lentamente para o chalé. Eu fiquei sentada, estupefacta, incapaz de pensar com clareza. O que se passava aqui? As abelhas pareceram voltar a zumbir, saltando de flor em flor. Lá em cima, o céu estava agora limpo. De súbito tudo pareceu tão vivo, vibrante, as folhas verdes adquirindo um leve tom dourado, movendo-se num padrão psicadélico enquanto o sol as percorria.

Durante um instante de loucura imaginei que Quick podia ter ido buscar um revólver, que ia apontar-mo e exigir respostas que eu não sabia dar. Durante o breve tempo do nosso piquenique, algo mudara rapidamente, uma mudança de energia semelhante à luz através das folhas, impossível de captar. Mas, quando voltou, Quick empunhava um bonito caderno de apontamentos de couro.
— Comprei isto para si — disse ela, estendendo-mo.

Quase senti vontade de rir, pensando agora na cena... não, não era uma arma de fogo, mas Quick sabia perfeitamente que era uma arma ainda assim.

— Para mim? — perguntei.

— Apenas um pequeno presente, para lhe agradecer um trabalho tão bem realizado. Estou muito satisfeita por a termos encontrado, Odelle. Ou, mais exatamente, por a Odelle nos ter encontrado. Feliz aniversário.

Peguei no caderno que ela me estendia. Era feito à mão, de espessa pele de bezerro com um acabamento mate cor de rubi. As páginas eram da cor das natas. Era um *Stradivarius* dos cadernos de apontamentos, comparado com os artigos manhosos que eu comprava no Woolworth's. — Obrigada — agradeci. — É muito amável.

Algures para lá das cercas, uma máquina de cortar relva rangeu num gemido mecânico e uma criança gritou. — Bem — comentou Quick calmamente. — Não é o que se diz sempre? Nunca se sabe quando a inspiração vai surgir.

9

No domingo, sentei-me na cama com o meu novo caderno de apontamentos, oferta da Quick, e pensei no que ela dissera no jardim. Como a maioria dos artistas, tudo aquilo que eu produzia achava-se relacionado com quem eu era, e portanto eu sofria de acordo com a maneira como o meu trabalho era recebido. A ideia de que alguém pudesse ser capaz de desligar o seu valor pessoal da sua produção pública era revolucionária. Eu não sabia se tal era possível ou mesmo desejável. Não afetaria certamente a qualidade do trabalho?

Contudo, sabia que avançara demasiado na direção oposta e que algo tinha de mudar. Desde que conseguira pegar numa caneta, o prazer das outras pessoas era a maneira como eu acumulava atenção e definia sucesso. Quando comecei a receber reconhecimento público por um ato privado, algo se perdeu essencialmente. A minha escrita tornou-se o eixo em volta do qual girava toda a minha identidade e felicidade. Estava agora virada para fora, numa atuação consciente. Era-me pedido que repetisse aquele prazer para as pessoas, uma e outra vez, até que o fac-símile do meu ato se tornou no próprio ato.

O poema do casamento de Cynth era para mim um exemplo perfeito de como eu sentia que a minha escrita estava ligada com obrigação. Há tanto tempo que escrevia com o objetivo específico de ser aprovada que esquecera a génese do meu impulso; criação pura e despreocupada, existindo fora dos parâmetros do sucesso e do fracasso. E, algures ao longo do percurso, essa necessidade de ser «boa» acabara por paralisar a minha crença de que podia sequer escrever.

Assim, admitir a Quick que desejava ser publicada não fora um pequeno passo. Comunicava, até certo ponto, que eu acreditava que devia ser levada a sério. E aí estava ela, a dizer-me: *Bem, talvez você não seja assim tão especial, ou talvez seja — mas isso na realidade não quer dizer nada, e não tem seguramente nada a ver com o facto de saber escrever. Portanto, pare de se preocupar e escreva.*

Ela dissera-me que a aprovação dos outros nunca devia ser o meu objetivo; libertara-me de uma maneira de que eu própria não fora capaz. Ela confiava em mim. Quick encorajara-me a expor-me, e não fora assim tão difícil.

Passei os dedos pela pele cor de rubi do caderno e recordei. Em pequenita, eu começara a escrever porque gostava de imaginar possibilidades paralelas. Fora apenas isso. Nesse domingo, peguei na minha caneta pela primeira vez desde há muito e comecei a escrever.

*

Ao final do dia na segunda-feira — dia real do meu aniversário —, deixei em cima da secretária de Quick um conto datilografado. Não me sentia totalmente ousada — a aluna brilhante dificilmente morre —, não deslizei para o seu gabinete sem um sentimento de apreensão. Não pus qualquer nota no topo; ela saberia de quem era.

Apreciei a ironia de, tal como na escola, na universidade, eu estar a entregar uma história para aprovação de outra pessoa, mas havia sido inculcada demasiado tempo com o ato de escrever para uma assistência. Desta vez, no entanto, não faria depender tudo da reação da minha assistência. Se Quick não gostasse, talvez isso fosse uma coisa boa. Agora estava fora do meu controlo.

A Pamela deteve-me quando eu ia a sair. — Já não podes esconder isso mais tempo, sabes — disse ela.

— Perdão?

— Oh, vá lá. Andas por aí como se Cupido te tivesse dado uma machadada. Esqueceste-te de pôr selos nestes sobrescritos. Tu não és assim.

Vacilei; Pamela era mais observadora do que eu talvez a tivesse julgado. — Não sei a que te referes — respondi.

— Odelle, eu vou continuar a perguntar. Vou ser a tua Scotland Yard. És tu e aquele fulano, não é? Mal passaram cinco minutos entre as vossas entradas.

Considerei as minhas opções. Não dizer a Pamela e suportar as suas intermináveis hipóteses, que, conhecendo-a, se iriam tornando cada vez mais bizarras e infatigáveis, ou contar-lhe simplesmente e acabar com a coisa. — Talvez — cedi eu.

— Lawrie Scott, hem. Muito fino, não é?

— Como é que sabes o seu nome próprio?

Ela mostrou um ar satisfeito consigo mesma. — Está *logo* aqui, no livro de entrevistas. Escrito pela tua delicada mão. Queres que desenhe um coração em volta por ti?

— Está calada.

— A Quick sabe?

— A Quick sabe.

— Como?

— Viu-nos a beijarmo-nos na receção.

— Uau! — Pamela soltou uma gargalhada e eu não pude deixar de sorrir; era uma confissão excitante. — C'os *diabos*, Odelle, não sabia que tinhas essa garra. Ela deve gostar de ti, porque a maioria das raparigas já estaria na rua pelas orelhas.

— Pamela, *cala* o bico.

— Ahh, tu *gostas* dele.

— Não sejas idiota.

— Está bem, está bem. — Pamela levantou as mãos e os seus dedos cheios de anéis brilharam à luz. — Eu andava assim quando conheci o Billy — disse ela. Pessoalmente, desconfiava que não haveria dois homens mais diferentes do que Lawrie e Billy, mas deixei passar. — É como se não conseguíssemos *respirar* — continuou ela.

— Eu consigo respirar perfeitamente.

Ela riu. — Miss Alta e Poderosa. Palavra, Odelle, tens a certeza de que não és uma secreta rainha africana?

— Eu sou de Trindade.

— Vai com calma. Ou talvez *não*.

— *Pamela*.

— Anda lá — murmurou ela. — Já o fizeram?

— Mete-te na tua vida.

Ela esboçou uma careta. — Então isso é um não — comentou. — Anda para a frente, Odelle. Não sabes o que estás a perder. — Procurou sob o balcão da receção e colocou um saco de papel pardo diante de mim. — Feliz aniversário — sorriu radiante, com a malícia a dançar-lhe nos olhos debruados a *kohl* preto.

Examinei-o com desconfiança. — O que é isso?

— Dê uma olhadela, Miss Bastien.

Ergui a ponta do papel. No interior havia duas placas de comprimidos. — Isto *são*...

— Iá. Tinha algumas a mais. Pensei que poderias querê-las. — Pamela viu a expressão do meu rosto e a sua confiança vacilou. — Não tens de os tomar...

— Não, obrigada. Vou tomá-los.

Pamela fez uma careta sorridente. Eu achava engraçado os diferentes presentes que as pessoas usavam para mostrar a sua amizade; com Quick fora um bloco de apontamentos, com Pamela pílulas contracetivas. Eu passara semanas a impingir romances a Pamela, o que, sob vários aspetos, dizia tudo o que era preciso a meu respeito. A oferta de Pamela era um reflexo perfeito da sua sensualidade utilitária; uma abordagem pragmática à demanda do prazer. Naqueles tempos não era coisa de pouca monta uma rapariga solteira conseguir a pílula; nenhum médico a receitaria.

— Como é que arranjaste isto? — perguntei-lhe.

Ela piscou-me o olho. — Esfreguei uma lâmpada mágica.

— Vá lá, como?

— Brook Advisory[21] — cedeu ela. — Ouro em pó.

Enfiei-as na minha mala. — Obrigada, *Rudge* — agradeci, deslizando pelos degraus do Skelton abaixo antes que Pamela pudesse arruinar o momento com um complemento brejeiro. E, no entanto, ela era uma mulher do novo mundo, que me oferecia uma fatia de liberdade. Eu devia ter ficado mais grata.

---

[21] Ao contrário da Family Planning Association, os Brook Advisory Centres, fundados em 1964, não exigiam que as mulheres fossem casadas para terem acesso a contracetivos. (*NT*)

*

No meu aniversário, Lawrie ia levar-me à casa do Surrey. Gerry achava-se ausente, disse ele, e queria mostrar-me o sítio. Durante os quase seis anos que eu já vivera em Inglaterra, não vislumbrara aquele paraíso bucólico que nos vendiam em Trindade. Ansiava por sebes, *Eleanor crosses*[22] arruinadas, cobertas de líquenes amarelos, o mergulho em árvores outonais sobrecarregadas pelos seus frutos, lojas de aldeia a vender ovos em caixas pousadas nos degraus. De facto, vendo a casa de Lawrie, isso não estava assim tão longe, o que me levou a pensar que talvez a única verdade contada pelos meus educadores coloniais fora acerca do campo inglês.

A família de Lawrie vivia perto de um local chamado Baldock's Ridge, numa rústica casa vitoriana de tijolo vermelho. Com uma simplicidade infantil, chamava-se A Casa Vermelha. Tinha um pomar de macieiras maduras à frente e janelas com a tinta a pelar. Era encantadora. No interior, contudo, não havia muita evidência de vida feminina, apesar da recente morte da mãe. Eu queria vestidos de baile pendurados em dignos farrapos, cadeiras de casa de jantar imbuídas de tabaco, pinturas de caixas de chocolate nas paredes, o cheiro de pelo de cão em velhas mantas de piquenique. Mas nada disso existia. Ou ela vivera como uma espartana ou o Gerry Sacana fizera uma limpeza geral da esposa falecida.

Sentei-me na cozinha e fechei os olhos enquanto Lawrie preparava o chá. *Tenha cuidado com ele. Um quadro como aquele não* aparece *simplesmente, Odelle.* Afastei as palavras de Quick com um assomo de cólera. Quereria ela arruinar-me isto?

— Pronto — disse Lawrie, entregando-me uma chávena azul falhada. — Ainda está encantador e morno lá fora. Vamos sentar-nos no jardim?

---

[22] As *Eleanor crosses* são doze monumentos em forma de cruz que Eduardo I mandou erigir após a morte de sua mulher, a rainha Leonor de Castela, em 1290. (*NT*)

Segui-o, as mãos apertadas em volta da chávena, percorrendo o corredor desprovido de tapetes.

O jardim das traseiras era uma confusão ao estilo de Hodgson Burnett[23]; arbustos excessivamente altos e ameixoeiras nodosas, vasos de terracota partidos de onde brotava hortelã-pimenta, amores-perfeitos silvestres crescendo lindamente. Ao fundo do extenso relvado, havia uma estufa com as janelas manchadas de lama seca e chuva, o que tornava impossível ver lá para dentro. Quem tratara deste lugar? Talvez Lawrie, em tempos, subindo e descendo os sulcos.

— Há quanto tempo aqui vives? — perguntei.

— Toda a minha vida, de forma intermitente. Tínhamos igualmente um apartamento em Londres, mas a minha mãe deixou de gostar da cidade. Preferia estar aqui.

— Percebo porquê. É lindo.

Ele suspirou. — Tem os seus momentos.

Ficámos sentados em silêncio durante um bocado, escutando os melros ao anoitecer. — Sentes-te excitado com o que Reede possa descobrir a seguir? — indaguei eu.

Lawrie fixou o pomar. — E se ele *foi* roubado?

— Não terias culpa... nem a tua mãe.

— Bem... não. Não, suponho que não. Pergunto-me se valerá uma fortuna. Céus, a cara de Gerry. A única coisa que ela me deixou e vale um balúrdio.

— Se o venderes, não te restará nada da tua mãe.

Ele virou-se para mim, com uma expressão perspicaz no olhar. — Não te ponhas com pieguices. A minha mãe era a pessoa menos sentimental que eu já conheci.

— Eu penso que é bastante sentimental deixar-te um único quadro em testamento.

— Tu não a conheceste — retorquiu ele. — É mais tipo uma bomba prestes a explodir.

— Como é isso?

---

[23] Frances Hodgson Burnett, escritora inglesa, célebre por obras como *O Pequeno Lorde* e *A Princesinha*. (NT)

Lawrie passeou o olhar pelo matagal diante de nós e bebeu o seu chá. — Ela sempre atraiu problemas. Penso que teria gostado muito de ti.

— Porquê? Eu nunca atraio problemas.

— E podia ser igualmente uma enorme chata.

— *Ei.*

Ele disse que fizera um empadão de carne e eu senti-me impressionada por Lawrie saber cozinhar. Perguntei-me quando teria aprendido e desconfiei que ele passara grande parte da sua vida a cuidar de si próprio. Disse que poria a mesa porque eu era a aniversariante, portanto, enquanto ele preparava tudo isso, aquecia o forno e procurava garfos, aproveitei a oportunidade para ir ao andar de cima.

Entrei num dos amplos quartos das traseiras, onde os raios de sol oblíquos passavam através das janelas, com uma tonalidade de uísque velho, grãos de pó rodopiando nas clarabóias. De novo, nada de carpetes ou alcatifas no soalho, nada de quadros nas paredes, apenas a estrutura da cama e um guarda-roupa vazio, exceptuando a percussão de um molho de cabides metálicos quando abri a porta. Centáureas azuis derrubadas encontravam-se espalhadas contra o rodapé. Havia pilhas de documentos e caixas de papel por toda a parte, enrolados e desvanecidos pelo tempo.

Tentei imaginar a mãe de Lawrie nesta casa; a sua aparência, o seu casamento com Gerry, o que ela fizera na vida após a morte do marido na guerra. Não havia fotografias dela em lado algum, mas havia um ténue rasto de perfume no ar: a madeira, sofisticado, sedutor. Sentei-me suavemente na ponta da estrutura metálica da cama, perguntando-me se outra família viria a encher de novo este lugar com vida, com segundas oportunidades, esperanças e fracassos. Senti uma punhalada de ansiedade receando que a Cynth nunca mais me falasse. *Tenho de telefonar-lhe*, pensei. *Isto já durou demasiado. Ou, pelo menos, escrever-lhe.*

Levantei-me da cama e aproximei-me da janela para contemplar as onduladas colinas do Surrey a esta extraordinária luz. Apoiei os cotovelos em mais uma pilha de papéis velhos e veio-me de novo ao pensamento a advertência de Quick acerca de Lawrie. O que a perturbava tanto? Ela não tinha nada com isso, mas eu não conseguia afastar os seus comentários da minha mente.

Distraidamente, folheei um monte de papéis pousados no parapeito. Eram essencialmente recibos, um de uma entrega do talho em 1958, um talão de estacionamento do centro comercial de Guildford, contas de eletricidade, um programa do Baldock's Ridge Carol Concert, 1949. Eis uma pessoa que não deitava as coisas fora, e contudo Lawrie dissera que a mãe não era do tipo de guardar recibos.

Debaixo da folha do concerto de Natal estava um panfleto finíssimo de uma exposição de jovens artistas britânicos, de 1955. Abri-o. Realizara-se na London Gallery, em Cork Street, e quem quer que a visitara riscara a lápis os nomes dos artistas e das suas obras um por um. *Nem rasto*, haviam escrito em baixo. Nem rasto de quê?, perguntei a mim mesma. A frustração de quem quer que escrevera aquilo era evidente na pressão do traço do lápis sobre o papel.

Dobrei o panfleto ao meio, meti-o no bolso e fui para baixo, dizendo a mim própria que, no meio daquela barafunda de papéis lá em cima, ninguém daria pela falta dele.

Lawrie acendera velas, e enfiara-as em garrafas de vinho vazias e num polido candelabro retorcido que sugeria mais do que vagamente uma arma de crime. Sentámo-nos na cozinha, já com o dia desvanecido, a comer o seu empadão de carne e a beber sidra que o vizinho fizera do seu pomar. — Feliz aniversário, Odelle — disse ele, erguendo o copo.

— Obrigada. Sinto-me como se estivéssemos aqui a esconder-nos do mundo.

— Isso soa-me bem

— Não parece evidente que o Gerry aqui viva. Lá em cima está tudo numa confusão.

— Isso, mais do que ele, foi a minha mãe. Suponho que o Gerry venderá a casa.

— Quanto tempo foram eles casados?

Lawrie deitou mais sidra nos nossos copos. — Vejamos. Eu tinha catorze anos, portanto isso faz dezasseis.

— Como morreu ela?

Lawrie retraiu-se notoriamente. Vi a sua expressão fechada e senti a sua autodefesa. Arrependi-me imediatamente de ter feito a pergunta, sentindo que cometera um erro.

Ele pousou a garrafa devagar. — É difícil de explicar.

— Não precisas. Eu não devia ter perguntado. Lamento. — Agora era eu que me intrometia, tal e qual como Quick.

— A minha mãe suicidou-se — disse Lawrie, e as palavras pareceram pesar no ar entre nós, tornando a atmosfera da cozinha densa como sopa. Olhando para Lawrie, vi como um fantasma nos podia deixar a garganta apertada.

— Lamento — disse eu. — Lamento imenso...

— Não faz mal. Não, a sério, não faz mal. Eu teria acabado por te contar. Não te desculpes. Quer dizer, não te sintas mal por isso. Para ser completamente franco, não foi uma surpresa assim tão grande.

Tentei desesperadamente pensar em algo para encher o silêncio, mas aquela admissão pareceu abrir algo nele: — Nós tentámos ajudar. Tentávamos constantemente. E agora não consigo sequer olhar para o malfadado Gerry, porque sempre que olhamos um para o outro sei que ele está a pensar: *E se tu te tivesses esforçado mais?* E eu estou a pensar exatamente o mesmo. Mas não foi por negligência dele. É apenas um terrível jogo de culpabilização.

— Nem consigo imaginar.

— Bom, eu também não, e era o filho dela.

Estava imóvel, a voz muito baixa, e apeteceu-me levantar-me e ir dar-lhe um abraço. Mas naquele ar pesado senti-me incapaz de me mover, e além disso não tinha a certeza se ele o desejaria. Lembrei-me da cozinha, no casamento de Cynth, de como Lawrie ainda deveria estar combalido das duas semanas anteriores, e eu a troçar da minha própria mãe, indelicada quando ele tentara mostrar-se simpático acerca do meu poema...

— De qualquer maneira, é isto — rematou ele. — Mas ela *era* uma pessoa animada, e fazia imensas coisas, e divertia-se muito, e é por isso que tu me fazes lembrar dela. E agora surge o seu quadro.

— Pois.

— Pronto. — Expeliu bruscamente o ar. — Já te contei *isso.* Céus. Juro-te que é o pior. Agora conta-me tu qualquer coisa.

— Eu não tenho nada.

— Toda a gente tem pelo menos uma coisa, Delly.

Permaneci calada. Ele recostou-se na sua cadeira e procurou na gaveta atrás de si. — Ah-ah. O Gerry deixa sempre alguns espalhados por aí. — Agitou uma caixa de finos charutos. — Acompanhas-me?

Fomos para a sala das traseiras e Lawrie abriu as janelas de sacada. A noite achava-se ainda perfumada com o cheiro da relva molhada e fumo de madeira, e havia morcegos voando para dentro e para fora do jardim.

— Parece o paraíso — comentei eu, apreciando até mesmo o odor abafado do charuto de Lawrie. Sentei-me no sofá e observei-o, apoiado à ombreira da janela.

— Isso não sei — replicou Lawrie. — Mas uma coisa é certa: não se ouve a estrada. Quando eu era pequeno, o meu livro preferido era *Peter Pan*. Costumava fingir que este jardim era a Terra do Nunca.

— E o Gerry era o Capitão Gancho?

— Ah, não, isto foi antes do Gerry. Nessa altura éramos apenas eu e a mamã.

— Eu também estava apenas com a minha mãe.

Ele virou-se para mim. — O que aconteceu ao teu pai na guerra?

Dado o que Lawrie me contara acerca do suicídio da mãe, senti que tinha de desenterrar aquilo, embora na realidade não quisesse fazê-lo. — Bem — comecei. — O meu pai vendeu a sua bicicleta e o trompete para pagar a passagem para Inglaterra em 1941. Dirigiu-se ao Air Ministry, passou o exame médico e recebeu doze semanas de treino básico. Serviu como artilheiro aéreo na RAF. Depois, três anos mais tarde, a minha mãe descobriu o seu nome escrito a giz na placa dos falecidos em Port of Spain.

Ele aproximou-se de mim e pousou-me a mão no ombro; estava quente e foquei-me nela com particular concentração. — Lamento, Odelle — disse.

— Obrigada. Não me lembro dele, mas sei o que foi não o ter connosco. A minha mãe sofreu muito.

Lawrie sentou-se a meu lado. — Como foram as coisas, na ilha, durante a guerra?

— As pessoas viviam aterradas com o que aconteceria se Hitler ganhasse. Nós temos uma das maiores refinarias em Trindade. Já havia submarinos alemães a torpedear navios britânicos ao largo da nossa costa.

— Não sabia disso.

— Nós sabíamos o que Hitler queria; o seu plano para uma raça superior. Por isso, quisémos sempre lutar. O meu pai não foi exceção. — Bebi um gole de sidra. — A princípio, a Inglaterra não tinha muita vontade de que as colónias auxiliassem, mas quando as coisas pioraram quiseram ajuda.

— Achas que regressarás lá?

Hesitei. A maioria dos ingleses que conhecera fazia-me perguntas acerca da ilha com a expetativa de que eu devia reunir toda a complexidade de Trindade no meu corpo para seu benefício. Nenhum lá estivera nunca, por isso, para eles, éramos espécimes de curiosidade, realidades surgidas de uma placa de Petri tropical que, até muito recentemente, se achava sob uma bandeira britânica. Na maioria das vezes, tal como com Pamela, o interesse dos ingleses não era maldoso (exceto quando era), mas as suas perguntas serviam sempre para me fazer sentir *diferente*, quando eu fora criada para me sentir totalmente em consonância com os costumes britânicos, porque eu também era uma filha do império.

Desde que o conhecia, Lawrie nunca me perguntara nada acerca de Trindade. Não sabia se ele era apenas delicado ou se genuinamente desinteressado, mas, de qualquer das maneiras, eu sentia-me essencialmente satisfeita com a sua falha em realçar as diferenças da nossa experiência de vida. Eu aprendera latim e lera Dickens, mas vira igualmente as raparigas de pele mais clara receberem mais atenção dos rapazes, de uma forma que provavelmente nem sequer eles próprios compreendiam. A maioria das nossas «diferenças» tinha sido criada pela pele branca dos ingleses. E, no entanto, nas margens do Tamisa, a complexidade da nossa vida na ilha era reduzida a um fenótipo: *preto*.

Praticamente todos os ingleses, mesmo os mais esclarecidos, acreditavam que nós tínhamos mais em comum com um sudanês do que com eles. Mas o que sabia eu do Sara, de um camelo ou de um beduíno? Durante toda a minha infância, o meu ideal de beleza e *glamour* era a princesa Margarida. Com Lawrie, eu conversara sobre os filmes de James Bond, ou a minha estranha chefe, ou o quadro, ou Gerry, *o Sacana*, ou pais falecidos. Coisas que nos uniam como um duo, que não faziam de mim a representante de toda uma ilha que eu já não via há cinco anos. Quando Lawrie não me fez perguntas sobre Trindade, senti-me novamente mais um indivíduo.

— Odelle?

— Deixa-me falar-te de Londres — disse eu.

— OK.

— Quando cá cheguei — prossegui eu —, nem conseguia acreditar no frio. — Lawrie riu-se. — Falo a sério, Lawrie. Era como se estivesse no Ártico. Eu e a Cynth chegámos em *janeiro.*

— De todos os meses.

— Pois é. Em garotinha, fiz de Outono numa peça da escola acerca das estações. Nem sequer sabia o que era o *outono*, muito menos o inverno.

Calei-me durante um minuto, recordando o meu pequeno eu, com o seu pequeno chapéu de palha e a sua saia de alças do uniforme inglês, a dizer à mãe que precisava de «folhas castanho-avermelhadas» pregadas numa malha de ginástica; e a minha mãe, que também não fazia a menor ideia do aspeto que teria o gelo nas pontas da erva, do que era uma castanha, da sensação de inspirar o ar de novembro londrino e sentir uma lasca de gelo nos pulmões, a esforçar-se ao máximo para fazer aquele fato inglês nas húmidas Caraíbas.

— Recordo-me — continuei, enternecida por aquela reminiscência, sentindo que podia fazer isto com Lawrie, que estava segura —, num dos meus primeiros dias aqui, de um tipo me dizer na sapataria: «O seu inglês é muito bom.» O meu *inglês*! Eu respondi-lhe: «O inglês é uma língua das Antilhas, cavalheiro.»

— E o que disse ele? — perguntou Lawrie a rir. Apercebi-me de que nunca na vida de Lawrie alguém lhe diria o que aquele homem me dissera a mim.

— Achou que eu era idiota. Quase perdi o emprego. A Cynth ficou furiosa. E todavia é verdade: eu estaria perfeitamente à vontade com a rainha Isabel e aquele seu alto marido grego, bebendo uma chávena de chá e afagando aqueles engraçados cães minúsculos de que ela tanto gosta. Absolutamente à vontade. «O seu inglês não é tão bom como o meu», era o que eu devia ter dito. «Não tem a amplitude e a profundidade, a carne e o fumo. Ataque o meu crioulo, com o seu congo e o seu espanhol e o seu hindi, francês e ibo, inglês e *bhojpuri*, ioruba e mandinga.»

Lawrie riu novamente. — Ah, ver a cara dele — recomecei, esvaziando o meu copo de sidra. — Com o seu anglessaxão...

— Angle quê?

— Duas divisões em cima, duas em baixo, uma janela com uma vista que as pessoas nunca contemplam verdadeiramente porque julgam conhecer todos os arbustos e todas as flores, a casca de todas as árvores e a disposição de cada nuvem. Mas nós arranjámos espaço também para o seu *patois*...

— Odelle — declarou Lawrie. — Eu seria feliz contigo o resto da minha vida.

— Hem?

— Tu possuis uma luz e quando ela se acende creio que nem sequer te apercebes do seu efeito.

— Que luz? Eu estava a falar de...

— Amo-te, Odelle. — A sua expressão era esperançosa. — Tu inspiras-me.

Calámo-nos ambos. — Dizes isso a todas as raparigas — comentei eu em desespero, sem saber o que dizer.

— O quê?

— Isso não é a sério.

Ele fitou-me fixamente. — É a sério. Sinto-me como se o tempo me tivesse pregado uma partida, como se já anteriormente te conhecesse. Como se tivéssemos passado um pelo outro nos nossos carrinhos de bebé. Como se tivesse sido um jogo de paciência até me encontrar de novo contigo. Amo-te.

Fiquei calada, incapaz de responder. Ele baixou os olhos para a carpete.

Nunca ninguém me dissera que me amava. Porque havia ele de arruinar a nossa noite com conversas de amor e... *carrinhos de bebés*? Senti pânico. Os avisos de Quick perpassaram-me de novo pela cabeça e amaldiçoei-a intimamente. Porque havia eu de ter cuidado... e contudo porque não suportava ouvir as palavras de Lawrie?

Levantei-me do sofá e dirigi-me para a janela. — Provavelmente queres que me vá embora — disse.

Ele permaneceu sentado, imóvel, olhando-me com incredulidade. — Porque havia eu de querer que te fosses embora depois do que acabo de dizer?

— Não sei! Eu... olha, eu não...

— Tudo bem — atalhou ele. — Desculpa. Tudo bem. Eu não devia ter...

— Não... é só que eu estava... e depois tu...

— Esquece que eu disse alguma coisa. Eu... por favor, esquece. Se é isso que queres, então levar-te-ei a casa.

Assim, Lawrie conduziu-nos de volta em silêncio pela A3 deserta. Eu agarrava com força a carteira contra o corpo, sentindo-me absolutamente infeliz, os dedos apertando o panfleto que roubara e as pílulas que Pamela me dera apenas algumas horas antes. Como poderia explicar a Lawrie que isto era aterrador para mim e que não conseguia dizer exatamente porquê? Tínhamos acabado de começar a sair juntos, ele mal me conhecia. Sentia-me como se ele me tivesse içado para um pedestal e deixado com as pernas penduradas, e eu, é claro, conseguira transformar isto num trauma para ambos. Estar sozinha era sempre tão mais fácil.

Lancei-lhe uma única vez um olhar, o seu perfil aparecendo e desaparecendo na luz laranja enquanto o carro se movia sob os candeeiros de rua. Mantinha os olhos na estrada, a boca cerrada. Não sei qual de nós se sentia mais humilhado.

Ao chegar ao meu apartamento, Lawrie estacionou o carro. — Deixei o teu presente no Surrey — disse ele, com o motor ainda ligado.

— Oh... eu...

— Bom. É melhor eu ir. — Saí, ele acelerou e partiu. Eu continuei na rua, até o ruído do motor ser substituído na minha cabeça pelo som de um grito silencioso.

Fiquei estendida na cama, acordada, a luz da mesa de cabeceira ainda acesa depois das três. No peito, no estômago, na cabeça que latejava, sentia dor por ambos. Não conseguia acreditar facilmente que Lawrie me amava. Embora ele nunca me tivesse feito sentir uma estranha, não conseguia deixar de recear que só gostasse de mim porque eu parecia diferente de todas as outras raparigas daquele grupo com que ele aparecera no casamento de Cynth.

Lawrie apressara-se a declarar o seu amor, mas será que me *via* realmente? Eu não conseguia imaginar que alguém se precipitasse para outrem daquela maneira; a sensação de que as nossas moléculas estavam a ser recalibradas; a alegria pura e multifacetada de ser vista e adorada e de corresponder a essa adoração, o ciclo da timidez para a confiança à medida que se dava cada novo passo. Procurar a pessoa amada numa multidão, encontrar-lhe o olhar e sentir que não se tem lugar mais verdadeiro — a mim parecia-me impossível. Eu era, tanto por circunstância como por natureza, uma migrante neste mundo, e a minha experiência de vida há muito que se transformara num estado de espírito.

Não sabia se o amava e isso era igualmente assustador; não saber, não ter a certeza. *Tenha cuidado com ele. Um quadro como aquele não* aparece *simplesmente, Odelle.* Eu esforçara-me tanto por abafar a voz de Quick. Perguntei-me se seria ela a razão por que eu não conseguia lançar a minha âncora com ele tão confiantemente como ele declarara o seu amor. Inclinei-me e apaguei a luz, esperando que o escuro me trouxesse o sono. Ali estendida, não soube identificar os meus receios, agora que Quick me incutira os dela na cabeça.

Fevereiro

1936

VII

O quadro que Olive terminara encontrava-se encostado à parede. Ela estava ainda mais orgulhosa dele do que de *O Pomar* e sentia que se aproximava cada vez mais daquela cidadela reluzente. O novo trabalho era uma composição surreal, colorida, incoerente ao olhar. Era um díptico: Santa Justa antes e depois da sua prisão, colocada contra um céu índigo-escuro e um campo brilhante. Olive decidira chamar-lhe *Santa Justa no Poço*.

A metade esquerda do quadro era exuberante e luminosa. Olive usara óleos vulgares, mas experimentara também folha de ouro, que brilhava à luz quando ela erguia o quadro. Sempre pensara na folha de ouro como o sonho de um alquimista, um raio de sol contido. Era a cor de rainhas, de sábios, de terra cintilante no pino do verão. Recordava-lhe os ícones ortodoxos russos que sempre desejara tocar em criança, quando o pai a levava ao Kunsthistorisches Museum.

No meio da terra verdejante desse lado esquerdo encontrava-se uma mulher, com o cabelo da cor da safra. Transportava um pesado vaso com veados e coelhos pintados, e no centro via-se a face da deusa Vénus. Tanto a face da mulher como a de Vénus apresentavam uma expressão altiva, fixando o observador.

Na metade direita do quadro, a safra estava seca e frouxa. A mulher surgia de novo, mas desta vez encontrava-se enrolada no interior de um círculo que pairava sobre a safra. Esse círculo estava cheio com uma perspetiva interna para lhe conferir o aspeto de profundidade, como se a mulher jazesse no fundo de um poço. O seu cabelo surgia agora cortado e baço, o vaso estilhaçara-se à sua volta, um *puzzle* impossível de reconstruir. Em redor da beira do poço, veados e coelhos de tamanho natural espreitavam para baixo, como se se tivessem libertado da cerâmica quebrada. Vénus desaparecera.

Olive ouviu bater baixinho à porta do sótão e endireitou-se.

— Quem é? — perguntou ela, a voz meio estrangulada pela esperança de que pudesse ser ele.

— É a Teresa.

— Oh.

— A festa é daqui a poucas horas, *señorita*. Posso entrar?

Olive ergueu-se de um salto e escondeu o quadro debaixo da cama. — Podes — respondeu.

Recentemente, Teresa havia começado a ajudar Olive a manter o seu quarto arrumado. Era um acordo tácito. Olive não o solicitara, mas apreciava-o; a atenção, os pincéis dispostos para outro dia de trabalho. A sua roupa encontrava-se sempre cuidadosamente dobrada na cadeira ou pendurada no roupeiro, as telas por acabar viradas para a parede, da maneira que ela gostava de as ter quando eram horas de se deitar. Olive virava-as outra vez de manhã, e trabalhava ali em cima sem ser incomodada.

Teresa parou à entrada da porta, a mochila a tiracolo. — Posso fazer alguma coisa?

Olive estendeu-se de novo na cama. — Quero parecer-me com a Garbo — disse ela com ar langoroso, espreguiçando-se e passando os dedos pelos cabelos. — Tere, que tal és tu a fazer ondulações?

*

As raparigas puseram uma cadeira em frente do espelho oval, que Teresa encontrara num quarto de hóspedes e pendurara na parede. As bordas do espelho estavam manchadas e enevoadas, mas o centro era suficientemente límpido. Serviam-se de uma série de ilustrações de uma das *Vogues* de Sarah para tentar recriar o aspeto de Greta Garbo. Teresa acendeu velas pelo quarto à medida que a luz lá fora desaparecia.

— Eu nunca consegui ter uma ondulação larga — comentou Olive. — O meu cabelo é demasiado pesado. Mas devemos conseguir fazer estes caracóis.

Permaneceram num agradável silêncio durante uns bons cinco minutos, com Olive a apreciar os gestos calmantes de Teresa através do seu cabelo, um movimento suave e repetitivo que a fez cerrar os olhos. — Suponho que as notícias acerca das eleições são boas, mas não paro de pensar naquele pobre rapaz que o Isaac conhecia — disse por fim Olive.

Teresa conservou os olhos baixos, a trabalhar na nuca de Olive. — Um dia, esquerda, no dia seguinte, direita. O governo muda os nomes das ruas mais do que eu mudo a roupa da minha cama. E no final, *señorita*, nunca vejo diferença.

— Bem, graças a Deus há homens como o teu irmão que se *interessam.*

Teresa manteve-se silenciosa.

— Tu gostas do teu pai, Tere? — perguntou Olive.

Teresa franziu a testa por trás da cabeça de Olive. — Não gosto das histórias.

Olive abriu os olhos. — Que histórias?

Teresa enrolava pequenas porções da considerável massa de cabelo de Olive em volta do dedo, antes de as prender com ganchos sequestrados do quarto de Sarah. — Diz-se que uma vez ele cortou a coisa de um homem e a pregou a uma porta.

Olive virou bruscamente a cabeça e o cabelo soltou-se do caracol; o gancho rolou pelo chão. — O quê? A uma *porta*?

— Era um inimigo dele.

Olharam uma para a outra e depois largaram a rir, excitadas pela noite que se aproximava e pela violência de que julgavam estar a salvo, porque acontecera antes do seu tempo, porque nenhuma delas tinha uma *coisa* e porque estavam seguras ali em cima.

— Teresa, isso é repugnante! Porque *faria* ele isso?

— É só um boato — disse Teresa, apanhando o gancho.

— Mas nenhum homem despiria as calças para o comprovar.

— E no entanto Don Alfonso nunca o nega.

— Céus, Teresa. E pensava eu que tinha problemas com o meu pai.

Teresa ergueu os olhos. — Que problemas?

Olive suspirou. — Oh, nada, na realidade. Eu apenas... me sinto um bocado invisível, é só. Ele nunca me leva a sério. Eu nunca sei como *fazê-lo* levar-me a sério. As únicas coisas em que pensa são o seu negócio e se a minha mãe tomou os comprimidos dela. E ela também nunca se deu ao trabalho de me compreender. Quando tiver filhos, nunca serei como ela. Quem me dera libertar-me dos meus pais. Suponho que *poderia* libertar-me deles, se me decidisse a isso.

— Se tivesse ido para a escola de belas-artes, seria livre.

— Não podemos ter a certeza. E pintar aqui faz-me sentir mais livre. — Olive adotou uma expressão séria. — Embora esteja a aprender mais alguma coisa aqui.

— O quê?

— Que se realmente quisermos ver o nosso trabalho terminado, temos de o desejar mais do que poderia pensar-se. Tem de se lutar com ele, de lutar connosco. Não é fácil.

Teresa sorriu enquanto trabalhava na massa de cabelo de Olive com um nível de atenção de que Olive desejaria desfrutar eternamente. Nunca tivera uma amiga assim, no seu quarto, a escovar-lhe o cabelo, a escutá-la, a falar de ninharias e da inutilidade dos respetivos pais; de como o futuro era perfeito, porque ainda não o tinham vivido.

— Eu acho sempre que o tempo *antes* da festa é o mais feliz — prosseguiu Olive. — Nada teve ainda a possibilidade de correr mal. — Teresa levantou as mãos da cabeça de Olive. — Porque é que paraste? — perguntou esta, vendo Teresa dirigir-se à sua mochila.

Teresa tirou um pequeno pacote quadrado, embrulhado em papel de seda. Estendeu-o, nervosa. — Para si — disse ela.

Olive pegou-lhe. — Para *mim*? Céus. Abro-o agora?

Teresa acenou, e Olive susteve a respiração ao ver o relâmpago verde através do papel, esmeralda atrás de esmeralda, emergindo como uma cobra de pedra, um colar de uma beleza e intensidade como ela nunca vira. — Meu Deus. Onde é que arranjaste isto?

— Era da minha mãe — disse-lhe Teresa. — Agora é para si.

Olive ficou imóvel na cadeira, o colar a balouçar-lhe do pulso. Nunca ninguém lhe dera um presente assim na vida. Aquilo era possivelmente tudo o que Teresa possuía da mãe; aceitar seria um ato de egoísmo. — Não — proferiu ela. — Não posso...

— É para si.

— Teresa, isto é demasiado...

Por fim, foi Teresa que tomou a decisão por ela, tirando o colar da mão de Olive, colocando-lho ao pescoço e apertando o fecho. — É para *si* — repetiu Teresa. — Para a minha amiga.

Olive virou-se para o espelho. As esmeraldas pareciam folhas verdes, brilhando na sua pele clara, aumentando de tamanho na direção da clavícula. Pedras do Brasil, verdes como o oceano, verdes como a floresta que o pai prometera que encontrariam no Sul de Espanha. Aquilo não eram joias, eram olhos, piscando para ela à luz das velas, observando as raparigas que se observavam a si próprias.

VIII

Ao fim da tarde, Harold voltara de Málaga com abastecimentos para a festa. Vagueava pela casa, um charuto entre os dentes, exigindo mais discos para o gramofone. Isaac ajudava a transportar cadeiras e mesas sobresselentes emprestadas pelos aldeões.

— Olive — disse-lhe ele. — O quadro está acabado.

— Oh — fez ela.

— Não fica satisfeita? Pensei que não gostasse de ser pintada.

Ela não soube o que dizer; o quadro de Isaac concluído significava apenas menos oportunidades para o ver.

Sarah surgiu, usando um vestido comprido cor de ameixa. Em Londres, quando davam festas, ela aparecia frequentemente mascarada — de Pequena Sereia ou Branca de Neve —, e, num ano memorável, como Rapunzel, em que toda a sua trança postiça pegara fogo e o tinham apagado com champanhe. Mas nessa noite era uma peça de Schiaparelli, *verdadeiramente sofisticada*, como diriam as colegas de Olive, com duas caras femininas bordadas a lantejoulas nas costas, os lábios rubros brilhando à luz das centenas de velas que Harold trouxera da cidade e que Teresa fora mandada acender. O vestido era um dos preferidos de Olive; sempre se sentira hipnotizada pelo bordado com efeito Jano.

O olhar de Sarah foi atraído pelas esmeraldas em volta do pescoço da filha. — Quem te deu isso? — indagou ela, enquanto Harold fazia saltar a rolha de uma garrafa de *Veuve Clicquot*.

Olive compreendeu que durante toda a sua vida ouvira o som de copos a entrechocarem-se em alturas de trauma. Aborrecida por a mãe não ter sequer reparado no seu novo penteado, espetou o queixo e afagou as pedras verdes. — O Isaac — respondeu ela.

Foi uma noite tumultuosa. Os convidados começaram a chegar ao caminho da *finca* por volta das oito e Olive e os pais esperavam à porta para os cumprimentar. Um dos primeiros a aparecer foi um homem com um fato bege, de aspeto dispendioso, e uma larga gravata como se fosse hora de *cocktails* num paquete. O seu grande bigode preto fora oleado nas pontas. Atrás vinham dois homens mais novos, de fatos impecáveis. Olive perguntou-se quem seriam — filhos dele, talvez? Pareciam mais seus guarda-costas do que qualquer outra coisa.

O homem estendeu a mão. — Señor Schloss — disse ele. — Don Alfonso Robles Hernández. Estive ausente em negócios da duquesa.

— Don Alfonso — cumprimentou Harold, estendendo igualmente a mão. — Encontramo-nos finalmente.

Falava em bom inglês, e Olive viu ecos de Isaac no rosto do homem; mas havia algo de intrinsecamente teatral no Don que o filho não partilhava. Apesar da sua ostentação, havia inteligência nos pequenos olhos de Alfonso; cálculo e humor negro. Ela recordou a história que Teresa contara a seu respeito e procurou dominar a ansiedade.

— Gregorio, dá as nossas ofertas à Señora Schloss. — Um dos rapazes saltou para a frente. — Bolo de amêndoa e uma garrafa de bom porto — elucidou Alfonso.

Sarah pegou nos presentes. — Obrigada — disse ela.

— Estão bem instalados?

— Muito bem.

Alfonso espreitou para lá de Harold para a escuridão do corredor. — *Dios mio*, a gatita transformou-se numa gata — comentou ele, batendo os calcanhares num gesto militar. O bater dos tacões das suas botas e o rangido do couro fizeram Olive ficar com os pelos dos braços arrepiados. Olhou para trás e viu Teresa carrancuda, no escuro.

— Ainda com tanto medo de mim, Tere? — disse Alfonso em espanhol. — Não sei porquê. Já ouvi falar das tuas garras. — Os homens mais novos riram. — Ela não vos tem causado problemas, espero?

Harold lançou um relance a Teresa, que o fitou com os olhos negros redondos. — Absolutamente nenhuns — afirmou ele.

— Bem, se isso acontecer, digam-me. — Alfonso ergueu os olhos para as muitas janelas da *finca*, todas elas iluminadas com minúsculas chamas trémulas. — Señor Schloss, espero que não sejamos queimados vivos. Julguei que esta casa era abençoada com eletricidade?

— Esta noite quisemos criar um pouco de ambiente, Don Alfonso. Entre, por favor.

— Eu trouxe o Gregorio e o Jorge. Não se importam que eles também entrem?

— Absolutamente nada. Todos são bem-vindos.

Os três homens passaram por Olive e a mãe, com o olhar de Jorge a demorar-se um pouco demasiado em Sarah.

— O teu irmão está cá? — perguntou Jorge a Teresa.

— Talvez. Mas não falará contigo — replicou ela.

No total, compareceram à festa sessenta e sete residentes de Arazuelo. A presença daquela pequena família de Londres e de Viena incutia nos habitantes locais uma sensação de feira, de desorganização. Havia no ar uma permissividade, como se se tivesse quebrado um tabu e o seu perfume fosse afogá-los a todos. Don Alfonso permaneceu a um canto de uma sala; algumas pessoas aproximaram-se dele e falaram-lhe, mas no geral foi deixado sozinho.

Os convidados escreveram os nomes num livro que Harold apresentou. Alguns inscreveram as suas assinaturas com entusiasmo, felizes por serem incluídos naquele acontecimento cosmopolita, com as suas luzes dançantes e música de *jazz* e o odor de oleandros em cada sala. Deixavam curtas mensagens de aprovação ou felicidades — *buen vino* ou *Dios bendiga*. Outros eram mais cautelosos, parecendo preocupados por ficarem permanentemente gravados naquele livro estranho, como se isso pudesse constituir um gesto politicamente controverso. Olive lembrou-se de Adrián, o rapaz de Málaga assassinado, das preocupações de Isaac acerca do que iria acontecer ao país, e perguntou-se se eles não teriam uma certa razão. No entanto, escreveu o seu próprio nome, logo abaixo dos de Teresa e de Isaac.

Após ter bebido três taças de champanhe, Olive sentia o fantasma do rapaz movendo-se através das salas. Sentou-se na sua cadeira de verga e viu-lhe o corpo ensanguentado arrastar-se por entre os convivas. Imaginou que havia uma determinação nos copos que bebiam, no que dançavam, nos seus gritos e palmas, como se estivessem a empurrá-lo de volta para a terra dos mortos, reclamando aquela casa para os vivos.

Havia uma mulher com um vestido de cetim comprido da cor de um cogumelo fresco. As chamas das velas faziam faiscar um botão de punho de metal, erguido com um copo de cristal de luar. Teresa andava de um lado para o outro, sempre com uma bandeja de bebidas, ou carnes e queijos, ou fatias de bolo. Evitava propositadamente o pai. A sala encontrava-se cheia de vozes, a música pulsava do gramofone ao canto — e Sarah, no seu vestido purpúreo com duas caras, adejava por entre grupos. Pousou a mão no braço de Isaac e fê-lo rir. As pessoas viravam-se para ela como o fariam para um farol.

Olive observava Isaac para onde quer que ele fosse, sentindo a sua atração elevar-se até às traves de madeira sobre a sua cabeça e mergulhar na espuma do champanhe do seu copo. Os seus caracóis haviam começado a descair e ela apertava-os nervosamente, receando andar a passear-se com meio penteado. Agora ele estava profundamente embrenhado numa conversa com o médico local, de expressão sombria devido a algo que o homem dissera. Também ele não falara com o pai. Vestia aquelas calças azul-escuras perfeitas, soltas ao longo da linha do corpo; um casaco de linho negro e uma camisa azul. Olive perguntou-se qual seria a cor da sua pele por baixo. Quando é que ele iria voltar-se e reparar nela? Tocou nas pedras verdes em redor do pescoço e esvaziou uma quarta taça de champanhe. A criança desajeitada que fora toda a sua vida em breve seria um espectro; uma taça mais afogaria essa garota.

Dois dos convidados tinham levado guitarras e dos seus dedos fluiu em cascata um dueto seguro, nota após nota perfeita, para cima e para baixo dos trastos. As pessoas aplaudiram quando os ouviram, e alguém levantou a agulha do gramofone, riscando o disco. Seguiu-se um momento de silêncio preocupado, mas Harold, nessa altura já muito embriagado, rugiu de aprovação e gritou: «Deixem-nos tocar! Quero ouvir esta magia! *Quiero oír el duende!*»

Perante isto, a festa pareceu explodir. O pai e filho que haviam levado as guitarras sabiam tanto canções de *flamenco* como *canciones* populares, e tocaram algumas, rodeados por um vasto círculo de pessoas, antes de uma mulher à volta dos sessenta avançar e começar a cantar, abrindo a boca para deixar sair um som crescente de dor e liberdade. Pela segunda vez nessa noite, Olive sentiu os pelos da nuca porem-se em pé. A mulher tinha a sala totalmente sob o seu controlo. Cantava, batendo as mãos num ritmo rápido e persuasivo, e ouviam-se incitamentos em redor da sala, «*Vamos!*», pessoas a baterem com os pés e a soltarem exclamações de admiração.

Gregorio fez girar duas garotinhas pela sala, e elas gritaram encantadas enquanto as guitarras e o canto iam ficando mais febris. A voz da mulher era como um som antigo reavivado, e Olive levantou-se, bebendo uma quinta taça de champanhe; só que não, aquilo não era champanhe, aquilo era um tipo qualquer de álcool, uma aguardente que lhe deixava as entranhas a escaldar. A voz da mulher era rouca e dorida e perfeita, e lá fora a noite escurecia, e as mariposas cintilavam para morrer entre as lanternas. Naquela sala de estranhos, Olive nunca se sentira mais em casa.

O pai gritava que eram horas do fogo-de-artifício. «*Fuegos artificiales!*», berrou ele com um sotaque péssimo, e o olhar de Olive percorreu a sala à procura de Isaac. Avistou-o a esgueirar-se pela porta. A multidão começou a mover-se em direção às traseiras da casa, para a varanda, a fim de observar o fogo-de-artifício a explodir por cima do pomar. Olive parou, ofuscada pelo fluxo de gente no corredor. Depois viu-o encaminhar-se na outra direção, atravessar o átrio e sair pela porta da frente. Ficou perplexa: porque iria ele a fugir do centro do mundo?

Começou a segui-lo, aos tropeções, para longe das luzes da casa, mergulhando na escuridão profunda da noite de fevereiro. Por cima dela, o céu estava coalhado de estrelas. A Lua ia alta mas ela perdeu-o de vista, e o seu sangue arrefecia rapidamente, mas continuou, saiu pelos portões ferrugentos para o caminho de terra que conduzia à aldeia, vacilante, tropeçando em pedras, amaldiçoando-se por ter sido idiota ao ponto de ir lá para fora de saltos altos.

Uma mão colou-se-lhe à boca. Um braço cerrou-se em volta do seu pescoço e arrastou-a para a berma do caminho. Ela debateu-se, contorceu-se, mas quem quer que a agarrara era muito forte. Olive ergueu as mãos e começou a puxar; abriu a boca para morder com força os dedos que não a deixavam respirar.

— *Mierda!* — exclamou uma voz, e Olive viu-se livre.

— Isaac?

Ficaram ali ofegantes, ambos curvados de descrença.

— *Señorita*... eu pensei que vinha alguém a seguir-me.

— Bom, e vinha. *Eu*. Pelo amor da santa!

— Está magoada?

— Estou bem. E o Isaac?

— Por favor, não conte ao seu pai...

Olive esfregou o pescoço. — Porque é que eu havia de lhe contar? Tem por hábito saltar assim sobre as pessoas?

— Volte para a festa. Por favor.

Olive percebia que ele se encontrava perturbado. — Aonde é que vai? — perguntou ela.

— A lado nenhum.

— Isso é mentira.

— Volte para *trás*. É perigoso para si.

— Eu não tenho medo, Isaac. Quero ajudar. Aonde é que vai?

No escuro, ela não conseguia decifrar-lhe a expressão, mas conseguiu ouvir a hesitação e o seu coração começou a bater mais forte.

— Vou à igreja — disse ele.

Ela riu-se. — Confessar os seus pecados?

— Algo desse género.

Olive estendeu a mão e procurou a dele no escuro. — Vá à frente — disse ela.

Mais tarde, de volta ao seu quarto, estendida acordada e a rememorar tudo, Olive supôs que a culpa fora do álcool. Quando Isaac a pintava, ela não conseguia suportar aquilo. Não se sentia um modelo suficientemente satisfatório e não podia comparar-se à mãe. Mas, ali, ela e Isaac eram iguais, não o observador e o observado. No escuro, ela podia ser o seu eu real, uma mulher que pegava na mão dos homens e os forçava a avançar, caminho abaixo.

— Deve ter frio — comentou Isaac, e ela percebeu que também ele estava bastante embriagado. Quando ele despiu o casaco e lho colocou sobre os ombros, a pele de Olive cantou, o corpo inteiro quase mergulhado em prazer pela sua solicitude e preocupação. Em dez minutos chegaram à Igreja de Santa Rufina, que dava para a praça principal de Arazuelo. O local estava deserto, dado que a maioria da aldeia se encontrava no cimo da colina, refestelando-se com a música e a *manzanilla*, cujos barris haviam rolado até lá como presente para o seu anfitrião. Olive e Isaac viraram-se para ver o fogo-de-artifício que havia começado a explodir no céu; vermelho, verde, laranja, enormes ouriços-do-mar, fontes a jorrar. Isaac forçou a porta da igreja e esgueirou-se para dentro, e Olive seguiu-o, assustada agora, sufocada pelo cheiro de incenso antigo. O luar entrava pela janela, tocando os bancos encerados, os santos sinistros colocados na parede. Sentiu a mão de Isaac escorregar da dela e ouviu-lhe os passos a afastarem-se pela nave.

— Isaac...

O tiro soou para lá dos bancos junto aos quais ela parara, e depois outro, e outro. Olive ficou demasiado aterrada para gritar. Para além das paredes da igreja, o fogo-de-artifício continuava. Ela estava pregada ao chão, acobardada pelo terror. De súbito, Isaac surgiu a seu lado, a mão pousada no braço dela.

— *Agora* — disse ele. — Temos de ir embora.

Pegou na mão dela e fugiram rapidamente. — O que é que fez? — sibilou ela. — O padre estava... Isaac, que diabo é que fez?

Correram durante todo o caminho de regresso à *finca*. Olive teve de tirar os sapatos e continuar descalça, ferindo a pele dos pés numa ou noutra pedra ocasional. Pararam nos portões, ofegantes. O fogo-de-artifício continuava a explodir e ela sentia o forte cheiro sulfúrico da pólvora.

Olive deixou-se cair contra os portões. — Sou cúmplice de um crime? — sussurrou ela. — Céus, nem sequer estou a brincar.

Isaac pousou a mão na cara dela. — Por Adrián — disse ele.

— Que quer isso dizer?

Ele começou a beijá-la, tomando-lhe o rosto nas mãos, arrebatando-a pela cintura. Olive sentiu o orgulho que ele tinha nela pela maneira como lhe agarrava o cabelo, passando-lhe os lábios pelo lado do pescoço, descendo para o peito, sob as esmeraldas que haviam aquecido com o contacto da sua pele. Ela provara-lhe finalmente o que valia.

Isaac passou os dedos pelas esmeraldas. — Onde é que arranjou isto?

— Uma pessoa amiga. — Beijou-o na boca para o impedir de perguntar mais. Não sabia que o seu corpo se podia sentir assim ou que podia inspirar um homem a fazer-lhe tais coisas.

Ele beijou-a de novo, e Olive entreabriu os lábios e passou-lhe as mãos pelo cabelo, sentindo as rijas grades ferrugentas contra as costas. Apertaram-se mutuamente, beijando-se, beijando-se, beijando-se, enquanto a mulher na *finca* recomeçava com a sua música dorida, e uma figura os observava recortada contra a porta.

IX

Olive tentou sentar-se, mas um relâmpago de agonia fraturou--lhe o cérebro. A sua boca era um deserto, o seu pescoço era chumbo. Estendida nos lençóis amarrotados, azoada, as entranhas às voltas, o cabelo com o fedor de mil cigarros, as mãos voaram-lhe para o corpo. Não tinha nada vestido. Céus, que acontecera à sua roupa? Virou-se para a esquerda com um estremecimento. Alguém dobrara cuidadosamente o seu vestido numa cadeira; as meias com malhas e manchas de sangue nas solas, a sua estola de raposa a balouçar no braço. Parecia o troféu de um caçador, esfolada e cosida da noite para o dia, um olho de vidro na cabeça, aqueles horríveis dentes colados. Tocou no pescoço. O colar de esmeraldas ainda lá estava, repousando na sua clavícula.

Ouviu de novo o tiro — a igreja, a escuridão, o fogo-de-artifício, um portão ferrugento —, teria sido um sonho? Tanta coisa, tudo num dia. Ao longe, ouviu o telefone tocar. E se a Guarda Civil estivesse lá fora à espera, pronta para a levar?

Isaac. O beijo — como fora possível ter suportado a vida até agora sem aquele beijo, como é que vivera? Ele arrastara-a através da escuridão para disparar uma pistola no interior de uma igreja e depois beijara-a. Ela desejava outro beijo de Isaac mais do que desejava respirar.

Sentia-se aumentada, como se uma porta, há muito oculta dentro de si, tivesse sido aberta, revelando um corredor sinuoso, pelo qual ela própria corria. Desde o instante em que o conhecera, aquele homem colara-se à sua imaginação. Ele tornara os seus sentimentos enormes, fazendo duplicar as profundezas dos seus horizontes. Por uma vez na vida, Olive fora levada a sentir-se monumental. O nervosismo do que poderia seguir-se vinha a par de um tão intenso desejo dele que ela se perguntou se até mesmo ser possuída por Isaac o apaziguaria.

Não reparara em Teresa, ao fundo da cama, perscrutando os picos e os vales dos lençóis. — Preparei-lhe um banho — disse Teresa, desviando rapidamente o olhar perante a nudez de Olive.

— Quem era ao telefone?

— Ninguém.

— Ninguém?

Olive viu Teresa hesitar. — Não sei.

— A polícia está cá?

— Não, *señorita*.

— Nunca mais volto a beber.

— Tem um copo de leite à sua cabeceira.

— Não consigo.

— Tem um balde ao seu lado.

Olive inclinou-se e olhou para o balde. Havia pedaços de terra do jardim espalhados no fundo. Vomitou para lá, desejosa de expelir a sensação de repulsa, os globos oculares duros como pedras.

— *Señorita* — disse Teresa —, o meu irmão vai mostrar o quadro dele hoje.

— O quê? — Olive gemeu, deixando-se cair de novo na cama. — Tere... houve... há... algumas notícias da aldeia, hoje?

— Alguém assaltou a igreja ontem à noite. Dispararam contra a estátua da Virgem Maria.

— O quê?

— O padre Lorenzo está como louco — prosseguiu Teresa. — Levou-a para o centro da praça principal e está aos gritos.

Olive esforçou-se por agilizar os seus pensamentos. — Levou quem?

— *La Virgen* — repetiu Teresa, em espanhol. — Era de madeira, muito antiga, muito cara. Acertaram-lhe com três tiros. Levaram-na para o consultório do doutor Morales. Como se ele pudesse restituir-lhe a vida — acrescentou Teresa, com um leve tom de escárnio. — Sabe o que os homens andam a perguntar, *señorita*? Andam a perguntar que espécie de homem é que enfia uma bala na teta da Madona?

Olive não disse nada e cerrou os olhos. — O meu irmão parece ainda mais doente hoje do que a *señorita* — disse Teresa.

— Bem, foi uma boa festa.

— Eu sei. Há quatro horas que ando a fazer limpezas. Venha, vá para a casa de banho antes que a água arrefeça. — Teresa colocou-se ao lado da cama e abriu um enorme lençol de banho. Olive obedeceu; Teresa embrulhou-a e empurrou-a para fora do quarto.

*

Lá fora, as sementes de Teresa cresciam em bom ritmo; folhas minúsculas emergiam dos sulcos fertilizados que em janeiro ela e Olive haviam percorrido de um lado para o outro. Os carvalhos e os castanheiros tinham-se tornado de um verde mais profundo e o sol estava alguns graus mais quente. Embora as flores não tivessem desabrochado e o ar ainda fosse fresco, Teresa conseguia cheirar a partida do inverno, essa inexplicável consciência que o corpo tem da mudança para a mais esperançosa das estações.

Sentou-se no esfarrapado sofá verde da sala da frente. Lá em cima, ouvia Olive a despejar o seu banho. Pensou em Adrián, no inconcebível que era alguém tão novo estar morto. Pensou na festa louca dos Schlosses, na raiva de Isaac, no seu azedo pai, na Madona atingida a tiro. Era tudo tão incerto. E todavia, no que dizia respeito à revelação de hoje, Teresa nunca se sentira tão segura. Tinha perguntado ao irmão se lhe custaria deixar de pintar Sarah e Olive, mas ele ignorara-a, descendo pesadamente a colina para ir buscar a mesa e as cadeiras que o doutor Morales dissera que podia emprestar-lhes para a festa.

Nessa manhã, no chalé, Teresa enfiara a cabeça na porta de Isaac e dissera-lhe que, se ele quisesse, ela levaria o retrato e o prepararia para a grande revelação. — Ponho-o num cavalete na sala da frente — dissera ela.

Isaac, flanela sobre a cara, estirado na escuridão do seu quarto, levantara-a uma vez, franzira os olhos para ela e retorquira: — está bem. Estou satisfeito por ter terminado. Mas espera até eu chegar para lhes mostrares.

Teresa arrefecera uma das garrafas de *Clicquot* que restavam, deixando-a ficar durante a noite na varanda. Todas as janelas haviam sido escancaradas para permitir ao ar fresco entrar nos cantos a que o fumo dos cigarros se colava. Manchas teimosas de xerez entornado atraíam colunas de formigas. Teresa esmagou-as com o pé, dispôs o sofá e as outras cadeiras em semicírculo à volta do cavalete e colocou um lençol branco sobre a obra de arte. Meteu o champanhe num recipiente metálico e dirigiu-se para a cozinha. Nunca como hoje se sentira tão lúcida, nem experimentara um maior sentido do objetivo em causa. A excitação disso quase lhe provocava náuseas.

Trinta minutos mais tarde, estavam todos reunidos. Harold, o que melhor recuperara da família, vestia um fato impecável. Sarah parecia frágil, um tremor nos dedos ao passar uma *flûte* de champanhe à filha, que ficou verde à vista dele. Isaac encontrava--se na borda do sofá esfarrapado, fumando com força um cigarro, os pés irrequietos. Este era o seu momento para brilhar: ali, na presença do grande negociante de arte, Harold Schloss. Teresa viu o seu olhar encontrar o de Olive, e o sorriso da rapariga foi um farol de luz de prazer. Harold olhava perplexo para a mulher sem saber para que era tudo aquilo.

Teresa perguntou-se se ele teria atendido o telefone nessa manhã, pois ela jurara nunca mais o levantar.

Sarah pôs-se de pé. — Querido Harold — disse ela. — Parabéns de todos nós, por uma festa *tão* maravilhosa. Parece que nem aqui, nos confins da civilização, perdeste o teu toque.

Todos riram e Harold ergueu o seu copo. — Bom, como tu sabes, tem havido alguns altos e baixos ultimamente — continuou Sarah. — Mas nós gostamos disto aqui, não é, querido? E estamos bem. E eu, bom, *nós*, quisemos oferecer-te um pequeno presente para te agradecer. É a Liv e eu, querido — anunciou ela, puxando o lençol de cima do quadro. — Mr. Robles pintou-nos... para ti.

Teresa engoliu o champanhe que lhe fora oferecido e invadiu-a uma angustiosa e irresistível vaga de medo, com as bolhas de gás a encherem-lhe a boca, a efervescência metálica a agitar-lhe o sangue. Isaac passou os dedos pelos cabelos. Enquanto o lençol se despenhava até aos mosaicos, os nós dos dedos de Olive ficaram brancos nos braços da sua cadeira. Houve um pequeno arquejo coletivo.

Olive sentia-se profundamente deslocada. Não conseguia perceber o que via. O quadro estava dois terços encharcado em azul-índigo, havia um relâmpago de trigo dourado, e duas mulheres, uma segurando o seu pote alto num campo reluzente e a outra enroscada numa meia derrota, rodeada pelos seus cacos quebrados.

Era o seu quadro. Era *Santa Justa no Poço*. Virou-se para Isaac; também ele o fixava, confuso. O que fazia aquilo ali em baixo, porque não estava lá em cima, escondido no quarto dela? Olive olhou para Teresa, para o triunfo sombrio da sua face.

Ouviu-se o som de palmas. O pai estava a olhar para o quadro dela. O pai estava a *aplaudir*. — Bravo, Isaac — dizia ele. — Bravo. O que você *fez*!

Sarah franziu a testa, de mãos nas ancas. — Bom, não é exatamente... o que eu esperava. Mas gosto. Qual de nós é quem, Mr. Robles? Gostas, Harold?

— Não vejo uma coisa assim há muito tempo. Liv, tu parece que viste um fantasma — disse-lhe o pai. — Não estás aborrecida por Mr. Robles não te ter conferido um toque de sociedade?

Olive não conseguia falar. A única coisa que conseguia fazer era olhar para o seu próprio quadro, com o pai a andar à roda dele. — Isto é *maravilhoso* — prosseguiu ele. — Eu *sabia* que o senhor tinha qualquer coisa em si, Robles. Litografias, uma ova.

A voz de Harold era intensa e calorosa; era sempre assim quando um novo pintor falava com ele. Era uma conversa silenciosa; o quadro aquecendo-o lentamente, percorrendo a sua mente, e Harold trabalhando nele como uma criança faria com um rebuçado, provando-lhe os sabores, adoçando-lhe os cantos, dirigindo-se inexoravelmente para o centro.

Olive sentia-se como se também ela estivesse a ser lambida e fosse em breve estalar e desaparecer. — Isto é real. Oh, isto é bom — dizia o pai, e era como se ela o estivesse a ouvir do fundo de um poço. — Olhem para o vaso... e o veado. Oh, isto é *bom*! Isto é excelente.

Isaac fitava fixamente o quadro. Os seus olhos começaram a dardejar em volta, como se as cores, a composição, a linha pudessem falar também com ele. Estaria zangado? Olive não conseguia perceber. Tal como ela, ele também não dizia nada. Perguntou-se onde estaria o quadro de Isaac, se ele iria falar. Virou-se e viu Teresa a fitá-la, o seu ar de triunfo substituído agora por um de urgência.

— Mr. Robles, o senhor é uma estrela — disse Sarah, pousando-lhe a mão no braço. — Muito *bem*.

Teresa acenou a Olive, de olhos muito abertos, e nesse instante Olive compreendeu. Soube então o que Teresa queria que ela dissesse — *Isso é meu. Fui eu que fiz isso. Houve um engano* —, embora não conseguisse perceber o desejo de Teresa. Sentiu que abria a boca, as palavras quase ali, mas nessa altura o pai falou.

— Devíamos levar isto para Paris — disse Harold. — Penso que isto é algo em que alguns colecionadores de lá estariam interessados. Gostaria de agir em seu nome, Isaac. Obter-lhe-ei um preço melhor.

— *Paris?* — indagou Olive, e depois fechou a boca.

— Como se chama? — perguntou Harold.

— Não tem título — respondeu Isaac.

Harold fixou o quadro. — Acho que deveríamos evitar qualquer menção a Liv e a Sarah, dado que poderei vendê-lo. Que tal *Raparigas no Campo de Trigo?*

— Harold — interrompeu Sarah. — Isto foi um presente para ti. Não podes simplesmente vendê-lo.

Mas Harold não a escutava. — Talvez *Mulheres no Campo de Trigo* seja melhor.

— Pobre Liv, pintada assim, enrolada como uma bola — comentou Sarah, esvaziando o seu copo de champanhe e servindo-se de outro. — Mr. Robles, o senhor é realmente terrível.

Isaac fitou Olive e Teresa. — Sim — concordou ele. — Sou.

Pôs-se de pé. O quadro provocara nele uma transformação quase alquímica. O novo Isaac estava a solidificar, como fumo em ouro, diante dos olhos de todos. Era um *verdadeiro artista*, algo nele que todos podiam sentir mas não exatamente tocar... por muito que o desejassem.

— Teresa — disse Isaac, e Olive ouviu a tremura na sua voz quando ele, inusitadamente, tropeçou no inglês. — Vem ajudar-me na cozinha. Eu trouxe o nabo que querias para a tal sopa.

X

— Que *raio* fizeste tu? — sibilou Isaac. Empurrou a irmã para dentro da cozinha, espetando-lhe a mão entre as espáduas.

— Eu não fiz nada — sibilou também Teresa. — Nem quero acreditar que disseste aquilo acerca de um nabo...

— Caluda. Tinha de pensar em qualquer coisa. — Fechou a porta. — De quem é aquele quadro?

Teresa espetou o queixo no ar. — É de Olive — respondeu ela. — É de Olive e é melhor do que o teu.

— De *Olive?*

— Ela pinta todos os dias. Conseguiu lugar numa escola de belas-artes e preferiu ficar aqui. Não lhe perguntaste isso, pois não, quando estavas com a língua enfiada pela garganta dela abaixo.

Isaac deixou-se cair na mesa da cozinha e apoiou a cabeça nas mãos. — Oh, céus. Ela pôs lá o quadro dela.

Teresa corou violentamente. — Não, não pôs. Fui eu.

— *Tu*? Porquê?

— Tu vais despedaçar-lhe o coração.

— Oh, céus. Isto é por eu a ter beijado?

— Tu infiltraste-te aqui...

— E que outra coisa fizeste tu senão deslizar pelo pomar com o teu frango como oferta, como um maldito índio a Colombo...

— Eu ajudo-os, todos os dias. Sem mim, estariam perdidos.

— Tu podias ser qualquer pessoa, Teresa. Tu és apenas a criada.

— E tu só arranjas problemas.

— Sarah Schloss *pediu-me* para a pintar, logo eu fi-lo. E já agora é bom que saibas. Alfonso cortou-me o dinheiro.

— O quê?

— Tu ouviste. Ele não gosta do «sabor da minha política». Portanto, o dinheiro de Sarah Schloss destinava-se a sustentar-nos. Eu queria manter isto profissional, Teresa...

— E esperas que eu acredite nisso?

— Tenho coisas mais importantes com que me preocupar do que com uma *guiri* rica que gosta de grandes festas...

— O quê, tal como disparar a tua arma na igreja e levantar o vestido a Olive?

— Tu não passas de uma espia. Uma agitadora. — Levantou-se, a voz baixa e cruel. — Tu vieste para estas pessoas, Tere, porque sabias para onde a tua vida caminhava. Desde pequena que tens feito isto. Com um pai como o nosso e a tua mãe cigana... não te venhas fingir de santa. Não penses que não sei de onde é que veio o colar de esmeraldas de Olive. Sei tudo acerca da tua pequena caixa no jardim. E agora? O que vamos fazer?

— Vais confessar que o quadro não é teu — retorquiu Teresa, pálida e abalada — e dar a Olive o crédito que lhe é devido.

— Não, não vai — disse uma voz da entrada. — Ele não vai fazer nada disso.

Olive tinha aberto silenciosamente a porta da cozinha e estivera a escutar à entrada. A sua expressão não era fácil de decifrar. Parecia incandescente, mas se de cólera, ou mágoa, ou excitação, nem Isaac nem Teresa conseguiram perceber bem. Imobilizaram-se, aguardando que ela falasse de novo. Olive deslocou-se para o interior da cozinha e fechou a porta.

— Porque fizeste isto? — perguntou ela a Teresa.

As lágrimas assomaram aos olhos de Teresa. — Eu queria...

— Ela queria castigar-me. Viu-nos na noite passada nos portões — disse Isaac. — Este pequeno truque é a vingança de Teresa.

— Não é vingança, *señorita* — suplicou Teresa. — O seu pai devia ver como é brilhante, como...

— Isso não é da tua responsabilidade — disse Olive. — Tere, eu confiei em ti. Pensei que éramos amigas.

— Pode confiar em mim.

— Como?

— Desculpe, eu não...

— Agora é demasiado tarde — Olive suspirou. — Não podemos ficar aqui todos como numa reunião de mães. Eles vão perguntar-se o que se passa.

— Eu vou dizer-lhes que não é meu, *señorita* — declarou Isaac. — Não é justo que Teresa engane os seus pais. Eles foram bons para ela. E o meu próprio quadro está pronto. Teresa trouxe-o esta manhã para cá.

Olive pareceu pensativa. — Onde está o quadro de Isaac, Teresa? Vai buscá-lo.

Teresa entrou na despensa. Ouviram-na arrastar barris pelos mosaicos e regressou a cambalear com a enorme tela, que encostou à parede antes de retirar o pano de proteção.

Olive fixou-a em silêncio. Ela e a mãe estavam reconhecíveis, mas os seus olhos haviam-se tornado diáfanos, os seus lábios possuíam uma vermelhidão generalizada. Por trás das suas cabeças havia estranhos halos de luz e, para além deles, um simples fundo verde. Não havia humor, nem espírito ou poder, nenhum uso excitante de cor ou do traço, nem originalidade, nem mágica intangível. Não havia uma sugestão de segredos, não havia cena, não havia história. Não era terrível. Eram duas mulheres na frente de um cartão de Natal.

Olive lançou um relance a Isaac, que contemplava o seu próprio trabalho, de braços cruzados, uma ruga de concentração ao avaliar o seu esforço. O que estaria ele a pensar? Estaria satisfeito, acharia que aquilo era *bom*? Não havia nada de mal no tipo de arte que Isaac reproduzira; afinal de contas, porque é que tudo tem de ser um desafio intelectual? Era de observação fácil, mas era juvenil. O pai dela odiá-lo-ia.

Nesse momento, compreendeu que, apesar do seu desconforto em posar para um retrato, parte de si desejara que Isaac fosse realmente um bom pintor. Teria sido mais fácil do que ele não possuir qualquer dom. Talvez ela fosse mais filha dos seus pais do que pensara. Era sempre mais fácil admirar alguém com talento, e a piedade era o caminho para a indiferença. Olive fechou os olhos, resistindo aos danos potenciais que aquele quadro ou a falta de Isaac poderiam causar ao seu coração. Disse a si mesma que Isaac não merecia enfrentar o desdém do pai dela. Quando abriu os olhos, Isaac observava-a, e ela ofereceu-lhe um sorriso luminoso.

— Isaac, ouviste o que disse o meu pai. Ele quer levar o quadro para Paris. Quer vendê-lo.

— Percebe, *señorita* — intrometeu-se Teresa. — Eu sei que disse que não lhe interessava o reconhecimento do mundo, mas veja só o que aconteceu. Estou feliz por ter corrido o risco por si...

Olive virou-se para ela. — Eu não queria que o fizesses.

Teresa espetou o queixo. — Tem a certeza disso?

— Tere, basta — disse Isaac.

— Mas... agora temos de lhe dizer — exclamou Teresa.

— O meu pai pensa que Isaac pintou *Santa Justa no Poço*, ou *Mulheres no Campo de Trigo*. Quer levar para Paris o quadro de Isaac, não o meu.

— Mas tudo o que precisa de fazer é dizer-lhe que o pintou.

— Mas seria o mesmo quadro? — perguntou-lhe Olive.

Teresa franziu a testa. — Não compreendo.

As exclamações e os murmúrios da sala eram audíveis através da porta da cozinha. — Não creio que o meu pai sentisse o mesmo entusiasmo se soubesse que eu o pintara — disse Olive.

— Não — replicou Isaac. — Isso não é verdade.

— Como podem ter tanta certeza? — indagou ela. — Eu quero que o meu pai vá a Paris, sabem. Quero que ele o leve. Pode ser divertido. Quero simplesmente ver.

— Isto não está certo — suplicou Teresa. — O seu pai, quando lhe disser, ficará surpreendido, sim, mas depois verá os seus outros quadros...

— Não.

Olive levantou a mão a pedir silêncio, mas Teresa ignorou-a. — Não está a ver o seu pai. Ele irá...

— Oh, eu estou a ver o meu pai, muito obrigada. — A voz de Olive era dura. — E a minha mãe também. Eles acreditam que o quadro é de Isaac e isso é tudo o que interessa, não é? O que as pessoas acreditam. Não interessa qual é a verdade;

o que as pessoas acreditam torna-se a verdade. O Isaac podia tê-lo pintado... porque não poderia tê-lo pintado?

— Ele nunca poderia tê-lo pintado — afirmou Teresa, batendo o pé.

Olive soltou um som de frustração. — Tu és a culpada disto, Teresa. Portanto, é melhor calares-te.

— Mas eu não queria que a *seño*...

— Isto é uma loucura — disse Isaac. — Isto é *una locura*. O meu quadro está aqui.

— Isaac, é só para nos divertirmos um bocado.

— Isto não é um jogo — repontou Isaac. — Tenho aqui o meu quadro...

— Por favor, Isaac. Ouça, ele talvez não venda as *Mulheres no Campo de Trigo*. Portanto, ao fim e ao cabo, fica na família. Tudo isto será esquecido. Depois pode dar-lhe o seu.

— Mas, e se ele vende o seu? Se ele vende um Isaac Robles que não foi pintado por Isaac Robles?

— Se ele o vender... bom, eu não quero o dinheiro, e vocês *precisam* do dinheiro. Eu ouvi o que disse acerca do seu pai. Se o *meu* pai vender o quadro, pode gastar o dinheiro como entender. Novos livros, viagens, comida, material para os seus estudantes, os trabalhadores. — Olive deteve-se. — «O que quer desta vida?» Não foi o que me perguntou, Isa? Pois bem, eu quero ser útil.

— A arte não é útil.

— Não concordo. Pode fazer a diferença. Pode ajudar a sua causa.

— Eu não posso fazer isto.

— Isaac. Aceite o quadro que está na sala. Não significa nada para mim.

— Não acredito nisso, Olive.

— Deixe-me fazer algo de útil. Deixe-me ser necessária. Nunca fiz nada de útil na vida.

— Mas...

— Eu não vou confessar que o quadro na sala da frente é meu, Isaac. Pelo menos não ao meu pai... e, neste caso, ele é a única pessoa que interessa.

— Mas ele *elogiou*-o. A Teresa tem razão. Não compreendo...

Olive ergueu-se, de rosto pálido. — Ouça. Nem sei dizer-lhe como é raro o meu pai ter esta reação. Não vamos arriscar estragar isso. Seja o Isaac Robles que está agora lá dentro. Apenas um quadro.

Isaac não disse nada durante um minuto. Tinha uma expressão infeliz, a boca descaída. A seu lado, Teresa puxava nervosamente a camisola. — Mas não é *dele* — sussurrou ela.

— É, se eu lho der — afirmou Olive.

— A *señorita* será invisível. Está a desfazer-se de si...

— Estou a fazer exatamente o oposto. No que me diz respeito, serei totalmente visível. Se o quadro se vender, estarei em Paris, pendurada numa parede. Se estou a ser alguma coisa, é egoísta. É perfeito; todo o prazer da criação, sem nenhuma confusão.

Isaac olhou do seu próprio quadro para a porta da cozinha, para lá da qual, ao fundo do corredor, *Mulheres no Campo de Trigo* aguardava no cavalete e se podiam ainda ouvir as exclamações de Harold. A rolha da garrafa de champanhe que Teresa preparara saltou e Sarah riu. Os olhos de Isaac andavam de um lado para o outro, entre dois eus possíveis.

— Não faças isto, Isaac — segredou Teresa. — *Señorita*, vá lá e diga-lhes que é seu.

— Isaac, esta pode ser a nossa oportunidade de fazer algo extraordinário.

Isaac empurrou a porta e caminhou desajeitadamente ao longo do corredor. Quando ele desapareceu, Olive virou-se para Teresa, de olhos brilhantes.

— Leva-me isto para cima. E não amues, Tere. Vai correr tudo bem. Esconde-o debaixo da cama. — Observou a pobre versão do seu rosto oferecida por Isaac. — É isto que ele pensa de mim?

— Não sei — disse Teresa. — É apenas um quadro.

— Eu sei que tu não pensas realmente assim — contrapôs Olive, com um sorriso.

Se era suposto o sorriso ser um gesto de perdão pelo que Teresa fizera, não a animou. Ficou a ver Olive virar-se e deslizar pelo corredor, no rasto de Isaac. A porta da sala da frente abriu-se de novo. Sozinha na cozinha, Teresa ouviu risos e depois o repetido entrechocar de copos.

XI

Isaac regressou ao chalé num estado de torpor. Estava tão cansado, com uma ressaca tão grande. Harold telefonara a uma mulher qualquer por causa do quadro; ela manifestara interesse e ele partia para Paris de manhã. Os Schlosses tinham implorado a Isaac que ficasse para um jantar de celebração, mas ele não conseguiu suportar tal. Sentia-se como se fosse meio homem. Quase esperava que aquela coisa não se vendesse, que a *vendetta* de Olive contra os pais fosse um capricho de adolescência retardado que em breve seria esquecido, algo para que ela olharia dentro de anos e riria. O *povo*. Ela queria ajudar *o povo*. Queria ajudar-se a si própria, e Isaac sabia que tornara isso possível.

Tateou os bolsos à procura dos cigarros, acendeu um, inspirou profundamente e expeliu o fumo com um suspiro. O que estava ele a fazer? Ao começar a subida para o chalé, os milhafres descreveram círculos por cima dele. Empurrou a porta e pensou de novo na festa, naquele beijo contra o portão da *finca*. Parecia ter passado meio ano desde então. A insistência de Olive em o acompanhar à igreja mostrara uma espontaneidade e rebelião que ele admirara. Só não se apercebera das profundezas a que esse espírito chegava.

Devia simplesmente ter-se mantido afastado da *finca* desde o início. Devia ter recusado a encomenda, devia ter dito a Teresa para procurar trabalho noutro lado, não devia ter detido Olive no escuro, de vestido de noite, o cabelo a voar para todos os lados. Devia ter marchado para a sala da frente, levando o seu próprio quadro. Não sabia fingir e não desejava fazê-lo.

O som de passos na gravilha obrigou-o a voltar-se. Era Olive, correndo atrás dele, colina acima. Ela parou para recuperar o fôlego e ele esperou, imediatamente atento.

— Só queria dizer para não se preocupar. Vai correr tudo bem, prometo. Se ele o vender, o dinheiro é seu. Apenas isso. Fim.

— Agora está feito.

— Eu prometo, Isaac. Apenas aquele quadro.

— Bom. — Ele começou a virar-se.

— E foi apenas aquele beijo? — perguntou ela. Ele virou-se outra vez para ela, e Olive aproximou-se mais, detendo-se levemente para além do seu alcance. Observaram-se mutuamente. Isaac estava farto das palavras dela e cansado dele mesmo. Pegou-lhe pela cintura e puxou-a para si, beijando-a com força na boca. Sob ele, Olive ganhou vida, e ele sentiu o poder do corpo dela a corresponder quando ela retribuiu o beijo. Obrigou-se a afastar-se.

— Desejei isto — disse Olive. — Desde o dia em que nos conhecemos.

Ele soltou uma risada áspera. — Desejaste o quê?

Ela recuou. — Tu concedeste-me esta oportunidade, Isaac. E eu perguntei-me porquê... e pensei... bom, pensei...

— Eu não te concedi esta oportunidade. Tu apoderaste-te dela.

— Penso que nós ambos conseguimos ver isto muito claramente.

— Tens a certeza? O que nós acabamos de fazer é exatamente aquilo que uma criança faria. Nós os três, a segredar como crianças na cozinha. É faz-de-conta. Mascararmo-nos, vingarmo-nos dos crescidos. Apenas a minha irmã tentou injetar nisto um pouco de honestidade.

— Eu não me referia ao quadro, Isaac. — Ele ficou silencioso. No rosto dela perpassou uma expressão de medo. — Então tu não me queres — disse Olive.

Isaac sentiu algo desmoronar-se dentro de si. Voltou-se para o chalé e ouviu Olive segui-lo. Estacou novamente. — Eu só... eu quero que sejas tu — disse ela. Ele continuou a andar, e ouvia os passos dela.

Ele fechou a porta e ficaram frente a frente. A luz era fraca, mas ele olhou-a enquanto Olive erguia a mão e abria o botão de cima da blusa. Prosseguiu, metodicamente como um sargento-mor, botão após botão, deixando a blusa tombar-lhe aos pés, sem sutiã por baixo.

Ficou diante dele, e o seu tronco era perfeito, a saia um tecido imóvel sobre o feitio das suas coxas. Ela devia ter pensado que Isaac estava a pensar nela, mas não estava. Pensava naquela mulher há muito perdida, Laetitia, vinte e sete anos e ele quinze — e quanto lhe ficara grato pela sua generosidade para com ele nessa manhã, nunca rindo, tratando-o como o homem que ele desejava tão desesperadamente ser.

Isaac avançou e envolveu a cintura de Olive com as mãos. Ela ofegou quando ele a ergueu para cima da mesa, deixando-lhe os pés a mal tocar o chão. Sentou-se rígida enquanto ele percorria com um único dedo todo o caminho desde o seu pescoço, entre os seus seios, até ao cimo da saia. Ela estremeceu e arqueou as costas, erguendo as ancas, e então Isaac pensou: *Porque não, porque não*, e levou a boca aos seios dela, beijando-a repetidamente, ouvindo o seu arfar violento quando o dedo dele lhe afagou o interior da perna e deslizou para dentro das suas cuecas. Ela retesou as pernas.

— Mais? — murmurou ele.

Houve uma pausa. — Mais — disse ela.

Ele enrugou a saia de Olive em volta da cintura, ajoelhou-se e afastou-lhe as coxas. Quando passou a língua pelo tecido das cuecas dela, Olive arquejou novamente. Ele parou.

— Mais? — perguntou.

— Sim — repetiu ela. Portanto ele afastou o tecido para o lado e mergulhou a sua língua, mergulhando e lambendo, abrindo a sua boca nela.

— Isto é real? — segredou Olive, e depois as suas palavras perderam-se.

Ele continuou e depressa Olive comprimia fortemente as ancas contra ele, os seus gemidos subindo até um imenso suspiro. Ela estremeceu sobre a mesa, os braços atirados para trás na madeira ampla e nodosa. Isaac ergueu-se e observou-a, as mãos a segurar os lados das pernas de Olive, a maneira como a coluna arqueada dela estava agora direita, como tinha virado o rosto, fechado para tudo menos para o sorriso, de inegável triunfo e felicidade.

— Mais? — perguntou Isaac.

Olive abriu os olhos, afastou mais as pernas e olhou para ele. — *Mais* — foi a sua resposta.

III

AS RAPARIGAS DO LEÃO

Outubro

1967

10

A primeira história que publiquei em Inglaterra aparecem nas páginas setenta e quatro a setenta e sete da *London Review* de outubro de 1967. Chamava-se «A Mulher sem Dedos dos Pés» e até pagaram a alguém para desenhar uma ilustração que a acompanhasse. Escapou-lhes o *e* do final do meu nome próprio, por isso parece que foi escrita pelo meu pai. Ainda tenho dois exemplares dessa edição específica: o que comprei para mim mesma e o que enviei para a minha mãe em Port of Spain, e que me foi devolvido muitos anos depois, após a sua morte.

A minha mãe tinha anotado o exemplar com as palavras «A minha filha!», e achei graça ao ver que acrescentara o *e* que faltava a esferográfica. Anos mais tarde, no seu funeral, a minha prima em segundo grau, Louisa, contou-me que Mrs. Bastien fizera circular essa *Review* por todos os seus amigos como uma biblioteca móvel de uma só mulher, insistindo rigidamente em que cada um deles só podia conservá-la por uma noite. Penso que mais pessoas leram essa história em Port of Spain do que nas secções literárias da cidade de Londres. O que acharam dela nunca saberei.

Foi, é claro, a Quick que tive de culpar — ou agradecer — por a história ter encontrado caminho até um editor. Creio que ela apreciou a simetria da coisa; o facto de, depois de eu ter deixado aquilo a seco em cima da sua secretária, ela poder deixar um exemplar da revista que a continha em cima da minha. Pensei que era estranho, ela ter estado sentada no seu jardim exortando-me a ignorar a opinião dos outros, para depois ir submeter o meu trabalho à aprovação das massas.

— Vá à página setenta e quatro — ordenou-me ela, coçando agressivamente a nuca. Obedeci-lhe, sentada naquela sala sem vista do Skelton, desejando que ela se fosse embora para eu poder ficar em privado a examinar essa visão do meu quase nome na página. Mas Quick não se foi embora e eu tive de conter o *tsunami* de som que desejava soltar sobre a praça, um grito de satisfação tão alto que teria percorrido os telhados até à costa de Kent. O nome do meu pai, *Odell Bastien*, com a escrita da filha por baixo. Da próxima vez, jurei que o *e* não faltaria. Mas por agora servia. As palavras, pelo menos, eram minhas.

Quick sorriu e o efeito na sua face descarnada foi transformador: alegre, jovem, brevemente iluminado de prazer. Nesse dia, ela vestia umas calças verde-escuras, levemente largas, e uma blusa de laçada, em seda, com um padrão repetido de folhas castanhas. Reparei no ligeiro excesso de tecido nas suas coxas; ela emagrecera nitidamente. — Era uma excelente história — comentou ela —, por isso a enviei. Até lhe consegui honorários. Trinta libras.

— Trinta *libras*?

— Espero que ache bem. Não se importa que eu tenha avançado?

— Nem sei como lhe agradecer. Obrigada.

Ela riu-se, sentou-se diante de mim, procurou no bolso das calças, acendeu um cigarro e deu uma fumaça profunda. — Não me agradeça — disse. — Foi uma leitura fantástica. Baseou-a em alguma coisa que aconteceu na Dolcis?

— Mais ou menos.

Ela fitou-me. — Qual é a sensação de ser um escritor publicado?

Olhei novamente para a página; a tinta que não podia ser apagada, a enganosa permanência do papel. Sentia-me exaltada, a minha mente uma catedral, com uma congregação verdadeira que desejava visitar o meu altar. — Incrível — disse eu.

— Deve escrever mais — replicou ela. — Continue. Parece resultar.

— Continuarei. Obrigada, mais uma vez obrigada.

Quick dirigiu-se à janela, de cigarro na mão, e olhou para baixo, para o beco onde se reuniam os fumadores. Eu não conseguia imaginá-la a misturar-se com eles, uma ave-do-paraíso entre os canários. — Ter-me-ia deixado lê-la — indagou ela — se soubesse o que eu poderia fazer?

— Não sei — retorqui. Era uma boa pergunta.

— Perguntei isso a mim mesma. Seja como for, a Odelle tem uma vista horrível daqui. Foi a Pamela que escolheu esta sala? Podemos arranjar-lhe uma mais simpática.

— Eu estou bem, obrigada. Uma vista agradável provavelmente distrair-me-ia do meu trabalho.

Ela ergueu uma sobrancelha. — Que puritana.

Quick podia provocar-me tanto quanto quisesse; não me importava. Estava publicada. Ela permaneceu à janela, novamente de costas para mim. — Que tal as notícias de Reede acerca do quadro de Mr. Scott, hem? Ele anda muito satisfeito consigo próprio. Parece que vamos mesmo fazer uma exposição. Ele quer chamar-lhe «O Século Engolido». Mas não podemos expor apenas um quadro. — Eu ouvia-lhe o desdém na voz. O seu corpo achava-se ligeiramente encurvado, como se ela estivesse a proteger uma bola de dor.

— Não sabia — disse eu.

Ela virou-se. — Não? Está tudo bem entre si e Mr. Scott?

— Sim. Não. Apenas um equívoco.

— Percebo. — Endireitou-se e encostou-se à parede. — Quer falar disso?

— Não há muito para dizer. — Quick fixou o seu olhar em mim, por isso, relutantemente, continuei. — Fui a casa da mãe dele, no Surrey.

— Bonita?

— Bonita. Jantámos. E depois, a seguir, ele disse-me que me amava. E eu não lhe disse o mesmo. E a partir daí correu tudo mal. Há três semanas que não falo com ele.

Quick inalou pensativamente o seu cigarro. — Não há prejuízo. Eu vi a maneira como ele olhava para si. Tem-no a comer na palma da sua mão.

— Não creio. Eu não fui muito delicada.

— Odelle, não tem de dizer nem fazer nada que não queira. Não creio que ele a ame pela sua delicadeza.

— Mas ele não telefonou. Não o tenho visto.

— E isso incomoda-a?

Fiquei surpreendida ao sentir as lágrimas arderem-me nos olhos. — Sim.

— Então tudo se resolverá. Não fique a repisar o assunto. Isso nunca ajuda, segundo a minha experiência. Demorou-se muito na casa?

— Algumas horas.

— Grande?

— Razoavelmente. Não vi muito.

Ponderei falar a Quick do panfleto que escondera na minha mala, mas algo me deteve. Talvez fosse relutância em parecer uma ladra, mas havia também algo na maneira como Quick pairava constantemente sobre o assunto de Lawrie e do quadro que me levava a desconfiar. Dada a sua atitude em relação a Lawrie, ela era capaz de saltar sobre qualquer coisa para usar contra ele, embora o que poderia significar no meio de tudo isto um panfleto há muito esquecido fosse uma incógnita. Lawrie e eu não estaríamos exatamente nos melhores termos, mas eu não queria que Quick o deixasse ainda mais indefeso perante qualquer ataque.

— Venha jantar comigo esta noite — convidou ela. — Vamos beber champanhe.

— Champanhe?

— Sinto-me vitoriosa. Tenho um par de costeletas de cordeiro que precisam de ser comidas. E alguém precisa de lhe dar uma palmadinha nas costas.

Hesitei. Estar sozinha com Marjorie Quick era sempre uma experiência muito intensa e, depois da última vez no jardim, eu não sabia se tinha disposição para tal. Mas depois pensei em mais uma noite no apartamento vazio, apenas com o crepitar do rádio e os meus livros lidos e relidos por companhia, e de repente não me apeteceu ficar só. — Obrigada — agradeci. — Convidamos a Pamela?

— Ela não quereria vir. Além disso, eu só tenho duas costeletas.

Percebi que não podia insistir, porque não era a minha casa, o meu jantar, o meu champanhe. Mas lembro-me de ter pensado que não custaria nada parar no talho e comprar mais uma costeleta para Pamela. Quick parecia interessada em me ter lá sozinha.

— Bom — disse ela, tomando o meu silêncio por anuência. — Está combinado. Até logo, Odelle. Podemos apanhar um táxi para casa juntas. E mais uma vez parabéns. Estou muito orgulhosa.

11

Quando, ao final do dia, fui ao encontro de Quick no seu gabinete, a porta estava fechada. Através da madeira chegavam-me vozes: a dela e a de Edmund Reede, mais irritado do que alguma vez o ouvira.

— Devíamos usar essas discrepâncias como oportunidades — dizia ele. — Porque queres sabotar-me, Marjorie?

— Edmund... — começou ela, mas ele interrompeu-a.

— Tolerei-te muita coisa no passado, mas a tua tenacidade a respeito disto é ridícula. — Seguiu-se um silêncio. Reede suspirou. — Tu viste as contas, Marjorie. Viste o que está a acontecer-nos. Não consigo de todo compreender a tua relutância. É um quadro espantoso. Tem uma história. Tem um jovem atraente na outra ponta. Dois, na realidade, se juntares o proprietário e o pintor. Vamos ter uma multidão; talvez até tenhamos uma venda. O Guggenheim vai mandar-me o que têm, mas já há aqui tanto. O mistério de Robles: como é que ele morreu? Quem ordenou a sua morte e porquê?

— Isso não tem nada a ver com o quadro, Edmund — disse Quick.

— Discordo. A sua história pessoal reflete a cena internacional. Antecipa em menos de uma década o desaparecimento de centenas de obras de arte sob o regime nazi e, em muitos casos, dos seus criadores e famílias.

— Mas a arte em primeiro lugar, hem, Edmund?

Ele ignorou a repreensão. — Robles é universal. Quando contamos a história deste artista, estamos a contar a história da guerra.

Ouvi o estalido do isqueiro de Quick. — Surpreende-me que justamente tu queiras contar a história da guerra — comentou ela. — Eu não vejo de todo este quadro como político.

— Olha lá, Marjorie, qual é o problema? Fomos sempre francos um com o outro.

— Fomos?

— Ah, anda lá. O mais franco que era possível.

Quick ficou em silêncio durante o que me pareceu um longo bocado. — Não há qualquer problema — disse ela. — Simplesmente não é político da maneira que tu pensas que é. Não é acerca da guerra da maneira como tu o vês, Edmund. Não é acerca do artista como homem. É acerca da tela. Duas raparigas enfrentando um leão.

Surpreendeu-me a maneira como eles falavam um com o outro, tão fluida e íntima. Pamela dissera que se conheciam há imensos anos e via-se bem. Era quase fraternal, e ele falava com ela quase como poderia falar com um dos seus amigos do clube.

— Vamos concordar em discordar, Marjorie — sugeriu Reede. — Como fazemos há mais tempo do que gosto de recordar.

Ouvi Reede movimentar-se em direção à porta, por isso recuei a correr pelo corredor de volta à minha secretária, e esperei que fosse Quick a vir ao meu encontro. Parecia que Quick capitulara, exatamente em quê, não tinha a certeza. Ela mostrava-se renitente à ideia de uma exposição, mas o verdadeiro foco da sua relutância e este ceticismo e medo alternados ainda não eram claros para mim. Parecia que, mais do que contra a ideia de realmente o expor, ela se colocava em oposição ao que quer que Reede pensava filosoficamente a respeito do quadro.

Pouco depois, Quick apareceu de facto junto da minha secretária, com ar abatido e perturbado. — Pronta? — inquiriu. — Está um táxi lá em baixo.

Passámos juntas pela receção. Deitei um relance a Pamela e vi-lhe a confusão estampada na cara. Fiquei surpreendida por me sentir a traí-la, saindo assim com Quick, quando Pamela trabalhava tanto como eu e já lá estava há mais tempo. Mas não podia voltar atrás. Sentia-me demasiado atraída pelo enigma de Quick, demasiado determinada a descobrir o que realmente se passava.

*

Após o nosso jantar, Quick convidou-me para a saleta na frente da casa. Deixou-se cair num polido cadeirão cinzento, com os braços de madeira esculpidos como as cordas de uma harpa. Tudo o que ela possuía, excetuando o gramofone, tinha um aspeto sofisticado e moderno. — A fazer companhia a uma velha — comentou ela. — Sinto-me culpada.

— Tudo menos velha — repliquei eu. — Tive muito gosto em vir.

Durante o jantar não havíamos conversado acerca de grande coisa; um pouco sobre Pamela, Reede e os patronos que ele era obrigado a cortejar, como ele detestava flirtar com velhas marquesas enfiadas em castelos húmidos, onde sabe Deus que tesouros apodreciam nos sótãos. — Conhece Reede há muito tempo? — perguntei.

— Há muito tempo. É um homem bom — acrescentou ela, como se eu tivesse dito o contrário.

Bebíamos brande e do gramofone na outra sala flutuava um suave concerto para piano. Quick cerrou os olhos, e estava tão imóvel, ambas caladas, que julguei que ela adormecera, o rosto alaranjado pelo clarão do candeeiro de mesa a seu lado. Ela não me parecia o género de pessoa para convidar alguém e depois adormecer a meio de uma conversa. Andava pela casa dos cinquenta, não dos noventa, mas era tranquilizante observá-la em repouso e eu não quis perturbá-la. Perguntei-me porque estaria ela tão interessada em mim — colocar o meu conto na revista, os convites para almoçar, as perguntas solícitas acerca de Lawrie e do meu futuro.

Embora decorresse um outubro ameno, a lareira elétrica achava-se ligada. Quick pusera mesmo um xaile. Senti o brande aquecer-me o corpo e pensei que talvez devesse ir-me embora, e preparava-me para me levantar da cadeira quando Quick disse, de olhos ainda fechados: — Alguma vez conversou com Lawrie Scott acerca da mãe dele?

Voltei a recostar-me. — Da mãe dele?

Ela abriu bruscamente os olhos e vi a sua determinação leonina. — Sim. Da mãe dele.

Pensei no suicídio e apercebi-me de que talvez tivesse ocorrido num dos quartos por onde eu vagueara. De repente, senti saudades de Lawrie. Queria que começássemos de novo — uma ida ao cinema, um passeio no parque —, mas não fazia a menor ideia de como tornar isso possível. Não podia deixá-lo desaparecer à deriva como acontecera com a Cynth.

— Ele não falou sequer sobre ela — menti.

— Então deve pensar imenso nela. Se eu fosse jogador, apostaria nisso o meu dinheiro. O desgosto é uma panela de pressão se não lidamos com ele. Um dia explodimos simplesmente.

— Explodimos?

Ela esvaziou o seu copo de brande. — As coisas desmoronam-se. Pouco a pouco. Mudam, não damos por isso. Depois damos. Céus, tenho as pernas partidas mas nem sequer movi os pés. E durante todo esse tempo vem avançando para nós, Odelle, orquestrado nos corações de estranhos ou de um Deus que nunca conheceremos. Depois, um dia, é atirada uma pedra e, por acidente ou desígnio, essa pedra vai bater na janela do carro de um idiota poderoso que quer vingança ou quer impressionar a amante e, trum, trum, a infantaria avança. No dia seguinte, a nossa aldeia está em chamas e por causa da estupidez, por causa do sexo, tem-se um caixão como cama.

Não consegui descobrir como responder a isto. Sexo, morte, caixões — quantos brandes é que ela bebera? Não percebia de todo o que é que aquilo tinha a ver com Lawrie. Fixei as barras da lareira elétrica.

Quick inclinou-se para a frente e os braços do cadeirão rangeram. — Odelle, confia em mim?

— Confio em si para quê?

Ela recostou-se de novo, visivelmente frustrada. — Então não confia. Se confiasse, ter-se-ia limitado a dizer que sim.

— Sou uma pessoa cautelosa. É só.

— Eu confio em *si*, sabe. Sei que é uma pessoa em quem posso confiar.

Penso que deveria mostrar-me grata, mas em vez disso senti uma inquietação crescente. As barras da lareira elétrica faziam-me cada vez mais calor, eu estava fatigada e ela estava com uma disposição esquisita.

Quick suspirou. — A culpa é minha. Apesar de todas as conversas que tive consigo, sou provavelmente ainda mais reservada do que a Odelle.

Eu não podia discordar disto, portanto não tentei persuadi-la do contrário.

— Eu não estou bem — disse ela. — Não estou mesmo nada bem.

Era cancro, disse ela. Em fase terminal, cancro do pâncreas com um desenlace inevitável. O meu próprio corpo doeu a estas palavras, o que era egoísmo, mas inteiramente previsível. Presumi que o horroroso facto de ter cancro levara Quick a desejar ter alguém assim em casa com ela, um desejo que possivelmente a surpreendera e a tornara ainda mais brusca. Quick, que estava sozinha com os seus segredos há tantos anos, já não desejava estar sozinha. Talvez o envio do meu conto para publicação, colocando-me consequentemente em dívida para com ela, fosse um plano barroco para satisfazer a sua simples necessidade de companhia? Se a vida se nos escapa, tais decisões podem não parecer tão invasivas ou dramáticas e comprometemo-nos de boa vontade. Era por isso que ela falava a Edmund Reede sem receio de retaliações; sabia que em breve seria totalmente retaliada.

Olhando para trás, penso que Quick talvez me visse como a filha que nunca tivera, como alguém que perpetuaria a sua essência depois da morte. No nosso primeiro encontro, ela dissera-me que eu lhe recordava alguém que conhecera. Desconfio que essa pessoa era a companhia mais chegada que ela já tivera. Nunca terei a certeza disso, e ela nunca mencionou um nome, mas a sua expressão ao proferir tais palavras levou-me a pensar que assim era. Foi um olhar de ternura, mesclada com terror, como se aproximar-se demasiado a fizesse perder de novo o que quer que já perdera.

Sentada naquela sala sobreaquecida, apercebi-me de como ela estava magra, fatigada. E, embora tenha provavelmente achado injusto que alguém sofresse algo assim sozinho, não creio ter chorado. Quick não era alguém à frente de quem se soluçasse, a menos que tal fosse inevitável, e tratando-se da sua própria dor e perda sentir-nos-íamos decerto completamente idiotas por chorar quando ela tinha os olhos secos e aspirava os cigarros que ajudavam a matá-la. Ela era uma curiosidade, fora do seu tempo, nada dada a emoções padrão; e na sua presença fazia-se o que Quick fazia.

— Bom, diga qualquer coisa — observou ela.

— Mr. Reede sabe? — perguntei eu.

Quick fungou. — Céus, não. E não deve saber.

— Mais alguém sabe?

— Mais ninguém, mas não se preocupe, não lhe contei por querer que seja minha enfermeira.

— Porque é que me contou?

Quick pegou na garrafa de brande e voltou a encher o copo. — Sabe que recebi o meu diagnóstico no dia em que começou a trabalhar no Skelton?

— Valha-me Deus — proferi eu. Lembrava-me de Quick ter ido à minha secretária nesse primeiro dia; do seu rosto afogueado, da maneira como afastara as perguntas do porteiro acerca da sua ausência do trabalho.

— Realmente — disse ela. — Um dia de altos e baixos. Morte iminente, seguida de Odelle Bastien.

— Não suponho que tenha sido um grande tónico.

Ela acendeu um cigarro, o último do maço. — Nem imagina.

Não pude deixar de me interrogar sobre quanto tempo lhe restaria, mas não quis perguntar se ela sabia, nem questioná-la acerca de remédios ou de algo prático. Parecia demasiado brutal, como se fosse perguntar-lhe o prazo de validade. Ela ainda ali estava, ainda vital, ainda viva.

No silêncio que se instalou entre nós, procurei na minha mala e estendi-lhe o panfleto da galeria de arte. Ainda me pergunto porque o fiz, apesar de me parecer uma traição a Lawrie. Penso que talvez tenha sido o orgulho sentido por saber que Quick confiara em mim. Era a minha retribuição, uma oferta de consolação, embora não soubesse se era algo a que ela achasse utilidade.

Ela pegou-lhe, quase como se estivesse à espera daquilo. — Isto estava em casa de Lawrie — disse ela.

— Como diabo é que sabia?

— A Odelle tem estado com ar de desejar contar-me qualquer coisa desde o momento em que referi a sua ida lá.

— Não sabia que era tão transparente — comentei eu.

Ela sorriu. — Não é assim tão transparente. Eu é que tenho imensa prática. — Abriu o panfleto e pousou-o suavemente nos joelhos, traçando com o dedo a mensagem a lápis, *Nem rasto.* — Havia mais alguma coisa com isto? — indagou.

— Não. Apenas miudezas num parapeito de janela. Contas do talho, folhas de serviços religiosos.

— Folhas de serviços religiosos? — repetiu ela, uma sobrancelha erguida.

— Um concerto de Natal, na realidade.

— Estou a ver.

— O que acha que significa isso, onde alguém escreveu *Nem rasto?* O nome de um quadro?

— Suponho que seja mais simples do que isso. Alguém andava à procura de alguma coisa e não a encontrou.

— Sabe do que andavam à procura, não sabe, Quick?

Ela ergueu os olhos para mim, as íris cor de avelã devido à chama da lareira elétrica. — Sei?

— Bom — retorqui eu. — É que... está muito interessada na mãe de Lawrie. E no quadro de Lawrie...

— «Interessada» não é a palavra que eu usaria.

Obcecada? Assustada?, pensei. *Como se eu te dissesse tais palavras.* — Bem — vacilei, sentindo-a a ficar rígida —, parece contrária à ideia de o expor.

— Eu não sou contrária à exposição daquele quadro. Penso que toda a gente o devia ver.

— Está bem — acedi eu. — Mas não foi isso que disse da última vez. Disse que Lawrie o devia levar para casa.

Ela respirou fundo. — Bem. Não me sinto totalmente satisfeita com a maneira como Reede está a planear usá-lo. Até recebermos mais informações do Guggenheim, as minhas dúvidas mantêm-se.

— E que dúvidas são essas?

O rosto de Quick exibiu uma expressão atormentada. Já a vira antes, pelo buraco da fechadura, quando Lawrie voltara para continuar as suas discussões com Reede. Os seus olhos saltaram de um lado para o outro na carpete entre nós. Inspirava continuamente como se fosse falar, mas não falava. Era frustrante, mas eu sabia que, se falasse eu própria, poderia arruinar a ténue possibilidade de ela dizer finalmente qualquer coisa.

— Isaac Robles não pintou aquele quadro, Odelle — disse Quick, os dedos apertando com força o panfleto.

O meu coração começou a bater com mais força. — Mas está em frente dele, naquela fotografia.

— E então? Eu podia colocar-me em frente de inúmeras obras de arte e ser fotografada. Não significa que as tenha realizado.

— Foi tirada no estúdio dele...

— Odelle, não se trata de eu não acreditar que ele o pintou. Sei que não o fez.

As suas últimas palavras ressoaram através do ar entre nós e atingiram-me como um murro no estômago. Percorreu-me um arrepio e fiquei com pele de galinha, como acontece quando alguém nos diz a verdade e a ouvimos com o nosso corpo.

Devo ter ficado com ar de idiota. — Ele não o pintou, Odelle — repetiu ela. Os ombros descaíram-lhe. — Não foi ele.

— Então... quem foi?

A minha pergunta estragou tudo. Quick pareceu combalida, envelhecida, esquisita. Observando-a, senti-me eu própria um pouco nauseada e assustada, porque ela parecia aterrada. — Está bem? — perguntei. — Devo chamar um médico?

— Não. É tarde. Eu estou bem. — Mas eu ouvia-a ofegar. — Deve chamar um táxi. Tenho um número, na entrada. Não se preocupe, eu pago.

Levantei-me, passando aos tropeções da sala da frente para a escuridão fresca da entrada, onde liguei o candeeiro pousado na mesa do telefone. Não havia qualquer número à vista. A casa atrás de mim estava silenciosa. Pressenti uma presença nas sombras e senti um formigueiro na nuca. Virei-me e havia qualquer coisa nas escadas, movendo-se em direção a mim. Agarrei-me à borda da mesa, enquanto o gato de Quick emergia na poça de luz amarela e se sentava muito quieto à minha frente, virando os seus olhos verdes. Fitámo-nos um ao outro, apenas o levíssimo movimento das suas costelas a dissuadir-me de que era empalhado.

— Veja na gaveta — disse Quick em voz adulterada, e eu dei um salto. — Está uma agenda na gaveta. *T* para Táxi. — Virei-me novamente para o candeeiro, sentindo-me idiota, rezando para que nada, além do gato, me esperasse nas sombras.

Ainda não sei se o que aconteceu a seguir foi outro dos planos de Quick, ela a introduzir-me mais fundo na floresta, ou se, com a sua doença, sob medicação forte, simplesmente não se apercebera do que eu encontraria.

Tirei a agenda da gaveta, onde se encontrava entre velhos mapas, rolos de cordel e ratoeiras por abrir. Folheei-a para encontrar o *T* de Táxi e vi duas coisas. Primeira: no *S*, na fluida letra de Quick, estavam escritas a negro as palavras:

Scott — A Casa Vermelha
Baldock's Ridge
Surrey HAS-6735

E, a segunda, uma pequena carta branca dobrada em dois e espalmada entre essas páginas.

— Tudo bem aí? — indagou Quick.

— Sim! — A voz tremia-me. — Estou a vê-lo.

Fitei o endereço de Scott, perplexa. Aquela entrada podia, é claro, ser uma adição recente, Quick a empreender uma investigação própria a respeito de Lawrie e do quadro — e Deus sabe que isso não me teria surpreendido. Era inacreditável que Quick pudesse conhecer realmente a família Scott. E Lawrie não parecia tê-la reconhecido, pois não? Mostrava-se demasiado convincente na sua confusão acerca de Quick para estar a ocultar o facto de que realmente a *conhecia*. E, todavia, ali estava o endereço da sua família. Nada daquilo fazia sentido.

Abri rapidamente a carta, sabendo que não dispunha de muito tempo. Das dobras caiu uma fina tira de papel que flutuou até ao chão. Ajoelhei para a apanhar e li-a, acocorada na semiescuridão, com o gato de Quick ainda a observar. Era um telegrama e arregalei os olhos face às palavras. «QUERIDO SCHLOSS STOP», dizia: «FOTOGRAFIA MUITO EXCITANTE STOP TEMOS TRAZER R A PARIS-LONDRES-NI STOP ABRAÇOS PEG.» Estava datado: «PARIS — MÁLAGA 2 JULHO 1936.»

Vejo-me, ainda agora, ajoelhada como uma pecadora na entrada de Quick, um formigueiro na pele com a sensação de fios que se ligam, um conhecimento quase ao meu alcance. Schloss. *Harold* Schloss? Era o negociante de arte que Reede mencionara. Que diabo fazia aquele telegrama ali, em Wimbledon, na agenda telefónica de Quick? Quick encontrava-se na sua sala, a alguns passos de mim, mas poderia haver mais de mil quilómetros entre nós.

Apoiei-me nos calcanhares, na esperança de que o tempo parasse para eu poder pensar. *Peg* podia ser Peggy Guggenheim, *R* podia ser Robles; a data encaixava, e fora enviado para Málaga, onde Reede dissera que Robles residia. Se aquilo era autêntico — e parecia autêntico —, então era uma peça de correspondência por que Reede seria capaz de matar. E ali estava ela, saída da gaveta de Quick e nas minhas mãos.

— Odelle? — chamou ela, e ouvi a nota de pânico na sua voz. — Está a chamar esse táxi em código Morse?

— A linha está ocupada. Estou à espera — retorqui. Pousei o telegrama na mesa e peguei na carta. A data era 27 de dezembro de 1935. Inalei o cheiro do velho papel fino. Havia nele algo de familiar, que não consegui situar. Era dirigido a uma pessoa chamada Miss Olive Schloss, num apartamento em Curzon Street. Dizia:

No seguimento da sua candidatura à Slade School of Fine Art, temos o prazer de a convidar a frequentar o curso de Fine Art, com início a 14 de setembro do próximo ano.

Os professores ficaram altamente impressionados com a rica imaginação e novidade exibida nas suas pinturas e estudos. Teríamos muito gosto em contar com uma aluna como a menina, dando continuação à tradição rigorosa mas progressista da escola...

— Odelle. — Quick chamava-me agora em tom áspero.

— Estou a ir — disse eu. — Não respondem.

Comecei a dobrar apressadamente a carta, voltando a colocar o telegrama lá dentro. Preparava-me para pegar na agenda telefónica abandonada, aberta na anotação dos Scotts, quando Quick entrou no átrio. Imobilizei-me, com a carta ainda na mão. O meu rosto devia ser uma visão de culpa. A luz da sala brilhava através do tecido da sua blusa, e ela parecia tão pequena, o contorno do seu tronco demasiado estreito.

Ela olhou-me — na realidade, fitou-me fixamente — bem a direito nos olhos. Estendeu o braço, tirou a carta e o telegrama da minha mão petrificada, meteu-os na agenda e fechou-a. E então assaltou-me a perceção e vi na face de Quick uma mulher mais nova a sorrir, uma mulher numa fotografia, um momento de felicidade em que ela empunhava um pincel. *O e I. O*, um círculo completo. *O*, de Olive Schloss.

— A Quick conheceu-o — sussurrei. Ela fechou os olhos. — Conheceu Isaac Robles.

O gato roçou-se nas minhas pernas. — Matava por um cigarro — disse Quick.

Apontei para a agenda telefónica. — Quem é Olive Schloss?

— Odelle, é capaz de me ir buscar cigarros?

— A Quick esteve lá, não esteve?

— Acabaram-se-me, Odelle, não se importa? — Rebuscou desajeitadamente no bolso e estendeu-me uma nota de libra.

— Quick...

— Vá — interrompeu ela. — Há uma loja mesmo à esquina. *Vá*.

Portanto, eu saí, para lhe ir buscar cigarros. Entorpecida, flutuei até Wimbledon Village para lhe comprar um maço e flutuei de volta. E quando voltei, a casa estava imersa na mais completa escuridão, as cortinas fechadas. O panfleto que eu tirara de casa dos Scotts encontrava-se no degrau, preso com uma pedra. Guardei-o de novo na mala e bati, bati, chamei o seu nome baixinho pela caixa do correio.

— Quick. Quick. Deixe-me entrar — pedi. — Disse que confiava em mim. O que aconteceu? Quick, quem é Olive Schloss?

Apenas silêncio.

Finalmente, tive de enfiar os cigarros pela porta e eles foram cair com um leve baque no tapete do outro lado. Meti igualmente o troco, ouvindo as moedas aterrar uma em cima de outra, como se estivesse a atirar dinheiro para um poço dos desejos que nunca me concederia qualquer desejo. Continuou a não haver movimento. Permaneci sentada do lado de fora daquela porta durante uma boa meia hora, com os membros a ficarem progressivamente mais rígidos. Esperei pelo som dos seus passos, certa de que Quick cederia à sua ânsia de nicotina e viria buscar os cigarros.

O que era a verdade e o que começava eu já a imaginar? Para mim tinha muita importância saber se Quick tencionara que eu encontrasse as pistas na sua agenda ou se fora um lapso. Parecia que ela o fizera deliberadamente, senão porquê convidar-me para ali e questionar-me acerca de Lawrie e do quadro? Porquê que dizer-me para procurar o *T* de Táxi? Ou talvez tivesse sido um engano genuíno e eu tivesse deparado com os seus segredos — e agora o meu castigo era aquela porta silenciosa e trancada.

Lá fora eu ouvia portas de carros fecharem-se de forma irregular e via os candeeiros de rua ganharem vida. Não queria que um polícia me apanhasse ali sentada, portanto levantei-me, caminhei até à rua principal da vila e esperei por um autocarro.

Fosse qual fosse a verdade, Quick encontrava-se agora fragmentada para mim. A ilusão do seu todo perfeito e *glamour* casual havia sido despedaçada por esta noite. Apesar da sua confissão acerca da doença, compreendi que sabia muito pouco a respeito dela. Queria voltar a reconstituí-la, devolvê-la ao pedestal em que a colocara, mas o nosso encontro desta noite tornaria isso impossível. Agora, quando pensava em Quick, não conseguia deixar de pensar em Olive Schloss.

A minha imaginação era extravagante e acreditei que Olive Schloss era um fantasma que eu poderia controlar. Mas se tivesse voltado atrás nessa noite e erguido os olhos para a janela de Quick, teria visto uma silhueta a orquestrar a minha retirada.

Abril
1936

XII

Mulheres no Campo de Trigo vendeu-se mesmo e foi uma mulher que o comprou. Harold tinha enviado um telegrama para os correios de Arazuelo três dias após a sua partida para Paris e Olive foi buscá-lo. A compradora chamava-se Peggy Guggenheim e, segundo Harold, era uma amiga rica de Marcel Duchamp que andava a pensar aventurar-se no mercado da arte.

— Portanto, não uma verdadeira colecionadora — disse Isaac.

— Bom, tem dinheiro para isso — retorquiu Olive.

Guggenheim comprou o quadro de Isaac Robles por um preço bastante elevado para um desconhecido; quatrocentos francos. Para Olive, a venda do quadro foi uma coisa gloriosa, hilariante; não fazia sentido, e todavia fazia. Era como se *Mulheres no Campo de Trigo* fosse um quadro completamente separado de *Santa Justa no Poço*, embora permanecendo exatamente a mesma coisa. A imagem era idêntica, apenas tinha um título diferente e fora feito por um artista diferente. Ela estava livre de identidade e no entanto o que provinha dela era valorizado. Podia criar com pureza e também testemunhar o lado mais lodoso e contudo mais inebriante: a venda da sua arte.

Tendo conseguido que o pai vendesse involuntariamente um dos seus quadros, Olive pôde admitir a si própria que parte do seu plano de frequentar a Slade fora unicamente para despeitar Harold, para lhe mostrar o que ele deixara passar. Mas a compra de Guggenheim eclipsara tal desejo; era simultaneamente uma maior validação pessoal e uma piada muito mais admirável.

*

Pouco depois da chegada do telegrama de Harold com as notícias, Teresa começou a ter um sonho muito estranho para alguém que sempre vivera numa parte tão seca da terra. Era ao crepúsculo, e ela estava na varanda, e o corpo de Adrián, o rapaz assassinado, jazia no pomar. Ela não conseguia ver muito para lá das pequenas candeias que dispusera pelo solo, apenas o brilho fantasmagórico do seu corpo. Com a sua carne esfarrapada, ele começava a levantar-se e a avançar para ela, e todavia Teresa não podia, ou não queria, fugir, apesar de saber que ficar seria o seu fim.

Para lá do corpo do rapaz, ela pressentia um oceano, vasto, escuro e agitado, e reparava naquilo que ele não via: aproximava--se uma onda enorme, uma aterradora parede de água, prestes a destruir-lhe a vida pela segunda vez e a arrastar a dela com uma magnitude bíblica. Quase podia sentir o sabor a sal no ar. Olive estava a gritar algures, e Teresa chamou: «*Tienes miedo?*» *Tens medo?* E a voz de Olive veio flutuando através das árvores: «Não tenho medo. Só não gosto de ratazanas.»

Nessa altura, Teresa acordava, justamente quando a onda arrastava o corpo de Adrián. Já tivera o sonho três vezes, e ele perturbava-a não só pelo seu conteúdo mas também porque, normalmente, ela nunca se lembrava dos sonhos e aquele era tão fácil de recordar. Em tempos, tê-lo-ia contado a Isaac, para rir com ele da sua imaginação, mas atualmente não se sentia com muita disposição para partilhar algo com ele.

Durante o final de fevereiro e por março dentro, Harold permaneceu em Paris em negócios, pelo que as mulheres ficaram sozinhas em casa. Teresa começou a ansiar pelo regresso de Harold, quanto mais não fosse para encher o local de ruído, com o seu inglês pesado e até o seu alemão murmurado. Demasiadas coisas aconteciam noutros sítios, fora do controlo de Teresa. Tinha a sensação de que ela e Olive andavam orbitando em redor uma da outra, como luas opostas. Olive ia para cima, alegando uma enxaqueca ou dores menstruais. Teresa esperava que ela estivesse a pintar, mas frequentemente Olive não se encontrava em parte alguma, a horas que coincidiam normalmente com o regresso de Isaac do seu trabalho em Málaga.

Se Sarah se interrogava a respeito dos súbitos problemas de saúde da filha, dessas ausências domésticas não dizia nada. Mas Teresa sentia uma mudança na outra rapariga e o quanto ela ficara mais segura de si desde a venda do quadro. Olive crepitava de energia e o efeito era notório. A ideia de que sofria de dores de cabeça era idiota. Teresa observava Olive, inclinando-se para inalar o jacarandá florescente, a madressilva, as rosas surgidas numa primavera antecipada, os dedos apertando os caules com tanta força que Teresa receava que se partissem. Olive, por seu lado, olhava através de Teresa como se ela fosse um fantasma.

No entender de Teresa, Olive estava a derramar-se em Isaac. Perguntou-se se Olive acreditava estar a adquirir poder ao fingir ser ele. Teresa sentia vontade de a abanar e dizer: «Acorda, o que estás a fazer?» Mas era Teresa e não Olive que sofria os pesadelos e os dias dolorosos. Começou a arrepender-se de ter trocado os quadros. Fizera uma aposta e perdera, sacrificando a única amizade que já tivera.

Teresa nunca antes sentira a falta de pessoa alguma. Isso revelava uma dependência dentro de si que a revoltava. A atenção desviada de Olive era uma ferida aberta, um tipo peculiar de tortura; a solidão era difícil de quantificar quando a sua origem se encontrava diante dela, subindo e descendo a escada ou percorrendo o pomar, saindo pela porta da frente e afastando-se. Teresa nunca sabia quando é que a próxima pontada de solidão a atingiria. E, quando isso acontecia, era como se o chão tivesse abatido e o coração lhe subisse à garganta, impedindo-a de respirar; e não havia ninguém para a apanhar quando ela ia aos tropeções chorar para um canto escondido da *finca*. O que lhe acontecera?

À noite, sozinha no chalé, Teresa sentava-se na cama e percorria as páginas da *Vogue* antiga como uma criança com um livro de histórias, saboreando cada imagem e parágrafo, sublinhando com a unha as palavras que não compreendia. Percorria com o dedo os contornos da face do modelo, antes de levantar a almofada e enfiar lá debaixo a revista, uma nota de amor perpétuo para ninguém exceto ela própria.

Desde a venda do quadro, Sarah também andava abatida. Estendia-se na cama, sem falar, contemplando o fumo azul dos cigarros do marido a desaparecer em direção ao teto. O telefone tocava e tocava, e ela nunca o atendia, e também não deixava que Teresa atendesse. Teresa achava estranho que Sarah não levantasse o auscultador para ver se era o marido. Então interrogava-se se Sarah não saberia muito bem que ouviria uma voz completamente diferente; uma voz feminina, sussurrando num alemão tímido.

Teresa via agora as falhas de Sarah: o telefone deixado a tocar, as garrafas de champanhe vazias pelas três da tarde, as lombadas impecáveis de livros descartados, as raízes escuras crescendo na sua cabeça. Deixou de as descartar como problemas de uma mulher rica e, para sua surpresa, no seu próprio estado lamentável, começou a sentir pena. A vida era uma série de oportunidades de sobrevivência e para sobreviver tínhamos de mentir constantemente; uns aos outros e a nós próprios. Harold tinha o automóvel, o negócio, os contactos, as cidades e espaços que habitava, multiplicava e variava. Sarah, apesar da sua óbvia saúde, tinha apenas aquele quarto e a sua beleza, uma rígida máscara que estava a consolidá-la num apodrecimento existencial.

— Fui eu que o descobri — disse Sarah a Teresa. Era já noite adiantada e Olive encontrava-se lá em cima. Ouviam-na, a andar de um lado para o outro. Apesar de tudo, Teresa ansiava por ir lá, bater e ser admitida, para ver o que estava Olive a pintar. Forçando-se a ficar quieta, apanhou outro corpete do chão.

— *Eu* é que primeiro sugeri que Isaac nos pintasse — prosseguiu Sarah. — E não recebo agradecimentos. Harold, como de costume, toma as rédeas e afasta-se cavalgando para o pôr do Sol. Eu nem sequer fico com o quadro, porque evidentemente ele tem de o vender. Disse ele: «Porque havíamos de o manter aqui, onde só as galinhas o verão?» Porque era um quadro de *mim*, para *ele,* pelo amor de Deus.

Lá fora, as cigarras haviam começado a estrilar em concerto, tão agressivamente que soava como se a relva estivesse a vibrar. Teresa achava admirável que Sarah tivesse conseguido ver-se nas imagens de *Santa Justa no Poço*. Não conseguiriam todos eles ver que o quadro de Olive era da mesma mulher, duas vezes repetida, uma vez na sua glória e de novo no seu desespero? Talvez, supunha Teresa, se uma pessoa estava determinada a ver-se de uma certa maneira, se visse mesmo, por muito que a evidência apontasse o contrário.

— Devia ter ficado connosco — insistiu Sarah. — É maravilhoso para o teu irmão, claro, mas trata-se do princípio da coisa. Foi algo que ele fez para nós. E Harold entrega-o simplesmente à maior oferta.

— Isaac aceitou o seu dinheiro, *señora?*

— Não — respondeu Sarah. — Eu tentei. Espero que ele fique feliz com o da Peggy Guggenheim, é tudo o que posso dizer.

Teresa sabia que Isaac viajara até Málaga a fim de receber o dinheiro enviado de Paris e tinha ido diretamente para a sede do Sindicato Geral dos Trabalhadores, doando dois terços para pagar panfletos agitadores, roupa, um fundo de urgência para os despedidos e comida. De certa maneira, tinha de se admirar a eficácia do plano de Olive, transformando o seu quadro numa causa política com o pai como intermediário involuntário. Isaac conservara o último terço do dinheiro, facto que exasperava Teresa. Dissera ao irmão para o devolver a Olive, mas ele retorquira que Olive queria que ele o conservasse. — Eu tenho de comer — dissera ele. — *Nós* temos de comer. Ou apetece-te comer ratazanas este ano?

Ratazanas. Seria por isso que ela andava a sonhar com ratazanas?

— Teresa, estás a ouvir-me?

— Sim, *señora* — disse Teresa, dobrando o último dos corpetes de Sarah e colocando-os na gaveta do guarda-roupa.

— Eu fui a sua inspiração.

— Tenho a certeza de que ele se sente muito grato.

— Achas que sim? Oh, Teresa. Quem me dera que *acontecesse* qualquer coisa. Estou realmente a começar a sentir saudades de Londres.

Teresa enfiou as mãos na gaveta dos cetins de Sarah e cerrou os punhos fora da vista da patroa. *Então vai e leva-me contigo*, gritou ela em silêncio, embora soubesse que tal era impossível. Por muita pena que ela demonstrasse a Sarah Schloss, a mulher nunca faria tal coisa em troca.

XIII

A ausência do pai tornava mais fácil a Olive ver Isaac, e encontravam-se várias vezes por semana, geralmente no chalé dele, quando Teresa estava na *finca* a trabalhar e Sarah a fazer a sua sesta. Durante os dias seguintes, Olive quase conseguia convocar fisicamente a recordação dos seus encontros, como se sentia quando Isaac a penetrava, a indescritível sensação de arranjar espaço para ele enquanto ele investia mais profundamente, e o que ela acreditava ser a sua felicidade total, espelhada pela dela.

E todavia nunca se sentia saciada. O seu apetite era imparável, uma revelação; e sentia-se tão feliz por ali estar uma coisa que ela podia convocar sempre que quisesse, mas que nunca se esgotava. Sentia que ele a melhorava, que ele fazia dela a mulher que estava destinada a ser. E depois, à noite, trancava-se no sótão e pintava. Tornava-se cada vez mais confiante e via Isaac como a sua chave. Isso não era uma coisa que Teresa pudesse alguma vez compreender — Isaac essencial ao seu desenvolvimento como artista. Olive não conseguia suportar olhar para o rosto lúgubre de Teresa, aquela pequena carranca. Era uma energia oposta à dele.

As oliveiras, alinhadas em filas descendentes nas colinas, começavam a cobrir-se de verde. Ao longo da estrada, as laranjas amadureciam, e Olive raspava com as unhas a sua casca áspera, deixando uma cicatriz no citrino prematuro. Era fresco, era perfeito, o mundo era fresco e perfeito. O que pintar a seguir? O que fazer a seguir? Tudo era possível. Ela era agora a Olive Schloss que sempre estivera destinada a ser.

Quando chegou ao chalé, Isaac lia uma carta junto ao fogão de lenha da cozinha. Ela dirigiu-se-lhe para o beijar, mas Isaac estendeu a carta e deteve-a.

— O que foi? Qual é o problema?

— Isto é de Miss Peggy Guggenheim. Lê-a tu mesma.

Desconcertada, Olive pegou na carta, sentou-se à mesa e leu.

Caro Mr. Robles,

Harold Schloss deu-me o seu endereço. Perdoe a minha audácia, mas acredito que nestes assuntos a sinceridade de expressão é preciosa. Espero que o senhor, como artista relativamente novo nestas transações, esteja de acordo. Porque eu não desejo ser uma «compradora» sem rosto — o seu trabalho deu vida à minha parede e eu estou encantada.

Olive ergueu os olhos para Isaac, a mente a galope. — Oh, Isaac. Que maravilha...

— Continua — disse ele.

*Quando Schloss disse que tinha algo especial para me mostrar, senti dúvidas. Os negociantes de arte dizem-me isso com frequência e estou a aprender rapidamente a desenvolver um «*sang froid*» no que se refere a tais declarações. Mas Schloss foi perentório, vindo até Paris especificamente para mo mostrar. Disse que o senhor era da terra dos mouros e dos infindáveis céus estrelados, de palácios árabes e fortes católicos, onde há sangue no solo e o sol fustiga a* sierra*. O seu negociante pode parecer um vienense teatral, Mr. Robles, mas eu passei a confiar inteiramente na sua opinião.*

Estou encantada por ter aceitado o encontro. Os efeitos enriquecedores do seu quadro mudam para mim todos os dias. Os meus amigos, mais conhecedores do que eu, chamam-lhe uma quimera, um camaleão, um prazer estético e uma alegria metafísica. Eu diria antes que Mulheres no Campo de Trigo *não é um quadro fácil de categorizar e que isso é uma coisa boa. Embora admire a sua obstinação figurativa numa época de formas abstratas, isso não significa que eu pense que o senhor faz parte de uma força reacionária ou regressiva — longe disso. O senhor está a fazer algo de novo.*

As cores... onde começar com as suas cores? Brinquei com Herr Schloss: «Talvez se abrirmos Mr. Robles encontremos um arco-íris escondido no seu interior?» Mas cuide das suas mãos, Mr. Robles, eu sei que só encontraremos esse arco-íris através do processo de mais quadros.

A mim, o espírito geral de Campo de Trigo *parece-me mítico e desmedido. E todavia há algo de minucioso nos seus animais, como se as suas linhas tivessem sido traçadas por um mestre da Renascença com um toque realista — e o facto de ter pintado óleo sobre madeira agrava esta sensação de tradição. É simultaneamente sonho e pesadelo, irreligioso e todavia lutando por alguma fé. No entanto, as cores das mulheres — as suas expressões, o movimento do céu — parecem derivar de uma alma algo mais moderna.*

Isto é apenas o que eu tiro dele, é claro. O senhor deve fazer o que fazem outros grandes artistas e ignorar todas as «opiniões». Seja como for, Mr. Robles: eu adoro-o; aceite ou rejeite isso como quiser.

Schloss disse-lhe provavelmente que eu tenciono fundar uma galeria em Londres no próximo ano e tenho o seu quadro planeado para a exposição de abertura. Não sei se serei capaz de me separar dele para consumo do público — não quero partilhá-lo e, por agora, está pendurado na parede do meu quarto. Há no seu interior um pedido de intimidade, uma luta e desafio pessoal que parece tão essencialmente humano — atrevo-me a dizer tão essencialmente feminino —, que passou a bater no meu íntimo como um coração extra.

Mas quero ser uma boa colecionadora, compreende, e os bons colecionadores partilham sempre. Gostaria imenso que o senhor o visse na parede pública.

Nunca farei um artista explicar-se perante mim, a menos que ele próprio opte por o fazer, portanto não faço aqui quaisquer perguntas sobre impulsos, processo, os seus desejos para o que possa vir. Mas eis o meu único pedido. Schloss garantiu-me que haverá oportunidades de ver mais trabalho, e tudo o que eu peço é que me considere uma apoiante. Ou seja: quando se tratar de o mostrar ao vasto mundo, eu adoraria ser o seu primeiro porto de abordagem. O primeiro de qualquer coisa é tão frequentemente o mais incansável.

Sua, com admiração,

Peggy Guggenheim

Olive desatou a rir, um riso vertiginoso, o riso de alguém cujo bilhete de lotaria acabou de ser premiado, a sua mente de vencedora percorrendo já as transformações da sua vida futura. — Oh, Isaac — exclamou ela. — Fizeste uma nova amiga. Ela *adora*-o.

— Ela não é minha amiga.

— Vá lá, Isa. Não há razão para preocupações.

Ele ficou muito quieto. — É verdade que o teu pai lhe disse que eu tenho mais quadros?

Olive pousou lentamente a carta em cima da mesa. — Não sei. É a pura verdade. Mas era inevitável que o fizesse, ele é um negociante de arte. É metade do seu trabalho. Ele lançou o anzol a Guggenheim e não ia deixá-la partir outra vez sem um pequeno isco.

Isaac passou a mão pela cara. — Sabias que isto aconteceria, Olive?

— Não.

— *Supuseste* que aconteceria?

— Não pensei nisso.

— Não pensaste nisso.

— Eu... sabia apenas que não podia dizer ao meu pai que o quadro era meu.

— Mas porque não? — Espetou o dedo na carta e ela viu a sua pele ficar branca. — Não seria mais fácil do que tudo isto?

— A Teresa colocou-me numa situação difícil. Ela interferiu...

— Mr. Robles não tem mais quadros — declarou Isaac, cruzando os braços. — Aquele era o único quadro que ele tinha. E agora foi vendido. E agora não há mais.

— Sim, mas...

— Portanto, eu vou dizer ao teu pai, o *negociante de arte*, que não tenho tempo para pintar. O meu trabalho em Málaga não me deixa tempo para tal.

— Peggy Guggenheim comprou-te, Isaac. O tio dela...

Ele emitiu um som de repulsa. — Ouve-te a ti própria. Peggy comprou-*te.*

— Peggy comprou-*nos*. Não percebes? Estamos juntos nisto. O teu nome, o teu rosto, o meu trabalho.

— Olive, isto é muito sério. Não há equilíbrio.

— Apenas mais um quadro. Mais um.

— Eu não gostei de fazer isto. Disse que sim, como um idiota. Estava cansado, fui estúpido. E agora tu pareces um bêbedo, à procura da garrafa escondida.

— Culpa a tua irmã, não a mim. Eu nunca quis esta situação, mas ei-la aqui.

— Podias ter-lhe posto ponto final. Não quiseste.

— Deste o dinheiro aos trabalhadores?

— Dei.

— E isso não te provocou a sensação de estares a fazer alguma coisa? Não é suposto fazermos todos sacrifícios, não é isso metade do credo que me tens vindo a desfiar desde o dia em que nos conhecemos?

— E que sacrifício estás tu a fazer, Olive? Tanto quanto eu vejo, para ti isto é uma enorme piada.

— Não é uma piada — ripostou Olive, afastando a cadeira e enfrentando-o.

— Tens vindo a proceder como se fosse.

— Porque é que tu e a tua irmã pensam que eu sou tão estúpida? Sabes quantos artistas o meu pai vende? Vinte e seis, da última vez que contei. Sabes quantos deles são mulheres, Isaac? Nenhum. Nem um só. As mulheres não podem *fazê-lo*, percebes. Elas não têm a *visão*, embora da última vez que eu olhei elas tivessem olhos, e mãos, e corações e almas. Eu teria perdido mesmo antes de ter tido uma oportunidade.

— Mas tu *fizeste* aquele quadro...

— E então? O meu pai nunca se teria metido num avião para Paris com um quadro que pensasse ser meu. Há anos que vivo com essa compreensão, Isaac. Anos e anos, antes de nós os dois nos termos conhecido. Quando para aqui vim, eu não sabia o que ia fazer da minha vida; estava perdida. E depois conheci-te. E depois a tua irmã, a tua irmãzinha metediça, que talvez me tenha feito o maior favor que alguém já fez, apesar de essa verdade estar a dar cabo dela, apareceu e mudou tudo. E eu gosto disto, Isaac, e não quero parar. Um dia talvez lhe conte, só para ver a expressão da sua cara. Talvez isso seja uma piada. Mas não agora. É demasiado tarde.

— Demasiado tarde para quê? E por favor não digas que é por quereres continuar a ajudar os trabalhadores espanhóis. Acho que não conseguirei tolerá-lo.

— Sentiste-te bastante satisfeito por receber o meu dinheiro...

— O dinheiro de Peggy Guggenheim...

— Que foi provavelmente o dobro do teu salário anual. Pensas que eu não me interesso realmente pelo que está a acontecer aqui?

— Podes interessar-te. Mas é superficial. Não o compreendes no teu coração.

— Mas *sou eu* quem pode de facto injetar dinheiro a sério nisso, não tu. E quem te diz que és o perito? — Ergueu as mãos. — Está bem, Isaac, eu digo-te porque é que quero continuar: é por mim. Mas, pelo menos, posso ajudar algumas pessoas pelo caminho. Quero que os meus quadros sejam tão valiosos e tão importantes que ninguém os possa retirar do mercado e escondê-los porque, Deus nos livre, foram pintados por uma *mulher*. E não é só isso. Eu tenho visto o que o êxito faz às pessoas, Isaac, como as separa do seu impulso criativo, como as paralisa. Não conseguem fazer nada que não seja uma horrível réplica do que veio antes, porque toda a gente tem opiniões acerca do que são e do que devem ser.

— Ainda bem que és sincera. Mas continuaria a ser o mesmo quadro se tivesse o teu nome — disse Isaac. — Tu podias ter mudado as coisas.

— Oh, céus, apetece-me torcer-te o pescoço. Tu és tão ingénuo; não teria funcionado de todo da mesma maneira. Não haveria uma carta aduladora de Peggy Guggenheim, nem exposição na sua nova galeria com base num quadro, nada disso. E «mudar as coisas», como tu dizes, consumiria toda a minha energia, não restando nenhuma para pintar, que é o essencial nisto tudo. A energia que um homem poderia usar, ah, sei lá, a fazer um bom trabalho, queres tu que eu use a «mudar as coisas». Tu não compreendes porque viveste a tua vida como um indivíduo, Isaac. E todavia tudo aquilo que fazes como homem é universal. Portanto, goza a glória, goza o dinheiro, e fá-lo por mim, porque a mim seguramente não me teria sido permitido.

— Um cheque de Peggy Guggenheim não vai mudar a situação política por aqui — disse ele. — A ingénua és tu.

— Bom, antes quero ser ingénua do que aborrecida. O que há de errado com vocês os dois? Eu dei-vos isto! Tu e a Teresa são tão maus um como o outro.

— A minha irmã está zangada comigo — afirmou ele. — E tem razão.

— Bom, também está zangada comigo. Deixámos de ser amigas. É uma confusão. Mas vamos encarar, quando é que a Teresa não está zangada?

Houve um breve instante de unidade, de leveza, enquanto pensavam em Teresa e na sua testa carregada, na sua rebeldia, no seu sentido do que era certo e na maneira pouco ortodoxa de o conseguir. — Não creio que ela tenha ponderado nada disto quando colocou o meu quadro no cavalete — comentou Olive. — Ela não me conhece de todo.

Isaac recostou-se na cadeira e expirou o momento de tréguas. — Não. Não correu de acordo com o seu plano. Mas ela continua a idolatrar-te. E acho que ela te conhece melhor do que tu te conheces a ti própria.

— O que quer isso dizer?

— Que talvez tu afinal não quisesses que o teu quadro fosse um segredo tão grande, Olive.

Ela fitou-o fixamente. — *O quê?*

— Deixaste-a entrar no teu quarto. Mostraste-lhe os teus quadros. Nunca pensaste que a minha irmã podia andar alguns passos à tua frente?

— Eu mostrei-lhe os meus quadros como *amiga.*

— A Teresa não te fez isto por maldade. Para de fingir que ela te prejudicou.

Olive apoiou-se à mesa. — Se estás tão preocupado com os sentimentos da tua irmã, devias ter começado por nunca me tocar. Isso é que anda de facto a incomodá-la. Não sei porquê.

— Olive, tu vieste até mim... tu querias... Está bem. E se parássemos com isto, agora?

Olive levantou a cabeça. — Com o que é que que queres tu parar?

— Com esta... *mentira*. Sinto-me a enganar o teu pai...

— Por ele não tem importância. Ele está feliz. Está encantado. Vendeu uma obra de arte e está a cultivar a reputação de um artista muito prometedor...

— Que não existe.

— Mas o Isaac Robles que nós criámos... *esse* existe.

— Estamos a andar em círculos.

— Só mais um quadro. Mais *um*.

— Tu és tão mandona, Olive. Tão indiferente aos sentimentos das outras pessoas.

— Sou? Então e tu? Tu nem sequer me querias beijar quando eu apareci. — Enfrentaram-se em silêncio. — Por favor, Isa. Eu sei que é muito. Mas tenho um quadro chamado *O Pomar*. Podíamos dar esse a Peggy Guggenheim.

— Quanto mais alinharmos, mais perigoso isto se torna.

— Não vai acontecer nada de mau. — Olive ajoelhou ao lado de Isaac, as mãos cruzadas numa súplica, apoiadas no joelho dele. — Nunca ninguém saberá. Por favor, Isa. *Por favor.*

Ele passou nervosamente as mãos pela cabeça. — E se Peggy Guggenheim me quiser conhecer?

— Ela não quererá vir até aqui.

— E se ela me convidar para ir a Paris? Já mencionou Londres.

— Então dizes que não. Armas-te em artista esquivo.

Isaac franziu os olhos. — Não é altura para ironias inglesas.

— Não, falo a sério. Isaac, *por favor*.

— O que farás tu por mim?

— Tudo o que quiseres.

Isaac fechou os olhos e passou novamente a mão pela cara, como se estivesse a lavar os seus pensamentos. Ergueu-a do chão e levantou-se da mesa, conduzindo-a pela cozinha em direção à porta do seu quarto. — Um quadro, Olive — disse ele. — E depois... acabou-se.

XIV

Isaac exigiu ver *O Pomar* antes de ele ser enviado para o escritório de Harold em Paris, «para pelo menos saber em que é que estou a pôr o meu nome». Teresa sugeriu que talvez o devessem mostrar também a Sarah, porque seria útil para ela ver Isaac com *O Pomar*. Isso reforçaria a crença geral de que o quadro era dele, caso Sarah alguma vez mencionasse tê-lo visto ao marido.

Olive ficou surpreendida com a sugestão de Teresa. — Suponho que seja uma boa ideia — disse-lhe ela. — Mas julgava que tu não querias ter nada a ver com isto?

Teresa limitou-se a encolher os ombros.

— Oh, é maravilhoso — exclamou Sarah, parada em frente do quadro nessa tarde, na sala da frente. Olive afastou-se dele, quase como um caranguejo, pareceu a Teresa, fugindo de uma onda enorme, incapaz de pôr a cabeça fora da concha. A sua atitude confiante evaporara-se, e ela sentou-se no cadeirão do pai a observar a mãe. Teresa absorveu a visão das calças vermelhas de lã de Sarah, o tom de sangue carregado contra a sua pele cremosa; Sarah tinha claramente recobrado. — Está tão parecido com o *nosso* pomar — disse ela. — Mas... diferente.

— Obrigado, *señora* — agradeceu Isaac, visivelmente constrangido.

— Não é bom, Liv?

— É — respondeu Olive, incapaz de cruzar o olhar com o de Isaac.

Sarah insistiu que Teresa fosse buscar chá e *polvorones* para Isaac. — Estamos tão satisfeitos por ter a Teresa — disse ela. — Seria tudo tão confuso sem ela. E sinto-me tão orgulhosa por o ter descoberto, Mr. Robles — disse-lhe ela, apoiando-se às costas do sofá onde ele estava sentado. Mostrava-se calorosa, conciliatória. — Qual é a sensação de ser a coqueluche de Paris? — perguntou ela.

— O que é *coqueluche*?

— Quer dizer que o senhor é o novo preferido de toda a gente. Ele ficará impaciente por agir quando vir isto. — Agitou a mão na direção de *O Pomar*. — Francamente, Mr. Robles, sinto-me tão satisfeita por lhe ter feito uma encomenda, embora seja difícil partilhá-lo. É simplesmente uma pena que o meu quadro esteja pendurado na parede de outra mulher.

— Sim — concordou ele.

— Bom — suspirou ela, e aquilo soou como vinte palavras numa só. — O meu marido voltará em breve para casa. — O nome marital soou como se Isaac não fizesse ideia de quem era Harold.

— Será bom vê-lo — disse Isaac.

Sarah sorriu e saiu da sala, e Teresa sentiu como se a voltagem do dia tivesse diminuído enquanto a ouviam subir de novo a escadaria principal. Olive dirigiu-se rapidamente para a porta e fechou-a. — Então, Isa? — perguntou ela, dando meia-volta. — Gostas dele?

Fixaram todos o quadro, a manta de retalhos ondulada dos campos, a intensidade surreal da cor, a casa branca onde em tempos ele vagueara e que era agora o lar de outrem. — Importa alguma coisa se eu gosto? — indagou ele.

Olive pareceu incomodada. — Não gostas.

— Vejo-lhe o mérito, mas não é o que eu próprio teria pintado — disse ele.

— Ele não gosta — declarou Teresa.

— Não é assim tão simples — retorquiu bruscamente Isaac.

Olive parou diante do quadro. — Eu penso que é de facto assim tão simples. Do que é que tu não gostas nele?

— Meu Deus! — gritou Isaac. — Porque é que eu tenho de *gostar* dele? Não é já suficientemente mau estar a fingir que o fiz?

— Conserva a voz baixa — disse ela.

— Tu até pintaste as minhas iniciais.

— Um toque necessário.

Ele levantou-se. — Detesto-o — disse ele ferozmente. — Espero que o teu pai também o deteste.

— Isaac...

— Bom dia, *señoritas*.

Olive tinha o ar de quem fora esbofeteada. Quando ele abandonou a sala, Olive correu para a janela, observando a sua figura a desaparecer encosta abaixo rumo aos portões ferrugentos. Abriu-os bruscamente, sem olhar para trás uma única vez.

— Não fique aborrecida — disse Teresa, adiantando-se. — O que é que interessa se ele gosta?

Olive soltou um pequeno som de frustração. — Ele pode detestar aquilo que eu crio, mas eu não posso *criar* se ele estiver zangado comigo. Não posso de todo.

— Mas porque não? Já pintava antes de o conhecer.

Olive fez um gesto na direção de *O Pomar*. — Não assim, não assim! — Comprimiu a testa contra a persiana de madeira a descascar. — E, se ele não gosta, como podemos ter a certeza de que o envia ao meu pai? Tem de ir em breve. Perderemos o impulso com a Guggenheim.

— Estou certa de que ela esperará por um génio.

Olive franziu o nariz. — Essa é uma palavra demasiado usada. Eu não sou um génio. Apenas trabalho duramente.

— Bom, ela esperará. E, se o meu irmão não o fizer, eu própria posso levá-lo ao porto.

— Tu?

— Pode confiar em mim.

Olive manteve a face oculta, ainda de testa apoiada à persiana. — Tu quebraste a minha confiança quando puseste aquele quadro no cavalete. Nunca saberei se és ou não minha amiga.

Teresa permaneceu em silêncio um instante. Não conseguia esconder a sua dor. Por vezes Olive era tão coquete como a mãe, apesar de toda a sua determinação em ser diferente. — Não consegue ver? Pode confiar-me a sua vida.

Olive levantou a cabeça e sorriu. — Deixa lá a minha vida, Teresa. Falas a sério a respeito do quadro? Levá-lo-ás realmente ao porto?

— Sim.

Olive espreitou pela encosta na direção dos portões, através dos quais Isaac há muito desaparecera. — Eu nunca tive uma amiga verdadeira.

— Eu também não.

— Alguma vez estiveste apaixonada? Alguma vez estiveste com um homem?

— Nunca estive.

— Com um homem... ou apaixonada?

— Com um homem.

Olive virou-se para ela. — Mas estiveste apaixonada.

Teresa sentiu as faces em chama. — Não. Penso que não. Não sei.

Nessa noite, Teresa não voltou para o chalé. Foi-lhe permitido instalar-se no canto do sótão de Olive, separando os pincéis da artista e a sua roupa na inebriante felicidade que se segue a uma trégua. Olive revelou que andava a pintar um retrato de Isaac. Estava a demorar muito a surgir, pensou Teresa, dada a rapidez com que a rapariga trabalhava geralmente, os blocos de desenho repletos de esboços a lápis da cara dele.

Lançando um relance a Olive junto do cavalete, com as feições de Isaac a desenvolverem-se na madeira diante dela, Teresa viu que era um começo espantoso. Ele tinha a pele esverdeada e uma expressão esgotada, claustrofóbica no olhar. Mas a sua cabeça parecia estar a arder, pinceladas de amarelo-canário e de amarelo-dente-de-leão até ao topo do quadro, onde principiavam a ser espalhadas manchas vermelhas como o despertar de pensamentos assassinos. Era uma interpretação lívida, e Olive parecia encontrar-se em transe. Teresa sabia que o equilíbrio entre o irmão e esta rapariga não estava certo, mas duvidava que Olive tivesse consciência destas camadas de paixão e medo, que se manifestavam pela sua própria mão.

Olive terminou a sua primeira sessão de Isaac de madrugada. Às três da manhã, exausta, deitou-se no seu colchão, de olhos fixos nas traves do telhado e no gesso estalado do teto, com os ásperos cantos erguidos iluminados pelo brilho fraco da vela à sua cabeceira. Um lobo uivou, longe nas montanhas.

— Vem deitar-te aqui — disse ela para Teresa. Teresa, que estivera ao canto a ler um dos livros de Olive, pousou-o e obedeceu, trepou para o velho colchão e estendeu-se rigidamente ao lado de Olive sob a manta rosa-escura, incapaz de se mover com medo de que fazê-lo pudesse expulsá-la daquele reino mágico.

Ficaram lado a lado, fitando juntas o teto enquanto a atmosfera no quarto se suavizava, a energia do trabalho e da concentração de Olive a dissipar-se no ar, até tudo o que restava ser a reluzente face verde de Isaac no cavalete. Para lá da janela, nas terras, nenhum galo, cão ou grito humano rompeu o silêncio enquanto elas adormeciam, completamente vestidas.

*

Dois dias depois, Olive decidiu ir com Teresa a Málaga, «para aproveitar o dia», disse ela, «e porque não?».

— Mas quanto tempo se demorarão? — perguntou Sarah. Teresa supôs que ela estaria agitada porque, pela primeira vez em meses, ia ficar sozinha.

— Vamos ao escritório de navegação por conta de Mr. Robles e depois pensei em irmos tomar uma limonada à Calle Larios — respondeu Olive.

— Bem, certifiquem-se de que esse fulano da quinta vos traz de volta antes de anoitecer.

— Prometo.

— Ele não é dos vermelhos, pois não?

— *Mãe.*

O Pomar era um quadro grande e foram precisas as duas para o levar pelo caminho da *finca* abaixo, como se fosse uma maca sem corpo. Teresa olhou para trás, para a casa, e viu Sarah a observar, conservando-se na janela até elas chegarem mesmo ao vale que conduzia à aldeia e ela lhes desaparecer da vista. O homem da mula esperava-as na praça da vila. Teresa esforçou-se por ignorar a sensação de desconforto no seu íntimo ao imaginar Sarah sozinha lá em cima. Não conseguia definir a preocupação, por isso concentrou-se antes no prazer de um dia fora. Pusera o seu melhor vestido azul, lavara o cabelo e salpicara-se com a flor de laranjeira destilada que Rosa Morales, a filha do médico, vendia na sua cozinha. Pela sensação de feriado que Teresa experimentava, quase podia ser tempo de *feria*.

Sentada com o pacote de *O Pomar* encostado a seu lado, na parte de trás de uma carroça puxada por uma mula trinta quilómetros ao longo da estrada de Málaga, Teresa sentiu-se surpreendida com o volume do embrulho sob o papel e a corda. Não o questionou, simplesmente porque estava agora outra vez deliciosamente nas boas graças de Olive. Faria o que lhe dissessem. O cabelo de Olive flutuava ao vento, e os seus óculos escuros de armação branca tornavam-na tão glamorosa como a mãe. Porquê querer arruinar um dia de céu tão azul?

A mula trotava ao longo da estrada poeirenta e Olive fez notar que haviam sido atadas mais fitas vermelhas em redor dos troncos dos carvalhos. A visão era vagamente perturbadora, como linhas de sangue brilhantes flutuando à brisa. — O que é isto? — perguntou ela em espanhol.

O condutor da mula virou a cabeça por cima do ombro e disse: — Isto são problemas.

Teresa via-as como um augúrio para a violência que poderia explodir nesta terra, como tantas vezes acontecera em séculos anteriores. Nunca ninguém via quem atava aquelas fitas — aparentemente, Adrián fora um deles —, mas o facto de haver pessoas determinadas a adornar as árvores sugeria uma corrente oculta de desafio, um desejo de modificar as coisas. Teresa não queria modificar nada. Acabava apenas de conseguir aquele dia.

Cheias de importância e satisfação, chegaram ao escritório da companhia de navegação e combinaram com o homem da mula onde e quando ele devia voltar para as recolher. Chegaram aos correios mesmo antes de eles fecharem para a *siesta* e enviaram o pacote para embarque nesse dia para França. *O Pomar* partia para a Galeria Schloss, na Rue de la Paix, em Paris.

Depois percorreram as amplas avenidas, admirando os candeeiros de rua de ferro forjado adornados com cestos pendurados, de onde tombavam petúnias e gerânios em rosas-vivos e escarlates.

Admiraram montras, apontando uma à outra as pessoas melhor vestidas da alta sociedade de Málaga. Penetraram nas ruas mais estreitas, com calçadas de pedra, as persianas todas fechadas contra o calor do meio-dia. Era uma metrópole, tão diferente do seu esconderijo rural nas encostas de Arazuelo. Teresa sentiu-se satisfeita por ver como Olive estava impressionada com a sua cidade natal. Podia não ser Londres, mas mostrava-se ora imponente, ora intemporal, enquanto o sol queimava a pedra ou se refletia nas vitrinas polidas e molduras de madeira trabalhada de grandes armazéns e farmácias.

Foram até ao porto e sentaram-se para saborear uma limonada, perguntando-se qual dos enormes navios que entravam e saíam com tão constante frequência levaria a sua ambígua carga.

— O Isaac sabia que o quadro iria — disse Olive. — Concordou. Só não quis ser ele a enviá-lo. Achas que estou a ser justa com ele?

— O que quer perguntar é se o meu irmão continuará a fazer isto para sempre.

Olive fitou-a, surpreendida. — Sim, suponho que sim.

Teresa desviou os olhos para o mar. — O dinheiro nunca será para ele uma boa razão.

Falava verdade; nunca fora suficiente para nenhum deles. Embora ele tivesse guardado algum da venda de *Mulheres no Campo de Trigo*, ambos tinham sempre desejado coisas que o dinheiro não podia comprar; legitimidade e amor. Teresa pensava de facto que Olive estava a ser irrefletida, que o seu perpétuo uso do nome de Isaac como fachada para o seu próprio trabalho não era coisa que ele continuasse a tolerar. Quanto a si, enquanto Olive quisesse, sentir-se-ia feliz em condescender.

Olive franziu a testa. — Isso soou como uma ameaça.

— Não, não — retorquiu Teresa. — Mas... ele é homem, sabe.

— Que queres tu dizer com isso?

Teresa não conseguia responder em inglês com a precisão que desejaria. E embora receasse que os atos de Olive a estivessem a aproximar cada vez mais de um perigo indefinido e latente que se avizinhava — que Teresa não conseguia nomear mas a que quase conseguia sentir o gosto —, sentia-se tão feliz por estar ali, junto ao mar, com um copo de limonada, que não queria que a irreflexão de Olive cessasse.

— O meu irmão sabe falar por si próprio — disse ela, evasivamente, e Olive, não desejando mergulhar mais profundamente nos elementos mais amargos daquele seu plano, virou-se para olhar os paquetes gigantescos afastando-se rumo ao mar.

Regressaram à *finca* ao anoitecer, cansadas e felizes. — Teresa — disse Olive ao chegarem à porta da entrada.

— Sim?

— Eu não deixarei que te aconteça nada. Podes confiar em mim, prometo.

Teresa sorriu, espantada por ouvir as suas próprias palavras serem-lhe ditas a ela, a segunda metade do mesmo encantamento. Quando entraram, Sarah não se encontrava em parte alguma.

— Onde está ela? — perguntou Olive, e o pânico da sua voz era tão infantil, tão facilmente detetável.

— Provavelmente foi dar um passeio — disse Teresa.

— A minha mãe não vai dar passeios. — Olive correu para o pomar e, a pretexto de procurar Sarah nos quartos de cima, Teresa aproveitou a oportunidade para se esgueirar para o sótão e confirmar as suas suspeitas. Fora o que pensara. O retrato de rosto esverdeado de Isaac não estava à vista. Nessa altura, ia nas profundezas de um navio, ao encontro de Peggy Guggenheim.

XV

Sarah começou a dar passeios frequentes para fora dos terrenos da *finca*, um gesto sem precedentes para alguém mais inclinado a fumar num sofá. Começou a arrancar a vegetação crescida na terra alugada, empilhando-a num grande cesto de vime, com as raízes cheias de terra ainda agarradas. Anunciava a sua ida à aldeia para comprar alcachofras e depressa havia um monte delas na cozinha. As jarras de flores campestres tinham-se multiplicado de tal maneira que Teresa começava a ficar sem recipientes.

Dez dias após a ida delas a Málaga, chegou um telegrama de Harold. Teresa foi buscá-lo e correu durante todo o caminho de regresso à *finca*, entregando-o a Olive, que estava com a mãe a descascar ervilhas na mesa da cozinha.

«GÉNIO ROSTO VERDE VAI PARA GUG STOP TAMBÉM COMPROU MAGNÍFICO POMAR STOP VOLTO FIM DA SEMANA STOP», leu Olive em voz alta. — A Peggy Guggenheim comprou ambos — disse ela ofegante. — O Isaac ficará satisfeito.

— Eu não sabia que havia dois — disse Sarah, abrindo com a unha uma vagem de ervilha. O verniz, notou Teresa, estava a cair e a patroa não fizera nada para remediar isso.

— Havia *O Pomar* e depois o Isaac fez outro quadro. Um autorretrato.

— Tu viste-o? — perguntou Sarah.

— De passagem. Parece que o papá vai voltar.

— Justamente quando aquele telefone parou finalmente de tocar — suspirou Sarah.

Teresa dirigiu-se ao lava-louça e ocupou-se com a lavagem dos pratos. Sarah pousou a sua vagem de ervilha vazia. — Querida — disse ela. — Gostas disto aqui?

— Habituei-me. Agora gosto muito. Tu não?

Sarah olhou pela janela da cozinha. O jardim e o pomar para além dela abundavam agora de frutos e flores, madressilvas, *damas-de-noche* e todas as laranjas e azeitonas que Harold tinha prometido à mulher e à filha no janeiro anterior, quando, gelados, sujos e a tentarem libertar-se dos efeitos secundários de uma das nuvens de tempestade de Sarah, eles ali haviam chegado, sem conhecerem ninguém.

— Não sei se *gosto* é a palavra que eu usaria. Sinto-me como se aqui vivesse há uns dez anos. Um lugar como este como que... nos satura. Como se fosse a encarnação viva dos campos pintados de Isaac. — Virou-se para a filha. — É extraordinária... a maneira como ele o captou, não é?

— É.

— Como achas que ele o faz?

— Como é que eu hei de saber?

— Ele é um génio.

Olive suspirou. — Ninguém é um génio, mãe. Isso é pensamento de preguiçoso. É prática.

— Ah, prática. Eu podia praticar eternamente e não produzir nada tão bom como aquilo.

— Pareces melhor, mamã — comentou Olive.

— Sinto-me realmente muito mais forte. O papá trouxe-me aquela última embalagem de comprimidos de Málaga e eu não lhe toquei.

— A sério? E isso é boa ideia? Pregaste-nos um enorme susto, a mim e à Tere, quando regressámos de Málaga e não estavas em casa. Eu fiquei preocupada que tu tivesses...

— Eu não faria isso, Livvi. Já não é como era.

Continuaram a descascar ervilhas em silêncio. O sol banhava a mãe dela, que parecia em paz; controlada. Foi uma vez mais doloroso para Olive constatar quanto a mãe era atraente e como Sarah mal registava esse facto: o cabelo revolto, o vestido de verão amarrotado como se tivesse acabado de o tirar de um baú. As suas raízes haviam agora crescido consideravelmente e ela não parecia importar-se. O seu louro-escuro natural formava um contraste forte, embora visualmente estranhamente agradável com as pontas oxigenadas. Olive sentia uma vontade enorme de a pintar, de captar aquela descontração, na esperança de também poder ter alguma dela para si própria.

— O verão está quase a chegar — observou Sarah, interrompendo os pensamentos de Olive. — Vai ser tão quente.

— Tu queixavas-te quando estava frio.

Sarah riu de si mesma. Também isso era raro. — Não foi uma ideia horrível do teu pai vir para aqui. Não foi de todo uma ideia horrível. — Inclinou-se e apertou a mão da filha. — Eu amo-te, sabes, Liv. Muito.

— Céus. O que há de errado contigo?

— Nada. Nada. Apenas pensei que devias saber.

Sarah saiu para a varanda com o seu maço de cigarros e o último *Christie* enviado por uma amiga de Londres, e Teresa começou a passar a esfregona pelas lajes do átrio. Olive seguiu-a, parando no pedaço seco onde Teresa ainda não chegara.

— Teresa, posas para o meu próximo quadro? — perguntou ela, em voz baixa. — Gostaria imenso de te usar como modelo.

As costas de Teresa ficaram rígidas e os punhos cerraram-se em volta do cabo da esfregona. — Não me falou do segundo quadro que levámos para Málaga — disse ela.

Olive riu-se. — Não queria arranjar-te mais problemas.

— Problemas?

— Olha, eu sei que tu pensas que todo este compromisso me avilta como artista.

— *Avilta*?

— Me rebaixa. Achas que, por aqui, dão maior importância a Isaac do que ele merece. Mas é o que eu quero, Tere. Eu quero a liberdade. Tu és minha amiga, Tere. Deixa-me fazer isto por ti.

Teresa endireitou-se, mergulhando pensativamente a esfregona no seu balde de água suja. Sabia, de certo modo, que desejara este momento desde que vira Isaac no bloco de desenho. E a decisão de ajudar Olive nos seus logros — levar os quadros para Málaga, certificar-se de que Sarah continuava a acreditar que eles eram obra de Isaac, manter o sótão limpo — conduzira a esta verdade menos nobre: Teresa queria ser pintada. Queria que Olive a desejasse num quadro.

Enquanto caminhava atrás de Olive rumo ao sótão, Teresa sabia que saíra do seu papel no guião. Virou-se uma vez para olhar para o chão, apenas meio reluzente, a esfregona pousada, acusadora. Já não era a criada que livrava a casa de manchas; ia deixar uma marca tão permanente que ninguém a esqueceria nunca.

Seria um quadro de Rufina, disse-lhe Olive, fechando à chave a porta do sótão. — Eu fiz Justa no Poço, e tu serás a minha Rufina. Afinal, foste tu que me contaste a história. Tenho andado a pensar que parte dela contar.

Teresa anuiu, não ousando falar. O que diria Isaac quando descobrisse que Olive lhe pintara a cara de verde e a mandara como autorretrato para Peggy Guggenheim? Quando compreenderia ele que daquela rapariga iria sair quadro após quadro? Olive acreditava que Isaac era a fonte da sua inspiração, mas Teresa pensava que nada que ele pudesse fazer agora — nem birras, nem retenção de afeto — deteria o fluxo.

— Rufina com os seus vasos, Rufina com o leão ou Rufina, decapitada, com a irmã? — proferiu Olive, essencialmente para si mesma. — A última é sombria, mas é o apogeu, embora ela esteja no fundo de um poço.

Teresa ouviu a palavra invulgar e pensou que Olive dissera *desculpa*[24]. — Não há nada que lamentar — disse ela.

Olive sorriu. — Fico satisfeita por pensares assim, Tere.

Decidira abandonar o formato em díptico que usara para *Mulheres no Campo de Trigo* e pintar apenas uma cena. No final, queria todas as fases da história envolvidas. Portanto, Rufina estaria presente de corpo inteiro, mas estaria igualmente a transportar a sua própria cabeça.

[24] Em inglês, *apogee* e *apology* podem soar de forma semelhante. (*NT*)

— Podia pôr também a sua cara nele — sugeriu Teresa, desejando imediatamente não ter falado, pois estava provavelmente a passar dos limites.

Olive mordeu o lábio, ponderando a ideia. — Bom, vamos pintar primeiro a tua — disse ela. — Mais tarde decidirei se acrescento ou não a minha. Afinal, é suposto ser uma pessoa. Mas vou definitivamente pôr folha de ouro na juba do leão. Será manso como um gatinho.

Olive instalou-a na cadeira em que geralmente se sentava quando Teresa lhe escovava o cabelo. Havia segurança no toque de Olive; estava a funcionar no seu espaço de confiança e possibilidade. — Que olhos tão solenes — disse-lhe Olive ao assentar o pincel no painel tratado. — Tão negros e vigilantes por cima do teu pequeno nariz arrebitado. Tu e Isaac estão tão gravados na minha mente como uma lasca de madeira.

A expressão de Olive tornou-se distraída enquanto ela começava a afastar-se dos elementos exteriores do quarto e a aproximar-se da sua visão artística. Teresa estava fechada do lado de fora, e todavia sentia-se a sua fonte. Mergulhou de bom grado naquele papel fantasma, em que podia desaparecer e ser o que quer que Olive desejasse. Nunca se sentira tão invisível e contudo tão vista.

XVI

Harold acabou por regressar na primeira semana de junho, tendo vindo a conduzir desde o aeroporto de Málaga. — Onde está ele? — gritou assim que estacionou o *Packard*. — Onde está o meu prodígio?

As mulheres encontravam-se no degrau da entrada, protegendo os olhos do sol. A saudação de Harold foi jovial. *Ele esteve com ela*, pensou Teresa, observando-o a aproximar-se da porta. Apresentava um aspeto saciado, bem alimentado, e todavia o seu sorriso era algo fixo. Parecia ter o ar de um homem a afastar-se do vício e a reentrar nas agruras da virtude. *Talvez ele lhe tenha enviado um bilhete para Paris*. O tímido alemão da mulher anónima, que se esbatera na memória de Teresa, voltava-lhe agora. *Harold, bist du es?*

Teresa lançou um relance a Sarah. Ela mostrava uma expressão contida, como se estivesse a conservar as suas energias, a preparar--se. *Ela saberá?*, pensou Teresa. Ela sabe.

— Olá, querido — saudou Sarah. — O Isaac não vive aqui, sabes.

Harold avançou e depositou dois beijos nas faces da esposa. — Ah, então agora é Isaac? — Virou-se para Olive. — Estás com bom aspeto, Liv. Na realidade, estás com um ar radioso.

Olive sorriu. — Obrigada, *papi*. Tu também.

Teresa baixou os olhos, esperando que Harold não lhe lesse os pensamentos. — *Buenos días*, Teresa — disse ele. Ela olhou. A viagem deixara-o com uma barba de um dia. Ela inspirou o cheiro da camisa que ele usara na viagem, a possibilidade do perfume de alguém mais misturado na sua pele.

— *Buenos días, señor*.

— Traz a minha mala, por favor.

Ela desceu o degrau, sentindo-se encerrada no interior da vida dos Schlosses com uma intensidade tão nauseante que mal conseguia respirar.

Nessa noite, Teresa esperou por Isaac do lado de fora do chalé, enquanto as sombras se alongavam e as cigarras começavam a construir a sua áspera parede de som. Ele apareceu na base da colina cerca das sete horas, e impressionou-a como ele parecia fatigado, sobrecarregado por um peso invisível enquanto se movia na direção dela.

— Ele voltou — disse ela, à laia de saudação.

Isaac largou a sua mochila na erva e esta fez um claque.

— O que há aí? — perguntou ela.

— Já verás. — Deixou-se cair no solo e ficou de costas, as mãos enlaçadas atrás da cabeça.

— Há uma coisa que tens de saber — continuou ela, irritada pela sua evasiva. — A Olive não te contou, mas ela enviou mais um quadro para Paris. Não te zangues. Ele vendeu-o. Quis dizer-te antes de Harold. — Isaac permaneceu prostrado, e acenou, bateu no bolso do casaco e tirou um maço de cigarros amachucado. — Estás zangado, Isa?

— Não.

— Eu pensei que ficarias. Porque é que não estás?

— Queres que eu fique zangado? De que adianta? Ela já o fez. E isso não me surpreende.

— Mais dinheiro para a causa, suponho.

— Sempre isso.

— Isa. Eu sei o que se passa.

Ele ergueu bruscamente os olhos para ela. — Que quer isso dizer?

— Sei o que vocês os dois fazem. Além das coisas de pintura. Que ela está apaixonada por ti.

Perpassou-lhe pelo rosto uma expressão de alívio enquanto acendia o cigarro. — Olive — comentou ele.

— Estás apaixonado por ela?

Isaac endireitou-se e aspirou o cigarro, curvando os joelhos ao contemplar a *sierra.* Era já escuro e os morcegos haviam começado a surgir dos bosques na base do vale. O ar estava morno, a terra emanava ainda o seu calor. — Eles ir-se-ão embora — disse ele. — Não se demorarão aqui. Pertencem à cidade. Aos salões.

— A Sarah, sim. O Harold, talvez. Não a Olive.

— Ela transformou-te numa romântica.

— Pelo contrário. Eu compreendo-a, é só. Ela não te deixará. Ela seguir-te-á para onde quer que vás.

— O que te faz estar tão certa disso?

— Ela diz que não consegue pintar sem ti.

Ele riu. — Talvez seja verdade, de certa maneira. Bem, se ela realmente me ama, isso não faz com que tudo isto esteja correto.

— Eu acho que ela não precisa de ti para nada.

— E isso também não me surpreende, Teresa.

Paris fora um triunfo, declarou Harold; Isaac Robles era agora a estrela polar no firmamento da Galeria Schloss, em Paris. Na tarde seguinte, Harold, de pernas esticadas na sala da frente, a beber um copo de *fino*, contou-lhes em termos definitivos que, graças a *Mulheres no Campo de Trigo*, *O Pomar* e *Autorretrato a Verde*, ele e os seus sócios estavam a desfrutar de um renascimento.

— As pessoas ouviram através de Duchamp que Peggy quer comprar arte — disse ele. — Mas eu cheguei primeiro. Ela está incrivelmente entusiasmada com o próximo, a sua obra parceira de *Mulheres no Campo de Trigo*. No entanto, quer uma fotografia dele em execução, se isso for possível. É possível, Isaac?

Olive bebeu mais um dedo de xerez. — A «obra parceira»? — repetiu Isaac.

— Estou a pressioná-lo? — indagou Harold. — Diga-me se for o caso. Não temos de lhe mandar uma fotografia se não quiser. É o que for melhor para si. — Isaac acenou. — Você tem um grande dom, Isa. A sério. Mal posso esperar para ver o seu futuro.

— Não será o que qualquer um de nós espera — replicou Isaac. — Mr. Schloss, eu trouxe uma coisa para vós.

Olive pousou o copo de xerez e começou a erguer-se da sua cadeira, mas Isaac enfiou a mão na mochila e tirou de lá uma pistola, com o cano feito de metal brilhante. Ninguém falou enquanto ele a sopesava na palma da mão.

— Isso é real? — perguntou Sarah.

— Real, *señora*.

— Por que diabo é que nos trouxe uma pistola? — comentou Harold, a rir. — Traga-me um quadro, pelo amor de Deus.

Olive voltou a sentar-se, o alívio estampado na cara. — Sabe atirar, *señor*? — indagou Isaac.

— Sei. Já o fiz.

— As mulheres sabem atirar?

— Claro que não sabemos — disse Sarah. — Porque é que pergunta? Isto é terrivelmente dramático.

Isaac pendurou uma velha saca de farinha, cheia de terra, num ramo saliente de um carvalho na extremidade do jardim. Uma palavra cobria a saca grosseira, H A R I N A, e acordaram que o centro do alvo fingido seria o espaço entre o «R» e o «I». Marcharam todos para lá da fonte de pedra vazia e puseram-se em fila para tentar, havia quase uma atmosfera de feira no seu empenho; a ridícula saca balouçando, os pássaros fugindo do carvalho ao som da pistola de Isaac.

Harold acertou no último *A*. Sarah atirou para a casca e devolveu a pistola a Isaac, afirmando que nunca mais lhe tocaria. Foi deitar-se de costas na erva, a fixar o céu, as mãos apoiadas no estômago. Isaac acertou no meio do *N* e fez um ar acanhado. Entregou a pistola a Olive e Teresa observou o entrelaçar das suas mãos.

Olive avançou pesadamente até ao ponto de disparo e levantou a pistola. Franziu os olhos e puxou o gatilho, soltando a bala com um choque ofegante quando a pistola recuou na sua mão.

— Liv — gritou o pai.

— Eu estou bem.

— Não, quase acertaste no centro.

Olive olhou surpreendida para a saca. — A sério?

Teresa achou natural que Olive tivesse tão bom olho, uma mão tão firme. — Faz lá isso outra vez — disse Harold.

— Não. Foi um acaso.

Sarah levantou a cabeça para olhar a saca crivada de balas. — Liv, tens um talento oculto. Talvez te devêssemos inscrever em concursos.

Teresa apressou-se a tirar a pistola a Olive, e Isaac foi verificar se ela a recarregava corretamente. Teresa sacudiu-o, carregando a pistola perfeitamente sozinha. — Compraste isto com o dinheiro dela, não foi? — sussurrou-lhe.

— Não será a última. É uma *T33* soviética — retorquiu ele, com uma nota de admiração.

— Vais dar-lhes esta pistola?

— Eles podem precisar dela.

— Porquê? Estás a tentar protegê-los ou a colocá-los em perigo?

— Conserva os olhos no alvo, Tere. E a voz baixa.

Teresa perguntou-se como é que Isaac arranjava maneira de encontrar armas soviéticas, mas parte dela não queria saber. Concentrou-se em erguer a pistola, de pernas afastadas, a outra mão a apoiar o pulso. Tinha o corpo rígido, cada músculo da sua frágil estrutura tenso, o queixo tão firme como o sátiro de pedra da fonte. Inspirou fundo e puxou o gatilho. *Tu não és o único que caça coelhos*, pensou ela. A pistola disparou e a bala voou pelo ar, atingindo exatamente o meio do nó que atava a saca ao ramo. Acompanhado pelo grito de frustração de Isaac, tudo aquilo se despenhou na erva. A terra comprimida espalhou-se por toda a parte e o jogo ficou arruinado.

*

No final dessa tarde, Harold anunciou que ia até Málaga. Queria visitar uma bodega, adquirir novo suprimento de xerez. Sarah anunciou que o acompanharia. — Preciso de ir a uma farmácia — disse ela. — Depois gostaria de tomar um café na Calle Larios e de dar um passeio pela marginal.

Teresa viu a hesitação de Harold, mas ele disse: — Isso é boa ideia, meter algum ar nos pulmões. Isaac, quer vir connosco? Um homem com conhecimento local pode ser uma ajuda quando se trata de xerez. — Mas Isaac, que Teresa sabia que teria em tempos ansiado por uma viagem num carro tão potente e que tinha de se contentar com uma bicicleta, não quis de todo acompanhá-los. Recusou, delicadamente. — É claro — concordou Harold. — Tem trabalho que deseja fazer.

No exterior da *finca*, Olive e Isaac acenaram um adeus aos pais dela. — Podíamos tirar agora a fotografia para a Peggy Guggenheim — sugeriu ela mal o carro desapareceu. — O papá tem uma máquina no seu gabinete. — Isaac estava calado, fitando o portão a oscilar, aberto para o caminho que conduzia à aldeia. — O que é? — perguntou ela.

— Eu fui um idiota — disse ele.

— Não foste nada.

— Pensei que a tua confiança, a tua felicidade, vinham de amor por mim.

— E vinham. Vêm.

— Não creio. Creio que isto esteve sempre dentro de ti, à espera de sair. Calhou simplesmente eu estar aqui, nessa altura específica, para me usares como a tua tela.

— Eu amo-te, Isaac — afirmou ela. As palavras aterraram abruptamente entre eles.

— O teu amor não é por mim. É pelas paredes da casa de Guggenheim. Como é que isto vai acabar, Olive? — inquiriu ele. — Porque vai acabar.

Olive virou-se para ele, pousando-lhe a mão no braço, mas ele afastou-a. — Fiz-te zangar — disse ela. — Mas eu amo-te...

— Tu dizes mais um quadro. Mas depois há outro. Uma cara verde, mais um, mais um, mais um.

— Lamento. Lamento tanto. Este será o último. Prometo, juro. Juro pela minha vida.

Ele virou-se para a fitar de frente. — Tu e a minha irmã planearam tudo isto desde o início? — perguntou ele.

— Claro que não.

— Ela agora parece muito à vontade com a situação. Fala como tu. Tem sempre um plano.

— Não, nunca houve um plano, Isaac. Isto aconteceu simplesmente.

— A Teresa é uma sobrevivente. Foi ela que te pôs no cavalete, mas não penses que ela te porá sempre em primeiro lugar.

— Do que estás a falar?

Ele riu, sem humor. — Eu sou famoso em Paris, uma cidade que nunca vi sequer. Pinto retratos do meu próprio rosto que nunca vi sequer. Tu estás a roubar-me, Olive. Sinto-me como se estivesse a tornar-me invisível, quanto mais visível fico. — A respiração prendera-se-lhe na garganta e ele parecia embaraçado, as palavras sincopadas. — E, depois de tudo isto, esperas que eu acredite que me amas.

— Eu não espero nada, Isaac. Nunca quis que te sentisses assim — disse ela. — E amo-te realmente. Nunca esperei que tu *me* amasses. Entusiasmei-me, eu sei. Mas... eu... nós... tivemos tanto êxito, nunca pensei que pudesse ser tão fácil...

— Não é fácil, Olive. Nunca foi fácil. Eu não posso, não quero, fazer mais isto. E se tu mandares mais um quadro a essa Guggenheim, então não respondo pelos meus atos.

— O que significa isso? Isaac, estás a assustar-me.

— O quadro em que andas a trabalhar... tens de o destruir.

Ela pareceu horrorizada. — Mas eu não posso.

— Porque não?

— Porque é a melhor coisa que já fiz. Porque estão à espera dele em Paris.

— Então não podes esperar que eu tenha alguma coisa a ver com isso.

— Isaac, por favor. *Por favor...*

— Tu prometeste-me, Olive. Agiste nas minhas costas.

— E tu não me tocas há quatro semanas. É esse o preço que me obrigas a pagar, por uma vez na vida fazer algo brilhante?

— Então e o preço que tu me obrigas a pagar? Nenhum homem suportaria uma mulher que pede tanto. Um homem precisa de uma mulher que o compreenda, que o apoie...

— Que o ponha em primeiro lugar?

— A minha ausência é uma troca que pareces mais do que disposta a aceitar, desde que Miss Guggenheim continue a entoar-te louvores.

— Isso não é verdade. Eu sinto a tua falta.

— Tu não sentes a minha falta, Olive. Sentes a falta da próxima oportunidade de enviar para lá um quadro.

— Sinto realmente a tua falta. Vem só lá acima vê-lo — suplicou ela. — E depois diz-me se ainda pensas da mesma maneira.

*

O quadro era do mesmo tamanho de *Mulheres no Campo de Trigo* e no entanto parecia maior. Lá em cima, no sótão, Isaac ficou diante dele, abalado pela sua sensualidade e poder. Embora ainda não estivesse terminado, o leão já parecia possuído pela visão de Rufina com duas cabeças. Aquela obra era de cortar a respiração, sinistra, revolucionária.

— Esta és tu? — perguntou ele apontando para a cabeça decapitada. — E esta é a Tere, a segurar-te?

— Sim e sim — respondeu Olive. — Mas é suposto ser a mesma pessoa. Chama-se *Rufina e o Leão*. Esta é Rufina, antes e depois de as autoridades a terem capturado.

Isaac fixou o quadro, o turbilhão de cores e a folha de ouro, os olhares curiosamente nivelados de Rufina a transportar a sua cabeça; o leão, à espera de agir.

— Gostas? — perguntou ela.

— É maravilhoso.

Ela sorriu. — Obrigada. Acontece às vezes. A minha mão guia a minha cabeça sem pausa para preocupações ou pensamentos.

Nesse momento, tudo o que ela queria era que Isaac a visse como talentosa e confiante, e que a amasse por isso. — Nós fizemos uma coisa maravilhosa, Isa — disse ela. — Os quadros vão ser famosos. — Mas Isaac mantinha o seu foco em *Rufina e o Leão*. — Vamos usar a máquina — sugeriu ela em voz animada. — A Peggy queria instantâneos.

— *Instantâneos?*

— Fotografias. Do quadro. Isa — indagou ela docemente —, tu queres realmente que eu o destrua?

Ele olhou para o chão e nesse instante Olive soube que tinha ganho aquela batalha, senão a guerra. — Tu também eras capaz de lutar com um leão, Isaac... se tivesses de o fazer. Eu sei.

— E um leão fugiria de ti. Sabes servir-te da máquina? — perguntou ele.

— Evidentemente — respondeu ela, enervada, incapaz de definir o que estava a acontecer entre eles. — Mas... eu tinha esperança de que Teresa nos tirasse uma fotografia aos dois, juntos.

Isaac fechou os olhos, como se sentisse dores. — Vamos lá fazer isso — disse ele. — Chama-a.

— Sou um leão — rugiu Teresa, levantando a mão livre, uma pata fingida, enquanto o seu dedo pairava sobre o botão da máquina. Estivera a tirar fotografias algo formais durante a última meia hora: do quadro e de Isaac junto dele, mas nesse instante Olive atirou a cabeça para trás, a rir, os olhos levemente cerrados, enquanto Isaac, a seu lado, indiferente ao humor da irmã, fixava a lente a direito com uma expressão tão obcecada no rosto que Teresa se esqueceu de que era o rei da selva.

Teresa soube então, quando carregou no botão e os captou nessas poses, que alguma coisa se quebrara naquele quarto. E compreendeu, pela primeira vez, que nunca poderiam voltar atrás.

Quando, uma semana depois, Isaac foi buscar o rolo revelado a Málaga, descobriu que, em algumas fotos, Teresa colocara Olive no centro da imagem e o quadro em si estava semiobscurecido. Achou-se fúnebre em todas elas. Olive, porque se movera tanto — nervosa devido à profunda relutância dele nessa tarde —, achava-se ligeiramente desfocada, a boca entreaberta, os lábios formando um silencioso *O* de prazer. A visão dela — a sua expressão de liberdade e alegria — fizera a consciência dele bruxulear brevemente antes de se apagar.

Quando mostraram a Harold uma fotografia do quadro sozinho, focado de perto para não se poder perceber o local, ele perguntou a Isaac: — Porque é que a rapariga transporta uma cabeça?

— Na minha mente, significa duplicidade — replicou Isaac. — Porque andamos rodeados de mentiras.

XVII

Olive continuou a pintar *Rufina e o Leão* durante todo o resto de junho e por julho dentro. O telefone de Harold recomeçou a tocar no seu escritório, de dois em dois ou de três em três dias, e ele fechava-lhes a porta para atender, em voz abafada e incompreensível. Quando estivera em Paris, disse ele, as notícias de Viena não haviam sido boas. Negócios fechavam, crimes ficavam impunes; mas nem mesmo as montras estilhaçadas das lojas eram tão assustadoras como a retórica política que se atirava de um lado para o outro. Da Alemanha chegavam judeus à procura de abrigo, mas ele perguntava-se quanto tempo duraria a sua sorte.

Disse à família que se focaria na galeria de Paris, tentando resolver a logística de tirar as suas obras de arte de Viena antes de o negócio sofrer danos. Peggy Guggenheim ia abrir a sua galeria em Londres e ele tinha esperança de poder transferir algumas das suas reservas para lá. Em Viena, contou-lhes ele, amigos judeus estavam a vender as suas peças de arte ao desbarato a fim de juntarem capital para pagar bilhetes de comboio, alojamentos, alimentação, vidas novas para lá das fronteiras da Áustria. Pessoas que se haviam orgulhado das suas variadas, inteligentes e vastas coleções de velhos mestres e novos eram obrigadas a aceitar preços que teriam recusado doze meses antes.

Harold andava naturalmente sombrio, animando-se apenas quando se falava do próximo trabalho de Isaac Robles. Isaac Robles havia-se transformado na sua *raison d'être*, dois dedos para a tacanhez nacionalista apregoada em todos os jornais; o seu filho colorido, o seu homem com uma visão, o seu encanto e desafio. — Pinte, Isa — disse ele uma noite, embriagado. — Deus sabe como precisamos que pinte.

Era estranho pensar que estavam a acontecer tais tempestades por toda a Europa, porque Arazuelo parecia relativamente pacífica. Sarah continuava com os seus passeios alargados; nessa altura havia já uma montanha de alcachofras na cozinha. Nunca seriam capazes de as consumir ao ritmo a que Sarah voltava com elas para casa e Teresa olhava-as com uma sensação de agouro. Reparou como o castigador sol de julho havia feito surgir as sardas de Sarah acima da ponte do nariz; ela perdera o seu sentido de elegância frágil, parecia mais enraizada no seu meio envolvente. À noite, Teresa ouvia o motor do *Packard* que Harold conduzia encosta abaixo, portões fora rumo a Málaga. Sarah parecia serena no que dizia respeito às partidas de Harold. Dormia até tarde e queixava-se de dores de cabeça, levantando-se suficientemente tarde para o marido já ter regressado a casa de madrugada, como se nunca tivesse partido.

Olive já não comentava os desaparecimentos do pai. Teresa perguntava-se se ela os andaria a usar como incentivo, enganando o pai como ele a enganava a ela. Talvez a busca de Olive não fosse o êxito, mas a humilhação de um inimigo. Teresa não tinha propriamente a certeza. Olive parecia apenas ser mais ela própria quando pintava, dia e noite, para terminar *Rufina e o Leão*.

Julho foi um bom mês em Arazuelo. O cheiro de campos de salva e alecrim, lagartos saindo como pequenos segredos de dentro de paredes, com movimentos irregulares e neuróticos, sempre receosos dos predadores do céu. Mas quando se imobilizavam para apanhar sol, como eram aprumados, esses pragmáticos da natureza, absorvendo o calor do sol.

Foi uma época de longas sombras crepusculares, com o canto acre dos grilos enchendo a noite quente. Os campos achavam-se agora em tons de salsa, lima e maçã. Flores silvestres; salpicos de vermelhos e púrpuras de Tiro, pétalas amarelo-canário movendo-se na brisa. E, quando o vento soprava, o ar sabia a sal. Não havia qualquer som de mar... mas escutem e conseguirão ouvir as juntas articuladas de um besouro, percorrendo a raiz do milho.

Das colinas vinha a música monótona de sinos, enquanto as cabras se sobrepunham a esses sons mais baixos descendo as encostas rochosas envoltas na gaze do calor. Abelhas dormitando nas cabeças planas das flores, vozes de agricultores em chamamentos, arpejos de cantos de pássaros evolando-se das árvores. Um dia de verão produz tantos sons, quando nós próprios permanecemos em silêncio total. E Olive submergia a sua própria tristeza, sucumbindo àquele prazer auricular.

*

Não se aperceberam do que lá vinha. Claro que não. Quem é que deseja procurar problemas todos os dias? Voltam-se as costas, enquanto se pode. Nem mesmo o governo se apercebeu do que lá vinha. Talvez, quando os locais recordaram que ninguém fora levado à justiça por causa de Adrián, o rapaz da fábrica, ou quando meditaram naquelas fitas vermelhas atadas às árvores, ou na estátua da Madona atingida a tiro, tenham usado o benefício da retrospetiva e dito: *Ah, sim; estava escrito nos muros*.

Os Schlosses encontravam-se demasiado embrenhados nas suas próprias batalhas internas para se aperceberem do que andava a acontecer a norte, em Madrid, do que ia precipitar-se sobre eles vindo de Marrocos. Não estavam a prestar atenção quando a 12 de julho, em Madrid, quatro falangistas executaram a tiro o tenente socialista da Guarda de Assalto Republicana. Como retaliação, os seus amigos assassinaram o deputado monarquista do país, um proeminente direitista. A vida em Espanha, e a vida na *finca*, achava-se prestes a ser despedaçada, permitindo a entrada de uma torrente de recriminações, ambições e ressentimentos há muito reprimidos. Mas ao mesmo tempo, nesse período inicial, não parecia de todo que a guerra se aproximava.

Sarah e Olive começaram por ouvir na rádio. A 18 de julho, quatro generais, dos dezoito que comandavam o exército nacional, revoltaram-se contra o seu governo de extrema-esquerda e tomaram as suas guarnições. O primeiro-ministro, receoso de uma revolução e agitação das massas, ordenou a todos os governadores civis que não distribuíssem armas às organizações de trabalhadores, que inevitavelmente quereriam resistir a um potencial governo das forças armadas. Depois demitiu-se nessa noite.

Isaac chegou à *finca* a correr. Harold estava fora, em Málaga, é claro. — Vão buscar a pistola — gritava ele, e ao ouvi-lo as mulheres tinham fugido de casa.

Mais tarde, Teresa pensaria nas expressões contraditórias das duas mulheres Schloss. Olive pareceu aliviada. Talvez acreditasse que Isaac ainda se interessava por ela — tanto que ele correra durante todo o caminho porque alguns soldados idiotas andavam a berrar ordens. Teresa recordou o sorriso de prazer de Sarah, a sua mão firme quando lhe serviu um copo de água.

Sevilha foi a cidade mais próxima de Arazuelo a cair nas mãos dos rebeldes do exército. O general conquistador foi um homem chamado Queipo de Llano, que usou a rádio às dez horas dessa noite para transmitir as suas intenções. Isaac e as três mulheres sentaram-se a ouvir no escritório de Harold, o medo que sentiam refletido nas caras uns dos outros enquanto a arengada de Queipo de Llano jorrava através do altifalante:

«Povo de Sevilha: às armas!», gritou ele. «A pátria está em perigo e a fim de a salvar alguns homens de coragem, alguns generais, assumiram a responsabilidade de nos colocar na vanguarda de um Movimento de Salvação Nacional que está a triunfar por toda a parte. O Exército de África apressa-se a atravessar para Espanha para se juntar à tarefa de esmagar esse governo indigno que assumi a tarefa de destruir Espanha a fim de a converter numa colónia de Moscovo.»

— Uma colónia de Moscovo? — proferiu Sarah. — De que diabo está ele a falar?

— Caluda! — sibilou Olive.

«Todas as tropas da Andaluzia, com quem comuniquei por telefone, obedecem às minhas ordens e encontram-se agora nas ruas... todas as autoridades de Sevilha, e todos os seus simpatizantes e do denominado governo em Madrid, estão sob prisão e ao meu dispor.»

— Isaac — sussurrou Olive. — Ele está a falar de ti. Isaac, tens de fugir.

Ele fitou-a e ela viu os círculos sob os seus olhos. — Fugir? Eu não vou a lado nenhum — disse ele. — Pensam que vou esconder-me de um homem como ele? Pensam que lá porque Queipo de Llano telefonou a algumas pessoas elas farão o que ele diz? Nós já nos mobilizámos. Vamos dar luta. Eles não tiveram êxito em Madrid e nem em Barcelona, e não terão êxito aqui.

«Povo de Sevilha!», continuava o general. «Os dados estão lançados e decidiram a nosso favor, e é inútil a ralé resistir e provocar esse estrondo de berros e tiros que se ouve por toda a parte. Tropas de legionários e marroquinos encontram-se agora a caminho de Sevilha e, assim que elas chegarem, esses agitadores serão caçados como vermes. Viva a Espanha!»

— Isaac — insistiu Olive, o tom de voz a subir devido ao pânico. — Eles têm tropas. Armas. Soldados treinados. O que te farão homens como esses?

Ouviram o som do carro de Harold, acelerado e ruidoso, subindo a colina impetuosamente. Bateu uma porta. — Estão aí, estão aí? Ouviram? — gritou ele da entrada.

Teresa afastou-se da secretária e foi a tropeçar pelo corredor escuro, batendo nas paredes enquanto abria caminho pela cozinha até à varanda, para o mais longe possível de todos os outros. Correu para a escuridão do pomar e sentiu a bílis a subir, o corpo a expelir as palavras que ela não conseguia encontrar para expressar o terror interior — era agora, a onda chegara, a terra seria rasgada, o seu irmão levado e Olive, Olive partiria. Ia abanando a cabeça, obrigando-se a controlar-se, dado que já chegara até ali; mas no seu coração ouvia os passos dos soldados. Botas a pisar forte ao longo de estradas escuras, *tump, tump, tump*, a coronha de uma arma, a cabeça rachada: sem lugar onde se esconder.

— Tere? Tere! — era Olive a chamá-la. — Tere, não tenhas medo. Onde estás?

Mas era assim que ela acabaria, Teresa sabia. Aqui, de joelhos, no escuro, na companhia daqueles lobos espanhóis.

IV

O SÉCULO ENGOLIDO

Novembro

1967

12

Quando o telefone tocou na entrada dois dias depois de eu ter ficado trancada no exterior da casa de Quick, corri para baixo, ainda de roupão, para atender. Ao ouvir a pessoa em linha dizer: «O que há, Delly?», fiquei tão feliz que quase chorei. Não era Quick que eu queria, nem Lawrie. A voz dela era autorização para viver.

— Cynth!

— Ainda estás viva, rapariga?

— Mais ou menos.

— Eu... eu 'tou livre hoje. Queres encontrar-te comigo?

Tinham passado pouco mais de dois meses. Eu vi-a antes de ela me ver a mim. Cynthia estava impecável como sempre, apoiada a um dos leões de Trafalgar Square, com um espesso casaco de pele de carneiro que eu nunca vira e um novo par de calças de ganga boca de sino. Tinha um aspeto... *cool*. Libertara o cabelo da sua trança e cortara-o com um novo estilo; o começo de um afro arredondado. Senti-me deselegante em comparação, com as minhas *leggings* grossas e saltos práticos, o meu lenço de lã e chapéu enfiado pelas orelhas como uma coisa saída de um livro de Blyton. E no entanto, uma fria manhã de novembro em Londres; não se brinca.

O meu coração inchou de alegria pelo aspeto maravilhoso de Cynth. A compreensão de quanto viajara sozinha invadiu-me ao ver a cara dela, a minha amiga, a minha amiga mais antiga. Cynth cruzou o olhar com o meu enquanto eu me dirigia para ela e abriu totalmente os braços como um pássaro que não sabe voar tentando bater as asas.

— Lamento, Cynth — exclamei eu. — Lamento tanto. Fui estúpida, estava baralhada...

— Ei, Delly — disse ela. — Eu caso e deixo-te. Eu também lamento. Que 'tava eu a pensar? — Mas havia brilho no seu olhar. — Sinto imenso a tua falta, rapariga.

— Eu também. Eu também. Eu também.

O seu rosto abriu-se num sorriso e ficámos ambas tímidas. A minha emoção deixava-me embaraçada; como é que eu, uma mulher adulta, podia ser tão infantil, tão efervescente. O coração saltava-me no peito por estar perto dela; sentia-me eufórica com ela, a minha euforia exacerbada pelo facto de ela parecer sentir o mesmo. Passámos debaixo do Admiralty Arch para St. James's Park e encontrámos um banco para nos sentar. — Rebuçados — disse a Cynth, abrindo a mala e estendendo-me um saco de papel com doces. — 'Tás demasiado magra, Delly. O que há?

— Definhei por tua causa — respondi eu, troçando de mim mesma, tentando demonstrar que ainda tinha garra. Quando ela se riu alto, o som quase me doeu. Que bom era sempre fazê-la rir.

— Ora, anda lá — disse ela.

Portanto contei tudo a Cynth, acerca de ter encontrado Lawrie depois do casamento, e dos nossos encontros a partir daí, da mãe que ele perdera e do quadro que ela lhe deixara, e de como a atração de Quick pela obra de arte parecia mesclada com repulsa. Contei-lhe como surgira o nome «Isaac Robles», com Edmund Reede convencido de que esta era uma obra de arte há muito perdida da autoria de um génio esquecido, e como Quick se mostrava mais duvidosa acerca disso, até à sua declaração na noite anterior de que, na realidade, o quadro não tinha nada a ver com Isaac Robles.

Cynth mostrou-se muito mais interessada em Lawrie, como é que as coisas iam, se era sério, mas eu tentei manter o foco no enigma de Quick, em vez de no meu coração. — O pior de tudo, Cynth — expliquei eu —, é que ela está a morrer.

— A morrer?

— Cancro. Disse-me que em fase terminal. Não o apanharam no início. Pancreático.

— Pobre mulher — comentou a Cynth. — Parece assustada com isso, a convidar-te para lá. Porque é que ela se preocupa com quadros se vai morrer?

— É isso que me perturba. Porque ouve isto: ela está a ficar sem tempo para qualquer coisa, tenho a certeza.

— Que queres dizer?

— Reede descobriu que a pessoa que primeiro vendeu o quadro de Lawrie, em 1936, foi um negociante de arte chamado Harold Schloss — disse eu. — A questão é que eu encontrei uma carta em casa de Quick dirigida a *Olive* Schloss, convidando-a a estudar na Slade School of Art.

— Delly, andaste a bisbilhotar em casa de uma mulher moribunda?

Dei um pequeno estalido com a língua. — Não! Estava na sua agenda telefónica que ela me *mandou* ir buscar. Mas ouve, Quick também tem um telegrama dirigido a Harold Schloss, datado de julho de 1936.

— O quê, enfiado na agenda telefónica, trinta anos depois?

— Eu sei. Eu sei. Mas... é como se Quick quisesse que eu o encontrasse. É como se ela o tivesse deixado à vista, porque está a morrer e não quer que a verdade morra com ela.

— Delly...

— Quick está demasiado interessada em saber onde é que Lawrie obteve o quadro. E depois, na noite passada, diz-me que não foi Isaac Robles que o pintou. Olive Schloss é a chave para isto, tenho a certeza.

— Mas quem é essa Olive Schloss?

Expirei e a minha respiração condensou no ar. — Essa é a pergunta, Cynthia. *É* mesmo essa. Claramente alguém que sabia pintar, senão não lhe teria sido oferecida a Slade. Alguém provavelmente aparentado com Harold Schloss.

— A mulher?

— Talvez. Mas se vais para uma escola de belas-artes, és geralmente mais nova, uma estudante.

— A filha, então?

— É isso que eu penso. Olive Schloss era filha de Harold Schloss. E no Skelton há uma velha fotografia de um homem e uma mulher junto ao quadro de Lawrie. Nas costas, alguém escreveu

«O e I». Significa Olive e Isaac. Quick diz que Isaac não pintou os quadros. Então quem foi, e como é que ela sabe? Não creio que Quick seja quem diz ser.

— Delly...

— Sempre me perturbou o facto de ela não ter quadros nenhuns nas paredes. Porquê? E a questão é que Quick ficou esquisita quando a interroguei acerca de Olive Schloss. Fechou-me a porta, trancou-me lá fora. Mas é como se ela *quisesse* que eu soubesse, que me aproximasse da verdade, e ao mesmo tempo... não pudesse suportá-lo.

Cynthia pareceu meditar, fitando os patos que deslizavam no lago diante de nós. Para lá das árvores, os esguios torreões castanhos de Westminster furavam o ar. — Eu sempre achei que Marjorie Quick era um nome esquisito — disse ela.

Ficámos um momento em silêncio. Amei a minha amiga por acreditar, por não dizer que eu estava louca, por me acompanhar enquanto eu andava de um lado para o outro na minha narrativa. Isso autorizou-me a considerar seriamente a possibilidade de Quick ter em tempos tido outro nome, vivido outra vida, uma vida que ela tentava desesperadamente recordar — e contar-me — antes de ser demasiado tarde. Eu não conseguia imaginar a dor de ver outra pessoa ficar com o crédito do nosso trabalho, enquanto nós definhávamos eternamente desconhecidos, não celebrados, sabendo que a morte estava tão perto.

— Os ingleses são mesmo loucos — afirmou a Cynth. — Então vais interrogá-la acerca de toda esta confusão?

— Mas o que vou eu dizer? — Não se podia exatamente confrontar Quick, e eu não tinha a certeza de querer ver a mulher que conhecia desaparecer sob maior escrutínio. Senti que, se pudesse mostrar-lhe o meu apoio, isso talvez a levasse a sair do seu canto, mas não sabia bem como proceder. — Penso que ela tem uma razão para guardar segredo — acrescentei.

— A sapataria nunca foi assim — suspirou a Cynth. — Punhas um sapato no pé de uma mulher e pronto.

Rimos as duas. — Não, isso é verdade — concordei eu. — Mas sabes que mais? Quick ajudou-me a publicar um conto, por isso estou em dívida para com ela.

Cynth só ouviu a parte que queria ouvir e o seu olhar iluminou-se. — Olha agora, publicada! Oh, isso é *bom.* Como se chama?

— «A Mulher sem Dedos dos Pés.» Lembras-te daquela mulher que lá foi e tinha aqueles blocos em vez de pés?

— Oh, meu Deus. Sim. Tenho de ler isso.

Fervilhante de prazer com a excitação dela, disse-lhe que vinha no número de outubro da *London Review*, mas que se ela quisesse eu podia mandar-lhe um exemplar, podia mandar-lhe dez. Contei-lhe como tudo se desenrolara, com Quick a enviar o conto pessoalmente para a revista.

— Penso que ela gosta de mim — disse eu. — Penso que ela confia em mim. Só não sei exatamente aquilo que ela me está a confiar.

Cynth deu-me uma cotovelada. — Foi preciso uma senhora branca para te levar a fazê-lo, hem, eu não? — Comecei a protestar que não fazia a menor ideia do que Quick planeara, mas Cynth levantou as mãos. — 'Tou a brincar, 'tou a brincar — disse ela. — 'Tou só feliz. Já era tempo.

— Como está o Sam? — perguntei eu, desejosa de desviar o assunto de mim, sentindo-me de repente nervosa, não fosse a Cynth ler a dramatização da nossa vida em conjunto nessa história acerca da mulher sem dedos dos pés.

— Ele 'tá bom. 'Tá muito bom. — Pareceu embaraçada. — Há uma coisa que te quero dizer, Dell. Quero dizer-te primeiro. Vou ter um bebé.

Parecia muito nervosa por me dizer isso, o que era lamentável. Mas também, veja-se a forma brilhante como eu lidara com o facto de ela ter casado e me ter deixado sozinha no apartamento. Mas, desta vez, eu não iria interpretar mal as coisas. Estava genuinamente entusiasmada por ela. Como podia não estar, vendo a sua satisfação e medo e encantamento, de que agora havia aquela coisinha ali, uma coisa tão boa, uma mãe tão boa para a receber quando finalmente mostrasse a cara.

— Oh, Cynthia, Cynthia — exclamei, sentindo-me chocada por as lágrimas me inundarem os olhos. — Estou eu aqui sentada a falar de mulheres misteriosas e tu com o maior mistério de todos.

— Delly, pareces um poeta quando te emocionas.

— Anda cá. Estou orgulhosa de ti.

Abraçámo-nos, apertei-a fortemente e ela apertou-me, respirando de alívio e chorando um pouco, porque a minha reação feliz fê-la ficar ainda mais feliz.

O bebé estava previsto para o princípio de abril. Ela sentia-se aterrada mas entusiasmada, e receosa de que não tivessem dinheiro que chegasse para ele. — Vocês arranjar-se-ão — disse eu, pensando em como a vida de Cynth se ia transformar, enquanto a minha ia ficar exatamente na mesma. — O Sam tem um bom emprego. E tu também.

— Então, o Lawrie — disse ela, enxugando os olhos com um lenço de papel. — Não te esquives. Vocês discutiram.

Não consegui ocultar a minha surpresa. — Como é que sabes?

— Porque te conheço, Delly. E também sei que, se houvesse harmonia, tu te irias encontrar com ele hoje, mas estás à toa e vens antes ver a tua amiga enfadonha. Deixa-me adivinhar. Ele disse-te que te amava e tu puseste-te a milhas.

— Não foi assim.

Ela riu. — Ele está infeliz, Delly. In-fe-liz. Ele é que anda a definhar.

— O quê? Anda lá, como é que podes saber?

— Ouço dizer ao Patrick, que ouve da Barbara, que vê o fulano andar por aí como se lhe tivessem cortado um braço. Anda perdido. E ele é dos bons, Dell. Não sejas pateta. Ele diz que te ama e tu empurra-lo de uma falésia abaixo. — Embora fosse uma repreensão, Cynth sufocou uma risada.

— Mas e se eu não o amo? Porque é que tenho de o amar?

— Tu não tens de fazer nada, Delly. Não tens de te precipitar. Mas podias dar uma explicação ao fulano. Ainda que fosse só para poupar os amigos dele.

— O Lawrie é o tipo de homem capaz de enfiar um rinoceronte numa toca de coelho. Não resultará.

— Mas tu és um rinoceronte, Delly, por isso seria pelo menos divertido.

Rimos, eu de alívio por ser capaz de falar a respeito disso e a Cynth porque divertia-a provocar-me, voltar a ser o seu eu mais jovem, puxar pelos laços antigos e descobrir que ainda estavam intactos. Eu ainda não sabia o que desejava, mas era triste saber que Lawrie andava por aí sentindo-se como se alguém lhe tivesse cortado um membro.

Ao fim de cerca de uma hora mais, abraçámo-nos no exterior da estação de metro, com a Cynth a dirigir-se para norte na Bakerloo, rumo à sua nova vida em Queen's Park. Prometemos voltar a ver-nos antes do Natal, e eu pensei que era uma sensação agridoce, porque em tempos teríamos garantido que nos encontraríamos dentro de uma semana.

Observei a Cynth a descer os degraus cautelosamente, pensando que decerto ela não precisava de ser tão cuidadosa. Ela deteve-se e virou-se para trás. — Uma coisa, Dell. Se voltares a falar com o Lawrie, talvez seja melhor guardares para ti esta história da Olive Schloss.

— Porquê? Se é verdade...

— Bom, sim. Mas tu não sabes ao certo se é verdade, pois não?

— Ainda não, mas...

— E ele quer vender aquele quadro, se a Barbara tem razão. O padrasto vai vender a casa e esse quadro é tudo o que ele tem. Andares por aí a afirmar que o que ele tem não é de Isaac Robles vai dar-lhe cabo dos planos. Não arranjes problemas onde eles não existem, Delly. Por uma vez pensa no teu coração e não nessa cabeça inteligente.

Vi-a afastar-se, sabendo que o que ela dissera fazia sentido, mas também ciente de que o comportamento de Quick não era algo que eu tencionasse esquecer.

*

Telefonei a Lawrie nessa noite, mas respondeu-me o Gerry Sacana. Foi um choque ser ele a atender.

— Quem fala, a telefonar a um domingo? — inquiriu ele.

Adotei imediatamente o meu tom de BBC. Era inevitável, ouvia-se um inglês como Gerry e tentava-se que a nossa voz soasse igual à dele. — Fala Odelle Bastien — disse eu. — Por favor, o Lawrie está?

— Lawrence! — gritou ele. Gerry devia ter pousado o auscultador porque o ouvi afastar-se.

— Quem é? — perguntou Lawrie.

— Não consegui perceber o nome. Mas soou como se o calipso cá tivesse chegado.

Houve uma espera e finalmente Lawrie levou a boca ao aparelho. — Odelle? És tu?

O tom de alívio da sua voz, mesclado com desconfiança, foi doloroso de ouvir. — Sou eu — anuí. — Como estás tu, Lawrie?

— Bem, obrigado. E tu?

— Bem — menti eu. — Tive um conto publicado.

— Telefonaste para me dizer isso?

— Não... é só... o que aconteceu, simplesmente. Foi com o Gerry que eu falei?

— Foi. Lamento. Felicitações pelo conto.

Ficámos um momento em silêncio. Ironicamente, eu não sabia como formar estas palavras específicas, como dizer-lhe que sentia saudades dele, que estavam a acontecer coisas estranhas com Quick, que a minha melhor amiga ia ter um bebé e eu me sentia como uma adolescente, absolutamente à toa.

— Por acaso, amanhã vou à galeria — disse ele, a voz mais abafada. — Foi por isso que telefonaste?

— Não. Eu não sabia.

— Reede recebeu mais informações de um tipo que trabalha no *palazzo* de Peggy Guggenheim em Veneza. Um par de coisas interessantes, aparentemente.

— Percebo.

— Então porque é que telefonaste? Julguei que não querias nada comigo.

— Não... isso não é... quero. Quero. Falei com a Cynth. Ela disse-me que tens andado infeliz.

A linha ficou silenciosa. — Andei infeliz.

— Já não andas infeliz?

Ele ficou de novo calado. — Eu não devia ter-me precipitado daquela maneira — disse ele.

— Não, tudo bem, quer dizer...

— Não voltarei a dizer-te novamente o que te disse.

— Compreendo.

— A não ser que tu queiras que o faça.

— Eu não sei verdadeiramente o que quero que tu digas ou não digas, Lawrie — confessei. — Sei apenas que, quando ouvi dizer que andavas infeliz, isso me fez ficar triste. E compreendi que eu também andava infeliz. E perguntei-me se não seria um bocadinho mais fácil... se fôssemos infelizes juntos.

Silêncio na linha outra vez. — Estás... a convidar-me para sair, Odelle?

Eu não disse (não consegui dizer) nada. — Bom, há uma primeira vez para tudo — continuou Lawrie. — Obrigado. Deixa-me só consultar a minha agenda... ah, não é preciso. Estou livre.

Senti um calor agradável invadir-me o estômago e não consegui disfarçar o sorriso na minha voz. — Conveniente — comentei eu.

— Não é? — replicou ele. — Então, onde é que te queres encontrar?

13

Encontrámo-nos cedo na manhã seguinte, o mais cedo possível, no centro de Skelton Square, antes de eu começar a trabalhar e de Lawrie entrar para ver Reede. Ele empunhava uma garrafa de champanhe. — Pela tua primeira história publicada — disse, estendendo-ma. — É *vintage*, sabes. Desculpa o pó. Fanei-a lá de casa.

— Céus, obrigada.

— Na realidade... eu sabia da *London Review*.

— O quê?

— Nós recebemos revistas modernas no Surrey, sabes. Li-o. — Fitou os sapatos. — Era simplesmente brilhante.

— Caluda. — Peguei na garrafa, sentindo a cabeça quase a explodir de prazer. Li o rótulo: *Veuve Clicquot*. — Lawrie, podemos começar de novo? — perguntei eu.

Ele suspirou. — Não sei se isso é possível.

Sentei-me no banco, tentando dominar o meu desânimo. Estava tão segura de que Lawrie anuiria. Ele estava aqui, não estava? — Suponho que não — disse eu, erguendo os olhos para ele.

— Podias bater-me na cabeça com essa garrafa de champanhe — sugeriu ele.

— O quê?

— Para me apagar as memórias. Mas então eu perderia a primeira vez que te vi, a ler aquele poema. Ou a primeira vez que te falei; aquelas luvas de borracha amarelas. Ou a maneira como tu fingiste gostar do filme de Bond, com o nariz todo franzido. Ou quando me bateste aos pontos a dançar no Flamingo e o gerente te ofereceu trabalho, ou quando me contaste daquela idiota na sapataria. Ou quando comemos aquele empadão de carne e eu estraguei tudo. Tudo isto faz parte, Odelle. Não vai ser perfeito. Pessoalmente, não quero que seja. Voltaria a passar por aquela horrível viagem de carro na A3, só pelo prazer de ouvir a tua voz ao fim de tanto tempo. Eu não mudaria nada. Não quero começar de novo, porque isso me faria perder memórias de ti.

Durante instantes não consegui dizer nada. Lawrie sentou-se ao meu lado e senti a solidez tépida do seu corpo. Inspirei profundamente. — Eu... assusto-me — disse eu. — Não sei outra forma de o explicar. Tenho a sensação de estar perdida, de não prestar para nada, de que se alguém gosta de mim deve haver algo de errado com ele.

— Mas porquê?

— Bom, se eu soubesse, Lawrie... e, quando te conheci, contei-te coisas que nunca tinha contado a ninguém. Depois tu varreste tudo com a tua declaração de que me amavas e... bem... dava a sensação de que estavas a preencher um formulário, a obedecer a um padrão.

— Um padrão?

— Daquilo que as pessoas fazem, daquilo que pensam que é suposto fazerem.

— Ninguém me diz o que fazer.

— Mas também compreendi que não queria que tu *não* o dissesses. Só queria que o dissesses... quando eu o quisesse ouvir.

Ele riu. — Tu és realmente uma escritora, não és? Muito bem. Que tal se, sempre que eu sentir que estou prestes a dizer que me apaixonei por ti, ou que te amo, ou que tu és maravilhosa, combinarmos um sinal de que essa declaração se aproxima... e tu reconheces o sinal e dizes-me se posso avançar e falar ou não.

— Fazes-me parecer louca.

— Estou a brincar. Desculpa. O que quer que precises. Só quero ver-te, Odelle. Está bem?

— Sim — respondi. Hesitei. — Mais do que bem.

— Que bom. Certo — concluiu ele. — Vamos lá ouvir o que o venerável Mr. Reede tem a dizer.

*

— Bom dia, Odelle — saudou Quick, detendo-se suavemente à minha porta. Lawrie encontrava-se há cerca de meia hora com Mr. Reede. Quick parecia cansada, um pouco apreensiva. A sua aparência estava a um mundo de distância da minha primeira semana, quando se aproximara vivamente da minha máquina de escrever e sugerira um almoço leve — a fim de me sondar a mente —, exatamente para quê, eu ainda não tinha a certeza.

— Bom dia, Quick.

Ela imobilizou-se, os olhos fixos na garrafa de champanhe pousada em cima da secretária. — Onde é que arranjou isso? — perguntou.

Engoli em seco, intimidada pela expressão da sua cara. — Deu-ma o Lawrie.

Ela virou o olhar para mim. — Amigos de novo?

— Sim. Ele está cá. Está a conversar com Reede — disse eu. — Penso que estão a discutir a exposição.

— Sei que sim. Fui eu que marquei o encontro. — Quick entrou e fechou a porta. Para minha surpresa, aproximou-se e sentou-se diante de mim, pegando na garrafa ao colo. — Lawrie deu-lhe isto?

— Para me felicitar por ter conseguido publicar «A Mulher sem Dedos dos Pés». Há alguma coisa de errado nisso?

Ela passou o polegar pelo gargalo, deixando uma mancha limpa através do pó. — É *vintage* — disse ela.

— Eu sei. Quick...

— Odelle, o que aconteceu na sexta à noite...

Endireitei-me na cadeira. — Sim?

— Não devia ter acontecido. Eu rompi uma barreira profissional ao contar-lhe da minha doença. Comprometi-a. Comprometi-me. Não quero tal atenção.

— E no entanto saiu-se muito bem a despertar a minha.

Ela fitou-me, bruscamente, mas eu recusei-me a ser intimidada. — Quero que saiba que, aconteça o que acontecer, o seu emprego está totalmente seguro.

— Seguro?

Quick pareceu sofrer um espasmo de dor e a garrafa oscilou pesadamente no seu colo. — Eles deram-me analgésicos bastante potentes — disse ela. — Agora não tenho opção senão tomá-los. Ando com alucinações. Não consigo dormir.

— Que alucinações? — indaguei eu. — O que é que vê?

Esperei, mal ousando respirar, os dedos afastados da máquina de escrever e pousados no colo.

Ela não respondeu e ficámos sentadas em silêncio durante alguns momentos, o relógio de parede acompanhando o ritmo das batidas do meu coração. Resolvi arriscar. — Na sexta à noite, disse que Isaac Robles não pintou o quadro. Lembra-se disso, Quick?

Quick fixava as mãos. Engolia em seco, a garganta apertada.

— Ele pintou *algum* dos quadros, Quick... os que estão no Guggenheim?

Quick continuou silenciosa.

— Se ele não pintou esses quadros, quem é...

— Tudo o que eu queria — afirmou ela abruptamente, nitidamente transtornada. — Eu só queria ver.

— O quê, o que era que queria ver?

Observei horrorizada Quick a abrir os dedos no gargalo da garrafa e tudo aquilo deslizar-lhe entre as pernas e espatifar-se no chão. A base separou-se inteira e o champanhe jorrou entre nós, espumando e fazendo poças por toda a parte. Ela deu um salto, meio torcida, afastando-se a cambalear da confusão diante de nós. — Lamento — tartamudeou. — Lamento imenso.

— Foi um acidente — disse eu. Fitei a garrafa arruinada de Lawrie, assente nas tábuas do soalho numa poça de champanhe. O vidro verde era tão escuro que parecia preto, cintilando quando a luz tocava nas suas bordas irregulares. Eu nem sequer o provara. Engoli em seco e olhei para Quick.

Estava exangue. Eu sabia que a conversa terminara, que não avançaria mais agora. Iria ela ao ponto de sabotar o presente que Lawrie me oferecera? Acompanhei-a ao seu gabinete e ela apoiou-se em mim, entrelaçando o braço no meu. Sentia tão facilmente os seus ossos através da pele. Agora que sabia do cancro, via como Quick estava doente. Mas não era apenas o cancro no seu corpo; eu testemunhava igualmente a sua recalibração psicológica.

Não diria que a sua mente se achava diminuída, apesar dos seus protestos de alucinações e insónias. Era quase o oposto do corpo; um aumento, a imaginação de Quick a habitar mais do que apenas o presente. Algures no interior da sua memória, fora baixada uma ponte levadiça e os soldados do seu passado avançavam por ela. Quick queria falar; mas não conseguia. Não tinha palavras.

— Por favor, feche a porta à chave — pediu ela, começando a reagir um pouco. — Odelle, peço imensa desculpa pela sua garrafa.

— Não tem importância.

— Compensá-la-ei no meu testamento.

Os seus olhos pretos brilharam de humor negro. — Tem uma cave em Wimbledon, não? — repliquei eu da mesma maneira, tentando levantar-lhe o ânimo.

— Algo desse género. É capaz de me dar a minha mala? Preciso dos comprimidos. — Deslocou-se lentamente até à mesa das bebidas. — Gim?

— Não, obrigada.

Observei-a a servir-se de um, respirando profundamente, controlando-se enquanto o líquido transparente caía no copo. — Estes são fortes como um raio — comentou ela quando lhe entreguei os comprimidos. — Odeio esta merda.

A imprecação, o azedume da sua voz, chocaram-me. Forcei-me a sentar-me, recordando a mim própria que era uma empregada inferior e que devia ficar quieta e calada. Pressionar Quick a contar-me coisas que eu queria saber não ia claramente resultar. Já desconfiara disso mesmo, após a noite da agenda telefónica, e agora tinha uma garrafa de champanhe espatifada para o confirmar. Por muito frustrante que achasse, eu tinha de ser a sua tela vazia. A paciência nunca fora o meu forte, mas, desde que a levasse a falar, era melhor do que o seu silêncio.

— Há um fulano em Veneza chamado Barozzi — disse ela, deixando-se descair na sua cadeira de cabedal e estendendo a mão para os cigarros. — Trabalha para o Guggenheim. Por volta da altura em que o quadro de Mr. Scott estava a ser feito, Peggy Guggenheim andava a tentar abrir uma galeria em Londres. — Quick calou-se um minuto, antes de encontrar forças para prosseguir. — Conseguiu. Ficava em Cork Street, antes de a guerra a destruir e fechar.

— Percebo.

— Não, não percebe. A questão é que ela, ou outras pessoas da sua galeria, é eficiente a conservar documentação. Barozzi encontrou alguma correspondência bastante interessante nos seus arquivos, enviou-a a Reede e ele está fora de si.

Cork Street. Eu conhecia o nome; era a rua de onde viera o panfleto. Comecei a sentir um formigueiro.

— Ele possui agora a prova de que o quadro de Mr. Scott era uma encomenda para Peggy Guggenheim, como gémeo de *Mulheres no Campo de Trigo.*

— Gémeo?

— Encontrou um telegrama endereçado a Isaac Robles, que por qualquer razão nunca foi enviado. Tinha como destino Málaga, na Espanha, datado de setembro de 1936, e perguntava quanto tempo mais teria ela de esperar pela «obra parceira» de *Campo de Trigo*, a que Robles chamara *Rufina e o Leão*. Barozzi reconhece que não foi de facto dado qualquer depósito a Robles pelo quadro de Rufina, caso contrário Mr. Scott poderia ter graves problemas, dado que, aparentemente, ele não possui qualquer prova de compra. O Guggenheim podia ter tentado afirmar que era deles.

Espantava-me que Quick pudesse falar de outro telegrama descoberto, como se o que se achava escondido na sua própria casa não se encontrasse também inextricavelmente ligado a tudo isto. Não só estava a agir como se a garrafa espatifada não fosse sabotagem deliberada, agora fingia também que a nossa noite com a agenda telefónica nunca acontecera.

— *Rufina e o Leão* — repeti eu. — É o nome do quadro de Lawrie?

— É o que Reede crê. Já ouviu falar em Santa Rufina?

— Não.

Quick bebeu um gole do seu gim. — A imagem do quadro de Mr. Scott condiz perfeitamente com a história. Rufina viveu em Sevilha no século II. Era uma ceramista cristã, que não se curvou às regras das autoridades quando a mandaram fazer ícones pagãos, por isso eles enfiaram-na numa arena com um leão. O leão não lhe tocou, portanto cortaram-lhe a cabeça. E, com essa menção de uma «obra parceira», Reede acredita ter encontrado uma ligação entre o quadro de Mr. Scott e o mais famoso *Mulheres no Campo de Trigo*, que pode modificar completamente a maneira como olhamos para Robles.

Fitei-a, sentindo-me decidida, pronta a entrar numa batalha de vontades. — Mas a senhora disse-me que Isaac Robles não o pintou.

Quick engoliu outro analgésico. — E, todavia, temos um telegrama autenticado de um colecionador de arte de classe mundial, afirmando que ele pretendia ser uma obra parceira de um dos mais importantes quadros saídos de Espanha neste século, presentemente na Coleção Guggenheim em Veneza.

— Sim, mas havia igualmente mais alguém naquela fotografia. Uma jovem mulher.

Esperei que Quick falasse, mas ela não o fez, portanto continuei. — Penso que ela se chamava Olive Schloss. Naquela carta em sua casa, parece que ela conquistou um lugar na Slade School of Art mais ou menos na altura em que Isaac Robles estava a pintar. Penso que ela pintou *Mulheres no Campo de Trigo*.

— Estou a ver. — O rosto de Quick mantinha-se impassível e a minha frustração aumentou.

— Pensa que ela conseguiu, Quick?

— Conseguiu o quê? — A sua expressão endureceu.

— Pensa que Olive alguma vez entrou para a Slade?

Quick fechou os olhos. Os ombros descaíram-lhe e eu esperei que ela se revelasse, que libertasse a verdade que ardia dentro dela desde que vira o quadro de Lawrie no átrio do Skelton. Ei-lo aqui, o momento da confissão — a razão por que possuía o telegrama de Peggy Guggenheim e a carta da Slade —, que fora o seu próprio pai a comprar o quadro de Isaac Robles, uma obra de arte que ela mesma criara.

Quick mantinha-se tão imóvel na sua cadeira que pensei que expirara. Abriu os olhos. — Vou ouvir o que Mr. Reede está a dizer — declarou ela. — Penso que a Odelle também devia vir.

Segui-a pelo corredor, desapontada. Mas estava a aproximar-me, tinha a certeza.

Batemos à porta de Reede e disseram-nos para entrar. Ele e Lawrie estavam sentados nos cadeirões em frente um do outro. — Em que posso ajudar? — perguntou Reede.

— Miss Bastien e eu estaremos na linha da frente assim que esta exposição arrancar — disse Quick. Vi a força com que agarrava a ombreira da porta. Torturava-se. — Talvez fosse sensato sentarmo-nos e tomarmos notas, para compreender aquilo a que te propões.

— Muito bem — acedeu Reede. — Podem sentar-se além, minhas senhoras.

Olhámos para onde ele apontava; duas duras cadeiras de madeira ao canto. Ou Quick estava a ser castigada ou Reede encontrava-se cego quanto ao seu estado de fragilidade. Lawrie cruzou o olhar com o meu quando me sentei; parecia entusiasmado, animado com as possibilidades do seu quadro. *Rufina e o Leão* encontrava-se encostado na consola da lareira, e não fiquei menos impressionada com o seu poder do que da primeira vez que o vira, por muito que essa rapariga e a cabeça decepada que transportava nas mãos já tenham modificado a minha vida. Se Lawrie não o tivesse usado para tentar marcar um encontro comigo, estaria sequer algum de nós aqui sentado hoje — estaria Quick a abrir-se desta maneira, apesar da sua insistência em culpar o cancro e os analgésicos?

Diretamente por cima da cabeça de Reede sentava-se o leão, imperial e implacável como são tantos leões pintados. Todavia, neste dia, ele parecia tão curiosamente subjugado. Contemplei a casa branca nas colinas distantes, com as suas janelas pintadas de vermelho; como era minúscula comparada com a vasta e colorida manta de retalhos dos campos que a rodeavam. Rufina e a sua segunda cabeça estavam paradas a olhar para mim, para nós todos. Há trinta anos, Isaac Robles e uma rapariga que eu tinha a certeza de ser Olive Schloss haviam posado diante deste mesmo quadro para uma fotografia. O que haviam sido Isaac e Olive um para o outro?

Inevitavelmente, olhei para Quick. Ela parecia ter dominado a sua anterior perturbação; sentava-se agora direita, o bloco de apontamentos no colo, os olhos no quadro. Fosse qual fosse a verdade, parecia-me que ela ia deixar esta exposição avançar sem sabotagens da sua parte, e senti-me perplexa com a sua capitulação.

— Como eu ia dizendo, Mr. Scott — continuou Reede —, há três anos, toda a coleção veneziana de Peggy Guggenheim veio para a Tate por empréstimo temporário. Enquanto *Mulheres no Campo de Trigo* estava aqui nas paredes públicas da Tate, o seu próprio quadro de Robles encontrava-se escondido na sombra. É extraordinário pensar que poderíamos tê-los emparceirado, se tivéssemos sabido. Houve muitos contactos de um lado para o outro entre o governo britânico e as autoridades italianas por causa dessa exposição — elucidou ele. — Questões de impostos, essencialmente. Mas isso foi para cento e oitenta e tal peças, e eu só pedi três. Portanto, a boa notícia é que eles nos vão emprestar as suas obras de Isaac Robles.

— Isso é uma boa notícia — comentou Lawrie.

— É fantástica. Vai realmente impulsionar a exposição. Espero que as páginas de notícias nos deem cobertura, bem como as secções de arte. Vamos receber *Mulheres no Campo de Trigo*, uma paisagem intitulada *O Pomar* e fabulosamente, algo de que eu não tinha conhecimento, o seu *Autorretrato em Verde*. E o que será excitante na reunião de *Mulheres no Campo de Trigo* com *Rufina e o Leão* é que isso poderá modificar a maneira como encaramos Isaac Robles em geral.

— Porquê?

— Rufina era uma de duas irmãs — explicou Reede. — O nome da outra era Justa.

— Justa?

— A história conta que Justa foi atirada a um poço para morrer de fome. Eu acredito que *Mulheres no Campo de Trigo* é na realidade a história de Santa Justa, e que há nele apenas uma rapariga, não duas. Vemos Justa antes e depois da sua punição, uma vez feliz e depois no tormento. Os vasos quebrados em seu redor apoiam esta ideia. É a máscara da deusa Vénus, partida ao meio, e isso aparece no mito.

— Estou a ver — disse Lawrie.

— Tem havido diferentes interpretações do círculo em que a mulher jaz no campo de trigo. Alguns historiadores de arte dizem que é um dos círculos de Dante, outros dizem que é a Lua, e alguns identificam-no como a rotundidade do planeta Terra, particularmente com aqueles animais de bosque à volta dele. Mas eu creio que ela está realmente no fundo de um poço, conforme o mito. Veja — disse ele, estendendo a Lawrie quatro folhas de papel, contendo cópias de quadros. — Robles não foi o único espanhol a pintar Rufina e Justa. Velázquez, Zurbarán, Murillo e Goya, todos os quatro grandes pintores espanhóis, pintaram essas irmãs. Estou a tentar conseguir o empréstimo de pelo menos um desses quadros para complementar a exposição.

— Pensa que os conseguirá? — indagou Lawrie.

Reede levantou-se e esfregou as mãos. — Talvez. Talvez. Espero francamente que sim. — Sorriu. — Seria algo de extraordinário. As probabilidades são de que Robles conhecesse bem esses outros trabalhos. Eu disse às galerias que têm essas peças que desejo examinar a patologia hispânica específica em redor do mito de Justa e Rufina.

— Os espanhóis foram sempre artistas incrivelmente subversivos — comentou Quick.

— Sim — anuiu Reede, fitando-a mais cordialmente, um braço apoiado à consola da lareira. — Rebelião criativa contra o *status quo*. Olhem só para o Goya. Era mesmo seu pôr um leão a beijar o pé dela. E conseguem imaginar o que Dalí faria com isso?

— Mas porque é que o Robles do Guggenheim se chama *Mulheres no Campo de Trigo*, sem referência a Santa Justa, se o meu se chama *Rufina e o Leão*? — perguntou Lawrie.

— Pode ter sido Harold Schloss a chamar-lhe *Mulheres no Campo de Trigo* e não Isaac Robles — retorquiu Reede. — Robles podia muito bem ter-lhe chamado *Santa Justa*, por exemplo. Nunca saberemos. Pode até nem sequer lhe ter dado um nome.

À menção de Harold Schloss, lancei um olhar de relance a Quick. Tinha a cabeça curvada e massajava a fonte. Perguntei-me se precisaria de outro analgésico. Ela parecia determinada a conhecer o mais possível os planos de Reede, apesar do trauma visível que isso lhe estava a provocar.

— O vendedor existente em Schloss — prosseguiu Reede, começando a andar à nossa volta — quis provavelmente tornar o quadro mais atraente para as incursões de aquisição de Guggenheim. Ela não havia comprado muito antes disto; ele não queria assustá-la. É o mesmo género de coisa que Picasso querer que *Les Demoiselles d'Avignon* se chamasse *O Bordel de Avignon* e os seus expositores lhe mudarem o nome, aparentemente para o tornarem mais apelativo. E Schloss podia não saber que estava a caminho um parceiro para Justa e o seu poço. Em algum momento, creio que aquilo que Isaac Robles pretendia comunicar com estes quadros se perdeu.

— E o que queria ele comunicar? — perguntou Lawrie.

Olhei de novo para Quick; ela fitava agora Reede, com um rosto inexpressivo.

— Eu penso que Robles se interessava muito por este mito — disse Reede. — E descobrir a ligação entre o Robles do Guggenheim e o Robles do Surrey permite-nos uma nova janela para o seu processo artístico, para reinterpretar as suas preocupações... para o reinventar, se quiser. Esta exposição pode ser «O Século Engolido», mas nós ainda estamos a tentar digeri-lo, por assim dizer.

— Reinventá-lo?

— As gerações seguintes fazem-no constantemente, Mr. Scott. Não se alarme. Nós nunca suportamos pensar que não pensámos em algo de novo. E os gostos mudam; temos de nos antecipar. Estamos a ressuscitar um artista ao mesmo tempo que promulgamos a sua retrospetiva. A minha abordagem permitir-nos-á descrever a consciência que Robles possuía de uma tradição histórica nacional gloriosa, Velázquez e o resto, sendo ao mesmo tempo uma estrela internacional contemporânea, ceifada no seu auge.

— O senhor tem realmente tudo planeado, não tem?

— É o meu trabalho, Mr. Scott. Ainda não lhe posso dizer exatamente o que estava ele a tentar comunicar, mas quero adotar uma perspetiva política com o seu quadro em particular. Rufina, a santa operária desafiadora, enfrentando o leão do fascismo. Dê uma espreitadela a isto — disse ele, estendendo mais um documento para Lawrie ler. — Foi-me enviado por Barozzi, da Fundação Guggenheim. Harold Schloss escreveu-a a Peggy Guggenheim quando se encontrava de novo em Paris e ela tinha regressado a Nova Iorque.

— Mr. Scott — intrometeu-se Quick, e os homens sobressaltaram-se. — Pode fazer o favor de ler alto? Nem Miss Bastien nem eu temos uma cópia.

Lawrie acedeu.

Querida Peggy,

Perdoe-me por não lhe ter comunicado a minha presença a tempo antes de ter deixado Paris. Tudo, desde a minha partida de Espanha até ao meu regresso a esta cidade, tem sido muito difícil. Tentei trazer Rufina comigo, mas falhei. Sei quanto ansiava por ela e lamento profundamente.

Tenho um par de Klees da fase inicial que talvez queira ver em vez dele — eu próprio não viajarei para Viena, mas estou a tratar de que sejam enviados para Londres — ou talvez, se vai ficar algum tempo em Nova Iorque a resolver assuntos, e estiver interessada, eu lhos possa mandar diretamente para aí?

Como sempre, os meus melhores cumprimentos,

Harold Schloss

Lawrie fitou Reede. — Ele não refere de todo Robles.

— Penso que podemos fazer algo com isso. Gostaria de ampliar esta carta e colocá-la num dos lados da parede da galeria. Poderíamos especular sobre o que aconteceu a Robles.

— Como assim?

— Eu não creio que ele tenha sobrevivido à guerra. Teríamos seguramente ouvido falar dele se tivesse. Houve muitos bombardeamentos no Sul de Espanha nessa época. Digamos que o resto dos quadros de Robles ardeu. Poderíamos considerar a forma como a imolação das obras de Robles reflete o desaparecimento do próprio artista.

Reede recomeçou a andar de um lado para o outro, as mãos atrás das costas, completamente alheado de nós enquanto expunha a sua visão. — Poderíamos estender a metáfora até à conflagração do *corpus* ibérico e à guerra mundial que se seguiria. O homem é um símbolo, tanto como um indivíduo. Ele foi uma visão do futuro de Espanha, que foi aniquilado.

Lawrie cruzou as pernas, a voz dura. — Mas o senhor não sabe se as obras dele arderam. Não pode basear uma exposição num boato. Rir-se-ão de mim.

— Não rirão. As pessoas adoram boatos, Mr. Scott. Pode fazer-se mais com um boato do que com um facto. E o facto é que nós temos uma quantidade limitada de quadros. Outro facto: Harold Schloss não tinha *Rufina e o Leão* quando regressou a Paris. Onde estava ele? É aí que o senhor entra.

— Eu? — indagou Lawrie. Algo no seu tom de voz me fez virar. Fitei Quick; ela pensara obviamente o mesmo que Reede, pois os seus olhos estavam pousados em Lawrie, atentos.

Reede foi sentar-se ao lado de Lawrie e falou em tom mais suave. — Penso que Harold Schloss compreendeu que era insustentável permanecer em Espanha, e na fuga o quadro saiu da sua posse, fosse por roubo ou por descuido. É invulgar um negociante de arte confessar tão abertamente uma perda, como ele faz nesta carta. Normalmente, eles são pessoas eloquentes, loquazes. Eu penso que Harold Schloss voltou para Paris irritado.

— E pensa que o quadro foi deixado em Espanha? — perguntou Lawrie.

— Bem, Schloss não parece tê-lo. Não tem razão para mentir à sua melhor colecionadora. Mas não sei, Mr. Scott. A próxima pessoa a estar ligada a ele foi a sua mãe. E, aparentemente, nós não fazemos ideia de como ela ficou com a sua posse.

Lawrie fixou o quadro e baixou novamente os olhos para a grade vazia. — Esteve sempre nas suas paredes — disse ele em voz baixa. — Não me lembro de uma altura em que lá não estivesse.

— Já nos disse. — Reede suspirou. — Bem, podemos jogar com a interrogação. Não creio que tenhamos escolha. A sobrevivência de uma obra de arte através da Guerra Civil Espanhola e de um mundo em guerra até uma casa no Surrey não deixa de ter as suas possibilidades românticas.

— O que pensa que acabou por acontecer a Isaac Robles? — perguntou Lawrie.

— Mr. Reede — disse Quick, em voz dura e nítida do outro lado da sala. — Qual é o calendário para isto? Quando está a planear abrir esta exposição?

Reede virou-se para ela. — Dentro de duas semanas chega uma delegação do Guggenheim com os quadros. E, duas semanas depois disso, creio que poderemos abrir.

Quick baixou os olhos para a sua agenda. — Daqui a quatro semanas? Isso é ridículo. Não dá tempo nenhum.

— Eu sei, Marjorie. Mas é o que eu quero.

Observei Quick a marcar o dia 28 de novembro na sua agenda, a mão a tremer ligeiramente, a caneta traçando na página uma grossa cruz preta.

14

Nessa tarde, eu e Lawrie apanhámos o comboio suburbano para o Surrey. Ele contou-me que já tinha vendido o *MG*. — Nem sequer o usava muito — disse ele, mas parecia melancólico. Considerei que talvez a pressão para vender o quadro da mãe fosse maior do que eu imaginara inicialmente.

Enquanto arrancávamos de Waterloo, eu com os xeroxes de Reede no colo, contemplei os quatro quadros de Rufina e Justa dos antigos artistas espanhóis. Gostava do leão passivo no Goya, mas o meu preferido era o Velázquez; uma jovem de cabelo negro e olhar impenetrável, segurando duas pequenas taças e um prato na palma de uma mão e uma enorme pluma na outra. Velázquez, tal como Robles, também pintara Rufina sozinha. Passei para a cópia da carta de Harold Schloss. Schloss escrevera à mão, e começara-a com letra clara, mas que em alguns sítios se tornara quase ilegível. Os seus arcos e curvas impetuosas desciam até palavras riscadas e manchas de tinta por toda a parte. Não me parecia que fosse a carta de um homem feliz.

— Chegámos — disse Lawrie.

Nós não éramos passageiros normais a sair em Baldock's Ridge; os passageiros normais eram homens próximos dos cinquenta, de estômagos dilatados, anel de sinete, o *Telegraph* debaixo do braço, uma pasta com iniciais gravadas. Mulheres, com os seus *tweeds* rurais, de meia-idade e rostos distantes, pensamentos profundamente encerrados no interior das suas malas, regressando de um dia na cidade.

— Depois de teres deixado a reunião, Reede disse que podia tentar vender-me o quadro — disse Lawrie ao abrir a porta para me ajudar a descer. — Por uma comissão.

— Quanto é que ele acha que renderá?

— É difícil dizer. «A arte nem sempre se comporta como outras coisas que poderia pôr à venda, Mr. Scott» — proferiu Lawrie, imitando a pomposidade que Reede era capaz de adotar quando se encontrava no seu território. — Ele disse que não era o mesmo que um Van Gogh tardio a surgir no mercado.

— O que significa isso?

— Bem, aparentemente toda a gente quereria um desses. Mas *Rufina e o Leão* é único de uma maneira diferente. Reede disse que não quer subestimá-lo, mas também não quer estragar as coisas exagerando. Disse que vender comporta sempre os seus riscos.

— Mas ele está tão entusiasmado com o quadro.

— Como historiador, talvez. Como preferência pessoal, sim. Mas talvez como leiloeiro queira controlar as minhas expectativas. Nem toda a gente vai gostar de Isaac Robles.

— Podias sempre doá-lo a uma instituição pública.

Lawrie riu. — Odelle, eu estou sem dinheiro nenhum.

Quick e eu não havíamos tido oportunidade para conversar durante o resto do dia. Ela fora para casa pouco depois de a reunião com Lawrie e Reede terminar. Queixou-se de dores de cabeça, mas eu sabia evidentemente que era mais do que isso. Sentia-me dividida; queria estar com Lawrie, gozar o alvoroço e a intoxicação de termos feito as pazes, de tomar consciência de quanto uma pessoa significa para nós, a emoção de quase a termos perdido apenas para nos reconciliarmos. Mas, ao mesmo tempo, eu era a única pessoa a saber que havia algo de muito errado com Quick, que as suas dores pareciam estar a piorar, e todavia não fazia a menor ideia de como a ajudar a controlar isso.

— Estás bem? — perguntou Lawrie.

— Pensava em Quick — respondi eu. — Ela está... não está muito bem.

— Não *parecia* muito bem.

Lawrie inclinou-se para me beijar a face enquanto saíamos da estação. Ouviu-se uma funda inspiração atrás de nós. Virei-me; era uma das mulheres de *tweed*, esforçando-se por parecer que não emitira tal ruído.

— Anda daí — disse Lawrie serenamente. — Deixa-me tirar-te do século XVIII.

Só que não estávamos no século XVIII, pois não, Lawrie? Estávamos em finais de outubro de 1967, em Baldock's Ridge, no Surrey, e não te era permitido beijar-me sem provocar comentários. Ou, talvez mais corretamente, não me era permitido ser beijada.

Quando chegámos à casa, as luzes estavam acesas. — Oh, céus — exclamou ele. Virei-me; Lawrie parecia genuinamente assustado.

— O que foi? — perguntei.

— Pensei que Gerry não estivesse cá. Devíamos ir embora.

— Eu não quero ir-me embora — repliquei.

— Odelle, o Gerry não é... não creio que ele... só quero avisar-te.

— Deixa-me adivinhar. Eu sou uma das nativas.

— Oh, meu Deus, isto vai ser um desastre. Ele é... muito antiquado.

— Então vamos entender-nos perfeitamente.

— Não vão. Tu não devias ter de...

— *Lawrie*. Eu não quero que tu me protejas. Deixa-me ser eu a julgar o Gerry. Tal como, sem dúvida, ele me julgará a mim.

*

Como descrever Gerry? O Gerry Sacana, o Gerry Alegre. Assim que pousou os olhos em mim, o seu rosto iluminou-se. — Eu pensava que Lawrence era bicha! — O tom com que disse aquilo levou-me a pensar que possivelmente Gerry tinha ele próprio inclinações desse género. Nunca mais conheci um homem como ele; aquele estilo especial da classe alta inglesa — tão afetado e wodehousiano, uma loucura face à qual ninguém pestaneja. Tudo o que fosse inapropriado dizer, Gerry di-lo-ia. Tinha excesso de peso, era atraente, mas parecia um homem a fechar-se sobre si próprio. Eu sentia o cheiro do desgosto; daí a seis meses encontrá-lo-iam feito uma poça de pele no chão.

— Consta-me que trabalha numa galeria de arte, Miss Baschin? — disse ele, servindo-se de mais um uísque.

Lawrie estremeceu perante a pronúncia deformada do meu nome, e vi que se preparava para corrigir o padrasto. — É verdade — disse eu rapidamente. — Sou datilógrafa.

— Então instalou-se por cá?

— Sim. Há já quase seis anos.

— O pai da Odelle esteve na RAF — disse Lawrie. Eu ouvia o desespero na sua voz e isso aborreceu-me. Sabia, é claro, o que Lawrie procurava fazer; reempacotar-me dentro de um contexto que o homem pudesse compreender. Mas eu não achava que precisasse do historial militar do meu pai como apresentação; sentia, de uma forma estranha, que Gerry me estava a aceitar apesar do resto. Por uma esquisita alquimia — talvez porque eu me encontrava dentro da sua casa —, Gerry parecia excluir-me da inconsciente hierarquia de cor que, também inadvertidamente, revelava de vez em quando. Talvez estivesse a branquear a minha pele? Talvez gostasse dessa emoção, os seus dias coloniais a voltarem-lhe à memória? Ou talvez simplesmente gostasse de mim. Fosse o que fosse, senti-me bem acolhida.

Comemos um jantar sobressaltado — bem, Lawrie estava em sobressalto; eu e Gerry lá fomos tenteando o nosso caminho. Pelo menos ele não voltou a mencionar calipsos, nem bongós, nem o milagre do meu excelente inglês.

— Nós fomos uma vez às Caraíbas — declarou Gerry, enquanto Lawrie levantava os pratos. Esvaziou o copo de uísque e ficou a fixá-lo.

— Gostaram? — perguntei eu.

Gerry não pareceu ouvir-me. — Trabalhei na Índia depois de sair de Oxford. — Olhei para a expressão de Lawrie; relâmpagos na toalha de mesa. — Estive lá anos. Penso que o bichinho das viagens me ficou no sangue desde então; provavelmente fui mordido por qualquer coisa. Um lugar belíssimo, a Índia. Mas difícil. Incrivelmente quente.

— Que ilhas visitaram nas Caraíbas? — insisti eu.

— Parece ter sido há uma eternidade. Suponho que foi.

— Gerry, a Odelle fez-lhe uma pergunta — disse Lawrie.

— Tudo bem — disse eu.

— Jamaica — replicou o homem, lançando um olhar penetrante ao enteado. — Não estou senil, Lawrence. Eu ouvi-a.

— Eu nunca estive na Jamaica — comentei.

Gerry riu. — Que extraordinário. Eu pensava que todos vocês saltitavam entre ilhas?

— Não. Estive em Tobago, e Granada, e Barbados. Não conheço as outras ilhas. Conheço melhor Londres do que a Jamaica.

Gerry estendeu a mão para o uísque. — Não foi por escolha minha que lá fomos — explicou ele. — Mas a Sarah disse que toda a gente ia à Jamaica. Ela gostava de calor, precisava dele. Portanto, lá fomos. Estou satisfeito por termos ido. A areia era tão macia.

Lawrie arrebatou a garrafa de uísque. — Vamos ouvir aquele disco que comprámos — disse ele.

— Quem é Sarah? — indaguei eu.

Gerry fitou-me com os olhos injetados. — O Lawrence nem sequer lhe disse o nome dela?

— O nome de quem?

— Da mãe dele — disse Gerry, suspirando quando Lawrie se afastou. — A minha encantadora esposa.

15

Lawrie galgou as escadas de três em três.

— Qual é o teu problema? — perguntei eu. — Ele apenas sente a falta dela. Quer falar acerca dela.

Lawrie parou no patamar e deu meia-volta para me encarar. — Não penses que ele é algum santo — disse ele.

— Não penso, Lawrie.

Lawrie parecia debater-se com um pensamento específico. A sua expressão era meio receosa, meio furiosa. — Quando o meu pai morreu — prossegui eu, esforçando-me por adotar um tom de voz apaziguador —, a minha mãe costumava ouvir a voz dele na rádio. Via a cara dele em todos os homens que encontrava. Tens de ser paciente.

— Ela era minha mãe.

— Claro.

— Fui eu que a encontrei. Naquele quarto ali ao fundo.

— Oh, Lawrie.

Virei-me para a escuridão para onde ele apontava e senti uma repulsa sobrenatural, um desejo avassalador de caminhar na direção oposta. Mas não me movi; não queria que ele me visse assustada. — O Gerry está a manter-se de pé com uísque e adesivo — disse eu. — Devias ser afável com ele.

— Então e eu?

— Eu serei afável contigo, Lawrie — repliquei, pegando-lhe na mão.

Estendemo-nos lado a lado no edredão de Lawrie, ouvindo Gerry a andar por baixo de nós, até que uma porta se fechou e a casa ficou silenciosa. — Tu não devias viver aqui — disse eu.

— Eu sei. — Virou-se de lado para me encarar, apoiando-se no cotovelo. — Mas é tudo o que tenho. Este lugar, o Gerry e um quadro.

— E a mim — disse eu. — Tens-me a mim.

Docemente, ele passou-me a mão pela face. A janela ainda estava aberta e ouvi um melro, tão musical e natural, a cantar numa árvore como se fosse madrugada. — Anda lá, Escritora. Qual é a tua palavra preferida? — perguntou ele.

Vi que pretendia mudar de assunto e fiz-lhe a vontade. — Estás a pedir-me que escolha? Está bem. *Alojamento.*

Ele riu. — Já a tinhas preparada... eu sabia que terias. Isso é tão enfadonho, Odelle.

— Não, não é. É acolhedor. «O meu alojamento era limpo e confortável.» E tu?

— *Nuvem.*

— Que lugar-comum — comentei eu, aproximando-me dele e dando-lhe um beliscão.

Continuámos a conversar; de momento, mães, padrastos e quadros esquecidos, ou pelo menos afastados, banidos tanto quanto possível para os recônditos das nossas memórias. Conversámos acerca de como a língua inglesa podia ser bela, nas mãos certas, quão variada, matizada e ilógica. *Hamper* e *hamper*[25], e palavras como *turn*[26], que pareciam enfadonhas a princípio mas que eram ilusórias nas suas profundezas. Discutimos a nossa onomatopeia preferida: *frizz*[27] e *sludge*[28] e *glide*[29] e *bumblebee*[30]. Eu nunca fora tão feliz sozinha com outra pessoa.

Por causa do melro que cantava na árvore, acabámos deslizando para um jogo de ténis de pássaros, com as mãos entrelaçadas servindo de rede e um beijo por cada pássaro que trocávamos. *Tarambola*

---

[25] *Hamper* (substantivo) é «cesto», *to hamper* (verbo) é «travar». (*NT*)

[26] Palavra que pode traduzir-se, por exemplo, por «volta», mas que possui muitos significados. (*NT*)

[27] Frizar, crepitar. (*NT*)

[28] Lama, lodo. (*NT*)

[29] Deslizar, planar. (*NT*)

[30] Abelhão. (*NT*)

a *galispo*, *saí*, *cotovia*. *Beija-flor* e *falcão*, *manaquim*, *gavião*. As mãos dele na minha pele, *maçarico*, *papa-figo*, e as minhas na dele. *Jacaió*, *carriça*. Depois os pássaros voaram para longe, os seus nomes transformados em beijos e num silêncio que soletrava um mundo novo.

*

Na manhã seguinte, acordei muito cedo. Lawrie continuava imerso num sono profundo, com uma expressão tranquila. Meditei no surpreendente momento em que ele me penetrara e em como isso nunca mais iria acontecer pela primeira vez. Vesti a camisa dele e o pulôver de lã, deslizei para fora da cama e fui pelo corredor em bicos de pés até à casa de banho. Gerry teria sabido que eu ficara? Que humilhante seria cruzar-me com ele agora.

Fui à sanita e tateei entre as pernas; um pouco de sangue seco, mas o sintoma mais óbvio era a dor no ventre, leve, baixa, um incómodo impreciso, uma sensação de ter sido aberta e ferida. Eu nunca estivera nua com um homem, nunca fora tocada assim antes; era estranho que se pudesse sentir dor por uma coisa que fora tão agradável.

Tínhamos atravessado uma fronteira, e eu dissera-lhe, muito baixinho, que o amava, e Lawrie comprimira o ouvido contra a minha boca, dizendo: *Talvez tenhas de repetir isso, Odelle, porque eu estou a envelhecer e atualmente não ouço muito bem*. E assim eu voltei a dizê-lo, um pouco mais alto, e ele beijou-me.

Consultei o meu relógio: cinco e meia. Por baixo de mim, ouvia Gerry a ressonar. Que sítio para me encontrar, pensei: a urinar numa gasta sanita vitoriana nas profundezas do Surrey por cima da cabeça de um homem chamado Gerry. Eu não teria previsto tal e sentia-me satisfeita pela falta de aviso prévio. Tivesse eu sabido que tais coisas me seriam prometidas, ficaria demasiado intimidada com a sua estranheza e elas não teriam provavelmente acontecido.

Terminei, lavei as mãos e a cara e usei um pouco de sabonete na parte superior das coxas. Senti um desejo súbito de dizer a Pamela que aquilo acontecera, dar-lhe o presente da minha tagarelice, para tornar a sua prenda de anos útil, afinal de contas.

Saí da casa de banho e preparava-me para regressar ao quarto de Lawrie quando hesitei. Virei à direita, fitando o longo corredor. Sabia que não haveria outra ocasião; com Lawrie acordado não era provável que ele liderasse uma expedição para esses lados. E, para mim, a curiosidade era demasiado grande.

A porta estava levemente entreaberta. Era o quarto dela, o quarto de Sarah; percebia-se. Ainda havia batons na cómoda, uma caixa de prata de pó compacto do feitio de uma concha; romances e revistas antigas. Ao longo do parapeito viam-se ornamentos de porcelana e de vidro, jarros com flores, agora secas. As cortinas estavam abertas, mas o Sol ainda não nascera. As silhuetas de árvores despidas retorciam-se contra um céu alfazema.

Olhei para a cama. Teria acontecido ali? Não havia qualquer sensação da cena, o que eu agradeci. Senti uma profunda pena daqueles dois homens, claramente perdidos sem ela, ou pelo menos confusos. Gerry tinha razão; Lawrie fora muito evasivo a respeito da mãe. Gerry, longe de ser um sacana sem coração, parecia desejar falar dela. Era Lawrie que não queria. Só agora, estando na casa com ele e o padrasto juntos, é que eu via quão profundamente Lawrie fora afetado por Sarah, por este segundo casamento, pela forma da sua morte.

No canto do quarto havia um enorme guarda-roupa. Abri-o e uma nuvem de cânfora atingiu-me a garganta. Penduradas no interior estavam umas solitárias calças finas, vermelhas; tirei-as para fora e encostei-as ao meu corpo. Se eram de Sarah, e eu presumia que sim, ela fora pequena. Mal me chegavam aos artelhos. Eram feitas de lã escarlate, que em muitos sítios fora atacada pelas traças, em especial nas virilhas. Percebia-se que aquelas calças haviam sido particularmente elegantes. Fizeram-me pensar em Quick. Ela teria gostado delas, virilhas esburacadas ou não.

— Não lhe servirão, sabe — disse uma voz. — Mas eu não consegui deitá-las fora.

Dei um salto. Gerry encontrava-se à porta; o reduzido cabelo cor de areia espetado, o corpo volumoso embrulhado num roupão azul-escuro, as pernas peludas e os pés nus a saírem da borda. Embaraçada, balbuciei qualquer coisa incompreensível enquanto avançava para voltar a pendurar as calças. Senti-me horrivelmente por ter pensado que Gerry se limitara a esquecer a mulher sem um segundo pensamento. Este quarto era o seu pequeno santuário. Provavelmente visitava-o todas as manhãs, e eu era uma intrusa. Estava extremamente apoquentada. Ficara lá; vestia apenas uma camisa e um pulôver masculinos. Tinha feito sexo sob o seu teto. Graças a Deus, Lawrie era muito mais alto do que eu, em termos do meu pudor, mas era como se eu tivesse a palavra SEXO gravada na testa, achava isso tão óbvio.

Mas Gerry não parecia interessado na moral do seu enteado e da namorada. Talvez ele fosse mais moderno do que eu o julgara. Ou isso ou estava demasiado atolado no seu desgosto ou na sua ressaca para se preocupar. Acenou com a mão enquanto entrava silenciosamente. — Não se preocupe — disse ele, sentando-se pesadamente ao fundo da cama. Eu continuava a segurar as calças. — Pode dar uma vista de olhos em redor. Ela também era um mistério para mim, sob vários aspetos.

Com a sua expressão sombria e estômago rotundo, Gerry lembrava-me o rabugento Humpty Dumpty de *Alice do Outro Lado do Espelho*, de Lewis Carroll. E nesta casa eu sentia-me como Alice: demasiado pequena num minuto, demasiado grande no outro, enfrentando enigmas e desafios em cada direção para que me voltava.

— Peço desculpa — disse. — Eu não deveria estar aqui.

— Não peça. O Lawrie não fala realmente muito nela, pois não?

— Não muito. Mr. Scott, posso perguntar-lhe...

— Eu não sou Scott — declarou Gerry. — Isso era o apelido de solteira de Sarah.

— Oh.

— Lawrence optou por usar o nome dela em vez do meu — prosseguiu Gerry, abanando a cabeça. — No entanto, ele tinha dezasseis anos na altura, e não se pode dizer a um jovem de dezasseis anos o que fazer. Nunca o compreendi verdadeiramente.

— Ele não ficou com o nome do pai?

Gerry fitou-me com ar astuto. — Não era lá muito boa ideia chamar-se Schloss no pátio da escola nos anos quarenta.

Imobilizei-me, pregada ao chão, as calças vermelhas pendentes da mão. Sacudi a cabeça, incapaz de acreditar no que Gerry acabava de dizer. — Schloss? — repeti. — O pai de Lawrie era Schloss?

Gerry ergueu os olhos para mim, interessado pela energia da minha voz. — Bem, falando com rigor, sim. Sarah deu-lhe o apelido Scott desde o momento em que ele nasceu, mas, em termos do pai, é Schloss. O primeiro marido dela era um austríaco, imagine-se, mesmo antes da Grande Guerra.

— Austríaco?

Gerry pareceu divertido. — Parece-me algo perturbada com isto. Está tudo bem?

— Oh, eu estou ótima — respondi, tentando parecer o mais descontraída possível, enfiada no pulôver excessivamente grande de Lawrie, apertando as calças da sua falecida mãe, como se essa notícia acerca do pai de Lawrie não significasse absolutamente nada para mim.

— Quando ela regressou a Inglaterra e teve o Lawrie, achou prudente dar-lhe o seu próprio apelido. Nessa altura, ninguém confiava num nome alemão.

— Qual era o nome próprio do marido dela?

— Harold. Pobre tipo. Céus, quando penso no que aconteceu. Sarah nunca falava acerca disso, mas penso que talvez devesse tê-lo feito, agora que olho para o Lawrence. O rapaz é tão patológico no que se refere aos pais.

Tentei lembrar-me do procedimento de Lawrie nas ocasiões em que Reede havia mencionado o nome Harold Schloss. Não recordava qualquer demonstração especial de emoção ou instante de reconhecimento. Mas ele tinha perguntado se Reede sabia o que lhe acontecera, disso lembrava-me.

— O que aconteceu ao pai dele? — perguntei.

Gerry mostrou os dentes num sorriso sombrio, revelando longos incisivos. — Ele não lhe conta muito, pois não? Bem, é um assunto sensível.

— Claramente.

— Talvez vocês os dois não tenham tempo livre para conversar. Eu já fui assim, em tempos.

Esforcei-me por transformar o meu rubor num sorriso débil, meio desejosa de fugir, meio desejosa de saber por este homem mais do que Lawrie alguma vez me contaria. — Ele tem a sua razão para não falar disso — afirmou Gerry. — É inútil um homem remexer em coisas de que nem sequer pode lembrar-se. Lawrie nem sequer conheceu o fulano. — Passou a mão pela cabeça e fitou-me longamente. — Hitler aconteceu a Harold Schloss, foi o que foi. Como aconteceu a todos nós.

Preparava-me para falar, mas Gerry pôs-se de pé, as unhas amarelas sobressaindo nas tábuas do soalho de madeira escura. — É muito cedo para estar a conversar acerca de tudo isto — disse ele. — Eu vou dar um passeio para desanuviar a cabeça. Sugiro-lhe que volte para a cama.

16

Voltei para o quarto de Lawrie. Ele mexeu-se e abriu os olhos com um sorriso, estendendo os braços para me acolher nos lençóis quentes e amarrotados. Eu mantive-me de pé ao lado da cama. — O que foi? — perguntou ele, o sorriso a desvanecer-se. — O que há de errado?

— Tu és Lawrie Schloss — disse eu. — O teu pai vendeu *Rufina e o Leão*. É por isso que tens o quadro.

Admito que talvez tivesse havido uma maneira melhor de abordar a situação — o *teu pai* isto e o *teu pai* aquilo —, falando de um homem morto que Lawrie nunca conhecera, às seis e um quarto da manhã. Penso que foi porque eu sempre julgara Lawrie fundamentalmente honesto; tinha-o até defendido perante Quick quando ela levantara as suas dúvidas. E apercebia-me agora de que várias vezes Lawrie eludira a questão não apenas da sua mãe, mas de como ela poderia ter entrado na posse de tal obra de arte.

Lawrie baixou os braços e examinou-me. — Eu sou Lawrie *Scott* — disse ele. Fechou os olhos. — Estiveste a falar com o Gerry.

— Tu mentiste — retorqui eu.

Ele abriu novamente os olhos e apoiou-se num cotovelo. — Não menti coisa nenhuma. Apenas nunca te contei toda a verdade.

— Mas porquê? O que é que interessa quem foi o teu pai? — Ele não disse nada. — Lawrie, vendeste realmente o teu carro?

Ele esfregou os olhos, franzindo a testa como se procurasse enfiar os pensamentos no sítio. — Sim, vendi realmente o carro. O Gerry está definitivamente a planear vender esta casa. E depois o que farei eu?

— Ele nunca a venderá. Há um quarto ao fundo deste corredor dedicado à tua mãe. Até ainda tem lá dentro roupa dela e maquilhagem.

Os seus olhos espelharam confusão. — Como é que sabes disso?

Sentei-me devagar na borda da cama. — Foi onde quase choquei com o Gerry.

— Andavas a bisbilhotar?

Desviei os olhos, embaraçada. — Ele contou-me que a tua mãe te pôs o seu apelido de solteira na altura da guerra. Quando Reede mencionou Harold Schloss, porque é que não disseste qualquer coisa?

Ele deixou-se descair nas almofadas. — Teria tornado as coisas demasiado complicadas.

— Tê-las-ia simplificado. É por isso que tens o quadro em tua posse. Proveniência e tudo o mais.

— Talvez simplificasse as coisas para o Reede, mas não para mim. — Cerrou as mãos juntas. — Olha, nós nunca, mas nunca, falávamos acerca dele, Odelle. A minha família não *fala* acerca das coisas. E se passaste uma vida inteira a nunca falar acerca de uma coisa, pensas que de repente vais ser capaz de a discutir, sem mais nem menos, com um estranho qualquer que cobiça o teu quadro?

— Mas porque...

— Não tenho palavras para isso, Odelle. Não tenho palavras para uma coisa que aconteceu quando eu nem sequer existia.

— Mas certamente a tua mãe falava acerca dele? Ele era o teu *pai*.

— Eu sabia o nome dele, e é tudo. Sabia que a minha mãe mudara o dela quando regressou a Inglaterra. Fomos ela e eu durante dezasseis anos, e depois apareceu o Gerry. Eu não ia reivindicar um homem morto para satisfazer a pequena genealogia de Edmund Reede.

— Está bem. Lamento.

— Não há nada que lamentar.

— Eu só... — pensei em Quick. — Eu apenas procuro que o quadro faça sentido, é só.

Ele sentou-se. — A minha mãe nunca me contou como obteve esse quadro, Odelle. Eu não estava a mentir. Só posso supor que o meu pai nunca tenha conseguido enviá-lo a Peggy Guggenheim, e depois, no caos que se seguiu à partida de Espanha, a minha mãe levou-o com ela e trouxe-o para Inglaterra.

— O que aconteceu ao casamento deles, se ele estava em Paris e ela em Inglaterra?

Lawrie suspirou. — Não sei. Ela veio para Londres; ele ficou lá. E depois os alemães ocuparam Paris. A minha mãe nem sequer usava aliança antes do Gerry.

— E tu nunca a interrogaste acerca disso?

— Interroguei — disse ele em tom tenso. — Ela não gostou, mas contou-me que ele morrera na guerra com coragem e que agora éramos só nós os dois. Ouvi esse discurso aos três anos, aos dez, aos treze; e quando ouves uma coisa assim repetidamente, ela torna-se a maneira como as coisas são.

— Talvez ela te quisesse poupar ao desgosto — sugeri eu.

Lawrie fez um ar taciturno. — Não creio que a minha mãe pensasse alguma vez em me poupar ao que quer que fosse. O meu palpite é que ou ele se foi embora e optou por não ter contacto com ela ou foi ela quem cortou os laços. Era uma ideia agradável, eu e ela contra o mundo, mas tornou-se um pouco claustrofóbico. Ela era excessivamente protetora. Dizia que eu era a sua segunda oportunidade.

— E era tudo o que dizia?

— Tu não sabes como ela era. Isso não era assunto que simplesmente se abordasse com ela. E havia imensa gente que não tinha pais, sabes. Foi depois da guerra. Imensas viúvas. Não espicaçamos o desgosto dos outros.

— Não, é claro. — Sabia que estava na altura de eu parar. Desejava perguntar se Sarah alguma vez lhe falara de Olive; como se encaixaria ela em tudo isto. Tal como eu discutira com a Cynth, uma jovem com esse apelido poderia facilmente ser filha de Harold Schloss, mas Lawrie nunca mencionara uma irmã, por muito mais velha que ela tivesse sido. E se Lawrie sabia tão pouco a respeito de Harold como afirmava, isso não era de admirar. Olhei para ele, tentando ver na sua face ecos de Quick. Não conseguia imaginar como haveria de abordar o assunto de que ele e Marjorie Quick eram possivelmente parentes.

Lawrie suspirou. — Eu devia ter-te contado. Mas as coisas andaram aos altos e baixos entre nós e não era assunto que me ocupasse a mente. Lamento que tenhas chocado com o Gerry. Espero que, pelo menos, ele estivesse com o roupão vestido.

— Estava.

— Pequenas graças.

— Posso entrar?

Ele levantou o cobertor e eu aconcheguei-me lá por baixo. Ficámos em silêncio durante um bocado e perguntei-me se Lawrie alguma vez me teria contado do pai se eu não o tivesse pressionado. No que dizia respeito à nossa relação florescente, tinha de ponderar se isso importava, em qualquer dos casos. Lawrie continuava a ser Lawrie para mim, seguramente, independentemente de quem era o seu pai. Mas doía um bocadinho, a quantidade de coisas que eu não sabia acerca dele, que ele optara por reter. Suponho que também eu retinha coisas. — Estivemos a olhar para a letra de Harold no comboio — murmurei eu para o ombro dele.

— Eu sei.

— Sentiste alguma coisa ao olhar para ela?

— Não da maneira que tu provavelmente queres. Senti-me um pouco triste, suponho. Pela maneira como a vida se desenvolve.

— Sim — anuí eu, pensando de novo em Marjorie Quick. — Nunca sabemos bem como é que as coisas vão terminar.

17

Na segunda-feira, Quick telefonou a dizer que estava doente, e na quarta ainda não voltara, e eu encontrava-me demasiado ocupada a trabalhar com Pamela a fim de ter tudo pronto na noite da inauguração da exposição para poder ir vê-la. Reede conseguira reunir uma lista impressionantemente eclética de presenças para «O Século Engolido» e encarregara-me a mim e a Pamela de organizar os convites. Reede queria cobertura, relevância, atenção — para o Skelton Institute ter classe e viabilidade, um lugar para onde o dinheiro fluísse — e *Rufina e o Leão* ia ajudá-lo. Misturando alta-cultura com *pop*, havia até o rumor de que talvez aparecesse um ministro. E, tinha de se dizer, *Rufina e o Leão*, simultaneamente como desafio intelectual e oferta estética, estava mais do que à altura disso. Reede encomendara uma moldura para o quadro, provavelmente a primeira que ele tivera. Tinha bom gosto; era de mogno escuro e ressaltava ainda mais as cores de Rufina.

Julie Christie confirmara que viria, tal como Robert Fraser, o negociante de arte. Quentin Crisp, Roald Dahl e Mick Jagger haviam igualmente sido convidados. Eu achei o convite a Jagger uma escolha invulgar, mas Pamela fez notar que, no início do ano, quando o Rolling Stone fora preso por posse de droga, os jornais tinham relatado que ele levara consigo quarenta cigarros, uma barra de chocolate, um *puzzle* e dois livros. Pamela sabia tudo a respeito dos Stones. O primeiro livro de Mick era acerca do Tibete, disse-me ela. O segundo era sobre arte.

Os jornais pegaram na história da exposição, tal como Reede esperara. O *Daily Telegraph* publicou um artigo na página 5: «A santa espanhola e o leão inglês: como um perito em arte resgatou uma gema ibérica.» Segundo o jornalista: «Um quadro extraordinário há muito perdido de Isaac Robles, o artista espanhol desaparecido, foi descoberto numa casa inglesa e será trazido ao conhecimento do público por Edmund Reede, historiador de arte e diretor do Skelton Institute.» Perguntei-me o que pensaria Lawrie desta última frase — ou até mesmo Quick —, pois ambos, de diferentes maneiras, estavam a ajudar Reede a conseguir os seus objetivos. Aquilo aborreceu-me, mas não me surpreendeu.

No *The Times*, o correspondente de arte Gregory Herbert escreveu um longo ensaio focado em artistas redescobertos como Isaac Robles, e na maneira como quadros como *Rufina e o Leão* simultaneamente refletiam e aumentavam o nosso conhecimento sobre a turbulência da primeira metade do século XX. Herbert foi convidado para um visionamento particular, e contou-nos, parado diante do quadro, que lutara nas Brigadas Internacionais em 1937, antes de o governo espanhol ter mandado embora os voluntários.

«Em Auschwitz e em Hiroxima», escreveu Herbert, «o preço foi escrito em cadernos e gravado em sepulturas. Em Espanha, os mortos republicanos apenas podem ser contados no coração. Há poucas campas marcadas para aqueles que perderam a guerra civil. Em nome da sobrevivência, os prejuízos foram interiorizados, uma cicatriz psíquica em terreno tóxico. Ainda vivem assassinos perto das famílias das suas vítimas, e entre um vizinho e outro vinte fantasmas arrastam-se penosamente pela estrada da aldeia. A dor infiltrou-se no solo e o trauma dos sobreviventes apenas é revelado pelos seus atos de supressão.

Ainda hoje, Pablo Picasso se mantém longe da cidade andaluza de Málaga, apesar de ser o seu filho mais famoso. Quando a Espanha se desintegrou, muitos artistas escaparam às fendas fugindo para França ou para a América de preferência a suportar o isolamento, a prisão e possivelmente a morte. A vida na sua variedade foi cauterizada, e o mesmo aconteceu à arte. Para o poeta Federico García Lorca, foi demasiado tarde para fugir. Podemos apenas especular que o seu compatriota andaluz, o pintor Isaac Robles, terá sofrido destino semelhante.

O passado da Espanha é uma peça de carne que vai ficando verde na tábua do talhante. Quando a guerra terminou, as pessoas foram proibidas de olhar para trás e ver as moscas adejando, e depressa deram por si incapazes de voltar a cabeça, descobrindo que não havia qualquer linguagem permitida para a sua dor. Mas os quadros, pelo menos, permanecem. *Guernica*, as obras de Dalí e Miró, e agora *Rufina e o Leão*, uma alegoria da Espanha, um testamento para um país belo em guerra consigo mesmo, transportando nos braços a sua própria cabeça, eternamente condenado a ser perseguido por leões.»

No final do ensaio de Herbert, pode imaginar-se que Isaac Robles ia bem lançado a caminho de se tornar altamente colecionável, desfrutando de um segundo renascimento de preços de um modo que o humilde pintor nunca teria sonhado. Herbert parecia tão certo de saber do que tratava o quadro, de que Isaac Robles pretendera fazer um comentário político ao estado do seu país. Mas eu pensava que o quadro, combinado com as imagens de Justa em *Mulheres no Campo de Trigo*, parecia mais pessoal, sexual até.

Na quinta-feira, quando Barozzi e as outras pessoas do Guggenheim chegaram de Veneza com os seus quadros — um cortejo de arte ao nível de embaixadores, com melhores presentes e fatos —, Quick ainda não regressara e Reede andava furioso.

— Ela não está bem — disse eu. Quick não atendia o telefone. Quanto mais se aproximara a noite da inauguração da exposição, mais ela se afastara de nós. Embora receando que a pressão da iminente inauguração ameaçasse esmagá-la, eu quase esperava que isso a levasse a abrir-se independentemente das consequências, para que o segredo que ela estava a ocultar-me fosse forçado a vir à luz.

— Não me interessa se ela está no seu leito de morte — rugiu Reede, e eu estremeci perante a sua macabra exatidão. — Esta é a visita mais importante que acontece no Skelton ao longo dos meus vinte anos aqui e ela não se dá ao trabalho de aparecer?

Encontrava-se de péssimo humor, pois falhara o seu lance de conseguir que o Museu do Prado, em Madrid, lhe emprestasse o Goya. «Então quem é a pessoa com quem posso falar no convento que tem o Murillo?», ouvi-o dizer uma tarde através da sua porta aberta.

Na ausência de Quick, Reede dirigira ele próprio a colocação dos quadros, mandando-me a mim e a Pamela superintender a preparação do chá e a retirada dos caixotes, engradados e cordas. Recordo-me que os venezianos eram muito amáveis e que se sentiam ligeiramente perturbados pelo gélido inverno londrino. — Já esteve em Veneza? — perguntou-me um deles.

— Não — respondi eu.

— Vá. É como se o teatro tivesse saído para a rua.

A fotografia de Isaac Robles e da mulher desconhecida fora ampliada para cobrir quatro enormes placas. Dois arquivistas tentavam afixá-la na extremidade da parede da galeria. Ninguém ousou salientar que a câmara estava claramente centrada na face levemente desfocada da jovem sorridente, que empunhava o pincel. — É a única fotografia que temos dele — disse Reede —, portanto vamos usá-la.

Os venezianos tiraram o seu próprio Isaac Robles de uma grade e Pamela abafou uma exclamação.

— Oh, Dell — disse ela. — *Olha*.

O Pomar merecia de facto todas as exclamações. Era espantoso, muito maior do que eu estava à espera, pelo menos um metro e meio de comprimento por um e vinte e tal de altura. As cores tinham aguentado bem os últimos trinta anos; era tão vibrante e moderno na sua sensibilidade que podia ter sido pintado no dia anterior. Havia nos campos de retalhos ecos de *Rufina e o Leão*, mas o pormenor era quase hiper-real, diligente no solo, e dando lugar a uma sinfonia de pinceladas no céu.

— É o meu preferido — confessou um dos venezianos.

— É belo.

— Onde o quer o Signor Reede?

Consultei o plano. Reede queria que *Rufina e o Leão* partilhasse uma parede apenas com *Mulheres no Campo de Trigo*, que ainda se achava na sua grade. *O Pomar*, devido ao seu tamanho, não era provável que partilhasse qualquer parede. — Ponham-no aqui, para já — respondi, indicando que os venezianos o podiam colocar em segurança num canto da galeria.

Apesar de ser muito excitante estar naquele espaço nesse dia — a abertura das grades de madeira assemelhava-se ao Natal em grande escala; serradura e pregos por todo o lado, e um sentido mágico da ocasião —, eu experimentava uma profunda sensação de desconforto. Sim, havia a importância de esta ser a primeira exposição de Isaac Robles em Londres, mas havia o senão de Quick achar que não fora Isaac Robles a pintar aqueles quadros.

Dirigi-me ao fundo da galeria para dar uma outra olhadela à fotografia, e parei diante da mulher que estava tão certa de ser Olive Schloss, com *Rufina e o Leão* meio acabado atrás dela. Parecia-me imperativo compreender esta fotografia, ser ela a chave para revelar a verdade acerca do quadro e do que estava a acontecer a Quick. Procurei na face levemente desfocada daquela rapariga uma Quick mais jovem, plena de esperança e paixão. E embora Quick se tivesse tornado macilenta nestes últimos meses, acreditei poder ver, naquele rosto generoso e cheio, a rapariga que ela fora em tempos. Mas não podia ter a certeza. No decorrer dos últimos meses, Quick dera-me tanto, de certa maneira, e no entanto, ao mesmo tempo, demasiado pouco. A minha ânsia de respostas fornecera-me as minhas próprias, e embora as achasse atraentes, não eram necessariamente verdadeiras. Fitando de novo esta foto em tamanho real, e sem tempo a perder, soube o que tinha a fazer.

No intervalo do almoço, esgueirei-me para o gabinete de Quick e tirei das suas reservas papel com o cabeçalho do Skelton, treinando apressadamente a assinatura de Reede diversas vezes num bloco. Datilografei uma breve carta de apresentação e explicação, com vista a realçar o conteúdo de «O Século Engolido», antes de respirar fundo e imitar o rabisco de Reede no fim. Com a carta na mala, dirigi-me ao escritório central da Slade School of Art, em Gower Street, e pedi para examinar os seus registos de alunos. Eles mal olharam para a carta e eu passei a hora inteira a procurar desde 1935 até 1945.

Nunca se registara qualquer Olive Schloss. Foi como se um dos derradeiros fios se quebrasse, mas recusei-me a acreditar que Olive tivesse realmente desaparecido. Ela estava no Skelton, naquelas paredes, rodeada pelas suas obras — e estava nesse exato momento em Wimbledon, uma pessoa que eu decidira obrigar a explicar-se. Encontrei uma cabina telefónica e marquei o número de Quick, rezando para que ela atendesse.

— Estou?

— Nunca estudou lá, pois não? — disse eu.

— Odelle, é você? — As palavras soaram esquisitas, a voz quase ininteligível. Parecia frágil, e o meu alívio por finalmente lhe ouvir a voz depressa deu lugar ao medo.

— Quick, eu fui à Slade.

Houve silêncio do outro lado. Eu prossegui, frustrada e desesperada, sentindo as faces quentes, o coração começar a galopar. — Nenhuma Olive Schloss se registou na Slade. Mas a Quick já sabia disso, não sabia? Conte-me a verdade.

— A Slade? — repetiu ela. — A Slade... porque é que foi à Slade?

— Quick, a exposição é inaugurada amanhã. Isaac Robles vai ficar com a sua glória. Penso que não deveria estar sozinha.

— Eu não estou sozinha. — Deteve-se, respirando com dificuldade. — Eu nunca estou sozinha.

Espreitei pelos quadrados de vidro sujo da cabina telefónica. Diante de mim passavam londrinos apressados de um lado para o outro. Senti-me como se estivesse debaixo de água e os seus corpos não fossem realmente corpos, apenas manchas de cor, movendo-se na minha linha de visão.

— Vou aí vê-la — disse eu, surpreendida com o meu tom inflexível, que nunca até aí ousara adotar.

Ouvi Quick hesitar, a pensar, a respiração presa quando deixou de resistir. — Então e o seu trabalho? — disse ela. — Eles precisam de si para a exposição.

O protesto era fraco e as suas palavras eram tudo o que eu precisava de ouvir. Quick precisava de mim e sabia disso. — A *Quick* é o meu trabalho — retorqui eu. — Não compreende?

— Não estou muito bem.

— Eu sei.

— Não... a Odelle não compreende. Estou assustada. Eles vêm aí. Eu nunca pretendi magoá-la.

De súbito senti-me muito claustrofóbica naquela cabina: tinha de sair. — Quem é que vem aí? Quem é que a Quick não quis magoar?

— Eu ouço-os...

— Não vem aí ninguém — acalmei-a eu, mas ela começava a enervar-me. Precisava de ar, e a sua voz estava tão desesperada. — Não tenha medo — disse eu. — Quick, ainda está aí? Pode confiar em mim, prometo.

— O que é que disse?

— Ouça, Quick. Estarei aí em breve. Quick?

A linha ficara muda. Angustiada, empurrei a porta da cabina e dirigi-me rapidamente para o metro mais próximo.

Setembro

1936

XVIII

Ainda estava quente no final de setembro, o ar em Arazuelo ainda pesado de madressilvas, a terra encarnada e fendida. Subjacente a esta bela paisagem havia matéria purulenta, mas não sabia a guerra; não da maneira que os Schlosses pensavam que era suposto a guerra ser. Era algo pior, um terror localizado e persistente. Bombardeiros italianos e alemães sobrevoavam-nos, disparando contra aviões parados em aeródromos, o porto de Málaga, reservatórios de petróleo. Mas havia uma estranha sensação de limbo, uma esperança intermitente de que tudo aquilo seria resolvido em breve, que o governo republicano encontraria uma resistência contra aqueles rebeldes nacionalistas e os seus aliados estrangeiros, que estavam a estender o seu alcance através do país.

Os nacionalistas tinham ganho o controlo de Castela-a-Velha, Leão, Oviedo, Alava, Navarra, Galiza, Saragoça, as Canárias e todas as Baleares, exceto Minorca. No Sul, haviam tomado Cádis, Sevilha, Córdova, Granada e Huelva. Málaga ainda se encontrava na zona republicana, tal como Arazuelo, mas apesar disso os rebeldes pareciam muito próximos.

Harold ia de carro a Málaga buscar abastecimentos. Dizia que alguns bares e lojas estavam abertos, enquanto outros tinham fechado, e os comboios e camionetas interrompiam e retomavam misteriosamente os seus horários sem qualquer aviso. Nada era estável. Ninguém usava já sequer gravata, pois tais enfeites eram tomados por um sinal de tendências burguesas e podiam fazer da pessoa um alvo para os vermelhos. Harold esperava que o pior que os anarquistas poderiam fazer era roubar-lhe o carro, veículos requisitados «para a causa», gasolina sugada com sifão para camiões, automóveis elegantes deixados a enferrujar.

Os dias eram suportáveis; o pior eram as noites. A família ficava acordada na *finca*, enquanto pelos campos se ouviam tiros, cada vez mais perto. Cada lado da batalha crescente via o outro como uma massa viral e sem rosto contaminando a política do corpo, exigindo ser amputada da sociedade. Bandos de direita e de esquerda tomavam a lei nas suas mãos, removendo oponentes das suas casas, deixando-os em campas rasas no meio das montanhas e bosques.

Em muitos casos, a política era a capa para vinganças pessoais e feudos familiares. A maior parte do terror da direita era dirigida contra aqueles que tinham influenciado a violência contra os padres e os proprietários de fábricas em 1934: dirigentes sindicais, anticlericais proeminentes, vários presidentes de câmara republicanos. E todavia... mecânicos, talhantes, médicos, construtores, operários, barbeiros, também eles eram «levados a dar uma volta», como a frase se tornou conhecida. E não eram apenas homens. Certas mulheres que se haviam tornado professoras sob a República eram removidas, tal como as mulheres de conhecidos anarquistas. Nada disso era legal, é claro, e não parecia haver meio de o travar, quando o ódio e o poder estavam em jogo.

Quanto aos canalhas da esquerda, apesar dos cartazes que Harold vira afixados por Málaga, implorando-lhes que parassem de envergonhar as suas organizações políticas e sindicais e cessassem as suas brutalidades, perseguiam guardas-civis reformados, simpatizantes católicos, pessoas que sabiam ser ricas, pessoas que *acreditavam* ser ricas. As suas casas eram saqueadas, os seus bens danificados — e era esse receio que frequentemente ocorria em primeiro lugar à imaginação das classes médias, mais do que a possibilidade de serem mortos a tiro.

Os Schlosses não receavam por eles próprios. Pensavam que ninguém lhes tocaria por serem estrangeiros. Não tinham nada a ver com tudo aquilo. A morte estava a acontecer para lá da sua aldeia, fora da autoridade municipal e da vista das pessoas. A violência no país, tanto contra o conjunto de uma aldeia como o cadáver crivado de balas de um aldeão, estava escondida, embora toda a gente soubesse que lá estava. Como não se podia vê-la, continuava-se. Era estranho, pensava Olive, como se podia viver a par daquilo; como se podia saber que tudo aquilo estava a acontecer e mesmo assim não se querer partir.

Há muito que ela desistira de tentar ouvir a BBC para procurar os factos, pois a estação oferecia pouco mais do que um improvável híbrido de informação de Madrid e Sevilha, somados e divididos por Londres. Todavia, as estações do governo republicano eram uma longa barragem de discursos vitoriosos e afirmações de triunfos, que eram algo abalados pelos acontecimentos reais. A frequência de Granada eram só ruídos, não se conseguia ouvir uma palavra, e o mesmo se aplicava às cidades do Norte, cujas ondas de rádio não conseguiam penetrar as montanhas do Sul.

A cidade de Málaga, contudo, emitia constantemente negações, rumores e mitos; chamadas às armas de republicanos, horas de reuniões e ordens para construir uma nova Espanha, livre de fascistas. E, do outro lado, a alarmante invetiva nacionalista achava-se na frequência de Sevilha. Durante o dia, emitia música e anúncios pessoais, como se não houvesse qualquer conflito a decorrer. Mas, durante a noite, os insurgentes faziam transmissões e, apesar de repletos de exagero e belicismo, Olive usava-os para deduzir a alteração do estado dos destinos do seu país de adoção. Ouvia Queipo de Llano, o general que primeiro emitira de Sevilha, mantendo a sua inexorável sede de sangue, gritando que havia um cancro em Espanha, uma massa de infiéis que apenas a morte poderia remover.

Tudo aquilo era enervante; e no entanto havia histórias animadoras de pessoas que recusavam fazer exatamente o que os generais queriam. Teresa contou como um padre na aldeia ao lado impedira um bando falangista de matar a tiro os ateus da sua paróquia. Ouvira igualmente rumores de esquerdistas censurando anarquistas por tentarem incendiar a igreja local, escondendo até vizinhos de direita nos seus fornos de pão, protegendo-os de uma morte certa quando os radicais apareceram.

Ouvindo essas histórias, Olive percebia que a maioria das pessoas se encontrava comprimida no meio. Não desejavam problemas, desesperados apenas por viver as suas vidas longe daquelas demonstrações de poder, conversas de purgas, de brutalidade pulverizada em sangue contra uma parede caiada. Mas o seu desejo não podia mudar da verdade do ambiente em Arazuelo. Olive ia à aldeia e via os rostos contraídos das pessoas, preocupadas sobre quem defenderia quem quando chegasse finalmente o dia das contas em Arazuelo.

Isaac comprou uma espingarda em Málaga a um contacto do sindicato, que gostava de caçar os javalis do patrão. Reforçou a fechadura da porta do chalé, mas sabia que isso não teria qualquer significado para alguém decidido a apanhá-lo. Mais «pessoas de interesse» para os rebeldes nacionalistas tinham abandonado as suas aldeias para se esconder no campo ou juntar às milícias dirigidas pelo Partido Comunista em Málaga. Mas isso não era suficientemente longe para Teresa. Ela queria que ele se fosse embora.

— Acho que devias ir para o Norte — disse ela. — Fizeste demasiados inimigos aqui. Não te encaixas. A esquerda não confia em ti por causa do nosso pai e a direita não confia em ti por não seres seu filho legítimo.

Isaac fitou a irmã, a nova severidade da sua cara. — Tu também não encaixas aqui, Tere — replicou ele.

— Mas foste tu que disparaste uma bala contra a Madona. *Tu é* que passaste a vida a ensinar aos camponeses os seus direitos. Tu é que...

— Está bem. Mas pensas que eles só perseguem homens? Tu terias de vir comigo.

— Eu não me vou embora.

— Céus, és tão obstinada como os Schlosses.

— Bem, todos nós sabemos porque é que eles não se vão embora. Por tua causa. Se pensares no assunto, Isa, estás igualmente a pô-los em perigo.

*

O Consulado britânico em Málaga enviara cartas a todos os súbditos registados de Sua Majestade de que tinha conhecimento na região. De olhos arregalados, Teresa entregara a carta do cônsul, que viera dirigida a Sarah. Depois de um magro pequeno-almoço, visto o pão escassear e o leite de cabra estar a secar, os Schlosses debateram se haviam de ficar ou partir.

A carta informava-os de que vasos de guerra aguardavam para os levar de solo espanhol para Gibraltar e depois, se o quisessem, para Inglaterra. A ameaça, dizia, não vinha daqueles rebeldes nacionalistas e das suas tropas estrangeiras, mas dos que constituíam a extrema-esquerda espanhola, os vermelhos, que poderiam em breve saquear as *fincas* alugadas por britânicos e confiscar todas as propriedades privadas.

Olive mostrou-se determinada a que ficassem. — Não podemos simplesmente partir quando as coisas não nos convêm. Que espécie de exemplo é esse?

— *Liebling* — disse Harold. — É perigoso.

— Tu é que continuas a ir de carro a Málaga. Nós somos estrangeiros. Eles não virão à nossa procura.

— É exatamente por isso que eles *virão* à nossa procura — contrapôs Harold, apontando para a carta. — Foi o que disse o cônsul.

— A Liv tem razão — intrometeu-se Sarah. — Não acho que devamos partir.

Harold olhou para as suas duas mulheres, confuso. — Vocês *as duas* querem ficar?

Sarah levantou-se e dirigiu-se para a janela. — Londres acabou para nós.

— Estou perplexo — disse Harold. — Há apenas dois meses, tu clamavas por partir. — Sarah ignorou-o. — *Eu* acho — continuou ele — que nós devíamos partir se as coisas piorarem, mas convidar o Isaac a vir connosco.

As mulheres viraram-se para o fitar. — É o meu dever — afirmou Harold. — Ele é demasiado valioso.

— O Isaac não partirá — disse Sarah. — Ele lutará.

— O que sabes tu disso?

— É óbvio. Ele sente uma grande lealdade para com este sítio.

— Tal como eu — declarou Olive do sofá, estendendo a mão para acender um cigarro das escassas reservas. Os pais não a detiveram. — Mr. Robles não é um cobarde — disse ela, expirando profundamente a observar os dois. — Mas se estão a planear levá-lo, então, com toda a franqueza, também deviam levar a Teresa.

— Ele tem esse quadro de *Rufina* quase acabado? — perguntou Harold. — Continuo a acenar com o isco a Peggy, mas não me tem dado notícias.

— Eu não sei, *señor* — respondeu Teresa.

— Geralmente tu sabes tudo, Teresa — comentou Sarah, e a rapariga corou.

— Ele está quase a acabar — disse Olive. — Não tardará muito, estou certa.

— Da próxima vez que fores a Málaga, querido — disse Sarah para o marido —, compra a Union Jack.

— O quê?

— Quero hastear a Union Jack. Assim qualquer sacana que cá venha para nos matar saberá que somos neutros.

— Nós não somos de todo neutros, mãe — repontou Olive. — Tens olhado sequer para os jornais?

— Sabes que eu não gosto de jornais, Olive.

— A menos que venhas neles.

— Liv — disse o pai, um tom de aviso na voz.

— O que foi? Ela vive numa bolha. O nosso governo recusou envolver-se. O francês *idem*. Dizem que defender a República espanhola equivale a uma defesa do bolchevismo.

— Eles andam preocupados, *liebling* — disse Harold. — Receiam uma revolução, que a situação aqui se espalhe a França, progrida e atravesse o Canal, até Regent Street, ao longo do Strand e de Pennine Way.

— Baldwin tem tanto medo de Hitler que não fará nada.

— Não creio que tenha — retorquiu Harold. — O primeiro-ministro está a tentar ganhar *tempo* e não as boas graças alemãs.

— Seja como for, onde é que isto te deixa, Mr. Viena? — comentou Sarah. — É melhor para ti, para todos nós, ficar em Espanha.

*

Rufina e o Leão estava de facto concluído e Olive não pintara nada desde então. Nunca sentira aquela falta de vontade de se aproximar de uma tela, e não gostava nada disso, sentindo-se inútil e assustada com a sua falta de confiança. Não queria relacionar isso diretamente à falta de interesse de Isaac por ela — queria trabalhar independentemente dele, de qualquer fator fora do seu próprio impulso criador —, mas isso estava a mostrar-se impossível. Suplicara a Isaac que mostrasse *Rufina e o Leão* a Harold, mas ele recusava-se. — Tenho coisas mais importantes com que me preocupar — dissera ele.

— Mas podias simplesmente entregá-lo. O meu pai está à espera. Peggy Guggenheim está à espera.

— Não me interessa se até o papa está à espera — retorquira ele bruscamente.

Olive começara a sentir que *Rufina* lhe obstruía o cérebro. O seu poder sobre ela tornara-se um reflexo não só das suas relações com Isaac e Teresa, mas também da situação política que girava em volta deles. O medo estava a paralisá-la. Pintara-o como expurgação; agora precisava que ele desaparecesse. Quando Isaac se negou a recebê-lo, Olive sugeriu que Teresa levasse o painel para a despensa, para fora da sua vista.

Teresa recusou. — Está lá demasiado frio, *señorita* — disse ela. — Podia estragar-se.

— Mas eu agora não consigo pintar nada.

— *Tranquila, señorita* — disse Teresa. — Isso vai e vem.

— Bem, nunca foi a lado algum antes. E se *acabou*? Se foram apenas estes quadros e acabou-se?

Uma noite, no início de outubro, os Schlosses convidaram Isaac para jantar. Ele manteve-se calado o tempo todo, e depois Olive apanhou-o sozinho, de olhos fixos na escuridão do pomar.

Enfiou a mão na dele, mas ele não a agarrou, deixando a sua ali pousada como se fosse a de um homem morto. Ela tentou novamente persuadi-lo, dizendo que com certeza lhe faria jeito mais dinheiro para o lado republicano e que entregar *Rufina e o Leão* a Harold seria a maneira ideal.

— Os soviéticos prometeram-nos armas — disse ele. — Podemos perder Málaga. Podemos perder Madrid e metade da Catalunha, mas ganharemos a guerra.

Ela inclinou-se para lhe dar um beijo na face. — És tão corajoso — murmurou.

Isaac não pareceu reparar no beijo dela, esmagando o cigarro com o calcanhar, as cinzas a mancharem a varanda de negro. — A Teresa acha que eu devia ir para o Norte. O nosso pai anda cada vez mais... ruidoso, a respeito dos de esquerda. Eu represento algo que o retém. Ele é ambicioso. Os homens ambiciosos safam-se bem em tempos como este.

— Ele far-te-á mal, Isa?

— Não sujará as mãos. Esses dias acabaram. Mas outra pessoa poderá fazê-lo.

— Isaac, não.

— Estão novamente a bombardear Málaga. Devias partir, Olive. Deviam partir todos.

— Mas nós *vivemos* aqui.

— Imagina que ficavam. Podias não voltar a pintar, tudo porque quiseste ser corajosa.

— Se estivesse morta, não creio que isso me importasse muito. Além de que não pintei nada desde que acabei *Rufina*.

Ele virou-se para ela, surpreendido. — Isso é verdade?

— É, e é por isso que continuo a pedir-te. Eu sei que é egoísmo, Isa, eu sei. — Sentia-se à beira das lágrimas, mas engoliu-as. — Sem ti fico emperrada. — Ele não respondeu, e ela virou-se para o negrume do pomar.

— Tu não precisas de mim, Olive — disse ele finalmente. — Só precisas de pegar no pincel. Porque insistes tanto em nos envolver? É para poderes culpar-nos se as coisas correrem mal?

— Não.

— Se eu tivesse metade da tua perícia, estava-me nas tintas para quem me amava.

Ela soltou uma gargalhada azeda. — Isso era o que eu pensava também. Mas preferia ser feliz.

— Ser-te permitido pintar é o que te faz feliz. Sei isso a teu respeito, pelo menos. — Ela sorriu. — Eu gosto de ti, Olive — prosseguiu Isaac. — És uma rapariga muito especial. Mas és muito nova para estares a pensar em para sempre.

Olive engoliu de novo, as lágrimas a escaldarem-lhe os olhos. — Eu não sou nova. Tu e eu... porque é que isto não pode ser para sempre?

Ele agitou o braço em direção à escuridão. — Guerra ou não guerra, tu nunca ficarias aqui.

— Tu não *vês*, pois não?

— O que é que eu não vejo?

— Que eu te amo.

— Tu amas uma ideia de mim.

— É a mesma coisa.

Ficaram em silêncio. — Eu fui-te útil — disse ele. — É tudo.

— O que foi, Isaac? O que é que mudou?

Ele fechou os olhos e estremeceu. — Nada mudou. Foi sempre o mesmo.

Ela bateu no parapeito da varanda com o punho. — Tu devias *querer* estar comigo. Tu devias...

Uma explosão abafada para lá do vale silenciou-os a ambos. — Que diabo foi aquilo? — indagou Isaac, perscrutando o horizonte.

— A Teresa disse que eles começaram outra vez a bombardear pontes. É verdade que o teu pai os ajuda?

A cólera fez escurecer tanto os olhos de Isaac que ela recuou. — Tenho de ir a Málaga — disse ele.

— À meia-noite? Que utilidade terás agora?

— Mais do que se ficar aqui.

— Então é o fim, não é? De nós?

— As nossas ideias acerca do que isto é foram sempre diferentes. Sabes disso.

— O que hei de eu fazer com aquele quadro?

— Dá-o ao teu pai. Eu tenho de tratar das minhas coisas.

— Que quer isso dizer? Eu não desisto disto...

— Estás a misturar as coisas, Olive. Sentes-te frustrada por não conseguires pintar...

Ela agarrou-lhe os braços. — Eu preciso de ti. Não consigo pintar sem ti.

— Já pintavas antes de mim.

— Isaac, não me deixes... por favor.

— Adeus, Olive.

— Não!

Isaac desceu os degraus da varanda e encaminhou-se para o pomar. Virou-se para a casa, o rosto meio iluminado pela Lua. Atrás dela, Olive pressentiu uma presença à porta da cozinha.

— Aonde é que ele vai? — perguntou Sarah.

— *Suerte* — gritou Isaac por cima do ombro, antes de se enfiar por entre as árvores.

— O que quer aquilo dizer? — indagou Sarah.

Olive sentia as lágrimas a subirem, mas recusava-se a que a mãe a visse chorar. — Não interessa.

— Olive, diz-me o que ele disse.

Olive voltou-se para Sarah, surpreendida com a expressão preocupada do seu rosto. — Tudo o que aquilo quer dizer, mãe — respondeu ela —, é felicidades.

XIX

Algumas horas depois de Isaac se ter escapulido das mulheres Schloss para a escuridão, a *finca* de Don Alfonso foi atacada com fogo e uma segunda salva de tiros disparada contra a Igreja de Santa Rufina, no centro de Arazuelo. Mais tarde, as pessoas sussurraram que sim, que tinham visto o padre Lorenzo, despido, a fugir das chamas para a praça da aldeia, com uma mulher nua pegada aos calcanhares. Alguns disseram que não houvera mulher nenhuma, apenas o padre com uma camisa branca, a protuberância das suas partes pudendas visível sob o algodão. Outros juraram sobre a sagrada Bíblia que houvera uma mulher, uma visão da própria Rufina, fugindo da impiedade atrás de si antes de se erguer para o ar.

A única verdade que Arazuelo podia testemunhar era que, de madrugada, a igreja era uma casca vazia e a propriedade de Don Alfonso um esqueleto enegrecido. O fumo de madeira pairava no ar, picando os olhos dos que tentavam seguir com a sua vida, até que toda a aldeia caiu num torpor inquieto, sabendo perfeitamente que a retaliação por uma coisa daquelas acabaria por chegar.

Quando Teresa chegou a correr no meio da luz cinzenta da madrugada, martelando a porta da frente da *finca*, Olive compreendeu que havia algo de muito errado.

— O Isaac fez uma coisa estúpida...

— O que fez ele? Onde está ele?

Teresa parecia apavorada. — Não sei. A igreja foi-se.

— Foi-se... que queres tu dizer com foi-se?

— Fogo. E a casa do meu pai também.

— Céus, Teresa. Entra.

*

Cerca de duas horas mais tarde, Don Alfonso apareceu, o seu fato outrora impecável sujo agora de carvão. Também ele bateu com violência à porta da *finca*, e Teresa, lá em cima com Olive, encolheu-se. — Vai correr tudo bem — segredou Olive.

Teresa apertou-lhe o pulso com força. — Não, *señorita*. A *señorita* não compreende.

Harold abriu a porta a Don Alfonso, e o homem percorreu colérico o corredor até à sala da frente. Olive deslizou pelas escadas para espreitar pela fenda da porta.

— Já sabe o que aconteceu? — perguntou Don Alfonso.

— Já.

— As notícias espalham-se depressa. É um ultraje. Eu podia ter morrido. A minha esposa, os meus filhos... é apenas por a minha filha Clara sofrer de insónias que qualquer um de nós ainda cá está. Três dos meus moços de estrebaria, um copeiro e um lavador de panelas tomaram parte nisso. Encontrei esses homens, Señor Schloss, e estão todos na cadeia aguardando o castigo. E sabe o que me contam eles? Contam-me que Isaac Robles lhes pagou pela sua ajuda. Onde é que Isaac foi buscar o dinheiro para pagar àqueles homens? A mim não, seguramente. Não consigo obter respostas, porque não consigo encontrar o meu filho bastardo. Sabe onde ele está, *señor*?

— Não.

— E no entanto sabe que a minha *finca* foi incendiada.

— Ele não está no chalé dele?

— Mandei lá o Jorge e o Gregorio. Tudo o que encontraram foi *isto*. — Don Alfonso ergueu um exemplar antigo da *Vogue*. — Da sua esposa, presumo?

Pela cara de Harold perpassou uma expressão de surpresa, mas ele adaptou-se rapidamente, voltando a dar uma impressão de calma. — Ela oferece-as à Teresa.

— O meu filho soltou trinta dos meus puros-sangues, *señor*. Transformou os meus estábulos em tochas. Incendiou a igreja de Lorenzo.

— Sente-se, por favor, Don Alfonso. Isso são acusações graves.

— Os seus próprios amigos o entregaram. Ele é o diabo, *señor*.

— Perdão, mas não concordo — disse Harold, já claramente irritado. — Don Alfonso, o seu filho não tem tempo para esses jogos. O seu filho é um homem de talento.

Foi a vez de Don Alfonso parecer surpreendido. — De que fala, *señor*?

— Nunca viu o trabalho dele?

— O quê?

Mas antes de Harold poder explicar-se melhor, Olive empurrou a porta e entrou na sala. Ambos os homens tiveram um sobressalto e se viraram para ela. — Vai para cima — disse Harold em voz tensa.

— Não.

Atrás de Olive, apareceu Sarah. — O que se passa aqui? — indagou ela. Os seus olhos pousaram na figura de Don Alfonso e a cor desapareceu-lhe do rosto. — Ele está morto? — sussurrou ela. — Mr. Robles está morto?

— Não sejas ridícula, Sarah — disse Harold, incapaz de disfarçar a tensão da sua voz.

Don Alfonso inclinou a cabeça na direção de Sarah num breve cumprimento. — A Teresa está cá? — perguntou-lhe ele.

— Lá em cima — respondeu Sarah.

— *Mãe* — disse Olive. — Não.

— Por favor, tragam-ma cá — disse Alfonso.

— *Não* — respondeu Olive. — Não pode levá-la.

— Liv, não sejas ridícula — disse Harold. — Sê civilizada.

— *Civilizada*?

— Vai buscar a Teresa.

Olive foi para cima, mas Teresa não se encontrava à vista. Olive esperou, a ganhar tempo, fingindo procurá-la, rezando para que Teresa tivesse alcançado um lugar seguro. Voltou para baixo com passos decididos e regressou à sala. Don Alfonso comprimiu os olhos ao ver que ela vinha sozinha. — Está a escondê-la, *señorita*? — disse ele. — Sei que pensa que é amiga dela.

— Não estou a esconder ninguém.

Ele virou-se para os pais de Olive. — Não será bom para vós escondê-los. Isaac é procurado por roubo, fogo posto, danos criminosos, tentativa de homicídio...

— Pelo amor de Deus — interrompeu Harold. — Nós não estamos a esconder os seus filhos.

— Eles já não são meus filhos. Os *señores* deviam sair daqui — disse Don Alfonso. — Deviam partir.

— Pelo contrário — replicou Harold. — Eu penso que devemos proteger aqueles que não gozam da sua proteção. Começo a compreendê-lo muito melhor.

Alfonso riu-se. — Vocês, estrangeiros, são todos iguais. Pensam que estão a proteger Teresa e Isaac? Serão eles que terão de vos proteger a vós. E pensam que o farão? Que estão sob algum manto mágico, que a vossa criada e o vosso jardineiro vos amam?

— Teresa é nossa criada, sim, e muitíssimo boa, mas Isaac não é nosso jardineiro. Não faz a menor ideia do que o seu filho...

— Eu conheço-o melhor do que o *señor*. O que usará ele para o defender, *señor*, uma frigideira? O mais provável é que esses degenerados com quem ele anda vos espetem uma enxada no coração e se juntem aos vermelhos.

*

Pouco depois, quando Don Alfonso desapareceu no seu carro, Olive saiu pelos portões ferrugentos da *finca*, correu pelo caminho até à aldeia — por essa altura, ofegante e com as pernas doridas — e de novo pela montanha acima, até ao chalé de Isaac e Teresa. Eles não se encontravam lá, mas Jorge e Gregorio tinham virado aquilo do avesso. Céus, aquele chalé era um sítio frugal, mais frugal do que Olive recordava. Aos olhos da sua mente, aquilo transformara-se num refúgio rústico, um lugar para pensar, respirar e pintar. Na realidade, era um lugar de onde se desejaria fugir.

O quarto de Isaac não continha mais nada além da sua cama por fazer e uma jarra de rosas murchas no parapeito da janela. Os escassos pertences de Teresa encontravam-se espalhados pelo chão do seu quarto. Olive ficou admirada ao ver um dos seus velhos tubos de tinta, o tom verde-gafanhoto que ela usara para *O Pomar*. Havia uma rolha de champanhe *Veuve Clicquot* e coisas ainda mais estranhas: um recorte de tecido quadrado que condizia com o pijama do seu pai. Havia um pacote amarrotado dos cigarros de Harold e quando Olive o sacudiu caíram várias beatas que haviam sido guardadas lá dentro, as pontas cobertas com o inconfundível vermelho dos lábios da sua mãe. Dispersas pelo solo viam-se páginas soltas arrancadas de um bloco de apontamentos, com palavras e frases escritas em inglês numa letra esforçada e clara: *palavreado* — *fanado* — *crasso* — *caramba* — *estou faminto* — *medonho* — *egoísta*. Ao lado estavam os significados em espanhol.

O coração de Olive começou a martelar. Contemplando aqueles destroços das vidas dos seus pais, aquele bloco das coisas que eles haviam provavelmente dito descuidadamente, de passagem, teve a sensação arrepiante de que realmente não conhecia de todo Teresa.

A porta da entrada bateu e ela sentiu pele de galinha. Não se seguiram passos e Olive disse a si mesma que era o vento. O barulho continuou a enervá-la, e ela imaginou um lobo, vindo das montanhas. Preparava-se para abandonar o quarto de Teresa quando viu uma fotografia no chão. Era um retrato dela e de Isaac em frente de *Rufina e o Leão*. Olive sorria e Isaac, de sobrancelhas levemente erguidas, parecia pronto para a sua pose de pintor. Olive nunca vira aquela fotografia e automaticamente enfiou-a para o fundo do bolso.

Ao passar de novo pelo corredor, avistou o quadro original de Isaac, encostado à parede. Teresa devia tê-lo levado de volta para ali, para fora de vista. As faces idealizadas da mãe e de si própria pareciam agigantar-se, e Olive sentiu-se mais uma vez chocada pelo seu ar de modelos, a sua monstruosa inexpressividade.

Foi lá para fora, observar as montanhas. No ar pairavam ainda lívidas grinaldas de fumo, o sabor dos resquícios do incêndio. Isaac conhecia bem aquelas montanhas, melhor do que Don Alfonso. Sabia onde se esconder. Mas Teresa não tivera tanto tempo para fugir. Algo de horrível se aproximava; Olive sentia-o e não havia nada que ela pudesse fazer.

— Teresa? — chamou ela para os campos e respondeu-lhe a sua própria voz. — Teresa? — gritou novamente, o pânico a aumentar. Mas a única coisa que Olive ouviu foi o eco do nome de Teresa repercutindo-se pelos montes abaixo.

XX

Foi Jorge que a avistou, esgueirando-se para a floresta nos arredores da aldeia. Ele e Gregorio andavam à caça, mas foi apenas um acaso Jorge ter a cabeça virada naquela direção: o vislumbre de uma esguia perna morena, o relâmpago de uma trança negra. O que aconteceu a seguir mudou para sempre Arazuelo, o lugar que era suposto permanecer eternamente igual. O trauma ressoou, longo e indelével, pelos anos futuros, por muito que as suas testemunhas se esforçassem por o silenciar.

Se estivesse um pouco mais afastado, Jorge tê-la-ia perdido, pois Teresa era muito rápida e ele era muito mais pesado. Mas ele e Gregorio juntos perseguiram-na pelo meio das árvores. Quando Jorge disparou a sua pistola para o ar, ela virou-se para a direção de onde vinha o som, e Gregorio aproveitou a oportunidade para a agarrar por trás.

Ela esperneou e gritou, mas Gregorio não a soltou. — Onde é que ele está? — gritou Jorge, avançando penosamente através dos fetos.

— Que queres tu dizer? Larga-me. — Teresa tinha a sensação de que o coração lhe vinha a subir pelo peito, pesando-lhe na língua.

— Onde está o teu irmão?

— Não *sei.* — Jorge avançou, aproximando a cara da dela, que sentiu o cheiro ácido de álcool antigo no seu hálito. — Anda lá, Teresa, tu sabes tudo, pequena observadora. Pequena espia. Onde está o merdas do teu irmão?

— Não sei — repetiu ela.

— Amarra-a à árvore — disse Jorge, mas Gregorio hesitou. — Ouviste. Faz isso. — Gregorio não se moveu.

— Eu não sei onde é que ele está, Jorge, juro — disse Teresa, pressentindo uma oportunidade. — Pensas que ele me dizia? Ninguém me diz nada...

— O teu irmão incendiou meia aldeia ontem à noite. Quando o apanharmos, é um homem morto. E tu vais ajudar-nos.

Começou a arrastar Teresa pela trança em direção à árvore. — O Isa conhece-te desde os tempos de escola — disse ela, ofegante com a dor que lhe percorria o crânio. — É teu amigo há vinte anos. Como é que a tua mãe te pode encarar? — sibilou ela.

— Pelo menos eu tenho uma mãe que o faz — retorquiu Jorge.

— Estás a tremer, Gregorio — continuou Teresa para o homem mais brando, louca de medo, mas pressentindo o desconforto dele.

— Jorge — disse Gregorio. — Devíamos levá-la para a esquadra.

— Cala a matraca — ordenou Jorge.

— A sério. Não vou atá-la a esta árvore. Don Alfonso não disse... vamos metê-la no camião.

Jorge acabou por ceder; meteram Teresa numa cela do quartel da Guarda Civil, e Teresa manteve-se em silêncio toda a noite. — Verifica se ela não se matou — atirou Jorge. — Como a mãe antes dela.

— O quê? — perguntou Gregorio.

Jorge olhou para o colega. — Não me digas que não sabias. A mãe dela afogou-se. Provavelmente não quis ficar por cá a criar esse pedaço de merda — acrescentou ele, dirigindo a voz para o corredor húmido, suficientemente alto para Teresa ouvir.

Na manhã seguinte, Teresa mal dormira. Em primeiro lugar, não levava muita roupa, e ninguém lhe oferecera um cobertor; mas o que mais doía, o que lhe fazia a pele tremer visivelmente, era não ter vindo ninguém da *finca* para a defender. Na calada da noite, olhando através das grades, pensando nas palavras cruéis proferidas por Jorge, Teresa convencera-se de que Olive viria a qualquer instante, Olive chamaria pelo seu nome, exigindo que aqueles rapazes abrutalhados a libertassem. Teresa tinha de acreditar nisso, porque, se não acreditasse, então quem viria seria o pelotão de fuzilamento.

Mas Olive não veio; nem Harold, apesar de que teria mais autoridade do que a filha. Ao romper da aurora, Teresa começou a pensar:

É claro, é claro, porque haviam eles de vir?, e sentiu-se satisfeita por ninguém poder presenciar o lamentável embaraço da sua esperança.

Jorge e Gregorio entraram às oito e meia da manhã na cela, onde ela se encontrava sentada direita na cama, cada vértebra sua comprimida contra a pedra fria da parede. — De pé — mandou Jorge.

Ela levantou-se e ele aproximou-se. — Pela última vez, Teresa. Onde está o teu irmão?

— Eu não s...

Ele esbofeteou-a na boca e a sua cabeça voou para trás, indo embater na parede.

— Eu perguntei, onde está ele?

Teresa começou a gritar, até que Jorge voltou a dar-lhe um murro e ela ouviu Gregorio berrar antes de perder a consciência. Quando voltou a dar acordo, estava vendada, de novo a chocalhar na parte de trás do camião, com o forte gosto metálico de sangue na boca e um dente solto.

Procurou voltar a cabeça para o ar livre, tentando calcular para onde iriam, mas continuava desorientada. O pescoço doía-lhe, a cabeça latejava. A venda fora tão fortemente atada que lhe magoava as órbitas. Cheirava a suor, ao sangue de outra pessoa. Seria o fim? No mais fundo do seu coração, nos seus sonhos, ela receara aquele momento. Ia levar um tiro na cabeça, nas traseiras de uma cabana qualquer, a cinquenta quilómetros da sua casa. E quem sentiria a sua falta? Quem lamentaria a sua morte?

O camião parou. Teresa ouviu os homens saltarem da cabina e baixarem o toldo de trás do camião.

— Não me matem. Não me matem — suplicou ela, ouvindo a sua própria voz fraquejar, surpreendida com aquela imensa paixão por viver e de quão pronta estava a humilhar-se para isso. Qualquer coisa, para viver. — Gregorio — disse ela. — Por favor. *Por favor*. Salva-me.

Mas Gregorio não falou. Uma mão agarrou-lhe no braço e caminhou com ela alguns passos, empurrando-a para uma cadeira. Teresa ouviu passos a afastarem-se, esmagando algo que parecia gravilha. Fora colocada na direção do sol, e sentia-o a aquecer-lhe a cara, laranja e dourado através da venda e da pele fina das pálpebras. É agora, pensou.

— Olive — murmurou ela —, Olive. — Continuou a repetir o nome, e a venda foi erguida. Houve silêncio, depois o som de alguns pássaros cruzando o céu. Teresa franziu os olhos, pestanejando para adaptar a visão à luz. Surpreendida, avistou Olive de pé à sua direita, a cabeça aureolada de ouro, os edifícios por trás dela quadrados de branco.

— Estou morta? — indagou Teresa.

— Não — respondeu um homem.

Teresa conseguia agora ver que se encontrava na praça principal, numa cadeira colocada diretamente em frente da estrutura carbonizada da igreja. Os aldeões haviam começado a juntar-se, recuando como um cardume de peixes quando Teresa virava a cabeça. Tentou levantar-se da cadeira na direção de Olive. Olive deu um passo para ela, de braços estendidos, mas Gregorio voltou a empurrar Teresa para baixo.

Jorge agitou a pistola para os aldeões reunidos. — Mantenham-se afastados! — gritou ele, mas Olive permaneceu à frente.

— O que é que lhe vão fazer? — gritou ela em espanhol. — O que é que vão fazer?

— Caluda! — disse Jorge, dirigindo-se ao camião e tirando qualquer coisa do lugar do passageiro. Voltou para junto de Teresa, de mãos nas ancas, avaliando-a, movendo-se lentamente em seu redor antes de lhe agarrar na trança com a mão, sopesando-a como se fosse uma viúva no mercado, torcendo o nariz ao produto. Com a outra mão, ergueu umas grandes tesouras, do tipo que os jardineiros usam para podar as plantas e as flores.

— Vou ser justo — declarou ele, o punho cerrado em redor da trança. — Vamos desfazê-la, pouco a pouco. Vou perguntar-te mais uma vez pelo teu irmão e se tu cooperares podes conservar o cabelo.

Teresa estava transformada em pedra, a única coisa viva era a sua trança, enrolada e a contorcer-se no punho de Jorge. O seu olhar era distante; o seu corpo estava ali, mas ela não. Enquanto Jorge lhe desmanchou o cabelo com um ar compenetrado, ela não estremeceu nem gritou, manteve-se simplesmente sentada, fixando o vazio. Tão imóvel, tão meditativa, que quase parecia cúmplice do espetáculo, até se reparar nos punhos cerrados, os nós dos dedos brancos sob a pele.

— Não façam isso — disse Olive para os homens. — Ela não sabe onde ele está.

Jorge deu meia-volta para encarar a outra rapariga. — Isso é o que ela diz.

Snip fez a tesoura, e uma longa madeixa de cabelo preto caiu ao chão e aí ficou no meio do pó como uma cobra. Ninguém murmurou, ninguém pareceu sequer respirar. — *Señorita* — disse Gregorio para Olive. — Este assunto não é consigo.

— Não a magoem — pediu Olive. — Vão arrepender-se. O pai dela sabe que estão a fazer isto...

— Se não se cala, vai a seguir — gritou Jorge, erguendo novamente a tesoura. — Onde está o teu irmão? — perguntou ele a Teresa, e Teresa continuou a não falar. Jorge começou a golpear a segunda mão-cheia de cabelo.

Diz alguma coisa, Tere, pensou Olive. *Qualquer coisa, uma mentira.* Mas Teresa estava muda, mantendo os olhos na igreja carbonizada, e Olive quase conseguiu sentir o toque semelhante ao de um bigode do cabelo preto a cair no seu próprio pescoço. Teresa continuou a não estremecer, mas Olive pôde ver o medo brilhar-lhe nos olhos, oculto sob aquela expressão vazia.

— Onde está ele? — veio a pergunta, uma e outra vez. E Teresa continuou em silêncio, de maneira que Jorge lhe cortou mais cabelo, rente à linha do crânio, e este emergiu como uma coisa irregular, uma espécie de moita. — És um cogumelo peludo — disse Jorge a rir. Ninguém da aldeia fez coro com ele, mas também não se moveram para deter aquele espetáculo.

— Teresa — chamou Olive. — Eu estou aqui.

— Isso adiantou-lhe muito — comentou Gregorio.

Uma vez desaparecida a massa dos cabelos de Teresa, Jorge tirou do bolso uma navalha de barbeiro. — Que estás tu a fazer? — sibilou Gregorio. — Ela já percebeu.

— Não creio — retorquiu Jorge, pousando a navalha no cimo da cabeça de Teresa. Começou a rapar os remanescentes tufos irregulares até ela ficar completamente calva, a velha humilhação, de volta aos tempos da Bíblia, aos dias de sangue.

— Isto é o que acontece — disse Jorge, segurando a navalha por cima dela — quando se ocultam informações acerca de um criminoso procurado e não se coopera com a lei.

— A lei? — repetiu Olive.

Os aldeões permaneciam imóveis. O crânio de Teresa estava coberto de cortes gotejantes nos sítios em que ele lhe golpeara a pele. Jorge puxou Teresa da cadeira, e ela moveu-se com ele como uma marioneta.

— Agora tira a saia e a blusa — ordenou ele.

— Para! — gritou outra mulher ao lado de Olive, e Jorge dirigiu-se para ela, ameaçador.

— Tu a seguir, Rosita? — disse ele. — Tu também queres parecer um cogumelo? Porque prometo que podes ser a seguir. — Rosita encolheu-se, abanando a cabeça, o medo distorcendo-lhe as feições.

Lentamente, Teresa despiu a saia e a blusa, expondo as pernas magras e a roupa interior. Olive sentiu vontade de a abraçar, mas receou que precipitar-se para diante e agarrar Teresa pudesse agora piorar as coisas para ela. Jorge parecia tão exaltado, e embora Gregorio se mostrasse menos seguro de si, podia ser igualmente perigoso.

Gregorio foi ao camião buscar um vestido tipo bata que parecia ter sido costurado no século XVI e uma garrafa, cujo conteúdo Olive não conseguiu adivinhar. Pôs a bata por cima da cabeça de Teresa e ajudou os cotovelos e as mãos a passar pelas mangas pesadas. — Tira os sapatos, Teresa — disse ele, como um pai a uma criança, e quando Teresa lhe obedeceu, isso foi absurdamente doloroso.

Os dedos de Teresa atrapalharam-se nos nós dos atacadores. Gregorio impacientou-se e cortou-os em dois com o seu canivete. E pareceu ser isso, mais do que terem-na rapado, mais do que terem-na despido, que finalmente desencadeou a cólera de Teresa. Os seus únicos sapatos, tão bem engraxados apesar dos anos, eram agora pedaços de couro desligados jazendo no pó. Soltou um grito e caiu.

— Levanta-te! — berrou Jorge, mas ela não se moveu. Jorge empurrou a garrafa para ela. — É isto que fazemos aos traidores — disse ele.

— Quem é o traidor? — retorquiu Teresa, a voz um grasnido gutural.

— Queres que to despeje eu próprio pela garganta abaixo?

Teresa fitou-o fixamente, ainda recusando. — Gregorio — disse Jorge. — Fá-lo tu.

Gregorio alcançou-a antes de Teresa poder preparar-se. Prendeu-lhe os braços atrás e enfiou-lhe o joelho no fundo das costas. Pálido e a suar, agarrou-lhe no queixo e forçou-a a abri-lo. — Bebe! — gritou ele. O choque de ver Gregorio virar-se contra ela pareceu entorpecer Teresa de terror, e Jorge enfiou o gargalo da garrafa na sua boca com relativa facilidade.

— Bebe — sibilou Gregorio. — Bebe tudo.

De olhos esbugalhados, Teresa voltou a cabeça de maneira a que Gregorio fosse obrigado a encontrar-lhe os olhos, e manteve-os abertos enquanto o conteúdo lhe era despejado pela garganta abaixo. Nessa altura alguns aldeões fugiram, o feitiço da violência finalmente quebrado por aquele horror.

Quando a garrafa ficou vazia, os homens soltaram Teresa. Ela sufocava, fios de óleo a escorrerem-lhe dos cantos da boca, formando uma poça no pó.

— Quem diria que vivíamos ao lado do Diabo? — sussurrou um homem perto de Olive.

— Agora vai para casa, Teresa — disse Jorge. — E tenta não te borrares. Se não o encontrarmos nos próximos dias, podes esperar outra visita.

Teresa pôs-se de pé e tropeçou, e Olive empurrou os homens para ir pegar-lhe no braço. Dessa vez eles não a detiveram. Teresa oscilou contra o lado de Olive, e as duas raparigas saíram da praça cambaleantes, com os restantes aldeões afastando-se para deixar passar aquela criatura sufocada, calva, cujas entranhas podiam ceder a qualquer instante graças à dose de uma garrafa inteira de óleo de rícino.

Ninguém apupou o seu avanço, nem sequer debilmente, na presença de Jorge e Gregorio. Ninguém disse palavra, boquiabertos de horror. Observaram as raparigas a subir o caminho poeirento, saindo da aldeia em direção à *finca*. Continuaram a observar, até deixarem de as ver.

Jorge e Gregorio subiram para o camião e partiram na direção oposta. Gradualmente, a praça foi ficando vazia, excetuando os montes negros do cabelo de Teresa, abandonados na gravilha.

XXI

Olive deu banho a Teresa e queimou a bata imunda. Vestiu-a com a sua própria camisola de lã grossa e umas calças de seda azul doadas por Sarah. Talvez a beleza da seda azul fosse para distrair Teresa, mas a única coisa que conseguia era conferir-lhe um aspeto incongruente; o luxo comparado com a camisola de lã e a sua cabeça rapada. Quando Harold chegou, já tarde, da sua ida a Málaga, haviam sido dados a Teresa dois comprimidos para dormir de Sarah, e ela encontrava-se lá em cima, num dos quartos do primeiro andar, profundamente adormecida.

Antes mesmo de ela lhe poder contar o que acontecera na praça da aldeia, Harold desabafou sobre o que vira na cidade. Achava-se muito abalado. As estradas estavam horríveis, disse ele. Desde que as duas principais pontes haviam sido destruídas, isolando o centro, ninguém fizera nada para as recuperar. Ele chamava-lhe o perverso budismo dos espanhóis. Deixar fluir o destino era muito bonito, mas não à custa da vida. Pois de que outra maneira se poderia explicar o facto de não consertarem uma ponte que podia ajudar a alimentar cidadãos à espera na cidade, para não falar das tropas?

Ele estacionara no exterior e fora a pé e, quando finalmente chegara ao centro, não havia muita comida para comprar. Nada de enlatados, nada de queijo — nada de queijo! —, nada de bolos. Conseguira encontrar um quilo de açúcar e outro de café de bolota, uma porção racionada de bacalhau salgado, algumas sardinhas frescas, uma caixa de cigarros e um fraco chouriço. Disse que o lugar estava a ficar irreconhecível; onde antes havia cestos pendurados havia agora edifícios bombardeados, os rostos vazios dos recentes sem-abrigo, sem nenhum sítio para viver e pouco para comer. Embora os hotéis ainda se encontrassem de pé — suficientemente seguros, uma vez que eram trancados à noite por causa dos bandos de saqueadores —, certas partes da cidade não eram agora mais do que uma concha fumegante.

— A organização é um caos — disse ele. — É uma merda de um desastre — proferiu ele com violência, e a mulher e a filha estremeceram. O que transtornava tanto Harold, ele que não pertencia ali e que podia partir a qualquer momento que quisesse?

Ele contou-lhes que os expatriados que estavam na cidade se achavam refugiados no Hotel Regina, mas a vasta maioria dos estrangeiros ia partir na segunda vaga de contratorpedeiros, segundo o Consulado britânico os informara. Tinha-os visto no cais, de passaportes na mão, malas de viagem espalhadas por ali como um jogo de dominó. Ingleses, americanos, argentinos, alemães e chilenos, alguns espanhóis de aspeto abastado. — Dizem que a onda vermelha os destruirá, mas são os bombardeiros de Mussolini que andam lá em cima — comentou ele. — O mar pode ser a única forma fiável de obter alimentos a partir de agora. Com aquelas pontes destruídas, não vejo como é que tudo poderá entrar.

— Nós aqui estamos demasiado longe do mar para isso nos servir de conforto — retorquiu Sarah em tom áspero, pegando nas sardinhas e no chouriço e desaparecendo com eles para a despensa. — Encontraste a bandeira para comprar, como te pedi? — perguntou ela.

— Não fazes a menor ideia? — gritou ele em resposta. — Os bombardeamentos aéreos, os navios de guerra italianos a bombardear o porto? Achas que eu encontraria uma Union Jack no meio de tudo isso?

Mas, apesar dos horrores de Málaga, Olive acreditava que fora Teresa quem realmente começara a enervar os pais. A sua presença era como uma massa negra no quarto do primeiro andar, e uma atmosfera de culpa impregnou a casa. Sarah não sabia o que fazer com ela, pulverizando perfume em volta da rapariga, levando-lhe todas as *Vogues* e *Harper's* que ela poderia desejar. Ao ver aquelas ofertas, Teresa não disse nada, fixando Sarah com um olhar sombrio. Sarah manteve-se afastada depois disso, relutante em se aproximar de tal volatilidade. Harold carregou com o gramofone pelas escadas, mas ela não tocou um só dos seus riscados discos de *jazz*.

Ao terceiro dia na *finca*, Teresa ficou com febre. Jazia na cama, murmurando repetidamente *Bist du es? Bist du es?*, enquanto Olive lhe enxugava a testa e rezava para que um médico se atrevesse a ir lá. Olive chamou Sarah para a ajudar, mas Sarah não respondeu. Teresa tinha a expressão fixa, os olhos completamente cerrados, a cara inchada de fadiga, a pele pálida e pegajosa como um ovo descascado.

Não havia notícias de Isaac. Na aldeia, todas as noites um dos proprietários de bar virava o seu rádio sem fios para as montanhas, de maneira a que todos aqueles que estivessem escondidos nas florestas pudessem manter-se a par das notícias. O general Queipo de Llano, ainda a transmitir de Sevilha, disse aos seus ouvintes que tinha cinquenta mil tropas italianas, três *banderas* da Legião Estrangeira e quinze mil homens das tribos norte-africanas, conhecidos como o Exército de África, à espera para avançarem sobre Málaga. Olive estremeceu ao ouvir o comunicado, mas consolou-se com a ideia de que Isaac se encontrava algures perto, também a escutar. Ela não queria que ele estivesse no Norte, queria-o ali.

A febre de Teresa passou, e ela permaneceu estendida em silêncio durante vários dias mais. À noite, escutando o silvo de bombardeiros distantes, Olive ouvia Teresa andando de um lado para o outro nos corredores, uma catarse descalça de movimento — mas o que queria ela? Seria aquilo uma vigília noturna para chamar o irmão de volta? Porquê, se ele fora a origem da sua humilhação? Olive recordava o grito de cólera de Teresa na praça da aldeia, o seu ar de impotência, o seu terror quando Gregorio a agarrara. Perguntava a si mesma se, depois daquilo tudo, Teresa sabia realmente onde se encontrava Isaac.

Mas Teresa estava enterrada sob aquela memória, enrolando-se na cama como um feto durante o dia, de cara virada para a parede. Não chamava por ninguém. Era um trauma com que nenhum deles sabia lidar. Olive acordava de madrugada e ficava diante de uma tela vazia, incapaz de pegar no pincel. Não conseguia escapar à imagem da cadeira na praça da aldeia, a bata manchada de fezes, a cabeça de Teresa um lampejo branco-baço, os pés avançando penosamente pela entrada da *finca*. Receando nunca mais pintar um quadro, nem voltar a ver Isaac, Olive sentiu vergonha ao compreender que não sabia dizer qual das privações a afetava mais profundamente. *Eu fui-te útil*: as palavras de Isaac ressoavam-lhe na cabeça.

À medida que os dias passavam, Olive aguardava que a crosta de silêncio de Teresa se quebrasse. Silêncio como aquele era o pior pesadelo de Harold. Ele achava que as pessoas deviam falar, dar voz à sua dor. Andava alvoroçado, tentando forçar a questão da rapariga que jazia deitada de bruços num dos seus quartos. Mas Olive tinha a certeza de que isso se aproximava; quase podia sentir o sabor da força da humilhação de Teresa no ar, subindo pela porta do quarto de hóspedes como uma represa prestes a rebentar.

Harold disse que, assim que Teresa estivesse melhor e novamente instalada no seu chalé, eles iriam atravessar a fronteira para Gibraltar. Quanto a Isaac, fizera a sua cama e nela teria de se deitar. Tentando dormir na sua própria cama no sótão, Olive mal conseguia imaginar um pavimento perfeito, um parque bem tratado, os telhados de ardósia de Curzon Street e Berkeley Square molhados de chuva. Ir para Londres significava saltar tanto uma fronteira metafísica como uma fronteira nacional, e ela não sabia se poderia ou sequer se o quereria de todo. Londres talvez se revelasse um tipo de sufocação diferente. Se fosse verdadeiramente honesta consigo mesma, Olive poderia admitir que havia uma espécie de afirmação de vida em viver ali, tão perto da possibilidade de uma morte real.

Começou a sentir-se responsável pelo desaparecimento de Isaac. Ele ia tão furioso quando partira pelo pomar naquela noite na varanda, gritando um *felicidades* antes de desaparecer. Como parecia longe agora a chegada ali sob o débil sol de janeiro, Isaac a agarrar naquela galinha. Olive recordou a provocação que sentira em todo o seu corpo quando ele lhe torcera o pescoço. Ele dera-lhe tanto. Tê-lo-ia ela satisfeito em troca? Não, pensava que não. Quando tentava convocar a memória das mãos dele em si, descobria que não era capaz.

— Achas que o Isaac escapou? — perguntou-lhe Sarah uma noite, em que se achavam apenas ela e Olive sentadas na sala da frente. Harold estava no seu escritório e Teresa ainda no andar de cima.

Olive esfregou os braços. A lareira esmorecia e eles andavam a racionar as reservas. — Não sei.

— Tenho a certeza de que sim — declarou Sarah. — Tenho a certeza de que apanhou um comboio. — Olive reparou que a mãe estava com um aspeto esplêndido, apesar das escassas rações e do trauma de Teresa que ameaçava submergi-los a todos. Era como se aquela situação tensa tivesse finalmente conferido a Sarah uma razão de ser.

— Tu queres partir, Liv? — perguntou Sarah.

Olive puxou um fio do sofá puído. Isaac tivera razão, afinal de contas. Eles tinham ido para ali e voltariam a partir. — Não — disse ela. — Estou em casa.

*

Mais tarde, nessa noite, Olive ouviu uma pancada na sua porta.

— Quem é?

Teresa avançou e parou no limiar. Estava mais magra do que nunca e o cabelo crescera um bocadinho, mas Olive sentiu-se sobretudo aliviada ao ver a expressão decidida do olhar de Teresa.

— Sabe o que o seu pai anda a dizer? — perguntou Teresa.

Olive recostou-se na cama. — Ele diz muitas coisas.

— Anda a falar no fatalismo dos espanhóis.

— Ignora-o.

— O que ele diz não é justo.

— Eu sei que não.

— Ele pensa que nós não estamos a tentar lutar?

— Ele não pensa isso. Quando se está de fora é fácil dizer essas coisas.

— Não é seguro.

— Eu sei, Tere.

— Deviam partir.

— Eu não te deixo.

— A *señorita* não fica por minha causa. Eu sei porque ainda cá está. — As raparigas entreolharam-se. — Ele não volta — disse Teresa.

Olive endireitou-se na cama. — Talvez volte.

Teresa riu. Era um som amargo, quebrado. — A *señorita*, mais do que ninguém, devia abrir os olhos.

— Eu diria que eles estão bem abertos, obrigadinha. Mais do que os da maioria dos ingleses no meu país.

Teresa percorreu lentamente o quarto, passando a mão pelo topo de *Rufina e o Leão*. — O meu irmão causou estragos — disse ela.

— Na aldeia?

— Nesta casa.

— Que queres tu dizer?

— Gostaria de lhe agradecer — disse Teresa. — Por me ter afastado de Jorge e Gregorio.

— Não poderia fazer outra coisa.

— Eu tentei lutar.

— Eu sei.

— Mas é difícil. É como lutar connosco próprios. E há alturas em que não percebo porque havemos de ter de o fazer. Porque havemos de ter de lutar?

— Não sei a resposta a isso, Tere.

— Se forem, Olive... eu posso ir também?

Olive hesitou. O pai não planeara levar Teresa com eles. — Tens documentos?

Teresa fez um gesto inconsciente com a mão, batendo na cabeça onde as feridas começavam a sarar. — Não.

Fez-se silêncio. — Deixa-me clarificar essa situação — disse Olive.

— O que significa isso... *clarificar*?

Olive saiu da cama e dirigiu-se a ela, pousando as mãos nos braços da outra rapariga. — Precisas de um novo caderno de palavras. Anda, não te magoo. Terei muito cuidado.

Colocando Teresa na beira da cama, usou uma navalha tirada da cómoda do pai e lentamente rapou os tufos de cabelo remanescentes na cabeça de Teresa. Passou calamina nos cortes enquanto Teresa permanecia sentada, imóvel, olhando para lá da janela, escutando as explosões distantes dos canhões em Málaga.

— Isto é culpa do meu irmão — disse Teresa em tom sombrio.

Olive segurou a navalha sobre a cabeça de Teresa. — Bom, fomos todos idiotas. Podes culpar o teu pai. E ele culparia o governo. E eles culpariam o governo anterior. Não creio que Isaac quisesse que isto te acontecesse.

— O Isaac pensa na terra, mas esquece a sua soleira — disse Teresa.

— O Isaac é um homem bom.

— Acha que sim?

— Ele tem consciência.

Teresa riu.

— Tu sabes onde está o teu irmão, não sabes? Prometo que não conto a ninguém. Só preciso de saber.

Teresa virou-se de novo para a janela, de ombros descaídos. — É melhor que não saiba.

Ouviu um *snip*. Horrorizada, voltou-se para Olive e viu que a outra rapariga cortara uma enorme madeixa do seu próprio cabelo. — O que está a fazer? — exclamou Teresa, enquanto Olive cortava mais uma mão-cheia.

— Tu pensas que eu andei simplesmente a jogar um jogo aqui, não pensas? — indagou Olive.

— Deixe o seu cabelo. Pare com isso.

Teresa precipitou-se para agarrar a navalha, mas Olive apontou-a na direção dela, à laia de aviso para se manter afastada. Começou a golpear-se repetidamente, tufos do seu espesso cabelo cor de avelã flutuando até ao chão. Teresa observava-a, hipnotizada. — Agora rapa-me a cabeça — disse Olive.

— Está louca.

— Não, não estou. O que terei de fazer para que as pessoas me levem a sério?

— Ter o cabelo igual não lhe dá uma dor igual.

— Teresa, limita-te a fazer isso.

Enquanto rapava delicadamente os últimos cabelos da cabeça de Olive, Teresa esforçava-se por conter as lágrimas. Não conseguia lembrar-se da última vez que chorara diante de alguém. Pensou naquele primeiro quadro de Olive que ela enfiara no cavalete, Santa Justa a transformar-se numa mulher num campo de trigo. Isaac ficara convencido de que ela fizera isso por causa do beijo que testemunhara contra os portões enferrujados, que Teresa o estava a castigar por ciúmes, roubando-lhe a sua oportunidade de brilhar. Teresa tinha de confessar que ver o que acontecera entre eles a magoara na altura, levando-a a sentir-se excluída e ignorada, embora não conseguisse explicar exatamente porquê. Mas também sabia que o seu impulso fora sempre algo mais profundamente enraizado, não realmente ligado a Isaac. Era outra coisa que Teresa não conseguia ela própria compreender. A maneira mais aproximada de o descrever era como um laço que ela criara para si, pelo que Olive era devidamente recompensada.

— Tere, vou perguntar-te outra vez. Sabes onde ele está? — repetiu Olive.

Teresa quase sentiu a pressão da pergunta no seu corpo. — Esqueça Isaac — disse ela. — Ele não a ama como devia.

— Oh, Teresa. O que sabes tu de amor?

O curto tempo de Teresa em casa dos Schlosses ensinara-lhe mais acerca de amor e dos seus problemas do que Olive poderia imaginar. Mas também soubera, muito antes da chegada da família Schloss e dos seus corações transbordantes, que, embora tudo tenha uma consequência, nada pode simplesmente ser imputado ao destino. Teresa sempre fizera a sua escolha: ver e ficar em silêncio. Durante toda a sua vida antes de Olive, ela seguira o seu próprio conselho.

Mas Olive e os seus quadros e os seus pais haviam modificado essa posição. Tinham levado Teresa a abrir-se, tinham-na tornado vulnerável às palavras das outras pessoas. E, mais uma vez, Olive estava a forçar-lhe a mão. Talvez não houvesse qualquer benefício em se manter silenciosa durante mais tempo. Talvez fosse altura de Olive ver realmente e de se libertar para sempre.

— Uma cabana de pastor — disse Teresa.

— O quê?

— Vá e procure uma cabana de pastor. Encontrá-lo-á aí.

Olive fitou-a, atónita. — Não acredito em ti.

— Encontrá-lo-á. Pergunte ao meu irmão o que significa estar apaixonado.

Teresa viu-a partir e começou a varrer o cabelo cortado da outra rapariga com um misto de horror e júbilo. Não sabia exatamente o que é que Olive ia encontrar, mas tinha uma boa ideia. Observou a parte de trás da cabeça recém-rapada de Olive com algo que se assemelhava a orgulho. Quando viesse o ajuste de contas — e agora viria certamente —, Teresa sabia que o seu caráter seria posto em causa. Pelo menos veriam que ela não deixara marcas na sua patroa. Não era possível consertar o coração de Olive, mas pelo menos a cabeça da rapariga estava finalmente desanuviada.

XXII

Os motores de avião sobre Málaga tinham-se aquietado quando Olive desceu a colina da *finca*, na direção da cabana. Ninguém pareceu notar que ela saiu de casa em bicos de pés. Não lhe ocorreu que talvez não houvesse ninguém em casa para ouvir.

Ao anoitecer, Arazuelo era uma aldeia fantasma. A praça principal estava vazia, as persianas do bar da esquina estavam corridas; a igreja era a sua concha enegrecida; o talho estava fechado; a escola e os escritórios em seu redor vazios de vida. Olive bateu nos bolsos, sentindo num a lanterna que levara da cozinha e no outro o volume frio da pistola que Isaac deixara com eles.

Mal conseguia permitir-se a esperança de que ele ainda se encontrasse perto. Teresa, ao que parecia, era uma caixa de segredos fechada à chave até se encontrar a combinação certa. Embora tudo em seu redor parecesse sossegado, os pensamentos de Olive jorravam com uma força que ela tinha dificuldade em controlar. Se conseguisse encontrá-lo e levá-lo de volta, tudo ficaria bem. Arquejante, tentou recuperar o fôlego enquanto perscrutava a floresta mais além, a linha das árvores cada vez mais negra à medida que a última luz natural desaparecia num céu enfumaçado.

Olive penetrou na escuridão crescente, ligando a lanterna. *Não use uma lanterna*, dissera-lhe Teresa. *Não se sabe quem mais anda por aí.*

Eu não tenho medo, retorquira Olive; mas agora, em plena montanha, não conseguia ver nada sem ela, e a sua adrenalina fluía. Mal sabia para onde ia, mas supunha que não podia ser longe.

Junto ao sopé, iria encontrá-lo; iria, iria. *Pensa que ele foi para o Norte?*, dissera Teresa. *Ele não foi para o Norte.*

Se o odeias tanto, porque não disseste tudo isso à Guarda Civil?, perguntara Olive; mas já sabia a resposta. Teresa não revelara nada acerca de Isaac, não para proteger o irmão, mas para manter Olive por perto.

Ficarei à espera, gritara Teresa quando ela se precipitara para fora do sótão. Nunca ninguém dissera tal coisa a Olive.

A primeira coisa que ela viu foi a lata de sardinhas, luzindo na erva. Fora claramente atirada de dentro da cabana e agora repousava a vários metros do sítio onde Olive parara. Desligou a lanterna e observou a cabana de pastor. Via-se uma luz débil por entre um buraco para saída de galinhas e um pedaço de oleado esvoaçando. Silenciosamente, Olive aproximou-se mais. Ouvia uma voz, um murmúrio abafado, a voz de Isaac. Teresa não lhe mentira. O seu coração inchou de alegria por saber que ele estava ali e ela correu para diante.

Então ouviu uma risada feminina. Reconheceu-a. Julgou que ia sufocar. A sua garganta contraiu-se, sentiu a língua demasiado grande dentro da boca.

Um ruído, um fundo suspiro, outro e mais outro vindos do interior da cabana, e finalmente Olive compreendeu o que Teresa quisera dizer, o que ela se esquivara a dizer, resistindo à verdade completa, mandando-a ali para que ela pudesse ver por si própria. Compreendeu, embora não conseguisse suportá-lo. E lá vinha de novo, regular, profundo e insuportável; uma expressão de puro prazer. Enquanto o universo por cima da cabeça de Olive se afundava em escuridão, ela fixou os dedos na pistola e empurrou a porta.

XXIII

Sarah soltou um grito, recuando contra a parede. — *No dispares!* — gritou Isaac. *Não dispares!*

Olive ergueu a lanterna que se encontrava no chão. Isaac e a mãe encontravam-se ambos nus, os seus membros ainda entrelaçados. Sarah torceu o corpo em pânico, e Olive viu-lhe o ventre abaulado, claramente dilatado por uma criança.

— Olive — tartamudeou a mãe, emudecida pelo choque. — O que aconteceu ao teu cabelo?

Fitaram-se. Passaram segundos que pareceram horas. — O papá sabe? — perguntou finalmente Olive, a voz enrouquecida, um som robótico. — O papá sabe?

Sarah esforçou-se por se sentar, apertando o casaco de Isaac contra o peito, estendendo as mãos para as suas calças. — Liv. Livvi. Pousa a pistola.

Olive manteve o cano apontado na direção da mãe. — Ele sabe?

— Ele não sabe — respondeu Sarah, ofegante. — Pousa isso, pelo amor de Deus.

— É teu? — perguntou Olive a Isaac. — O bebé é teu?

— Não é dele — interrompeu Sarah. — Não é.

Isaac levantou-se. — Olive — disse ele suavemente. — Pousa a pistola. Ninguém precisa de se magoar.

Olive sentia um rugido nos ouvidos. — Porquê? — inquiriu ela. — Porquê? — A pergunta ficou a pairar na noite.

— Chiu! — sibilou Isaac. — Fala baixo.

— Hipócrita. Toda essa conversa acerca de ir para o Norte, lutar pelo teu país, e estás a menos de dois quilómetros, com ela... — Olive levou a mão à boca, sufocando um soluço.

— Livvi — disse Sarah.

— Não me venhas com *Livvi*. Não te iludas pensando que, com ela, poderia alguma vez ser amor, Isaac. É teu? Esse bebé é teu?

O olhar trocado entre Sarah e Isaac foi quase pior para Olive do que tê-los descoberto. A sua intimidade, a sua fluência; cumplicidade.

— Há quanto tempo é que tu... O que havia de errado comigo? Porque não pude eu...

Isaac começou a aproximar-se dela. — Acalma-te, Olive. Por favor. Eu posso explicar...

Quando ele se aproximou, Olive disparou um tiro pela palha do telhado. — *Mierda!* — gritou ele. — Merda! Queres fazer com que nos matem? Agora todos os bandos que andam lá por fora saberão que está aqui alguém.

Sarah soltou um gemido baixo e começou a procurar no escuro o resto da sua roupa. — Tenho de ir. Tenho de ir — repetia ela. — Ele vai regressar.

— Serpente — lançou Olive.

Sarah ergueu os olhos para ela. — Eu não sou uma serpente.

— Eu digo que és. Nunca mais te quero falar.

— Como soubeste que eu estava aqui? — perguntou Isaac.

— Como é que achas?

Sarah gemeu. Olive cerrou os olhos, para apagar a cena à sua frente.

— Há quanto tempo sabe Teresa disto? — murmurou Sarah.

— Não sei — respondeu Olive, e era verdade. Teria o silêncio de Teresa até agora sido por proteção, ou algo diferente, o poder de saber aquilo que Olive não sabia? Teriam todos andado a rir-se dela, tão apaixonada pelo seu Boris Mon-Amour? Teria sido melhor manter Isaac uma imagem num livro, um homem na sua imaginação, do que o monstro que ela criara na vida real. Ouvia uma das últimas coisas que Teresa lhe dissera, no sótão: *Pergunte ao meu irmão o que significa estar apaixonado.*

— Olive — disse Sarah, mais controlada agora que se vestira completamente. — Eu sei que nem sempre tem sido fácil...

— Oh, céus. Não, não quero ouvir isto.

— Nunca pretendi magoar-te.

— E contudo é o que fazes sempre.

Sarah levantou-se e encarou a filha. — Pensas que és a única a sentir-se só? A única a sofrer?

— Não me interessa a tua solidão. Tu és casada. Com o meu pai.

— E pensas que é fácil estar casada com ele?

— Cala-te. *Cala-te.*

Isaac encontrava-se ao canto, vestindo rapidamente a sua roupa, a cara passando de uma mulher à outra com uma expressão de desgosto.

— O Isaac não é teu, Olive, como também não é meu — disse Sarah.

— Ele é meu... nós fizemos... que vais tu dizer ao papá? Ele não te aceitará de volta.

Sarah riu. — Não sabia que eras tão antiquada.

— Antiquada?

— Sabes que os quadros dele não pagam isto tudo, Liv. A *finca*, as nossas viagens, as nossas vidas. Não é uma questão de «me aceitar de volta». Um dia, Olive, compreenderás a confusão em que toda a gente transforma a sua vida. Não conheço um só casal que não tenha tido os seus problemas. O casamento é *longo*, sabes...

— Para. Não me interessa. Quando é que começaste a seduzir o Isaac?

— Querida, foi o contrário. De facto, não muito depois de o papá ter comprado o primeiro quadro de Isaac.

— Vai-te embora — disse Olive.

Sarah começou a sair da cabana com toda a despreocupação de quem sai de um restaurante em Mayfair, mas vacilou na escuridão. — Não consigo ver nada — declarou ela.

— Tenho a certeza de que por esta altura já conheces o caminho. Cuidado com os lobos.

— Eu vou contigo — ofereceu Isaac.

— Tu não vais a lado nenhum — disse Olive, erguendo a pistola na direção dele.

— Olive, estás a ser tão idiota — comentou Sarah.

— *Vai.*

— Vemo-nos em breve — disse Sarah para Isaac. — Olive, volta quando tiveres acalmado.

Isaac e Olive observaram-na a desaparecer na noite. — Não devias tê-la deixado ir assim sozinha — proferiu Isaac.

— Eu não lhe teria dado um tiro, sabes. Nem a ti. — Olive baixou a pistola e ligou a lanterna. À forte luz branca, ele parecia circunspecto. — Pelo amor de Deus, Isaac. Fazes a menor ideia do que aconteceu à tua irmã?

— O que aconteceu?

— Não, suponho que a minha mãe não se tenha dado ao trabalho de te contar. A maneira como a Teresa pagou pelos teus heroísmos.

— Não ocultes coisas, Olive. Não gosto disso.

— Essa é muito boa, vindo de ti.

— O que é que lhe fizeram?

O pânico estampado na cara dele era genuíno, por isso ela abrandou e contou-lhe de Jorge e Gregorio, do corte do cabelo de Teresa, do óleo de rícino, do vaguear noturno pelos corredores da *finca*.

A dor deformou-lhe o rosto. — Mas porque é que tu não tens cabelo? — perguntou ele.

— Para a fazer sentir-se melhor. Menos sozinha.

Isaac olhou para lá da órbita da lanterna, para a escuridão. — Portanto, ela contou-te que eu estava aqui.

— Sim.

— Contou-te da criança?

— Não. Só que tu estarias aqui.

— Mencionou a Sarah?

— Não. Eu perguntei-lhe o que é que ela sabia de amor, foi só isso.

Permaneceram um instante em silêncio.

— Ela é a causa de tantos problemas — comentou ele.

— Sim. Mas pelo menos agora eu vejo-te tal qual és. Suponho que era essa a intenção dela.

— Acreditas realmente que a minha irmã defendeu sempre os teus interesses? — indagou Isaac. — Ela é um gato, aterra sempre de pé.

— Sobrestimas o poder dela. Não a viste. E, seja como for, ela não me magoou. Tu sim.

— Talvez isso seja verdade. E eu lamento-o. Mas tu só vês uma ideia de mim que te agrada. Nunca cessas de tentar criar-me. A tua mãe... como é que vocês dizem? Lúcida. Ela vê-me como eu sou. Ela não quer que eu mude.

— Por enquanto. Mas provavelmente não tem imaginação para tal. E está doente.

— O tédio é uma doença? Ela não está doente. Simplesmente dá-vos jeito a todos dizer que sim. Até a ela.

— Tu aproveitaste-te.

— Sim? Olive, eu nunca te prometi nada. Nunca te disse que te amava. Tu ouviste e viste aquilo que querias.

— Tu dormiste comigo, Isaac. Várias vezes.

— Sim. E também disse que sim aos quadros. Todos cometemos erros.

— O que estás a tentar dizer? Quanto mais eu pintava, menos gostavas de mim?

Ele desviou o olhar. — Estou a tentar dizer que a tua mãe... é uma coisa diferente. É uma coisa separada.

— Não é separada, Isaac. O comportamento dela afeta-nos a todos, tal como o do meu pai... e o meu, suponho. Ficaste cá por causa dela?

Ele hesitou. Olive fechou os olhos, como se sentisse dores. — Pensas que és o primeiro — disse ela. — Ela só dormiu contigo para me castigar.

Ele riu, levando as mãos à cabeça. — Tu és realmente uma artista, não és? Pensas que tudo tem a ver contigo e nunca paras de procurar a dor. Não tem nada a ver contigo, Olive. Tu não tens nada a ver com isto.

— Vou-me embora. Felicidades, não foi o que tu disseste?

Olive virou-se para a escuridão, na direção em que a mãe descera.

— O que vais fazer? — perguntou ele.

— Vou voltar para Inglaterra. Tinhas razão. Vou arranjar um sítio para viver. Deixar os meus pais entenderem-se. Ver se a escola de belas-artes me recebe.

— É um bom plano.

— Veremos. — Olive estendeu a pistola a Isaac. — Podes precisar mais dela do que eu.

— E a Tere? — perguntou ele, enfiando-a na parte de trás do cinto. — Levá-la-ás contigo?

Olive suspirou. — Não sei, Isaac. Ela não tem documentos nenhuns.

— Ela passou tempos difíceis.

— Há um minuto dizias que ela só trazia complicações.

— Ela tem apenas dezasseis anos.

Olive não conseguiu esconder a sua surpresa. — Ela disse que tinha dezoito.

— Bem, aí tens. Mas se o Jorge resolver... se o meu pai...

— Não precisas de me dizer. Eu estava lá quando aquilo aconteceu. Enquanto tu estavas aqui em cima.

Ele estendeu a mão. Olive baixou os olhos e fitou-a. — Sabes — disse ela —, estou satisfeita por te ter pintado com um rosto verde.

Pretendera que aquilo fosse uma graça; não quisera realmente dizer que ele era ingénuo ou perverso. Era simplesmente uma afirmação de que a artista era ela e que o pintaria com as cores que achasse adequadas. Queria que Isaac visse que ela era suficientemente adulta para lidar com aquilo, embora não sentisse isso. Ele seria sempre o homem que mudara a vida dela. Mas quando ia aceitar a sua mão e dizer-lhe isso, Isaac caiu aos seus pés.

A princípio pareceu-lhe irreal, enquanto olhava para baixo horrorizada, a lanterna dardejando sobre o sangue que jorrava da cabeça de Isaac, o vermelho tombando em cascata sobre os seus olhos. E depois ouviu aquilo que lhe escapara da primeira vez; o *pop* abafado de uma arma a disparar na sua direção. Mais dois tiros fizeram ricochete nas montanhas, as detonações rompendo o ar, esbatendo-se até se apagarem por cima dos bosques. Olive largou a correr.

Jorge, que ouvira a pistola de Olive disparar meia hora antes, subira a montanha para ver se conseguia encontrar a sua origem e estivera a observá-los de longe. Nem conseguia acreditar na sua sorte: Isaac Robles escondido e a sua irmã careca a entregar-lhe outra arma. E a estúpida rapariga conservara a lanterna acesa, por isso, depois de ter disparado contra Isaac, ele pôde segui-la com toda a facilidade, a luz às sacudidelas enquanto ela descia a montanha aos tropeções.

Jorge disparou mais três vezes e viu a lanterna cair, ficando a descansar como uma pequena lua branca no solo. Esperou. Nada se moveu. A qualidade do silêncio que se seguiu era tão cerrada, essa muda pós-nota de execução tão nauseante, que pareceu que os campos se estavam a fechar sobre si mesmos e a terra estava a ceder.

V

RUFINA E O LEÃO

Novembro

1967

18

Os elevadores da estação de Goodge Street estavam avariados e, quando finalmente apanhei um metro na direção de Waterloo, ele fartou-se de parar nos túneis. Ao todo, demorei hora e meia a chegar a casa de Quick depois de ter saído da cabina telefónica no exterior da Slade. As luzes da frente da casa, tanto em cima como em baixo, estavam acesas. Ela não correra as cortinas e pude ver no quarto de cima um teto branco, rachado, com uma lâmpada solta, o que parecia em desacordo com a sua usual estética requintada. Uma forte mancha de luz aureolava a cornija, uma grandeza decadente das fissuras que ela não procurara reparar.

Sentindo-me profundamente perturbada, bati à porta da frente e esperei, mas não tive resposta. — Há alguém? — chamei pelo buraco da caixa do correio, mas a casa permaneceu silenciosa. Ponderei o assunto; podia parar com isto, voltar para Clapham e para o meu igualmente silencioso apartamento. Mas o remorso mantinha-me ali; e a curiosidade, uma necessidade de chegar ao fundo disto.

Estava muito escuro quando me esgueirei pela sebe lateral, as derradeiras folhas mortas do outono estalando sob os meus sapatos. Até mesmo as luzes das janelas laterais brilhavam, uma conflagração elétrica, com todas as lâmpadas acesas, dando-me a sensação nítida de me encontrar exposta. Era como se fosse um cenário de filmagens, um gigantesco equipamento de uma ofuscante iluminação a vapor de sódio, uma voltagem para atrair e afogar.

Quando cheguei ao jardim e olhei para a escuridão, os meus olhos não conseguiram adaptar-se à falta de luz. Sempre que pestanejava, passavam-me pela vista esferas alaranjadas, que se esbatiam em planetas mais pequenos dançando em volta do contorno das árvores. O relógio da torre bateu as oito. Eu estava de novo numa fábula.

Nunca esquecerei o que vi ao voltar-me de novo para a casa. Quick encontrava-se sentada na cozinha, muito direita numa cadeira. As cortinas aí achavam-se igualmente abertas, a sala iluminada. Julguei que ia chorar de choque. Quick não tinha cabelo. Não havia nada na sua cabeça, excetuando alguns tufos baços, um mapa remendado sem coordenadas. Ela estava a olhar para mim e eu levantei a mão numa saudação, mas Quick não reagiu e então apercebi-me, horrorizada, de que ela não estava de todo a olhar para mim mas para lá de mim, para alguém, ou alguma coisa, à espera no jardim.

Ouvi estalar um galho e apertou-se-me a garganta de medo ao virar-me para enfrentar a escuridão para que ela me atraíra, preparada para lutar, preparada para gritar. Tinha a certeza de que havia uma presença para lá dos arbustos, escondida atrás dos ramos pendentes do matagal, mas não apareceu nada.

Rodei de novo para a casa, corri para a porta da cozinha e forcei a entrada, desesperada por fugir do que quer que estava à espera no jardim. Encontrava-me agora diante dela. Continuava muito direita, ainda na cadeira. Havia no seu pálido crânio uma perfeição macabra, um ar de beatitude e finalidade na sua face serena. A sua peruca jazia no chão como a pele de um animal. Eu não fazia ideia de que ela a usava.

— Quick? — disse eu, o terror a queimar-me a garganta.

Mas evidentemente Quick não respondeu, porque Quick estava morta.

*

Chamei a polícia antes de pensar no aspeto daquilo: a casa trancada, mas eu lá dentro, a porta da cozinha ainda aberta, as marcas dos meus pés na relva. Só depois de o *post-mortem* revelar o tempo estimado para a morte de Quick, e que o seu sangue continha dez vezes a quantidade de analgésicos que lhe havia sido receitada, e de o juiz de instrução saber do seu cancro, é que as suspeitas foram afastadas de mim e foi declarada morte acidental. Aquilo deixou-me tão furiosa que nem sei dizer. Que eu, a única pessoa em quem ela acabara por confiar, pudesse ser suspeita de assaltar a sua casa e de a matar. Eu era a única pessoa que fora capaz de descobrir a verdadeira história de Quick.

Depois de ter chamado a polícia voltei para a cozinha, ajoelhei ao lado dela e toquei-lhe no corpo. Ainda estava quente. Talvez eu a tivesse perdido por uma questão de minutos. Quick não me convidara verdadeiramente para essa noite: eu é que decidira que ela não devia estar sozinha. Mas teria ela desejado este fim? Eu dissera-lhe que ia lá, ela devia saber que seria a primeira a encontrá-la. Talvez quisesse ser salva. Nunca saberei.

Olhei em volta. O frasco dos comprimidos achava-se diante dela, com meia garrafa de gim. Aquilo não significava necessariamente alguma coisa: Quick gostava de beber e tinha dores. Eu não podia aceitar que aquilo fora deliberado.

— Polícia — disse uma voz. Dei um salto e dirigi-me à porta da frente.

Eram dois polícias e tinham também trazido uma ambulância. Eu estava em estado de choque; a sua energia foi muito diferente uma vez dentro de casa: zelosos mas enfadados, tipo já vimos tudo isto antes. Eu sentia-me agitada, uma pessoa nova com o medo e o choque. — Quem é o parente mais próximo? — perguntou um deles, e eu disse que não sabia, mas que o chefe dela era Edmund Reede e talvez lhe devessem telefonar.

Reede ainda se encontrava no instituto; a exposição devia abrir no dia seguinte e ele esfalfava-se a trabalhar. Eu não consegui ouvir a sua resposta quando o polícia, de pé na entrada de Quick, lhe contou o que fora descoberto. A chamada foi breve. Sentei-me na sala da frente e veio um polícia colocar-se diante de mim. O relógio fazia tiquetaque. Ele observava-me, e então compreendi o que poderia estar a pensar, e imaginei a minha prisão, a assassina caribenha, o ultraje que poderia causar, a inevitabilidade daquilo, de pessoas como eu.

Reede pareceu surgir em minutos. Disparara pela Ponte de Waterloo no seu carro, e irrompeu pela porta da frente, *O que diabo aconteceu, onde diabo está ela, o que...* mas as palavras morreram-lhe na boca ao ver os paramédicos transportarem Quick para fora. Ela tinha um aspeto tão pequeno e frágil, e eu vi o choque no rosto de Reede, uma dor que por uma vez ele não conseguia controlar.

Foi na realidade graças a Reede que a polícia não me prendeu ali mesmo. Ficaram intimidados com ele; recompôs-se rapidamente, exalando poder e autoridade, e as suas fardas significavam tão pouco para ele como significavam tudo para mim. Ele irritou-se quando percebeu o sentido das suas perguntas e atitude, e disse-lhes que, se me quisessem acusar de alguma coisa, tinham de passar também por ele. — Ela esteve comigo no escritório até há uma hora — recordo-me de o ouvir dizer.

Devo confessar que fiquei surpreendida. Nunca pensara que chegaria o dia em que me sentisse em dívida para com Edmund Reede, e na realidade isso não me agradava, porque não sabia o que poderia oferecer em troca. Deixámos a casa juntos; ele deu-me boleia até ao meu apartamento em Clapham.

— Como é que ela lhe pareceu quando lhe telefonou? — perguntou ele, enquanto percorríamos rapidamente Clapham Common.

— Fraca. — Ia dizer mais uma coisa, mas detive-me.

Ele olhou para mim. — O que é?

— Ela estava doente, Mr. Reede.

— Doente?

— Muito doente. Não creio que lhe... restasse muito tempo.

Ele voltou a olhar para a estrada. — Céus. Ela foi sempre demasiado hábil a guardar segredos. E, aparentemente, Miss Bastien também é. Não admira que ela gostasse de si.

Prosseguimos em silêncio. Eu sentia-me completamente esgotada. Não conseguia acreditar que ela partira, deixando tantas das minhas perguntas por responder.

— Mr. Reede... conhecia-a há muito tempo? — perguntei finalmente.

— Desde que ela era praticamente uma rapariguinha.

— Lamento.

Perguntei-me o que estaria ele a pensar, se ficara magoado por Quick não lhe ter contado quão doente se achava ou se sentiria simplesmente choque e tristeza por ela ter morrido.

— Apreciaria que Miss Bastien e Miss Rudge tratassem do funeral — disse ele.

— Com certeza. Ela tem alguma família que eu deva contactar? — indaguei.

— Nenhuma, que eu saiba. Mas dispõe de algum tempo. A polícia não libertará o corpo ainda.

— Porque não? O que pensam eles que eu fiz?

— Não se preocupe, Miss Bastien. Vai correr tudo bem.

Mas eu não via como isso poderia acontecer. — A exposição ainda se fará? — perguntei.

— Não vejo que tenhamos muita escolha. E é o que ela teria querido.

Mas parte do problema, pensei eu, atirando com os sapatos e afundando-me na cama ainda vestida, enquanto o carro de Reede acelerava rua acima, era que nenhum de nós chegara realmente a saber o que é que Marjorie Quick teria querido.

19

Na tarde seguinte, a exposição foi inaugurada, com o corpo de Quick ainda jazendo frio na morgue da polícia. Eu não conseguia harmonizar facilmente estes dois factos; ela, morta e sozinha, e ali, tanto barulho e colorido, corpos movimentando-se, a excitação fervilhando pela descoberta do novo Isaac Robles.

Julie Christie passou por mim, o rosto demasiado belo para ser verdadeiro. A galeria estava cheia. Reconhecia-a, mas quem eram aquelas outras pessoas? Atores, críticos, lordes e banqueiros, botões dourados forjados não em batalhas, mas em moldes de poder. Vinho bebido como se viesse das suas próprias adegas. Jagger não fora, com grande desgosto de Pamela. Ministros rotundos conversavam com homens idosos de aspeto abatido acerca de arte, enquanto algum otimista pôs um disco de *blues*, as notas dispersas do trompete rodopiando em direção ao teto. Ouvindo o som libertado, dois homens de *blazer* trocaram olhares de desdém. Onde estavam os seus hábeis Van Dycks, os seus fáceis Gainsboroughs, os seus majestosos cavalos stubbesianos? Tudo o que ali tinham eram pinceladas de cor modernistas, mulheres segurando cabeças, mulheres enroscadas no meio dos seus vasos despedaçados, um leão estático, secundários num trágico jogo de santos renascentistas.

Um tambor infiltrou-se nos *blues*, um sincopado que aligeirou levemente a minha amargura. Sentia-me completamente desorientada sem Quick. Ela devia encontrar-se ali; ela ia contar-me a verdade. Na extremidade da sala, agigantava-se a fotografia de Isaac Robles e Olive Schloss, a preto e branco e cheia de grão, o rosto da rapariga captado com o que eu agora sentia ser uma injustificada expressão de esperança. Era quase um insulto a fotografia estar ali. Desejei que os *blues* ressoassem mais alto, que um par daqueles emproados que o vinho ruborizara se lançasse num *swing*, fazendo girar uma velha tia até os seus dentes postiços voarem.

Com um suspiro íntimo, movimentei-me, empunhando o copo de vinho como uma arma. Passando pela multidão crescente, aproximei-me de *Rufina e o Leão*, protegido agora por um cordão escarlate, um guarda de cada lado. Reede conhecia sem dúvida os toques especiais para conferir às coisas um ar oficial.

Reparei num homem magro e grisalho, de fato completo, inclinado sobre o cordão para examinar um dos cantos do quadro. Estava muito próximo, o nariz a centímetros dos minúsculos penachos de tinta na cabeça decepada da rapariga. Mostrava-se incrivelmente curioso; não conseguia deixar de olhar. Os pés do guarda da esquerda mexeram-se, prudentes sapatos de ameaça. Senti uma ansiedade crescente de que alguma coisa má ia acontecer; mas, também, o pior já acontecera.

— É mórbido, Frederick — comentou uma mulher que veio juntar-se ao homem. — É penoso.

Atrás de mim, o ruído na galeria aumentava. À medida que a temperatura subia e a multidão crescia, os convidados começaram a olhar através uns dos outros como portas abertas. Uma mulher riu acima do barulho e aquilo soou a um grito de socorro. Porque se encontravam aquelas pessoas ali? Elas não se interessavam por Isaac Robles. Elas não se interessavam por Quick.

Senti um apertão no cotovelo; Pamela. — Tu estás bem? — perguntou ela. — Parece que viste um fantasma.

— Acho que vi.

Pamela franziu a testa. Eu não lhe contara de Quick; Reede dissera que queria aquilo abafado até a exposição estar lançada.

— Tu lês demasiado, Dell — disse Pamela. — Fantasmas são coisa que não existe. Ouve. — Parecia triste. — Rompi com o Billy.

— Oh, Pamela. Lamento.

Perpassou-lhe uma nuvem pelo rosto. — Afinal ele não queria casar comigo. Eu avisei que ia largar o meu quarto e tudo o resto e depois o safado acabou com tudo. E vai mudar-se para lá outra rapariga.

Interroguei-me se ela se referiria ao apartamento de Billy ou ao seu antigo quarto. Não perguntei. Em vez disso, proferi as palavras que nunca pensara vir a dizer. — Gostarias de partilhar comigo o meu apartamento?

O seu rosto abriu-se num sorriso. — Isso seria bom. Isso seria francamente bom.

— Eu também gostaria.

Pamela corou e deu-me um abraço antes de se virar e misturar na multidão.

Descobri Lawrie e parei perto dele. — A minha mãe nunca acreditaria nisto — disse ele, descrevendo um arco com o braço a envolver a galeria. — Mas adoraria. Que bola de neve. Foi ficando cada vez maior.

— Lawrie — sussurrei eu. — Tenho de te contar. A Quick... morreu.

Ele voltou-se para mim. — O quê?

— Encontrei-a eu. Na noite passada.

— Oh, Delly. Lamento tanto. Tu estás bem?

— Não muito.

— O que aconteceu?

— Conto-te depois — respondi, pois como explicar, no lançamento daquela exposição, que eu não achava que os quadros em volta daquela sala fossem da autoria de Isaac Robles e que o verdadeiro pintor por trás destas obras morrera com o seu segredo intacto? A Cynth aconselhara-me a guardar para mim todas as ideias a respeito de Olive Schloss e Marjorie Quick, se queria ter harmonia na minha vida amorosa. Mas se toda esta exposição assentasse numa mentira, isso não caía bem no meu sentido de integridade criativa. Debatia-me para descobrir o que era mais importante: os sentimentos de Lawrie ou a restituição artística de Quick. Se fosse eu a autora daqueles quadros, quereria sem dúvida que todos o soubessem.

Lawrie pegou-me na mão. — Sei que ela significava muito para ti.

Eu nunca pensara na minha ligação com Quick dessa maneira, em termos de afeição ou qualidade. Nem pensava ter alguma vez comunicado tal sentimento. Até agora eu havia tratado Quick como um interessante enigma, uma diversão, simultaneamente uma fonte de inspiração e um obstáculo. Mas Lawrie tinha razão. Ela significava realmente muito para mim. Apesar do seu feitio, Quick acolhera-me bem, ajudara-me. Eu gostava dela. E era demasiado tarde para lho dizer. Nos recônditos da minha mente, havia ainda um pensamento perturbante de que ela me quisera para qualquer coisa, mas que agora era demasiado tarde.

— Dell, queres ir-te embora?

— Não, claro que não. Eu fico bem.

— Está bem. Ouve, o Gerry quer que venhas jantar connosco. Está cá, sabes.

— A sério? É bom que ele comece a sair.

— Pois é, suponho eu. Não tens de vir se não quiseres. Mas ele está sempre a perguntar por ti. Quando leu o teu conto na *London Review*, gabou-se aos amigos de que conhecia uma escritora. Creio que arranjaste um fã.

— Eu não sou uma escritora.

— É claro, esqueci-me. Tu és uma datilógrafa. — O tom exasperado da sua voz fez-me virar. — Bem, francamente, Odelle — disse ele. — Vais continuar assim? Sabes quantas pessoas dariam tudo para aparecer na *London Review*? Eu não desperdiçaria isso.

— Eu não vou desperdiçar isso — retorqui. Estava fatigada, incapaz de abafar a mágoa da minha voz. — E não te compete a ti dizeres-me o que eu devo ou não devo chamar a mim mesma.

Ele ergueu as mãos, rendido. — Tudo bem. Eu só... tens de continuar a escrever, sabes.

Revirei os olhos. — Pareces a Cynthia. Pareces a Quick. Toda a gente quer que eu escreva, mas nunca o tentaram fazer. Se tentassem, talvez se calassem.

Ele encolheu os ombros. — A Quick fez-te um enorme favor. E aposto que se ela soubesse que andavas a fazer cera...

O impacto das últimas horas atingiu-me finalmente. — Eu *não* ando a fazer cera, e não a uses, ela está *morta*, Lawrie. Ela está morta. Eu não quero... não posso... nem todos nós possuímos quadros que possamos vender, sabes. Eu tenho de fazer outro trabalho.

— Tens razão. É claro. Mas às vezes penso realmente que tu precisas que te lembrem de como és dotada.

Permanecemos alguns minutos em silêncio. Eu sabia que era verdade, andara novamente a enrolar a minha escrita. Por uma vez, achava-me demasiado envolvida em viver realmente a minha vida para parar e transformá-la em palavras. As pessoas como Lawrie, que, tanto quanto eu sabia, nunca escrevera uma única linha de prosa, pareciam desejar que aquelas que o *faziam* andassem por aí com um bloco e um lápis pendurados ao pescoço para anotar tudo, transformando-o em livro para seu próprio prazer.

Como se soubesse que pisara terreno delicado, Lawrie mudou de assunto. — Parece que há um par de pessoas interessadas em comprar a *Rufina* — disse ele.

— Isso é bom. — Vi o seu sorriso pesaroso. — Não é?

— Papa fina para Rufina. Eu disse-te que era poeta. A questão é que, agora que existe a possibilidade de eu deixar de a ter, estou algo relutante.

— Bom, não é um qualquer quadro velho.

Lawrie olhou para o outro lado da galeria, onde as cores de *Rufina e o Leão* brilhavam, para as pessoas que andavam de um lado para o outro, obscurecendo-nos a vista intermitentemente. — Isso não é com certeza. Mas o que vou eu fazer com ele, Dell? Não tenho dinheiro nenhum e não é ele que me vai alimentar.

Enquanto contemplávamos o quadro, desaparecendo e reaparecendo sucessivamente por trás das cabeças das pessoas, percebi que Lawrie e eu estávamos a olhar para coisas diferentes. Na sua singularidade, eu lia múltiplas histórias. Através das suas pinceladas técnicas, experimentava sensações metafísicas. Era algo raro que devia esforçar-me ao máximo por proteger e manter à vista do público. Eu podia adivinhar os impulsos por trás das decisões do artista, podia meditar na maneira como o quadro me fazia sentir, mas compreendia que nunca saberia a sua verdade.

Mas Lawrie via outra coisa. A nova moldura que Reede encomendara era uma janela, e o quadro dentro dela era uma cortina que ele estava a afastar. Afirmava sentir relutância em o vender, mas ainda não vira o cheque. Ele não queria realmente conservar *Rufina*; embora pertencesse à sua mãe, Lawrie parecia desvinculado das memórias que o quadro claramente evocara nela. E, além disso, por que mais viera ele ao Skelton? Ele dissera que fora para me encontrar, mas talvez eu fosse um bónus. Para Lawrie, o quadro era uma coisa para vender, um objeto transicional que o levaria longe. Ele via-o como uma oportunidade, a possibilidade de começar de novo.

Reede bateu no seu copo de vinho e principiou a dirigir-se à multidão. Colocou-se em frente de *Rufina e o Leão*, começando por nos conduzir através da esquálida história de Isaac Robles; a sua importância na viagem inicial da arte no século XX, o seu talento cortado rente. Agradeceu à Fundação Guggenheim de Veneza e falou sobre o peculiar mistério da descoberta, apontando Lawrie na assistência, que corou e ergueu o copo aos aplausos apreciativos da sua sorte por ter um tal quadro escondido em casa, e a sua generosidade em decidir mostrá-lo.

Quando Reede disse que o trabalho de Robles era uma meditação acerca da adversidade, as pessoas presentes na galeria do Skelton pensaram provavelmente que ele falava da guerra e da ditadura, e das lutas que muitas delas eram suficientemente idosas para terem vivido e lembrarem a um nível visceral. Mas eu pensava apenas no que Quick dissera acerca dele: *O que nos avassala é o assunto. Como se o quadro possuísse uma camada extra de que não estamos a par, a que simplesmente não conseguimos chegar.*

Rufina e o Leão comoveu-me nessa noite de uma maneira transcendental; foi a conduta através da qual canalizei o meu sentimento de perda, de aceitar que poderia nunca conhecer a verdade, mas que isso era o segredo da arte. E talvez eu não estivesse sozinha. Porque, depois de Reede terminar de falar, reparei que as pessoas — até mesmo os velhos patetas com *blazers* de clubes — começavam a olhar para *Rufina* com um pouco mais de respeito.

*

As críticas à noite de inauguração de «O Século Engolido» foram mistas. Algumas foram verdadeiramente mornas. «O quadro é uma cena que invoca morte, e é errado ignorar tal», foi o mais elogioso que o jornalista do *Telegraph* se mostrou na manhã seguinte, antes de continuar a especular quanto ele poderia valer — «Edmund Reede confirmou ao final da noite que *Rufina e o Leão* iria ser leiloado». No *The Times,* havia um artigo sobre o acontecimento recheado de estrelas, com muito pouca informação sobre o artista em si. Sorri; Quick perceberia a ironia daquilo. E quando o jornalista se referiu ao «simbolismo explícito» nos quadros, discordei. Ele diminuía o quadro ao considerá-lo óbvio, mas eu achava que havia outra linguagem naqueles quadros, e a única pessoa que sabia falá-la desaparecera.

O *Daily Mail* perguntava se tudo aquilo era uma piada elaborada, declarando que Isaac Robles devia ter sido deixado onde fora encontrado e que, se era aquele o estado da arte moderna, para que novos infernos seríamos forçados a olhar nos anos setenta. O *Observer*, todavia, fora na direção oposta, felicitando Reede por se recusar a gozar os seus louros quando se tratava de «revisionismo de história da arte, pintores esquecidos e cor». Provocou-me riso, pensar que todos aqueles homens tinham estado a olhar para o mesmo quadro.

Senti a ausência de Quick pelos corredores, sabendo que nunca mais receberia um convite para almoçar, nunca mais o restaurante do lado enviaria para lá uma garrafa gelada do seu melhor *sancerre*. Reede não aparecera; perguntei-me se teria lido os jornais e como iríamos lidar com isso. Pamela, que fora informada da morte de Quick, andava a chorar pelas casas de banho, e até as salas vazias davam a sensação de se encontrarem de luto. Questionei-me se, caso Quick tivesse estado presente, as críticas poderiam ter tido um timbre mais elogioso; Quick lisonjeando os críticos, obrigando-os a colocar de lado os seus egos e ver o que estava diante dos seus narizes.

E, todavia, a diatribe do *Mail*, se alguma coisa fez, foi ajudar-nos. Formavam-se filas para entrar e ver *Rufina*, para ver se era realmente uma banalidade. Mas, para mim, isso apenas piorou as coisas. Porque não tinha Quick falado? Porque se mostrara tão determinada em manter a sua vida em segredo?

Comecei a meditar no que Lawrie dissera sobre Quick me ter feito um enorme favor quando enviara «A Mulher sem Dedos dos Pés» para a *London Review* e em eu não dever desperdiçá-lo. Há várias semanas que não tocava no meu caderno verde; mas eu simplesmente não sabia acerca do que é que queria escrever. Não creio que Quick pretendesse alguma vez fazer-me sentir em dívida para com ela; facilitara uma coisa e ficara feliz por o fazer. No entanto, comecei a pensar em como poderia agradecer-lhe o seu gesto, de uma forma que não conseguira quando ela estava viva. O funeral fora marcado para a semana seguinte e decidi usar o tempo até lá para escrever o seu elogio fúnebre. Afinal de contas, Reede encarregara-me a mim e a Pamela de o organizar, e mais ninguém se oferecera.

Nesse dia o primeiro correio chegou tarde; Pamela fora lá para fora fumar tristemente o seu cigarro e eu ficara a tomar conta da receção. Pareceu-me estranho receber correio no Skelton, mas ele aí estava; um sobrescrito com o meu nome.

Se a primeira carta que Quick me endereçara fora uma pedra de toque de transformação, então esta encontrava-se noutro domínio. Embora tenha recebido muitas cartas extraordinárias desde essa altura, a que me foi enviada para o Skelton bate-as a todas.

Uma firma de advogados intitulada Parr & Co., com escritórios em Bread Lane, na City de Londres, solicitava a minha presença na quinta-feira — e poderia eu levar o meu passaporte e uma prova de morada? Lembro-me de como fiquei aterrada. Se nos fazem sentir, repetidamente, que não pertencemos a um país, apesar das garantias prévias do contrário, então uma carta a dizer-nos para levarmos os nossos documentos de identificação faz-nos gelar o sangue.

Esforcei-me por imaginar como Quick lidaria com aquilo. Sentia-me perdida sem a sua segurança, o abrigo da sua asa de aço. Se telefonasse a Lawrie e lhe contasse, ele não compreenderia porque ele pertencia ali. Estava envolto numa teia de tecido invisível mas inquebrável, camada sobre camada, que começara a ser tecida para ele ainda antes do seu nascimento, enlaçando-o em segurança, dando-lhe uma tal sensação de confiança que nenhuma carta de um advogado da City poderia alguma vez assustá-lo. O seu possível divertimento perante os meus nervos apenas confirmaria a minha preocupação.

Decidi mostrá-la antes a Pamela. — O que achas que é? — indaguei.

— Sabe Deus, Odelle. Mas não é nada de preocupante. Se quisessem prender-te por qualquer coisa, faziam-no simplesmente aqui.

Pamela, como sempre, tinha uma certa razão, e portanto nessa quinta-feira lá fui. Teria ficado menos aterrada, ou mais, se soubesse que ia ouvir o testamento final de Miss Marjorie Quick? Não sei dizer. A escolha fora feita; havia sempre apenas um caminho e, tal como em vida, Quick manteve-me nele para além do túmulo.

VI

O ATOLEIRO

XXIV

Enterraram-na debaixo da oliveira do pomar. Teresa não se lembrava de muito, mas lembrar-se-ia sempre do som da terra a ser atirada para cima do caixão, a mesma terra que elas haviam anteriormente cavado juntas, o arco-íris através das gotas de chuva. O padre Lorenzo deixara a aldeia, por isso o doutor Morales improvisou um serviço fúnebre. Harold e Teresa assistiram, virtualmente sustentando-se um ao outro, e Sarah encontrava-se sedada no andar de cima.

O médico não olhava Teresa nos olhos. Acreditaria ele realmente no rumor de que fora ela a disparar? Teresa sabia o que estava a acontecer na aldeia. Jorge, provavelmente num ataque preventivo contra qualquer culpa que viesse a cair sobre a sua própria cabeça, andara a dizer que apostava um mês de salário em que fora Teresa a matar Isaac e Olive na montanha. Provavelmente ela quisera castigar o irmão. Teresa tinha a certeza de que fora Jorge o responsável pelas mortes, mas não tinha maneira de o provar. E, em tempos como aqueles, a verdade não constituía uma barreira para homens como Jorge. Ela não dormia de noite, perguntando-se o que lhe aconteceria quando as pessoas começassem a levar Jorge à letra.

E, de certa forma, Teresa achava que o que Jorge andava a dizer era verdade. Ela desejara um castigo qualquer para o irmão. Ela fora a responsável por mandar lá Olive, para que Olive soubesse a verdade acerca do homem que considerava ser a chave do seu sucesso. Teresa acabou por acreditar que Olive morrera por sua causa e à noite abafava os uivos de culpa na sua almofada. Que Harold pudesse ouvir o rumor de Jorge era simultaneamente a maior preocupação e o maior desejo de Teresa. No seu desgosto, Harold talvez a matasse, mas pelo menos isso poria fim ao seu sofrimento.

Nos dias que se seguiram ao enterro de Olive, Harold, Sarah e Teresa moviam-se como se se encontrassem debaixo de água. Teresa sentia-se sufocar com falta de ar. Marbella e Alhama caíram para os rebeldes, e os Schlosses continuaram a não se mexer. Só quando uma bomba de quinhentos quilos matou cinquenta e duas pessoas num edifício em Málaga e no Hotel Regina uma rapariga perdeu as duas pernas na véspera do seu casamento é que a família sacudiu o torpor do seu desgosto.

O bombardeamento naval estava a aumentar, bem como os ataques aéreos. Havia cinco navios de guerra nas águas em volta de Fuengirola. Em Málaga, dizia-se, já não havia ninguém que detivesse o controlo, ninguém com autoridade. Não havia serviços públicos, nem qualquer organização. A milícia andava meio louca, não havia eletricidade, nem comboios, nem polícia. Dizia-se que, depois dos seus ataques aéreos, Madrid parecia um piquenique quando comparada com Málaga.

— Temos de partir — disse Teresa a Harold. — Por favor. Isaac está morto e metade da aldeia já pensa que eu sou culpada; como conseguirei viver?

— Sobreviverás — disse ele.

— Por favor, *señor*, eu trabalhei muito. Eu estou inocente.

Ele fitou-a. — Estás?

Teresa sustentou-lhe o olhar. — *Señor*. Eu sempre guardei o seu segredo.

Observou a compreensão a espalhar-se no rosto de Harold, mantendo a sua própria expressão neutra, embora o coração lhe galopasse. Não tinha escolha. — *Señor* — prosseguiu ela —, a sua esposa continuaria a dar-lhe dinheiro se soubesse da alemã?

— Vamos levar a Teresa para fora de Espanha — disse Harold à mulher, logo no dia seguinte. — É o mínimo que podemos fazer. Ela irá com os documentos de Olive.

— Está bem — respondeu Sarah, incapaz de encontrar o olhar de Teresa. Teresa sabia perfeitamente que Sarah tinha as suas próprias boas razões para desejar vê-la longe, mas Teresa detinha também o segredo de Sarah, portanto a inglesa não disse nada.

*

Estava uma tarde fria quando eles partiram. Constituíam uma estranha reconfiguração, o trio mais fraturado naquele navio, o que não era dizer pouco. Não houve na partida um eco do *glamour* da maneira como tinham chegado; o céu era um lençol de cinzentos em mutação, o mar estendia-se interminável. O ruído das correntes ferrugentas a soltarem-se do cais em Málaga provocou em Teresa uma monstruosa espécie de felicidade. Pois, sob a sua sensação de alívio por partir, sentia já o pulsar da culpa. Ela pagara a sua fuga com o sangue de Olive.

A sua expressão espelhava-se nas faces dos outros passageiros, à medida que a terra começou a diminuir. Era um milagre amargo. Eles tinham conseguido; eles tinham escapado; mas ao mesmo tempo não tinham, é claro que não tinham. Teresa sabia que parte dela nunca seria capaz de partir.

Ela nunca estivera a bordo de um navio; só conhecera sempre a terra. Harold disse que o navio se chamava um *contratorpedeiro*[31]. Teresa pensou no seu bloco de apontamentos estragado e em como um substantivo da língua inglesa podia ser tão sombriamente adequado. Agarrou-se com força à balaustrada, resistindo ao desejo de saltar, de mergulhar nas águas revoltas. Tinha tantas cores, o mar; lama e leite, ardósia e folhas, e bronze quando a luz tocava a crista de uma onda; e por vezes, quando se mostrava tranquilo, quando a proa não o fendia, um azul mais puro. Teresa apercebeu-se de que, ao longo dos meses, passara a compreender quantas cores havia em que ela nunca reparara. Desejava que o vento lhe

[31] *Destroyer*, que pode igualmente significar «destruidor». (*NT*)

fustigasse a cara, a aguilhoasse e entorpecesse, mas tal não estava a acontecer. Não havia força da natureza que pudesse apagá-la.

Recordou novamente a manhã em que tinham encontrado Olive. Harold ainda não sabia a razão por que Olive havia saído para a escuridão na noite anterior. No seu desgosto, na ânsia de fugir, de sair daquele inferno, a filha morta, ele não se detivera a interrogar-se porque é que Olive estaria ali para começar. Não considerou a ideia de que outros membros da sua família pudessem também procurar amor, algum objetivo ou salvação noutra pessoa. Mas quando essa madrugada chegara e Olive não aparecera para o pequeno-almoço, Sarah e Teresa olharam uma para a outra e presumiram entre si que o silêncio seria o melhor naquele assunto. E assim ficara.

O leve desconforto inicial dessa manhã transformara-se em horror quando Harold, apercebendo-se de que a filha se achava ausente, saíra com o carro e encontrara o corpo dela na encosta. Uma hora depois, as mulheres ouviram de novo o motor, o ruído metálico do portão que ele empurrara com o carro, o corpo de Olive estendido no banco traseiro. Harold cambaleara em direção às mulheres com a filha nos braços. *Vou levá-la connosco*, dissera ele em voz estranhamente baça, como se estivesse a quilómetros de distância, falando através do túnel do seu próprio corpo. Ao ver a sua filha morta, Sarah desmaiara.

Agora, tentando recordar tudo isso, obrigando-se a encará-lo para poder prosseguir, Teresa conseguia apenas lembrar-se de fragmentos desses momentos. Eram as coisas físicas que perduravam nela: o baque dos seus joelhos afundando-se no solo, o sabor do café de bolota a vir-lhe à garganta enquanto vomitava nas lajes. O toque do corpo de Olive. De pele branca mas azulada, hirta e manchada de sangue, três feridas de bala visíveis através da camisola.

— Ela chamava lar a este sítio — dissera Sarah, em fala arrastada, horas mais tarde, com os três sentados na sala da frente. Harold estava bêbedo, Sarah sustentada por comprimidos. Era um pesadelo vivo. Tinham colocado o corpo de Olive na cozinha, a parte mais fria da casa, nas traseiras. — Temos de a enterrar aqui — sussurrara Sarah, exausta de desgosto.

— O que aconteceu ao meu irmão? — perguntou Teresa. Sarah cobriu a cara com as mãos.

— Jorge foi buscá-lo — disse Harold. — Eu só trouxe Olive.

— *Jorge?* — repetiu Teresa. — Para onde é que ele o levou?

— Não sei.

Após tanto Harold como Sarah terem ficado inconscientes — Sarah no sofá e Harold direito na sua cadeira, o copo de uísque a começar a escorregar —, Teresa pousou o copo no chão e percorreu o corredor em bicos de pés. Imaginou Jorge, atirando o corpo do irmão para algures na floresta, uma campa rasa talvez, sem maneira de alguma vez voltar a encontrá-lo. Teve de se encostar à parede, tapando a boca com a mão para se impedir de gritar.

Olive já não parecia Olive. Sarapintada, olhos cerrados, a boca levemente entreaberta. Os dentes eram visíveis, o que tornava o seu aspeto ainda mais vulnerável. Teresa inclinou-se para tocar no braço de Olive, sentindo como estava sólido, agora que o sangue deixara de fluir. Tocou na cabeça de Olive e sentiu-se ela própria morta, uma pessoa morta a viver, um fantasma com carne sobre os ossos. Viu qualquer coisa a sair do bolso da saia de Olive. Era uma das fotografias de Isaac: Olive e Isaac no sótão, diante de *Rufina e o Leão*.

Prometo-te pela minha vida, disse ela para Olive em espanhol, enfiando a fotografia no seu próprio bolso, *que não deixarei isto ficar impune.*

Mas, mesmo enquanto falava, já uma voz baixa no interior de Teresa lhe dizia quão difícil seria vingar aquelas mortes. Como se pode lutar contra uma sombra na praça da nossa própria aldeia? Isso era o pior de tudo; perante aquele desperdício sem sentido, Teresa era impotente. Não havia nada que ela pudesse fazer para os trazer de volta. A única coisa que podia manter viva era a memória.

No dia seguinte, Sarah subira ao sótão enquanto Teresa terminava de fazer as malas. Todas as tintas e blocos de desenho de Olive estavam arrumados. A única coisa que restava era *Rufina e o Leão*, encostado à parede.

— É este? — perguntara Sarah. — O seguinte?

— Sim.

Sarah parou em frente dele, sem dizer nada, assimilando-o. Depois virou-se para Teresa, fixou os olhos nela e disse: — Teresa, o que faz o quadro de Isaac aqui em cima?

— Olive... estava a tomar conta dele.

— Porquê?

— Não sei.

Sarah virou-se novamente para o quadro. — Estou a ver. — Dirigiu-se a ele e pousou a mão na borda. — Bom, diabos me levem se aquela fulana Guggenheim o apanha — disse ela, em voz trémula. — Este é para mim.

— Não, não, *señora*, tem de ir para a Galeria Guggenheim.

Sarah deu meia-volta. — Pretendes dizer-me o que fazer? Isto é a última coisa que eu tenho...

— *Señora* — suplicou Teresa.

Sarah semicerrou os olhos. — O que é que tens na mão?

— Nada — disse Teresa, pondo a fotografia atrás das costas.

— Mostra-me.

Sarah arrebatou a foto. Vendo Isaac e a filha, captados no que parecia um momento de felicidade, levou a mão à boca e virou-se, arrastando consigo *Rufina e o Leão* pelo soalho.

Teresa gritou para as escadas. — Penso que o corpo de Isaac está na floresta. Vem ajudar-me a enterrá-lo...

— Cala-te — ordenou Sarah. Parou, mas não se voltou para trás. Ergueu a mão até aos caracóis desgrenhados e Teresa viu que ela tremia. — Não sou capaz — murmurou. — Não sou capaz de ajudar. — Desceu as escadas aos tropeções.

Ver o quadro desaparecer com Sarah provocou em Teresa a sensação de que a sua própria força lhe fugia. Mas não podia arrancar o quadro de Olive das mãos de Sarah. Se queria partir para Inglaterra, pelo menos por agora não podia fazer nada.

Teresa esforçou-se por afastar tais recordações, encostando o queixo à balaustrada enquanto o navio adquiria velocidade através da água. Perguntou-se o que iria Sarah fazer com o quadro e a fotografia. O quadro encontrava-se no porão nesse momento. Considerou vagamente a ideia de se esgueirar até lá e pô-lo no seu próprio baú. Mas era demasiado arriscado; tinha de passar despercebida. A fotografia seria mais fácil de pegar com dedos ágeis, estava provavelmente na carteira de Sarah. Teria Sarah querido uma imagem de Isaac ou de Olive? Era difícil saber, mas, de qualquer maneira, Sarah apertara aquela fotografia como um talismã. Teresa achava-se vagamente ciente de que havia outros passageiros por trás dela no convés, dando um passeio antes de a noite cair.

— Olá — disse um homem, interrompendo-lhe os pensamentos.

Teresa retraiu-se, o olhar fixo no horizonte enquanto segurava o chapéu de lã que usava para cobrir a curta penugem do seu cabelo. Não queria conversar.

— Que pena, não é? — continuou ele.

Era inglês; jovem e com boa postura. Teresa viu-lhe os dedos na balaustrada, pelos pretos crescendo em cada um. — Nada bom — disse ele. — Eu devia ter ficado, mas não pude. Tivemos de fechar o consulado.

Teresa virou-se: ele tinha olhos azuis e um rosto austero. Parecia saído de um livro de aventuras. Tinha a testa franzida, quase falando consigo próprio. Ela notou as sombras da falta de sono na sua cara, mas foi ele que lhe perguntou se estava bem.

— Estou, sim, obrigada — replicou Teresa, no seu melhor inglês. Olhou por cima do ombro. Harold e Sarah não haviam emergido dos seus camarotes. Não queria que eles a vissem a falar com alguém, mas perguntou-se se nesta altura se importariam sequer. Sarah insistira em voltar para Londres, mas Harold queria retomar o fio com Peggy Guggenheim em Paris. Iriam separar-se; Teresa percebia-o bem, ainda que eles não. Olive era uma sombra entre eles, uma pedra de toque de culpas, recriminação e dor.

— Porque é que não pôde ficar? — perguntou-lhe ela.

— Bombas. Isso e outras partes da Europa a exigirem a nossa atenção. Mas mesmo assim. — Pigarreou. — Não me parece certo.

— Não.

— Como se chama? — indagou ele.

Ela não disse nada e no rosto fatigado dele perpassou uma expressão divertida. — Percebo — continuou ele. — Então é assim? Mas deteto um sotaque. Fala espanhol?

— Sim.

Teresa percebeu que ele se sentia intrigado com ela. Na mochila, que não largara desde que deixara a *finca*, tinha a carta de admissão de Olive na Slade e um telegrama de Peggy Guggenheim expressando a sua impaciência por receber o próximo Isaac Robles. Dado que Harold conservara os seus documentos de identidade, aqueles frágeis pedaços de papel eram tudo o que restava a Teresa. Tocou na mochila, a fadiga levando-a a baixar a guarda, a mente saltitando demasiado depressa para ela se manter calma. Imaginando-se a ser atirada borda fora devido ao fracasso da sua falsa identidade, agarrou-se com mais força à balaustrada.

— Mais alguma língua de que eu deva ter conhecimento? — perguntou o homem, passando-lhe o seu frasco de bolso, de que ela bebeu, hesitante. Disse-lhe que conhecia um pouco de alemão e, ouvindo isso, ele ficou ainda mais intrigado. — Para onde é que vai? — indagou.

— Inglaterra.

— Nada mais específico?

— Londres. Curzon Street.

— Muito bonito. Família aí?

— Parentes.

— Estou a ver — disse ele, mas não parecia convencido, e Teresa sentiu-se a ruir por dentro. — E o que vai fazer quando lá chegar? — insistiu ele.

Teresa desconfiava que Harold e Sarah, por motivos diferentes, ficariam satisfeitos em a ver pelas costas. Já haviam feito o suficiente, trazendo-a para fora de Espanha, a fim de proteger os seus respetivos segredos, usando para tal o nome da filha. Teresa sabia ser já um incómodo que eles prefeririam esquecer. Não sabia até que ponto conseguiria esticar a sua sorte.

— Não sei o que vou fazer a seguir — disse ela ao homem, pensando que não havia mal em meter uma afirmação verdadeira no meio das suas evasivas.

— Eu talvez possa ajudá-la. Se estiver disposta a ajudar-me.

— Como? — perguntou ela. Por trás da cabeça dele, a costa de Espanha desaparecera já completamente.

— Vá a este endereço — disse ele. — Quando puder. O melhor é uma segunda-feira.

Teresa pegou no pequeno cartão que ele lhe estendia e leu as palavras *Foreign Office, Whitehall, Londres*. Não sabia o que aquilo era, nem como lá chegar, mas receou que, se confessasse isso ao homem, ele retirasse a oferta. Tentou avaliá-lo; seria o seu corpo que ele queria? Não parecia, mas também por esta altura ela já sabia como os ingleses podiam ser falsos, como eram peritos em exprimir o oposto daquilo que realmente queriam dizer.

Ele percebeu-lhe a hesitação. — Garanto que é tudo absolutamente correto.

Teresa virou-se para contemplar o horizonte. Imaginou a *Rufina* de Olive, a rapariga e a sua cabeça decepada e o seu leão, nas profundezas do navio. *Uma rapariga morreu*, pensou ela, *porque eu tentei salvá-la*. Baixou os olhos para a água, recordando a promessa que murmurara ao corpo de Olive. — Whitehall — repetiu dirigindo-se ao homem. — Melhor a uma segunda-feira.

Ele sorriu de novo. — Excelente. Espero vê-la lá.

Teresa ouviu os seus passos afastarem-se. Passou os dedos pelo cartão. Era bege e tinha peso, um toque de autoridade. Virou-o. Havia apenas um nome: *Edmund Reede*. Repetiu as palavras estranhas em voz baixa, antes de enfiar a oferta na mochila. Embora não conseguisse imaginar o que seria aquele Whitehall, nem o que Mr. Edmund Reede poderia fazer por ela, sabia que não ficara para trás nada que a levasse a regressar.

Os outros passageiros haviam-se retirado. Estava já muito frio. Os últimos raios de sol começaram a desaparecer, mas Teresa permaneceu no convés. Até quando já não conseguia sentir os seus membros, até depois de a noite ter reivindicado o horizonte, Teresa esperou. Contemplou a escuridão, contemplou as estrelas, enquanto o contratorpedeiro abria a sua passagem até às costas inglesas.

Posfácio

20

Reconheci imediatamente o advogado de Quick. Era o homem magro, de fato completo, que eu vira na galeria na noite de inauguração de «O Século Engolido», observando atentamente *Rufina e o Leão*. Chamava-se Frederick Parr e, sem mais delongas, deu-me as boas-vindas ao seu escritório e estendeu-me uma pasta grossa, atada ao lado com uma fita vermelha. A mão tremeu--me ligeiramente; sentia a respiração presa na garganta. Queria perguntar-lhe porque se encontrava ele na galeria naquela noite, se fora Quick que o convidara, e porquê, mas estava demasiado intimidada e o peso da pasta nas minhas mãos parecia manter-me a boca selada.

— Era desejo de Miss Quick que ninguém lesse isso exceto a menina — disse Parr.

— Obrigada. — Enfiei atabalhoadamente a pasta na minha mala e preparei-me para abandonar o escritório, aliviada por a nossa transação ter terminado.

— Isso não é a única razão pela qual se encontra aqui — prosseguiu ele. — Por favor, venha sentar-se, Miss Bastien.

Obedeci, caminhando pela sua alcatifa verde-escura e sentando--me numa grande cadeira de madeira em frente da sua secretária. Parr espreitou para lá daquela enorme peça de mobiliário antes de se instalar do lado oposto ao meu. O ar entre nós adensou--se. Percebi porque é que Quick o empregava para tais assuntos, pois ele permaneceu imperturbável face aos meus óbvios nervos. Parr adequava-se inteiramente aos propósitos dela. Era esfíngico; o seu trabalho era executar os desejos dela e nada mais. Baixou os olhos para o documento em cima da secretária. — Miss Bastien — disse ele, juntando os dedos descarnados para formar um templo. — Marjorie mencionou-a no seu testamento.

Eu ouvi aquelas palavras e, embora as tivesse compreendido, não percebi a sua implicação. — Perdão?

Parr pestanejou, impassível como um lagarto. Lá fora, por baixo de nós, o trânsito da cidade buzinava e apitava. — Marjorie possuía um chalé em Wimbledon — proferiu ele.

— Sim.

— Ela legou-lho. A título perpétuo.

Eu devo, a determinada altura, ter abandonado o escritório de Bread Street e voltado para a estação de metro de St. Paul. Suponho que tenha caminhado lentamente, que o meu coração me parecesse esquisito. Quick deixara-me o seu chalé. Eu assinara alguns papéis. Sentia-me esmagada. Quando, *quando* é que ela tomara tal decisão? E porquê a mim? Era uma herança que eu nunca teria imaginado.

Devo ter agarrado com força a pasta. Pelo menos aquilo era uma coisa sólida, um gesto concretizado em papel que eu poderia compreender melhor. Talvez as respostas a todas as minhas perguntas se achassem ali. Provavelmente sentia-me aterrada com a ideia de que me pudessem assaltar e devo ter-me sentado no comboio durante todo o caminho até Clapham Common, recusando abri-la em público. Queimava-me o colo, mas eu precisava de estar sozinha, em sossego, quando finalmente a lesse.

Consegui sair na minha paragem e, mal acabei de subir as escadas e passar a porta do apartamento, rasguei a fita e comecei a ler. *Querida Odelle, Esta é uma longa história*, principiava ela, e eu fiquei acordada até à meia-noite a lê-la. Esqueci-me de comer, tinha o pescoço hirto, mas não me importei. Aqui estava tudo o que Quick quisera que eu soubesse, mas não encontrara palavras para me dizer cara a cara. Pessoas, lugares, noites passadas sob os vastos céus da Andaluzia. A sua história era maior e mais vivida do que tudo o que a minha imaginação teria imaginado. E ao terminar, de olhos vermelhos e curvada de fadiga, o coração a martelar, tomei consciência de outra coisa. Aqui estava igualmente tudo aquilo que Olive Schloss nunca quisera que o mundo soubesse.

Aquela pasta era a prova do silêncio perpétuo e honroso de Quick a respeito de *Rufina e o Leão*, que conflituava com a sua ansiedade em transmitir a história de Olive Schloss antes de ser demasiado tarde. Durante a maior parte do tempo em que eu convivera com Quick, ela encontrava-se em crise. O seu núcleo já não se aguentava. Deve ter sido um detonador extraordinário ver aquela fotografia de Olive com o irmão, e o quadro de *Rufina*, após todos aqueles anos, compreender melhor do que ninguém o que ele representava, e vê-lo ser mercantilizado, remodelado, atribuído a Isaac uma vez mais.

Como Teresa Robles, ela sabia que Olive desejara permanecer anónima. Como Quick, sentia a injustiça que havia nisso. Nada fora resolvido entre esses dois eus. Tal pressão e a memória do que acontecera naqueles últimos dias em Espanha, associadas aos potentes analgésicos que estava a tomar, exacerbaram sem dúvida os estados alucinatórios de Quick e a sua incapacidade geral de esquecer tudo aquilo. O que ela deixara na pasta para eu ler explicava a razão pela qual o seu procedimento variara entre o solícito e o evasivo. Teresa abrira fissuras; o reaparecimento do quadro revelara-se demasiado.

Ainda não sei se a sua morte foi acidental. A maior parte do tempo, creio que não. Ela compreendeu que nunca encontraria palavras para falar do trauma dos derradeiros dias de Olive. E poder-se-ia argumentar que, perante um cancro tão agressivo, Quick viu que podia pelo menos controlar o seu fim, deixando a pasta para eu descobrir através do seu advogado. Penso frequentemente no bloco de apontamentos de inglês de Teresa; descartado por Jorge, descoberto de novo por Olive e depois, naquela pasta, por mim. Parece que ela — tal como eu própria — sempre achou a palavra escrita um meio mais fácil através do qual compreender o mundo.

Quick não deixou instruções específicas com Parr sobre o destino que era suposto eu dar àquela pasta. Por isso, durante anos, não fiz nada. De facto, até agora, nunca contei a ninguém o que li naquela fria noite de novembro debaixo dos meus cobertores. Nem sequer falei nela a Reede, embora gostasse de o ter feito.

Na pasta, Quick não referia pormenorizadamente o que lhe acontecera quando chegara a Inglaterra, mas deve ter aceitado a oferta de Reede para o ir procurar a Whitehall. Imagino que, com o seu domínio de línguas e as relações de Reede no Foreign Office, ela terá sido útil à Grã-Bretanha enquanto o mundo gemia a caminho da guerra. Havia bastantes nazis em Espanha no início dos anos quarenta. E, à sua maneira, estou certa de que a Grã-Bretanha — e Reede — também lhe foi útil a ela. A gratidão expressa-se de formas estranhas. Um belo chalé em Wimbledon Common, por exemplo.

Tornei-me tão hábil como Teresa a guardar os segredos das pessoas. Nunca contei a Lawrie que Quick era possivelmente sua tia, uma tia que ele encontrara diversas vezes sem saber a sua verdadeira ligação. Suponho que não quis pôr em andamento algo que nunca poderia provar conclusivamente e, além disso, Quick morrera. Poderia ter sido pior para ele, sabendo que houvera família deixada para trás, mas sendo demasiado tarde para tudo. Na pasta, Quick mencionou o caso de Sarah com Isaac, mas não uma gravidez. *Eu* sabia que Sarah Schloss era mãe de Lawrie e que estava grávida quando regressara a Inglaterra, porque o próprio Lawrie me contara. Mas era possível, dado o período de tempo, que Teresa, e portanto Quick, não tivesse sabido que Sarah engravidara durante o seu envolvimento com Isaac. Quick não teria necessariamente estabelecido a relação entre Lawrie e o irmão dela.

Isto deixa, é claro, por explicar a razão por que Quick tinha a morada dos Scotts na sua agenda telefónica e o seu interesse na questão da mãe de Lawrie. Podia ser devido às suas investigações acerca da posse do quadro por parte de Lawrie, antes de o cancro avançar demasiado. Mas às vezes interrogo-me. Teria Quick, ao olhar para Lawrie, visto aí refletido o rosto do irmão? Ou veria as feições de Harold Schloss impressas no seu filho? Ou não pensaria sequer nisso? Fosse como fosse, sempre se mostrara pouco entusiasmada por Lawrie ser meu namorado.

Basta olhar duas vezes para a foto de Isaac Robles para ver similaridades entre ele e Lawrie; mas Harold também tinha cabelo preto. A paternidade de Lawrie permaneceu uma interrogação. Por vezes, pergunto-me se Lawrie também saberia isso, dada a imprecisão que a mãe lhe demonstrava invariavelmente em relação ao pai. E, todavia, recordarei sempre que ele pedira a Reede uma cópia daquela fotografia de Isaac Robles.

Haverá quem pense que o meu silêncio durante todos estes anos foi errado. Afinal, as raras vezes que surge no mercado, um Isaac Robles vende-se por somas astronómicas. Olive Schloss merecia o seu triunfo artístico, Lawrie merecia conhecer a história completa, mas haverá alguma coisa que se possa afirmar ser uma história completa, ou o triunfo de um artista, uma maneira certa de olhar através do espelho? Tudo depende de onde a luz incide. Teresa Robles presenciou os benefícios de trabalhar anonimamente e, ao ler a história de Olive, aconteceu-me o mesmo. Tanto quanto sei, ela desfrutou do pseudónimo. Para ela, a obra era tudo.

Rufina está agora exposto, imagine-se, na National Gallery, em Trafalgar Square, para além daqueles enormes leões onde uma vez avistei a Cynth à espera, vestindo o seu novo casaco de pele de carneiro. Após vários anos numa coleção particular, voltou a ser leiloado e foi comprado pela nação como parte do impulso da galeria em adquirir mais arte do século XX. Houve uma competição feroz da parte do Prado, em Madrid, e suponho que Reede tenha ficado impiedosamente satisfeito por eles não conseguirem ficar com ele. Nunca esqueceu a ocasião em que não lhe emprestaram aquele Goya. A fotografia foi devolvida ao Prado. Como é que começou por lá chegar é um mistério; apenas posso imaginar que Sarah a tenha enviado ao museu nacional espanhol, numa tentativa errada de manter vivo o seu interesse por Isaac Robles.

Foram tempos estranhos, após a morte de Quick. A exposição foi considerada um sucesso pelo Skelton, e Reede ficou satisfeito com a atenção e proventos que ela gerou. Gerry vendeu mesmo a casa de Sarah, pelo que Lawrie perdeu o seu lar, precisamente quando eu encontrava o meu. A venda de *Rufina e o Leão* cortou os laços de Lawrie com o passado da mãe, com Gerry; com tudo. Ou, pelo menos, ele provavelmente esperava que isso acontecesse, pois a arte raramente obedece ao desejo humano. Imagino que tal quadro haja deixado a sua marca, mesmo quando ele não o podia ver. Com *Rufina* vendido, Lawrie usou parte dos fundos para fazer uma viagem à América. Convidou-me, mas eu fiquei em Londres, porque desejava estar na casa de Quick e continuar a trabalhar no Skelton.

Lawrie acabou por não regressar.

Gostaria de dizer que a elasticidade da juventude significa que a pele estica facilmente. Ele telefonava de Nova Iorque todas as semanas, afirmando que tinha saudades minhas, porque é que eu não ia até lá; mas eu estava onde queria estar, e a verdade é que não sentia a falta de Lawrie tanto como teria sentido a falta do meu trabalho. Ele dissera-me para continuar a escrever, portanto assim fiz. Teria preferido não ter de escolher entre escrever e amar, porque para mim eram frequentemente a mesma coisa.

Foi uma época de experiências novas, sem o benefício das velhas para mitigar os efeitos secundários. A minha vida era um pé de feijão e eu era Jack, e a folhagem crescia incessantemente, abundante, imponente, a tal velocidade que eu mal conseguia trepar. Amei e perdi o amor; encontrei uma nova criatividade e uma sensação de pertença. E aconteceu algo mais profundo, algo mais negro, que todos já experimentámos e que, em caso negativo, espera por nós: o momento indelével em que tomamos consciência de que estamos sós.

Talvez eu não tivesse de escolher. Talvez isso fosse uma dicotomia que impus a mim própria. De qualquer maneira, os telefonemas tornaram-se mais esporádicos e depois cessaram.

No dia em que fui ao chalé de Quick com as chaves, levei comigo a Cynth e a Pamela. O local encontrava-se tal como naquela noite em que os homens da ambulância tinham levado Quick numa maca. Pairava no ar o ténue perfume da sua *Eau Sauvage*. Estava frio. O aquecimento fora desligado e era quase dezembro. Esperava que o rosto do seu gato aparecesse à porta da cozinha, mas ele fugira.

Percorremos todas as salas. O chalé não era grande. Havia quatro divisões no andar de cima, três quartos e uma casa de banho que nos faz gelar a pele nos meses de inverno devido à janela indevidamente grande e aos mosaicos por toda a parte. Quick não possuía muita coisa. Camas simples, carpetes atraentes, tetos rachados. No quarto que presumi ser o dela, tinha uma pequena mesa encaixada sob a janela, que dava para o jardim. Na mesa havia uma máquina de escrever, a mesma que ela usara para escrever o conteúdo da pasta. Fitei fixamente a máquina. Tive a sensação de que ela também me fitava.

Desde então, todos os dias tenho tentado dar bom uso a essa máquina de escrever.

Nas ocasiões em que me pedem para olhar para trás e refletir sobre os meus próprios livros, apercebo-me de que o objetivo da minha vida tem sido tentar compreender o que aconteceu quando comecei a trabalhar com Marjorie Quick. Principiou quando escrevi o seu elogio fúnebre e prosseguiu a partir daí. As preocupações, o timbre, o formato da minha escrita dependeram daquele curto período da minha vida. A minha escrita é a reconfiguração constante da maneira como eu própria fui em tempos reconfigurada.

Visitei frequentemente a galeria, especificamente para contemplar *Rufina e o Leão*, para estar no meio do público e admirar o seu poder perene. O que Teresa pretendera há todos esses anos tinha-se, de certa maneira, realizado. E todavia mais recentemente, ao observar as irmãs, sei que por trás daqueles olhos e sob aquelas pinceladas existe outra história, uma história que é agora parcialmente minha. Uma mulher, o corpo enterrado junto às raízes de uma oliveira. Outra fugindo e enfrentando águas desconhecidas. Depois eu.

A redescoberta de *Rufina e o Leão* em 1967 esteve ligada aos meus próprios despertares: a minha compreensão de Quick, Cynth e o seu bebé, o meu caso com Lawrie, uma confiança crescente na minha escrita. Aquele quadro ligou bombas-relógio que foram explodindo — às vezes suavemente, às vezes com uma força perturbante — à medida que as décadas decorriam.

E no ano passado começou a pressionar o meu íntimo uma pergunta, tão persistente como um leão que fixa a sua vista em nós e não nos deixa ir. Durante anos eu desfrutara da verdade oculta das raparigas, esse privilégio extra, esse segredo milagroso de uma jovem de dezanove anos, pintando no sótão da casa alugada pelo pai em Espanha. E interroguei-me: poderia alguém olhar para Rufina, para mim, e acreditar em tais coisas? Em vez da confiança tão duramente conquistada, foi uma nova curiosidade que se transformou no combustível para eu escrever.

Embora qualquer resposta coletiva à minha pergunta esteja por saber, pessoalmente sinto-me absolutamente certa dela. Porque, se há uma coisa que eu tenha aprendido, é isto: no final, uma obra de arte só tem êxito quando o seu criador — parafraseando Olive Schloss — possui a crença que a faz surgir.

Odelle Bastien
Wimbledon, 2002

Bibliografia

Arte

Berger, John, *About Looking* (Writers' and Readers' Publishing Co-op, 1980).

Bernier, Rosamond, *Matisse, Picasso, Miró — As I Knew Them* (Sinclair Stevenson, 1991).

Bernier, Rosamond, *Some of My Lives* (Farrar, Straus & Giroux, 2011).

Chadwick, Whitney, *Women, Art and Society* (Thames & Hudson, 5.ª edição, 2012).

Guggenheim, Peggy, *Out of This Century: Confessions of An Art Addict* (Deutsch, 1980).

Hook, Philip, *Breakfast at Sotheby's* (Penguin, 2013).

Mancoff, Debra N., *Danger! Women Artists at Work* (Merrell, 2012).

Londres

Reed, Jane, *Girl about Town: How to Live in London — And Love It!* (Tandem, 1965).

Espanha e a Guerra Civil Espanhola

Barker, Richard, *Skeletons in the Closet, Skeletons in the Ground: Repression, Victimization and Humiliation in a Small Andalusian Town — The Human Consequences of the Spanish Civil War* (Sussex Academic Press, 2012).

Buckley, Henry, *The Life and Death of the Spanish Republic: A Witness to the Spanish Civil War* (I. B. Tauris, 2014).

Casanova, Julián, *A Short History of the Spanish Civil War* (I. B. Tauris, 2012).

García Lorca, Federico, *Romancero Gitano* (1928).

Graham, Helen, *The War and Its Shadow: Spain's Civil War in Europe's Long Twentieth Century* (Sussex Academic Press, 2012).

Koestler, Arthur, *Dialogue with Death* (1942).

Lee, Laurie, *A Moment of War* (Viking, 1991).

Lee, Laurie, *As I Walked Out One Midsummer Morning* (1969).

Preston, Paul, *The Spanish Holocaust* (HarperPress, 2011).

Woolsey, Gamel, *Death's Other Kingdom* (1939).

Trindade e a experiência caribenha na Grã-Bretanha

Braithwaite, Lloyd, *Colonial West Indian Students in Britain* (UWI Press, 2001).

Chamberlain, Mary, *Narratives of Exile and Return* (St. Martin's Press, 1997).

Dathorne, O. R., *Dumplings in the Soup* (Cassell, 1963).

Hinds, Donald, *Journey to an Illusion: The West Indian in Britain* (Heinemann, 1966).

James, C. L. R., *Black Jacobins* (Martin, Secker & Warburg, 1938).

Lamming, George, *The Pleasures of Exile* (Michael Joseph, 1960).

Miller, Kei (org.), *New Caribbean Poetry; An Anthology* (Carcanet, 2007).

Mittelholzer, Edgar, *With a Carib Eye* (Secker & Warburg, 1958).

Naipaul, V. S., *Miguel Street* (Deutsch, 1959).

Schwarz, Bill, *West Indian Intellectuals in Britain* (MUP, 2003).

Selvon, Sam, *The Lonely Londoners* (Alan Wingate, 1956).

Stuart, Andrea, *Sugar in the Blood* (Portobello, 2012).

Tajfel, Henri e John Dawson, *Disappointed Guests* (OUP, 1965).

Rádio

Radio 4 (2015): *Raising the Bar: 100 Years of Black British Theatre and Screen*, apresentado por Lenny Henry — em especial o episódio 2, *Caribbean Voices* — escritores e atores das Caraíbas que foram trabalhar para Londres.

Filmes

London — The Modern Babylon (dir. Julien Temple, 2012).

The Stuart Hall Project (dir. John Akomfrah, 2013) — Principais acontecimentos históricos nacionais e internacionais apresentando migração das Antilhas para o Reino Unido, a crise do Suez, a Revolução Húngara, o nascimento da contracultura juvenil, o movimento dos direitos civis e a Guerra do Vietname, e as experiências mistas de Hall com a «britanicidade» como imigrante do pós-guerra.

Fighting for King and Empire: Britain's Caribbean Heroes (documentário da BBC4, produtores: Marc Wadsworth e Deborah Hobson, de The-Latest.com, exibido pela primeira vez em maio de 2015, baseado no documentário *Divided by Race, United by War and Peace*, igualmente realizado por The-Latest.com).

Agradeço a:

Francesca Main, Megan Lynch e Jennifer Lambert,
que tornaram isto possível

Juliet Mushens,
que me apoiou

Sasha Raskin e Sarah Manning,
que formaram a retaguarda

Professora Mary Chamberlain,
que disponibilizou o seu tempo e me abriu um pouco
mais os olhos

Colin McKenzie,
que me apoiou em assuntos de arte
com a sua erudição

Professora Patricia Mohammed,
da University of the West Indies, Trindade,
que muito generosamente me aconselhou sobre
a linguagem de Odelle e Cynthia

Gail Bradley,
que perscrutou diligentemente o original — qualquer
inexatidão que possam encontrar é, evidentemente,
da minha responsabilidade.

E também a:

Alice O'Reilly, Teasel Scott e à minha família;
de forma menos óbvia, mas igualmente importante,
vocês ajudaram-me a escrever este romance

e

Pip Carter, por tudo

GRANDES NARRATIVAS

Da mesma autora

O Miniaturista